Die Chronik der Unsterblichen

3

Bibliografische Information der Deutschen Nationalbibliothek
Die Deutsche Nationalbibliothek verzeichnet diese Publikation
in der Deutschen Nationalbibliografie;
detaillierte bibliografische Daten sind im Internet über
http://dnb.d-nb.de abrufbar

Paperbackausgabe September 2007 bei LYX
verlegt durch EGMONT Verlagsgesellschaften mbH,
Gertrudenstraße 30-36, 50667 Köln

1. Auflage
Redaktion: Frank Rehfeld
Produktion: Susanne Beeh
Satz: Greiner & Reichel, Köln
Druck: Clausen & Bosse, Leck
ISBN 978-3-8025-8134-2

www.egmont-lyx.de

WOLFGANG HOHLBEIN

DIE CHRONIK DER UNSTERBLICHEN

DER TODESSTOSS

LYX EGMONT

I

Sie sind dort unten, auf der anderen Seite des Hügels. Vielleicht zwanzig, möglicherweise auch mehr.« Abu Duns Atem ging so ruhig, als wäre er gerade aus einem tiefen, erholsamen Schlaf erwacht. Dabei hatte er die gut hundert Meter den steilen, mit tückischem Geröll übersäten Hang hinab im Laufschritt zurückgelegt, und das mit einer Behändigkeit, die man einem Mann seiner Statur und Masse niemals zugetraut hätte. Sein Gesicht verfinsterte sich, als er fortfuhr: »Du hattest Recht. Sie verbrennen wieder Hexen.«

Andrej sagte nichts. Was auch? Er hatte gewusst, dass er Recht hatte, schon als sie den flackernden roten Widerschein des Feuers am Nachthimmel gesehen hatten, und lange bevor Abu Dun losgelaufen war, um sich mit eigenen Augen zu vergewissern, was auf der anderen Seite des Hügels geschah. Vielleicht lag es an seinen schärferen Sinnen, dass er den Gestank von brennendem Menschenfleisch lange vor dem Piraten wahrgenommen hatte. Er war dem Tod so oft begegnet, dass er seine Nähe deutlicher spürte als andere.

»Wie viele?«, fragte er nach einer Weile.

Abu Dun hob die Schultern. Mit seiner schwarzen Kleidung und dem ebenholzfarbenen Gesicht war der Nubier selbst für Andrejs scharfe Augen kaum zu erkennen. Er ahnte die Bewegung mehr, als dass er sie sah. »Ich habe zwei Scheiterhaufen gezählt«, sagte Abu Dun. »Wie viele sie daran gebunden haben, konnte ich nicht erkennen.« Er spie aus. »Diese Unmenschen! Sie nennen uns Barbaren, aber sie selbst tun Dinge, vor denen selbst der Teufel zurückschrecken würde.«

»Der Teufel vielleicht, aber du?«, fragte Andrej. »Ich war einmal auf einem Schiff, auf dem ich Dinge gesehen habe, die selbst den Teufel erschreckt hätten. Wie hieß doch gleich sein Kapitän?«

Abu Dun beantwortete die Anspielung auf seine Vergangenheit mit einem Grinsen, das seine Zähne in der Nacht fast unnatürlich weiß aufblitzen ließ. »Ich habe auch nie behauptet, besser zu sein als du«, sagte er.

»Das stimmt«, erwiderte Andrej. »Du bist der ehrlichste Pirat, den ich kenne.«

»Ich war Kaufmann«, verbesserte ihn Abu Dun.

»Nur, dass du lebende Waren verkauft hast, ich weiß.«

»Jedenfalls habe ich meine Waren pfleglich behandelt und sie nicht lebendig gebraten«, verteidigte sich Abu Dun. Er grinste erneut, und auch Andrej lachte leise, aber nur für einen ganz kurzen Moment. Zugleich fragte er sich, wieso sie eigentlich so ausgelassen waren, angesichts der unaussprechlichen Gräueltaten, die gerade auf der anderen Seite des Hügels stattfanden. Aber vielleicht war es der einzige Weg, um diese Geschehnisse überhaupt zu ertragen.

»Und?«, fragte Abu Dun nach einer Weile. »Was tun wir?«

»Was wir tun?«

Abu Dun machte eine Kopfbewegung in Richtung des roten Widerscheins am Himmel. »Gehen wir unserer Wege und tun so, als hätten wir nichts bemerkt?«

»Was sonst? Du hast es selbst gesagt: Es sind zwanzig, vielleicht sogar dreißig.«

»Dreißig Bauerntölpel und hysterische Weiber.« Abu Dun machte eine wegwerfende Geste. »Keine Gegner für uns. Sie werden weglaufen, wenn wir die ersten zwei oder drei erschlagen haben.«

»Ich verstehe!« Verbitterung lag in Andrejs Stimme. »Du meinst, wir erschlagen zwei oder drei Unschuldige, um zwei oder drei Unschuldige zu retten.«

»Du weißt sehr genau, dass das ein Unterschied ist, Hexenmeister«, antwortete Abu Dun immer noch grinsend, aber mit deutlich schärferer Stimme. »Du könntest dich ja auch in eine Fledermaus verwandeln und sie erschrecken.«

»Und ihnen damit einen Grund liefern, um noch mehr Scheiterhaufen aufzustellen«, sagte Andrej kopfschüttelnd. »Außerdem kann ich mich nicht in eine Fledermaus verwandeln, wie oft muss ich dir das noch erklären?«

»Hast du es denn je ernsthaft versucht?«, beharrte Abu Dun.

»Hast du je ernsthaft versucht, dich in einen vernünftigen Menschen zu verwandeln?« Andrej machte eine Kopfbewegung in die Richtung, in der sie ihre Pferde zurückgelassen hatten.

»Verschwinden wir. Es gibt eine Herberge, nicht weit von

hier. Vielleicht finden wir dort noch ein Quartier für die Nacht.«

Abu Dun sah ihn überrascht an. Anscheinend hatte er erwartet, dass sein Freund irgendetwas unternehmen würde. Und natürlich hatte Andrej darüber nachgedacht – aber er wusste nichts über die Menschen hier, über ihre Beweggründe und Absichten. Schließlich konnte er nicht die ganze Welt retten.

»Lass uns gehen«, sagte er noch einmal.

»Ganz wie Ihr befehlt, Sahib«, grollte Abu Dun.

Andrej verzichtete auf eine Antwort. In den gut zehn Jahren, die er den nubischen Piraten und Sklavenhändler nun kannte, waren sie von Todfeinden zuerst zu widerwilligen Verbündeten geworden und hatten später gelernt, einander so zu nehmen, wie sie waren. Mittlerweile waren sie Freunde; aber es gab Bereiche, in denen sie niemals eine Einigung erzielen würden. Andrejs scheinbare Unverwundbarkeit gehörte dazu.

Sie sprachen selten über das Leben, das der Pirat und Sklavenhändler geführt hatte, bevor das Schicksal sie zusammengebracht hatte, aber Andrej vermutete, dass Abu Dun während seiner Zeit als Seeräuber mehr Menschen getötet hatte als so mancher Söldner, und er wich auch heute noch keinem Kampf aus. Andrej war dennoch der weit bessere Schwertkämpfer und überlegenere Taktiker. Umso weniger konnte Abu Dun verstehen, wie sehr es ihm zuwider war, die Waffe gegen einen anderen Menschen zu erheben, obwohl – aber vielleicht auch gerade *weil* – Andrej keinen Gegner zu fürchten brauchte. Vielleicht war er einfach zu oft gezwungen gewesen zu töten.

Sie banden die Pferde los, stiegen auf und wandten sich nach Westen, in die Richtung, in die Andrej zuvor gedeutet hatte. Als sie zehn Schritte weit gekommen waren, stieg auf der anderen Seite des Hügels ein wirbelnder Funkenschauer zum Himmel auf, und fast im gleichen Augenblick erscholl ein so gellender Schrei, dass sich etwas in Andrej zusammenzuziehen schien.

Abu Dun zischte: »Hör gut hin, Hexenmeister. Vielleicht wird dir der Klang den Geschmack des Nachtmahls versüßen, wenn du dich daran erinnerst.«

Andrej schluckte die scharfe Entgegnung hinunter, die ihm auf der Zunge lag. Abu Dun wollte ihn reizen, aber das würde er nicht zulassen. Es war Monate her, dass er das Schwert das letzte Mal gezogen hatte, und noch länger, dass das letzte Mal Blut auf der Klinge des Damaszenenschwertes gewesen war. Er war des Kämpfens müde. Das vom Krieg geschüttelte Siebenbürgen hatte er nicht verlassen, um sich in einem neuen Krieg wiederzufinden.

Nach einem Augenblick wiederholte sich der Schrei noch gellender und noch entsetzlicher, und etwas in Andrej ... *reagierte* darauf.

Abrupt brachte er sein Pferd zum Stehen. Das Tier schnaubte unwillig, und auch Abu Dun zog hart am Zügel. »Was?«

Andrej machte eine abwehrende Handbewegung und legte den Kopf schräg, um zu lauschen. Der Schrei wiederholte sich nicht, aber nun, da er einmal darauf aufmerksam geworden war, spürte er es immer deutlicher: Es war kein Gefühl, das er wirklich mit Worten hätte beschreiben können. Aber da war plötzlich etwas Vertrautes in ihm: unersättlicher Hunger und eine Gier, die umso schlimmer war, da sie kein bestimmtes Ziel zu haben schien.

Auf der anderen Seite des Hügels war ein Wesen wie er.

Ein anderer Unsterblicher.

Oder, wie Abu Dun es ausgedrückt hätte, ein anderer Hexenmeister.

»Was hast du?«, fragte Abu Dun noch einmal. Er klang alarmiert.

Statt zu antworten riss Andrej sein Pferd in engem Bogen herum und ritt den Hügel hinauf. Auf der anderen Seite stoben keine Funken mehr, aber der Himmel glühte jetzt in einem helleren Rot, und er hörte eine schrille Stimme, die verzweifelt um Gnade flehte.

Andrej achtete ebenso wenig darauf wie die, denen dieses verzweifelte Flehen vermutlich galt. Stattdessen lauschte er in sich hinein. Die Präsenz des anderen Vampyrs war noch immer zu spüren, aber sie hatte sich verändert. Die unstillbare Gier, die so sehr Teil seines Wesens war, war zum allergrößten Teil Furcht und Entsetzen gewichen. Vielleicht war es auch die *Stimme* des anderen Vampyrs, die dort drüben diese gellenden Schreie ausstieß.

Das Pferd kam immer langsamer voran. Seine Hufe fanden auf dem lockeren Geröll, das diese Seite des Hanges bedeckte, kaum Halt, und es drohte immer öfter auszurutschen. Vor allem aber polterten die Steine, die das Tier lostrat, mit einem derartigen Getöse den Hügel hinab, dass er ernsthaft befürchtete, das Geräusch könnte auf der anderen Seite zu hören sein. Lange ehe sie auch nur die Hälfte des Weges zurückgelegt hatten, stieg Andrej aus dem Sattel und lief zu Fuß weiter. Abu Dun, der schon eine Weile vor ihm abgesessen war, eilte so leichtfüßig und lautlos neben ihm her, dass sich für einen Augenblick ein Gefühl von Neid in Andrej breit machte.

Oben angekommen ließen sie sich in die Hocke sinken und legten die letzten Meter bis zur Hügelkuppe auf Händen und Knien zurück.

Andrej erschauerte, als er des Geschehens auf der anderen Seite des Hügels ansichtig wurde.

Die Ansammlung ärmlicher strohgedeckter Hütten ein Dorf zu nennen, wäre übertrieben gewesen. Es waren weniger als ein Dutzend Gebäude, und das einzige, das aus Stein erbaut zu sein schien und ein massives Dach hatte, war die Kirche im Zentrum des Halbkreises, um den sich die übrigen Hütten gruppierten.

Der Ort war fast taghell erleuchtet.

Dutzende von Fackeln, die einfach in die weiche Erde gesteckt worden waren, verbreiteten ein flackerndes rotes Licht, und genau in der Mitte des Dorfplatzes brannte ein gewaltiger Scheiterhaufen. Wie zur Verhöhnung allen christlichen Glaubens bestand sein Mittelpunkt nicht aus einem Pfahl, sondern aus einem aus oberschenkelstarken Rundhölzern zusammengefügten Kreuz, an das eine einzelne Gestalt gebunden war. Obwohl die Flammen bereits fast so hoch wie das Kirchendach loderten und Andrej die Hitze selbst hier oben noch auf dem Gesicht zu spüren glaubte, schien sich die dunkle Gestalt im Zentrum dieser Feuerhölle noch zu bewegen. Aber vielleicht war das auch nur eine Täuschung, hervorgerufen durch das grelle Licht der Flammen, das ihm die Tränen in die Augen trieb – und seine eigene Angst.

Feuer.

Andrej hatte panische Angst vor Feuer, nicht nur, weil er seine fürchterliche Schärfe schon mehr als einmal am eigenen Leib gespürt hatte, sondern weil es zu den wenigen Dingen gehörte, die ihm *wirklich* gefährlich werden konnten. Feuer vermochte ihn durchaus zu töten. Aber da gab es noch etwas: Seine Angst vor Feuer war in den letzten Jahren beständig gewachsen, und zwar in einem Maße, das über das mit reiner Logik Erklärbare hinausging.

Vielleicht sah er die Erklärung dafür gerade vor sich. Er hatte irgendwann aufgehört zu zählen, wie viele Scheiterhaufen er erblickt, die gellenden Schreie wie vieler bedauernswerter Opfer er gehört hatte, die bei lebendigem Leibe verbrannt waren.

»Nun?«, flüsterte Abu Dun neben ihm. »Du hast doch nicht etwa dein Gewissen entdeckt, Hexenmeister?«

»Still!«, zischte Andrej. »Und hör endlich auf, mich so zu nennen.«

Abu Dun grinste breit, aber er hielt gehorsam den Mund, während sich Andrejs Blick weiter aufmerksam über den Dorfplatz tastete. Das Bild erfüllte ihn mit einer Mischung aus Entsetzen und blanker Wut. Er hatte gewusst, was er sehen würde. Abu Dun hatte es ihm gesagt, und er hatte ein solches Szenarium schon zahllose Male erblickt. Trotzdem fiel es ihm schwer, die Fassung zu bewahren. Es kostete ihn fast seine gesamte Selbstbeherrschung, nicht das Schwert zu ziehen und den Hang hinunterzustürmen, um dem grausamen Geschehen ein mindestens ebenso grausames Ende zu bereiten.

Er tat nichts dergleichen, sondern musterte die Vorgänge

mit großer Aufmerksamkeit und versuchte, sich jedes Detail einzuprägen.

Abu Duns Schätzung war ziemlich präzise gewesen. Es mussten knapp dreißig Personen sein, die rings um den Scheiterhaufen herum Aufstellung genommen hatten – Männer, Frauen und Alte; selbst einige Kinder waren gekommen, um sich an dem grausigen Schauspiel zu weiden. Aber es waren nur sehr wenige Männer; eine Hand voll, denen Andrej selbst über die Entfernung hinweg ansah, dass sie in keiner guten Verfassung waren. Diesem Dorf musste es ergangen sein wie so vielen, durch die sie in den letzten Jahren gekommen waren: Nahezu alle waffenfähigen Männer waren zum Kriegsdienst gezwungen worden, und die Zurückgebliebenen kämpften verzweifelt ums Überleben.

Im Moment zerstreuten sie sich allerdings damit, dem qualvollen Tod der vermeintlichen Hexe zuzusehen.

Andrej schloss die Augen und lauschte konzentriert in sich hinein. Die fremde Präsenz war noch immer da. Sie schien sogar zugenommen zu haben. Vermutlich war es also nicht die Gestalt auf dem Scheiterhaufen, deren Nähe er spürte.

»Also?«, drängte Abu Dun. »Was willst du jetzt tun?«

Andrej hob die Hand, um ihn zum Verstummen zu bringen, aber er führte die Bewegung nicht zu Ende.

Die Kirchentür hatte sich geöffnet, und ein Mann in schwarzer Priesterrobe trat heraus. Ihm folgten zwei weitere Gestalten, die in eine merkwürdige Uniform gehüllt waren: Topfhelme, Kettenhemden und kurze Röcke aus Lederstreifen, die mit blitzenden Kupfernieten beschlagen waren. Sie trugen Breitschwerter. Ihrer Aufmachung nach zu urteilen, stammten die beiden aus einem anderen Jahrhundert. Dennoch waren sie vielleicht die Einzigen im Ort, um die er sich Gedanken machen musste, sollte es zu einem Kampf kommen. Seine Hand schloss sich um den Schwertgriff, ohne dass er sich der Bewegung auch nur bewusst gewesen wäre.

Die beiden Bewaffneten zerrten eine dritte Gestalt zwischen sich her, deren Handgelenke mit langen Seilen gefesselt waren. Sie trug ein einfaches, schmutzstarrendes Gewand, und das lange Haar hing ihr wirr in die Stirn, sodass Andrej ihr Gesicht nicht erkennen konnte.

»Was haben die vor?«, murmelte Abu Dun.

Genau das fragte sich Andrej auch. Zweifellos war die gefesselte Gestalt das nächste Opfer, das für den Scheiterhaufen vorgesehen war – aber die Hitze des brennenden Reisigstapels war so gewaltig, dass sich ihm niemand auf mehr als fünf Schritte nähern konnte, ohne sich selbst zu verbrennen. Feuer dieser Intensität pflegten sich in ihrer Wut rasch selbst zu verzehren, aber Andrej schätzte, dass es noch eine Weile dauern würde, bis die Flammen weit genug heruntergebrannt waren, um sich dem Pfahl zu nähern. Sie hatten also Zeit.

Andrej beobachtete stirnrunzelnd, wie die beiden Bewaffneten langsam auf den Scheiterhaufen zugingen, wobei sie sich immer weiter voneinander entfernten. Die Stricke in ihren Händen hielten sie dabei straff gespannt, sodass ihr unglückseliges Opfer gezwungen wurde, mit weit ausgebreiteten Armen zwischen ihnen auf den Scheiterhaufen zuzustolpern. Als es die Hitze des Feuers spürte, bäumte es sich verzweifelt auf und warf den Kopf in den Nacken, und Andrej erkannte zum einen, dass es sich um eine Frau handelte, und zum anderen –

»*Maria!*«

Andrej riss in der gleichen Bewegung das Schwert aus der Scheide, in der er aufsprang und losstürmte. Immer wieder Marias Namen schreiend, raste er den Hang hinab, fuhr wie ein Wirbelsturm unter die völlig verblüfften Dorfbewohner und stieß zwei oder drei Männer, die sich ihm in den Weg stellen wollten, einfach zu Boden. Die anderen wichen erschrocken vor ihm zurück, und Andrej stürmte weiter auf den Scheiterhaufen zu. Er wusste nicht, ob Abu Dun ihm folgte, aber es war auch nicht von Bedeutung.

Einer der beiden Bewaffneten hatte ebenfalls von ihm Notiz genommen. Er ließ den Strick um Marias Handgelenk nicht los, und er hörte auch nicht auf, sie auf den Scheiterhaufen zuzuzerren, aber er fuhr trotzdem zu Andrej herum und riss dabei mit der linken Hand das Schwert aus dem Gürtel. Andrejs Waffe vollführte eine blitzartige, halbkreisförmige Bewegung, und das Schwert des Soldaten wirbelte davon; zusammen mit der Hand, die es hielt. Der Mann starrte seinen eigenen Armstumpf aus hervorquellenden Augen an, dann begann er, in hohen, schrillen Tönen zu kreischen, und sank auf die Knie, und Andrej stürmte in unvermindertem Tempo an ihm vorbei und griff seinen Kameraden an.

Der Mann hatte das Seil losgelassen und sein eigenes Schwert gezogen, das er nun mit beiden Händen hielt, und er erwies sich als weitaus wendiger als sein Kamerad. Andrej musste dreimal zuschlagen, bis er ihn überwand. Mit dem dritten Hieb enthauptete er den Mann.

Noch bevor der plötzlich kopflose Leichnam zu Boden sank, wirbelte Andrej herum, war mit einem einzigen Satz bei dem Priester und stieß ihm das Schwert bis ans Heft in die Brust. Der Mann starb schnell, aber Andrej erkannte an dem Ausdruck in seinen Augen, dass es kein gnädiger Tod war. Er starb in der festen Überzeugung, dem Satan gegenüberzustehen, und Andrej hoffte inständig, dass er ihm nach seinem Ableben auch wirklich begegnen würde, falls es so etwas wie ein Jenseits tatsächlich gab.

Er riss das Schwert aus der Brust des Sterbenden, fuhr herum und war mit zwei gewaltigen Sätzen bei Maria, die zu Boden gesunken war und sich vor Angst und Schmerz krümmte.

Aber es war nicht Maria. Sie sah ihr nicht einmal ähnlich. Das Mädchen war allerhöchstens sechzehn und hatte strähniges rotblondes Haar, und sein Gesicht war vermutlich hübsch, wenn man sich den Schmutz, die zahlreichen blauen Flecke und Prellungen und die nässenden Brandblasen wegdachte. Ihre Augen waren riesig und fast schwarz vor Furcht, und obwohl sie Andrej direkt anblickten, war er sicher, dass sie ihn nicht sah.

Trotzdem sagte er: »Du musst keine Angst mehr haben. Du bist in Sicherheit. Niemand wird dir etwas tun.«

Er bekam keine Antwort. Der Blick des Mädchens blieb weiter auf etwas Unfassbares gerichtet, das sich in unendlicher Entfernung zu befinden schien. Andrej richtete sich auf, drehte sich um und ergriff sein Schwert fester.

Nicht, dass es notwendig gewesen wäre. Ganz wie Abu Dun vorausgesagt hatte, waren die Dorfbewohner in heller Panik davongerannt; spätestens in dem Moment, in dem sie gesehen hatten, wie er die beiden Soldaten erschlug. Zwei oder drei reglose Körper, deren genauen Zustand Andrej im Licht des Feuers nicht beurteilen konnte, gehörten wohl den wenigen, die entweder dumm genug oder zu langsam gewesen waren, Abu Dun aus dem Weg zu gehen, und er hörte entfernte Schreie und hastige Schritte.

Abu Dun selbst kam ohne sonderliche Eile auf ihn zu, und hätte es hinter Andrejs Stirn nicht noch immer gewütet, dann hätte er vielleicht den Anblick bemerkt, den sein Freund bot. Denn der hünenhafte Nubier schleifte eine reglose Gestalt hinter sich her, die er kurzerhand am Fußgelenk gepackt hatte.

Der Ausdruck auf Abu Duns Gesicht war fast noch schwärzer als seine Haut, und er spießte Andrej mit Blicken regelrecht auf.

»Maria, wie?«, grollte er. »Daher also dein plötzlicher Sinneswandel.«

»Ich habe gedacht …«

»Du hast gedacht«, unterbrach ihn Abu Dun wütend, »dass einer von deiner Art in Gefahr wäre, nicht wahr? Was ist jetzt mit deiner hehren Gesinnung? Wie war das doch gleich? Wir haben nicht das Recht, Unschuldige zu töten, um Unschuldige zu retten? Sind die Leute hier plötzlich weniger unschuldig, nur weil diesmal einer von deiner eigenen Art in Gefahr war?«

»Du hast recht«, sagte Andrej leise. »Es tut mir leid. Aber ich … ich konnte plötzlich nicht anders. Ich dachte, es wäre Maria.«

»Deine Maria«, antwortete Abu Dun böse, »ist vermutlich seit zehn Jahren tot. Und wenn nicht, dann will sie nichts von dir wissen. Begreif das endlich!«

Andrej musste sich mit aller Macht beherrschen, um den

Piraten nicht anzugreifen. Rasende Wut verschleierte seinen Blick, und das Schwert in seiner Hand schien sich fast gegen seinen Willen heben zu wollen, um nach der Kehle des Piraten zu züngeln.

Dann, so schnell, wie sein Zorn gekommen war, verschwand er auch wieder, und er fühlte sich so erbärmlich, als hätte er sein Ansinnen laut ausgesprochen. Abu Dun schien zu ahnen, was in ihm vorging.

»Wir sollten von hier verschwinden«, sagte er. »Sie sind zwar weg, aber wenn sie ihren ersten Schrecken überwunden haben, könnten sie auf den Gedanken kommen, sich zusammenzurotten und uns als neues Brennmaterial für ihren Scheiterhaufen zu benutzen.«

»Hast du etwa Angst?«, fragte Andrej spöttisch.

»Nein«, antwortete Abu Dun. »Aber ich bin nicht versessen darauf, noch ein paar Schädel einzuschlagen. Es langweilt mich. Die beiden einzigen richtigen Gegner hast du ja für dich beansprucht.«

Andrej blieb ernst. »Wer ist das?«, fragte er mit einer Geste auf den Mann, den Abu Dun am Fuß hinter sich herzerrte.

Abu Dun sah mit gespielter Überraschung auf den Bewusstlosen herab, dann runzelte er die Stirn, als müsse er angestrengt nachdenken. »Oh, das«, sagte er dann. »Das habe ich gefunden. Willst du es haben?«

»Nur, wenn es sprechen kann«, antwortete Andrej. »Lebt es noch?«

»Das werden wir gleich herausfinden«, sagte Abu Dun. Er grinste, ließ den Fuß des Bewusstlosen los und beugte sich über ihn. Andrej konnte nicht erkennen, was er tat, aber es verging nur ein kurzer Moment, bis der Mann die Augen aufschlug und prompt zu schreien begann. Abu Dun versetzte ihm eine schallende Ohrfeige, und die Schreie des Mannes verstummten.

»Schlag ihn nicht tot«, mahnte Andrej absichtlich so laut, dass ihr Gefangener es hören musste. »Wenigstens noch nicht. Ich will mit ihm reden.«

Abu Dun machte ein enttäuschtes Gesicht, erhob sich aber gehorsam und wich einen Schritt zurück, und Andrej nahm seinen Platz ein. Auf dem Gesicht des Mannes machte sich vorsichtige Erleichterung breit, und er versuchte, sich aufzurichten. Andrej versetzte ihm einen Fußtritt, und er sank japsend vor Schmerz wieder zurück.

»Bleib liegen«, sagte er drohend. »Du wirst mir jetzt ein paar Fragen beantworten, hast du mich verstanden? Wenn ich mit deinen Antworten zufrieden bin, dann lassen wir dich vielleicht am Leben.«

Der Mann wimmerte nur und versuchte davonzukriechen, und Andrej versetzte ihm einen weiteren Fußtritt. »Ob du mich verstanden hast?«

»Ja, Herr«, japste der Mann. »Bitte, ich ... sage Euch alles, was Ihr wissen wollt, aber bringt mich nicht um!«

»Wie ist dein Name?«, fragte Andrej. Als der Mann nicht sofort antwortete, holte er aus, als wollte er ihn noch einmal treten, und der Mann krümmte sich und hob furchtsam die Hände vor das Gesicht.

»Radic, Herr«, stammelte er. »Ich ... ich bin Radic.«

»Radic, gut. Du lebst hier?«

»Ja«, antwortete Radic hastig. Sein Blick irrte immer wieder zwischen Andrejs Gesicht und seinem Fuß hin und her.

Er wimmerte. Der plötzliche Gestank bewies Andrej, dass er sich vor Angst besudelt hatte.

»Wer waren die Leute, die ihr da verbrannt habt?«, fragte Andrej. »Und warum habt ihr das getan?«

»Zigeuner, Herr«, sagte Radic hastig. »Es waren Zigeuner. Aber sie waren auch Hexen. Hexen und Teufelsanbeter. Alle.«

»Alle?«, fragte Andrej. »Wie viele waren es denn?«

»Fünf, Herr«, sagte Radic. »Fünf und das Mädchen. Fünf haben wir verbrannt, und das Mädchen wäre die Letzte gewesen. Sie war die Schlimmste von allen. Sie hat den bösen Blick, und sie muss mit dem Teufel gebuhlt haben, weil ...«

Andrej versetzte ihm einen Fußtritt, diesmal so hart, dass er spüren konnte, wie mehrere Rippen brachen. Radic kreischte vor Schmerz, und Abu Dun warf Andrej einen warnenden Blick zu.

»Hör auf zu wimmern, du Memme«, sagte Andrej kalt. »Was soll das heißen, sie waren mit dem Teufel im Bunde? Wer hat euch das gesagt?«

»Vater Carol«, antwortete Radic keuchend. »Unser Pater. Der, den Ihr erschlagen habt.«

»Ich hätte gute Lust, dasselbe mit dir zu tun«, zischte Andrej. »Und mit dem Rest von ...«

»Wieso hat er gesagt, dass sie Hexen sind?«, mischte sich Abu Dun ein. Er bedachte Andrej mit einem tadelnden Blick, ehe er sich wieder an Radic wandte. »Welche Beweise hatte er dafür?«

»Jeder weiß, dass die Zigeuner schwarze Magie ausüben«, antwortete Radic. Trotz des Zitterns in seiner Stimme klang es fast trotzig. »Seit drei Jahren werden unsere Ernten immer schlechter. Im letzten Winter mussten wir schon hungern. Und jedes Mal waren die Zigeuner vorher bei uns.«

»Oh, und du meinst nicht, das könnte an den strengen Wintern oder den verregneten Sommern liegen?«, fragte Andrej böse. »Oder vielleicht daran, dass es kaum noch genug Männer im Dorf gibt, um die Arbeit auf den Feldern zu tun?«

Radic sah zu ihm hoch. Er verstand nicht einmal, wovon Andrej sprach.

»Und welche Beweise hatte euer Vater Carol für seine Anschuldigungen?«, fragte Abu Dun. »Ich meine, es gab doch sicherlich eine Gerichtsverhandlung?«

»Wir haben über sie Gericht gehalten«, bestätigte Radic. »Überall verbrennen sie Hexen. Die Kirche hat das Recht dazu, denn sie handelt im Namen Gottes.«

»Hoffentlich weiß euer Gott auch etwas davon«, sagte Abu Dun böse.

»Herr?«, fragte Radic verständnislos.

»Wie hast du das gemeint, sie wäre die Schlimmste von allen?«, fragte Andrej mit einer Geste auf das Mädchen.

»Sie hat sich verraten!«, antwortete Radic. »Gestern Abend, als sie ihre Kunststücke aufgeführt haben, da haben es alle gesehen! Sie war ungeschickt und hat sich mit dem Messer geschnitten. Eine wirklich schlimme Wunde. Aber heute Morgen war sie verschwunden! Das muss Teufelswerk sein!«

»Ich verstehe«, sagte Andrej finster. »Und deshalb habt ihr sie kurzerhand der Hexerei bezichtigt und auf den Scheiterhaufen geworfen. Ihr habt fünf Menschen bei lebendigem

Leibe verbrannt, nur weil ihr Zeuge von etwas geworden seid, das ihr nicht versteht? Ich frage mich, wer hier vom Teufel besessen ist.«

»Gib es auf«, sagte Abu Dun. »Ich glaube nicht, dass er versteht, was du meinst. Soll ich ihn töten?«

»Nein«, antwortete Andrej. »Ich habe eine bessere Idee.«

Er ließ sich vor Radic in die Hocke sinken, hob das Schwert und fuhr sich mit der scharfen Klinge über den Handrücken. Radic ächzte, als er die klaffende Wunde sah, die der Stahl hinterlassen hatte. Und er ächzte noch einmal und lauter, als die Wunde schon nach einem Augenblick aufhörte zu bluten und sich wenige Sekunden später wie durch Zauberei wieder schloss.

»Wie du siehst, gibt es durchaus noch mehr Menschen mit denselben Kräften«, Andrej sah ihn scharf an. »Und ich kann dir versichern, dass das noch lange nicht alles ist.«

Radic starrte aus riesigen Augen auf Andrejs Hand. »Was ... was seid Ihr?«, stammelte er.

»Ich bin nicht mit dem Teufel im Bunde, wenn du das meinst«, antwortete Andrej. »Ich bin etwas Schlimmeres. Etwas, das du dir nicht einmal vorstellen kannst. Ich werde dich nicht töten. Noch nicht. Aber eines Tages werde ich kommen, und dann wirst du Rechenschaft über dein Leben ablegen müssen. Du bist noch jung. Du hast noch Zeit, es wieder gutzumachen. Aber denke daran, ich bin kleinlich, und ich sehe alles. Und wenn du über uns oder das, was hier geschehen ist, auch nur mit einem Menschen sprichst, dann werde ich wiederkommen und deine Seele fressen. Hast du das verstanden?«

Radic nickte, und Andrej lächelte ihm zu und versetzte

ihm einen Fausthieb vor die Schläfe, der ihn augenblicklich das Bewusstsein verlieren ließ. Dann stand er auf.

»Beeindruckend.« Abu Dun klatschte spöttisch in die Hände. »Überaus beeindruckend. Aber auch ziemlich dumm. Was sollte das?«

»Mir war danach«, sagte Andrej finster. Das entsprach nicht ganz der Wahrheit. Ihm war danach gewesen, dem Kerl die Kehle aufzuschlitzen.

»Und du glaubst, du hättest ihn damit geläutert?«

»Wahrscheinlich nicht«, gestand Andrej. »Aber wenn sie das nächste Mal eine Hexe verbrennen, dann wird er nicht der Erste sein, der es gutheißt.«

»Wahrscheinlich wird er die Fackel halten«, grollte Abu Dun. Er schüttelte den Kopf. »Können wir jetzt gehen? Ich meine, bevor sie zurückkommen und uns einen Becher Wein und Kuchen zu unserem Plauderstündchen kredenzen.« Er machte eine Kopfbewegung in Richtung des Mädchens. »Deine neue Freundin können wir ja mitnehmen.«

»Gleich«, murmelte Andrej. Er drehte sich langsam im Kreis. Ohne das brennende Kreuz auf dem Platz hätte das Dorf einen fast friedlichen Anblick geboten. Ein armes, aber sauberes Dorf, voller einfacher, aber arbeitsamer und ehrlicher Menschen, die ein gottesfürchtiges Leben führten und zur Kirche gingen, und die dann und wann zur Kurzweil ein paar Menschen verbrannten …

»Gleich«, sagte er noch einmal. »Gibst du mir eine von diesen Fackeln?«

2

Sie waren nach Westen geritten, hatten aber nicht an der Herberge Halt gemacht, in der Andrej eigentlich hatte übernachten wollen, sondern waren ein gutes Stück davor von der befestigten Straße abgewichen und in die dichten Wälder eingedrungen, die das Bild in diesem Teil des Landes bestimmten.

Andrej war noch niemals dort gewesen und wusste sehr wenig über diese Gegend, und so überließ er es Abu Duns Instinkt, den Weg für sie zu finden; eine Entscheidung, die sich als durchaus richtig herausstellte. Eine ganze Weile waren sie durch die nahezu vollkommene Dunkelheit der Wälder geritten, und gerade als Andrej angefangen hatte, sich zu fragen, ob er Abu Dun vielleicht doch überschätzt hatte, wurde es vor ihnen hell. Licht, das sich auf still daliegendem Wasser brach, schimmerte durch die Bäume. Wenige Augenblicke später standen sie am Ufer eines ruhigen Sees, der so groß war, dass sein jenseitiges Ufer mit der Nacht verschmolz.

»Ich glaube, hier sollten wir rasten«, sagte Abu Dun.

»Eine gute Wahl«, pflichtete ihm Andrej bei. »Wir haben Glück, dass wir diesen Platz gefunden haben.«

»Das hat nichts mit Glück zu tun.« Abu Dun machte ein verächtliches Geräusch. »Ich bin Nubier, Hexenmeister. Wir können Wasser wittern.«

»Das dachte ich mir«, antwortete Andrej. »Deshalb habe ich auch darauf verzichtet, mich in eine Fledermaus zu verwandeln und davonzufliegen, um mir ein gemütliches Plätzchen zu suchen.«

Er glitt aus dem Sattel, drehte sich einmal im Kreis, um die Umgebung abzusuchen – als hätte er etwas sehen können! Der Wald war selbst für seine übermenschlich scharfen Augen undurchdringlich – und sah dann nach Osten, in die Richtung, aus der sie gekommen waren. Der Himmel war auch dort pechschwarz. Jetzt. Sie hatten den Feuerschein der brennenden Kirche noch lange gesehen, länger eigentlich, als die zunehmende Entfernung es hätte möglich machen dürfen. Andrej nahm an, dass die Flammen auf die benachbarten Gebäude übergegriffen, vielleicht sogar das ganze Dorf verschlungen hatten. Bei diesem Gedanken empfand er nicht das geringste Bedauern.

Er wandte sich wieder zu seinem Pferd um und streckte die Arme aus, um dem Mädchen beim Absteigen zu helfen. Es hatte die ganze Zeit wortlos und wie erstarrt hinter ihm gesessen, und es reagierte auch jetzt nicht. Sein Blick war noch immer in eine schreckliche Leere gerichtet, und Andrej fragte sich, ob es jemals wieder daraus zurückfinden würde.

»Warte.« Abu Dun trat mit zwei schnellen Schritten neben ihn, hob das Mädchen ohne die geringste Anstrengung vom Pferd und setzte es behutsam zu Boden.

»Kümmere dich um sie«, sagte er grob. »Ich bereite das Lager.«

Andrej nickte dankbar. Abu Dun war nicht glücklich darüber, dass sie das Mädchen mitgenommen hatten, obwohl es genau genommen sein Vorschlag gewesen war. Natürlich hätten sie das Mädchen unmöglich zurücklassen können; das wäre sein sicheres Todesurteil gewesen. Dennoch war sie schon jetzt eine Last für sie, und falls die Dörfler Hilfe holen würden und sie schnell verschwinden müssten – was wahrscheinlich war –, dann würde sie mehr als nur eine Last sein.

»Komm mit!«, sagte er. »Die Zigeunerin reagierte immer noch nicht, und Andrej nahm sie bei der Hand und führte sie die wenigen Schritte zum Wasser hinunter. Sie folgte ihm willenlos. Wenigstens etwas.

Er setzte das Mädchen direkt am Wasser ab, ging zu seinem Pferd zurück und kramte ein halbwegs sauberes Tuch aus der Satteltasche. Nachdem er wieder zum See zurückgegangen war und es ins Wasser getaucht hatte, begann er vorsichtig, zuerst die Hände und dann das Gesicht der Zigeunerin vom gröbsten Schmutz zu reinigen. Darunter kam ein Mädchen zum Vorschein, das in wenigen Jahren durchaus zu einer Schönheit heranwachsen konnte.

Andrej spürte, wie sich ein schon fast vergessen geglaubtes Gefühl in ihm regte. Wie lange war es her, dass er keine Frau mehr gehabt hatte? Monate?

Zehn Jahre, dachte er bitter. Seit er Maria verloren hatte.

Natürlich hatte er seither Frauen gehabt. Dutzende, vermutlich Hunderte. Aber das war nicht dasselbe. Andrej war ein körperlich junger Mann in den besten Jahren. Er suchte Frauen für eine Nacht oder die kurze Zeit, die sie das unstete Leben an einem Ort bleiben ließ. Es waren Frauen, die aus einer Laune heraus oder nach einem Becher Wein zu viel das Lager mit ihm teilten; oft genug auch für Geld.

Dieses Mädchen war etwas anderes. Sie war wie er. Ein Wesen von seiner Art. Das Blut, das in ihren Adern floss, war dasselbe wie seines.

Und sie war jung genug, um seine Tochter sein zu können, wenn nicht gar seine Enkelin.

Andrej verscheuchte seine Gedanken und konzentrierte sich wieder darauf, ihr Gesicht zu reinigen. Was er sah, gefiel ihm nicht. Die Prellungen und Brandblasen hatten bereits zu heilen begonnen, aber längst nicht in dem Ausmaß, in dem sie hätten heilen müssen. Außerdem fühlte er, dass sie Fieber hatte. Hohes Fieber.

Er tauchte das Tuch noch zweimal ins Wasser, bis er mit dem Ergebnis seiner Bemühungen so zufrieden war, wie er es unter den gegebenen Umständen sein konnte, und warf das Stück Stoff anschließend fort. Er hatte das Gefühl, dass es besudelt war; als hafte etwas von dem, was man diesem Kind angetan hatte, nun an dem Blut und Schmutz, die das Tuch aufgenommen hatte.

Langsam hob er die Hand, zögerte noch einmal und legte sie dann auf die Stirn des Mädchens. Sie war heiß, und er konnte spüren, wie schnell ihr Puls ging.

Andrej schloss die Augen. Wenn er ihr doch nur helfen könnte! Wie viele Leben hatte er genommen, auf genau diese Art, nur durch eine Berührung mit der Hand? Warum war es so leicht, etwas zu nehmen, und so unmöglich, auf die gleiche Weise zu geben?

Nach einer Weile zog er die Hand wieder zurück und hob die Lider. Der Blick des Mädchens war noch immer leer. Es hatte mit den Lippen zu zittern begonnen, aber in seinen Augen stand weiterhin das Entsetzen.

»Glaubst du, dass sie sich jemals wieder erholt?«

Andrej schrak leicht zusammen und sah über die Schulter hoch. Er hatte nicht gehört, dass Abu Dun hinter ihn getreten war, aber das überraschte ihn nicht. Trotz seiner Größe und Massigkeit vermochte sich der ehemalige Pirat so lautlos zu bewegen wie eine Katze.

»Ich weiß es nicht«, sagte Andrej ehrlich. »Ich weiß nicht, was sie ihr angetan haben.«

»Ich dachte immer, außer einem Stich ins Herz oder Feuer kann euch nichts umbringen«, sagte Abu Dun. Er grinste, aber Andrej spürte auch, dass diese Worte bitterernst gemeint waren.

»Das dachte ich bisher auch.« Andrej betrachtete besorgt das Gesicht der jungen Zigeunerin, und Abu Dun sagte: »Hätten ihre Wunden nicht längst heilen müssen?«

»Sie ist noch sehr jung«, antwortete Andrej ausweichend. »Vielleicht ist sie noch nicht lange ...«

»So wie du?« Abu Dun war immerhin rücksichtsvoll genug, das Wort Vampyr nicht zu benutzen. »Hast du vergessen, was Radic erzählt hat? Gestern Abend hat sie sich geschnitten, und die Wunde war am Morgen verheilt.«

»Vielleicht ist sie morgen wieder gesund«, antwortete Andrej. Allerdings fehlte seiner Stimme jegliche Überzeugungskraft.

»Ich kann kein Feuer machen«, sagte Abu Dun. »Aber wir haben noch etwas kaltes Fleisch. Bist du hungrig?«

»Nein«, antwortete Andrej. »Aber vielleicht möchte sie etwas essen.« Er wandte sich an das Mädchen. »Hast du Hunger?«

Wie erwartet gab es keine sichtbare Reaktion. Aber Andrej glaubte, ein schwaches Flackern in ihrem Blick zu bemerken. Wie ein winziger, fast schon im Ersterben begriffener Funke in der erkaltenden Asche eines Feuers.

»Wahrscheinlich braucht sie einfach nur Ruhe«, antwortete Andrej. »Schlaf ist manchmal die beste Medizin.«

»Ich könnte auch etwas von dieser Medizin gebrauchen«, sagte Abu Dun. »Aber vorher sollten wir uns unterhalten.«

Das hatte Andrej befürchtet. Er wollte nichts weniger, als dieses Gespräch führen, aber er kannte Abu Dun zur Genüge. Er würde ihm nicht entgehen, nur weil er das Gespräch hinauszögerte.

Indem er so tat, als müsse er sich davon überzeugen, dass mit der Zigeunerin auch wirklich alles in Ordnung war, gewann er noch einige Augenblicke. Dann stand er auf und folgte Abu Dun.

Sie entfernten sich ein paar Schritte – als ob es nötig gewesen wäre, außer Hörweite des Mädchens zu gelangen. Andrej war sehr sicher, dass sie nichts von dem sah oder hörte, was um sie herum geschah.

»Und?«, fragte er, als Abu Dun stehen blieb.

»Was – und? Diese Frage wollte ich dir gerade stellen«, sagte Abu Dun. »Was denkst du, sollen wir jetzt tun? Dir ist klar, dass sie spätestens nach Tagesanbruch anfangen werden, nach uns zu suchen, oder?«

»Hast du vergessen, wessen Idee es war, die Hexenverbrennung zu stören?«

»Ich hatte dabei nicht im Sinn, wie der Leibhaftige aufzutreten und möglichst allen zu beweisen, dass ihr Aberglaube vielleicht nicht ganz so unbegründet ist. Und ich hatte auch nicht vor, den ganzen Ort niederzubrennen. Um ganz ehrlich zu sein, hatte ich etwas Zurückhaltenderes vor.«

»Ich weiß«, sagte Andrej. »Gut, du hast Recht. Ich habe einen Fehler gemacht. Ich habe die Beherrschung verloren. Sobald ich eine passende Rute gefunden habe, werde ich mich ein bisschen kasteien.«

»Darf ich das übernehmen?«, fragte Abu Dun grinsend. Dann wurde er sofort wieder ernst. »Du hast sie nie vergessen, nicht wahr?«

»Maria?« Andrej schüttelte den Kopf. »Nein.«

»Ich weiß nicht, ob ich dich verstehen kann«, sagte Abu Dun leise. »Ich habe niemals erfahren, was es heißt, jemanden zu lieben. Aber wenn ich mir dich ansehe, dann bin ich froh darüber.«

»Du weißt nicht, was du redest«, erwiderte Andrej.

»Ich weiß, dass du besessen bist«, sagte Abu Dun. »Wie lange ziehen wir jetzt schon durch die Welt und suchen nach ihr? Zehn Jahre? Wie oft hast du geglaubt, sie gefunden zu haben? Zehnmal? Hundertmal? Und wie oft hast du dich selbst gequält, wenn du zugeben musstest, dass sie es doch nicht war? Heute Abend hättest du uns beide fast umgebracht, nur weil du geglaubt hast, dieses Mädchen wäre Maria.«

»Niemand zwingt dich, bei mir zu bleiben«, antwortete Andrej spröde. »Du kannst gehen.«

»Wie einfach!« Abu Dun wurde böse. »Aber das wäre feige, und Abu Dun ist kein Feigling, der einen Freund im Stich lässt, wenn dieser ihn am meisten braucht.«

Andrej wollte auffahren, aber sein Zorn war nicht stark genug, weil er aus dem Verstand kam, nicht aus dem Gefühl. Statt den Piraten anzubrüllen, flüsterte er leise: »Du hast Recht, Abu Dun. Du weißt nicht, was es heißt, einen Menschen zu lieben.«

Für endlose Augenblicke standen sie einfach schweigend da und starrten einander an, und schließlich drehte sich Abu Dun um und ging davon. Auch Andrej blieb nur noch einen Moment stehen, ehe er zum Waldrand zurückging und sich gegen einen Baum lehnte. Er schloss die Augen. Für Abu Dun oder jeden anderen zufälligen Beobachter musste es so aussehen, als ob er schlafe, aber hinter seiner Stirn jagten sich die Gedanken immer schneller.

Abu Duns Worte hatten ihn mehr aufgewühlt, als er zugeben wollte, und seine Gedanken kehrten gegen seinen Willen zu jener schrecklichen Nacht vor zehn Jahren zurück. Er wehrte sich mit aller Macht gegen die Bilder, die in seinem Geist Gestalt annehmen wollten, aber es war ein Kampf ohne Aussicht auf Erfolg. Es hatte in den letzten zehn Jahren kaum einen Tag gegeben, an dem er sich nicht an die entsetzlichen Minuten erinnert hatte. Die Bilder hatten sich unauslöschlich und für alle Zeiten in sein Bewusstsein eingebrannt.

Sie hatten Draculs Burg verlassen und waren zum Waldrand geeilt, wo Maria auf sie warten wollte. Aber Maria war nicht da gewesen. Stundenlang war Andrej durch den Wald geirrt, hatte ihren Namen gerufen und sich an die immer verzweifelter werdende Hoffnung geklammert, dass sie vielleicht am falschen Ort gesucht hatten, dass Maria sich in der Dunkelheit vielleicht verirrt haben könnte ...

Was wirklich passiert war, hatten das erste Licht des neuen Tages und Abu Duns Talent als Fährtensucher offenbart. Sie hatten Spuren gefunden, die eine eindeutige Geschichte erzählten. Maria *war* am vereinbarten Treffpunkt gewesen, aber jemand war gekommen und hatte sie gewaltsam entführt. Tagelang waren sie diesen Spuren gefolgt, bis sie sich schließlich verloren hatten.

Und das war für zehn Jahre das letzte Lebenszeichen von Maria gewesen. Sie waren kreuz und quer durch das Land gezogen, und es war ganz genau so gewesen, wie Abu Dun gerade behauptet hatte: Er hatte ein Dutzend Mal geglaubt, sie gefunden zu haben, und die Erkenntnis, dass es nicht Maria war, war jedes Mal eine größere Enttäuschung gewesen als zuvor. Vielleicht hatte Abu Dun Recht, und sie war längst tot oder lebte jetzt in einem weit entfernten Land und hatte vergessen, dass es ihn gab, und *ganz bestimmt* hatte er Recht, wenn er sagte, dass er sich nur selbst quälte. Aber er konnte sie einfach nicht vergessen. Vielleicht gab es in seinem Leben nur Platz für diese eine Liebe, und möglicherweise ...

Neben ihm ertönte ein Stöhnen, gefolgt von einem halb erstickten Schluchzen. Andrej fuhr zusammen und sprang in die Höhe.

Die Zigeunerin war aus ihrer Starre erwacht. Sie war auf die Seite gesunken und hatte sich zusammengerollt wie ein schlafendes Baby, aber sie zitterte am ganzen Leib und schluchzte ununterbrochen, und als Andrej bei ihr ankam und die Hand nach ihr ausstreckte, schrie sie auf und schlug nach ihm.

Andrej fing ihren Schlag ab und hielt ihre Hand fest, aber sehr vorsichtig, um ihr nicht wehzutun. Sie schlug auch mit der anderen Hand nach ihm und traf ihn zweimal hart im Gesicht, bevor es ihm gelang, auch ihr zweites Handgelenk zu packen und festzuhalten. Im nächsten Moment rammte sie ihm das Knie mit solcher Wucht in den Unterleib, dass ihm die Luft wegblieb.

Andrej ächzte, drehte sich halb auf die Seite, um einem weiteren harten Tritt zu entgehen, und presste die Zigeunerin mit seinem ganzen Körpergewicht zu Boden. Er war ungleich stärker als sie, und dennoch kostete es ihn seine ganze Kraft, sie auch nur halbwegs im Zaum zu halten.

»Hör doch auf!«, schrie er. »So beruhige dich doch! Wir wollen dir nichts tun!«

Als Antwort riss sie ihre linke Hand los und versuchte, ihm die Augen auszukratzen. Andrej drehte hastig den Kopf zur Seite, sodass sie ihm nur die Wange zerschrammte. Wütend packte er ihr Handgelenk und hielt es diesmal mit deutlich größerer Kraft fest. Die Zigeunerin bäumte sich so überraschend und mit solcher Kraft auf, dass er beinahe umgeworfen worden wäre. Andrej fluchte, presste ihre Hände und Schultern auf den Boden und benutzte sein Knie, um ihre strampelnden Beine zu blockieren. Sie hob den Kopf und versuchte, ihn zu beißen, und Andrej drehte hastig das Gesicht weg, bevor er ein Ohr einbüßte.

Hinter ihm lachte Abu Dun leise. »Braucht Ihr Hilfe, Sahib?«, fragte er spöttisch.

Andrej schluckte einen Fluch hinunter, bugsierte sich in

eine Position, in der er das zappelnde Bündel unter sich zuverlässig festhalten konnte, ohne dabei ein Auge, ein Ohr oder irgendwelche anderen Körperteile zu verletzen, und presste ihre Hände mit noch größerer Kraft gegen den Boden.

Die Zigeunerin tobte noch einige Sekunden weiter, dann erschlaffte sie plötzlich, als hätte der jähe Ausbruch von Gewalt all ihre Energie aufgezehrt. Im ersten Moment befürchtete Andrej schon, sie könne wieder in jenen Zustand dumpfen Brütens zurückfallen, in dem sie bisher gewesen war, aber ihr Blick blieb klar. Und auch die Angst war noch immer in ihren Augen.

»Hast du dich jetzt beruhigt?«, fragte er. »Du brauchst keine Angst zu haben. Wir sind deine Freunde.«

»Du ... du tust mir weh«, antwortete das Mädchen.

»Wenn du mir versprichst, nicht wieder auf mich loszugehen, dann lasse ich dich los«, antwortete Andrej. »Einverstanden?«

Die Zigeunerin zögerte für sein Empfinden eine Winzigkeit zu lange, bevor sie endlich nickte. Dann aber tat sie es, und Andrej ließ vorsichtig ihre Hände los und stand auf. Sofort richtete sie sich in eine sitzende Position auf, sah sich hastig nach allen Seiten um und rutschte dann weit genug zurück, um sich an einen Baum lehnen zu können. Sie zog angstvoll die Knie an den Körper und schlang die Arme um den Leib. Vielleicht glaubte sie ihm ja, dachte Andrej, aber das änderte nichts daran, dass sie noch immer halb von Sinnen vor Furcht war. Erneut ergriff ihn ein kalter Zorn auf die Menschen, die ihr das angetan hatten, aus keinem anderen Grund als dem, dass sie etwas verkörperte, was sie nicht verstanden.

»Wie ist dein Name, Kind?«, fragte er.

»Alessa«, antwortete die Zigeunerin.

»Alessa. Ein hübscher Name. Ich bin Andrej, und das da ist Abu Dun.« Er lächelte flüchtig, als Alessa in Abu Duns Richtung sah und bei seinem Anblick erneut zusammenzuckte. »Keine Angst. Er sieht nur bedrohlich aus. Dir wird er nichts tun. Wir sind deine Freunde.«

Alessas Blick wanderte unsicher von einem zum anderen. Sie hatte immer noch Angst. Vielleicht würde sie den Rest ihres Lebens in Angst verbringen. Und ihr Anblick gefiel ihm auch in anderer Hinsicht nicht. Sie sah nicht gut aus. Weit über die Spuren der Verletzungen hinaus, die man ihr zugefügt hatte, wirkte sie ... krank. Und das war eigentlich unmöglich. Wesen wie sie wurden nicht krank. Niemals.

»Sag es ihr«, verlangte Abu Dun auf Arabisch, seiner Muttersprache, die Andrej in den letzten Jahren von ihm gelernt hatte. »Sag ihr, was passiert ist.«

»Hältst du das für klug?«, erwiderte Andrej in derselben Sprache.

»Hältst du es für klug, sie zu belügen und ihr in ein paar Tagen zu erzählen, dass ihre ganze Familie umgebracht worden ist?«, fragte Abu Dun.

»Erinnerst du dich, was passiert ist?«, fragte er leise und wieder direkt an Alessa gewandt.

Im ersten Moment reagierte sie gar nicht, sondern starrte ihn nur aus Augen an, die noch dunkler geworden zu sein schienen. Dann nickte sie ganz sacht.

»Sie sind alle tot, nicht wahr? Sie haben sie alle umgebracht. Sag es. Du brauchst mich nicht zu schonen.«

»Du hast es doch nicht etwa mit ansehen müssen?«, fragte Andrej entsetzt.

Alessa verneinte. »Ich habe ihre Schreie gehört«, sagte sie. »Und irgendwie ... konnte ich fühlen, wie sie starben. Mich haben sie sich bis zum Schluss aufgehoben. Wenn Ihr nicht gekommen wärt, dann hätten sie mich auch getötet.« Ihre Stimme wurde bitter. »Ich weiß nicht, ob ich Euch danken soll. Vielleicht wäre ich besser tot.«

»Unsinn!«, sagte Andrej. »Du bist noch jung. Du hast dein Leben noch vor dir. Der Schmerz wird vergehen.«

Er kam näher, blieb aber nach ein paar Schritten wieder stehen, als Alessa mit neu erwachender Furcht zu ihm hochsah. »Aber jetzt erzähl uns, was geschehen ist«, bat er.

Sie blickte stumm zu Abu Dun. Andrej konnte sie sogar verstehen. Auf jeden, der Abu Dun nicht kannte, machte der Nubier einen beeindruckenden und oft genug Furcht einflößenden Eindruck. An die zwei Meter groß, massig gebaut, mit seiner ebenholzfarbenen Haut und stets ganz in Schwarz gekleidet, kam er vielen vermutlich wie der Leibhaftige vor. Als Andrej ihn kennen gelernt hatte, da war diese Einschätzung nicht einmal vollkommen falsch gewesen. Aber das war lange her. Abu Dun war noch immer ein gefährlicher Mann – vor allem für seine Feinde – aber er hatte sich geändert: Er betrachtete nicht mehr jeden als Feind, der nicht sein Freund war.

»Warum haben sie euch das angetan?«, fragte nun auch er.

»Sie haben behauptet, wir wären Hexen«, antwortete Alessa zögernd. »Zuerst ... zuerst haben sie uns in ihrem Dorf willkommen geheißen und uns sogar gestattet, unsere Zelte am Stadtrand aufzuschlagen. Aber dann ... dann fingen sie an zu reden. Mit Fingern auf uns zu zeigen und zu tuscheln. Der Pfaffe war der Schlimmste. Du hast ihn erschlagen, nicht wahr?«

Andrej nickte. Er war überrascht, dass Alessa es überhaupt bemerkt hatte.

»Wir haben uns nichts dabei gedacht«, fuhr Alessa fort. »Die Leute sind immer so, überall wo wir hinkommen. Zuerst treiben sie Handel mit uns und lassen uns Kunststücke vorführen, dann fangen sie an zu reden, und am Ende jagen sie uns davon.« Sie lachte bitter. »Weißt du, woher das Wort kommt, mit dem sie uns bezeichnen? Zigeuner?«

Andrej schüttelte wahrheitsgemäß den Kopf, und auch Abu Dun hob nur die Schultern.

»Aus dem Deutschen«, sagte Alessa. »Es heißt so viel wie ziehende Gauner. Und mehr sind wir auch nicht für sie.«

Andrej sah ihr deutlich an, wie Bitterkeit und die Erinnerung an das Geschehene sie zu überwältigen drohten, und um sie abzulenken, fragte er hastig: »Kommt ihr von dort? Aus dem Deutschen?«

Alessa nickte. »Wir waren dort«, sagte sie. Sie schluckte einige Male, um die Tränen niederzukämpfen. »Den ganzen vergangenen Winter über. Auch da haben sie mit Fingern auf uns gezeigt und uns davongejagt. Aber sie haben uns wenigstens nicht verbrannt.«

»Und warum hier?«, wollte Abu Dun wissen. »Was ist vorgefallen?«

»Das weiß ich nicht«, antwortete Alessa. »Gestern Abend haben sie uns plötzlich gefangen genommen und uns den Prozess gemacht.«

Andrej tauschte einen fragenden Blick mit Abu Dun. Warum log sie?

»Einfach so?«, fragte er. »Ohne besonderen Grund?«

»Der Pfaffe hat einige Dorfbewohner zum Schloss geschickt, und zwei Soldaten sind zu uns gekommen«, sagte Alessa – womit sie seine Frage ganz eindeutig *nicht* beantwortete. »Ihr habt die beiden gesehen.«

»Zum Schloss?« Abu Dun klang alarmiert. »Wo liegt dieses Schloss?«

»Nicht weit von hier.« Alessa machte eine Geste. »Auf der anderen Seite des Sees. Wäre es hell, könnten wir es von hier aus sehen.«

»Oh«, machte Andrej.

»Sind dort noch mehr Soldaten?«, fragte Abu Dun.

»Ich weiß nicht«, antwortete Alessa. »Wir waren nicht dort. Aber ich glaube schon.«

»Weiter«, sagte Andrej rasch. »Sie haben euch also den Prozess gemacht. Unter welcher Anklage?«

Alessa schwieg. Ihr Blick verriet, wie sehr es hinter ihrer Stirn arbeitete.

»Du traust uns immer noch nicht«, stellte er fest.

»Doch! Das ist es nicht, aber …«

»Das kann ich verstehen«, fuhr Andrej mit einem Nicken fort. »Ich an deiner Stelle würde nicht anders reagieren, glaube ich. Aber ich habe etwas, um dich zu überzeugen.«

Er zog seinen Dolch. Die Augen der Zigeunerin weiteten sich erschrocken. Statt ihr etwas anzutun, nahm Andrej das Messer jedoch in die linke Hand und zog die Klinge mit einer kraftvollen Bewegung über seinen Unterarm. Alessa keuchte und schlug erschrocken die Hand vor den Mund. Dann wurden ihre Augen noch größer, als sie sah, wie sich die Wunde binnen weniger Herzschläge wieder schloss. Für einen Moment war noch eine dünne, weiße Narbe zu sehen, doch auch diese verschwand.

Andrej steckte den Dolch ein und wischte sich das Blut vom Unterarm.

»Aber ... aber das ...«, stammelte Alessa. Sie starrte ihn an, dann bekreuzigte sie sich.

»Du siehst, ich kenne dein Geheimnis«, sagte Andrej. »Ich kenne es sehr gut. Ich bin wie du.«

»Dann ... dann bin ich nicht die Einzige?«, murmelte Alessa. »Es gibt noch mehr Menschen wie mich?«

»Nicht sehr viele«, antwortete Andrej. Alessas Blick irrte zu Abu Dun, und Andrej schüttelte rasch den Kopf.

»Er gehört nicht dazu. Nur ich. Ich habe einige andere getroffen, aber nur wenige.« Und die meisten hatte er getötet. »Du bist nicht allein, Alessa.«

»Soll das heißen, du bist noch nie einem anderen Vam ...«, begann Abu Dun, stockte und verbesserte sich: »... einem anderen Menschen wie dir begegnet?«

Alessa sah unsicher zu ihm hoch. Andrej war sicher, dass ihr das halbe Wort, dass Abu Dun um ein Haar ausgesprochen hätte, keineswegs fremd war.

»Ich ... ich bin noch nicht ... noch nicht lange ... so«, sagte sie stockend.

Nun war Andrej an der Reihe, überrascht zu sein. Und alarmiert. »Was soll das heißen, du bist noch nicht lange so?«

Das Mädchen hob die Schultern. Ihr Blick verharrte für einen Moment auf Andrejs nun wieder unversehrtem Unterarm, als wären die Antworten auf alle Fragen dort zu lesen.

»Erst seit dem letzten Frühjahr«, sagte sie. »Ich war krank. Viele von uns sind krank geworden. Fast die Hälfte unserer Familie hat den Winter nicht überlebt, und auch ich habe eine Woche mit schwerem Fieber gelegen. Ich wäre fast gestorben. Aber nachdem ich wieder gesund war, da ... da war ich so. Es hat mir große Angst gemacht.«

»Und die anderen aus deiner Familie?«

»Ich war die Einzige, die das Fieber überlebt hat«, antwortete Alessa. »Niemand weiß ...« Sie brach ab, starrte einen Moment an Andrej vorbei ins Leere und verbesserte sich dann: »... wusste davon. Nur meine Mutter und Anka, die *Puuri Dan* unserer Sippe.«

Andrej blickte sie fragend an.

»Unsere heilige Frau. Jede Sintifamilie hat eine *Puuri Dan*. Die Alten bewahren das Wissen.«

Andrej musste sich beherrschen, um das Mädchen nicht mit Fragen zu überschütten. Plötzlich war er sehr aufgeregt. *Wissen!* Was hätte er darum gegeben, endlich zu erfahren, wer er war, *was* er war, und vor allem, wie er dazu geworden war. Aber er zügelte seine Neugier und sagte nur: »Rede weiter, Kind.«

»Da gibt es nicht viel zu erzählen«, sagte Alessa. »Sie waren sehr erschrocken. Anka hat mir eingeschärft, mit niemandem zu reden und mein Geheimnis für mich zu behalten, und das habe ich getan. Ich war sehr vorsichtig. Niemand hat etwas bemerkt. Aber gestern Abend ...« Sie begann zu weinen. »Es war meine Schuld. Wenn ich mich nicht mit dem Messer geschnitten hätte, dann wären die anderen jetzt noch am Leben.«

Andrej legte ihr mitfühlend die Hand auf die Schulter. Ihr

Herz klopfte wie rasend, und er konnte selbst durch den Stoff ihres Kleides hindurch spüren, dass ihre Haut glühte. Ihr Fieber musste noch gestiegen sein.

»Mach dir keine Vorwürfe«, sagte er. »Früher oder später musste es passieren. Es ist nicht deine Schuld.«

»Anka hat gesagt, dass ich aufpassen soll«, beharrte Alessa schluchzend. »Sie hat mich gewarnt, was passiert, wenn andere sehen, was ich bin. Selbst in unserer Sippe wusste es niemand.«

»Und was hat sie dir sonst noch über dich erzählt?«, fragte Andrej. Er konnte Abu Duns ärgerliches Stirnrunzeln geradezu körperlich spüren, aber er beachtete es nicht. Sein Herz begann vor Aufregung heftig zu klopfen.

Alessa schüttelte den Kopf. »Nichts.«

»Nichts?«

»Sie sagte, sie würde es mir später erklären«, antwortete Alessa leise. »Wenn ich etwas älter wäre und es besser verstehen könnte. Sie hat nur gesagt, ich sollte mein Geheimnis für mich behalten und mich vor Blut in Acht nehmen. Ich habe das nicht verstanden.« Sie wischte sich die Tränen aus dem Gesicht und sah Andrej fragend an. »Kannst du es mir erklären?«

»Ja«, sagte Andrej. »Später. Wenn du etwas älter geworden bist.« Er wartete gerade lange genug, um die Enttäuschung in Alessas Augen erkennen zu können, ehe er grinsend hinzufügte: »Morgen.«

Alessa war nun völlig verwirrt. Andrej lächelte, zog die Hand zurück und zögerte einen kurzen Moment, ehe er sich mit untergeschlagenen Beinen vollends neben sie ins Gras sinken ließ.

»Ich weiß auch nicht sehr viel mehr als du«, begann er. »Eure *Puuri Dan* hätte es dir sicher erklären können, aber nun, wo sie tot ist …«

»Anka ist nicht tot«, sagte Alessa.

Andrej hob mit einem Ruck den Kopf. »Was sagst du da?«

»Jedenfalls war sie es im Frühjahr noch nicht«, antwortete Alessa. Ihre Tränen waren versiegt, und sie zog lautstark die Nase hoch. »Sie war alt, und die Reise war ihr wohl zu anstrengend. Wir wollten im Herbst wieder zu ihr zurückkehren.«

»Wohin?«, schnappte Andrej.

Alessa dachte einen Moment angestrengt nach und hob dann die Schultern. »Ich weiß nicht mehr genau, wie der Ort hieß. Es war irgendwo im Bayerischen, vielleicht einen Tag von der Grenze entfernt. Wir wollten uns im Herbst dort wieder treffen.«

»Und du bist sicher, dass sie noch lebt?«

»Sie ist sehr alt«, antwortete Alessa zögernd und hob abermals die Schultern. »Aber eigentlich war sie gesund. Nur alt.« Sie fuhr sich mit der Zungenspitze über die Lippen. »Ich habe Durst.«

Andrej stand auf, ging zu seinem Pferd und kam mit seiner Wasserflasche zurück. Alessas Hände zitterten, als sie nach der ledernen Flasche griffen, und sie leerte sie fast zu Gänze.

»Hast du dieses Fieber öfter?«, fragte Andrej, als er die Flasche zurücknahm.

Alessa schüttelte den Kopf. »Ich war nicht mehr krank seit dem letzten Winter.«

»Sorge dich nicht«, sagte Andrej mit einer Zuversicht, die er ganz und gar nicht empfand. Er *machte* sich Sorgen. Große Sorgen. Dennoch fuhr er fort: »Du wirst dich erholen. Wahrscheinlich ist morgen schon wieder alles in Ordnung. Versuch ein bisschen zu schlafen. Das wirkt manchmal Wunder.«

Alessa nickte dankbar und rollte sich gehorsam im Gras zusammen. Sie schlief sofort ein. Andrej sah lange Zeit wortlos auf sie herab, ehe er seinen Mantel von den Schultern löste und sie damit zudeckte. Dann ging er zum See, um seine Wasserflasche zu füllen.

Abu Dun folgte ihm. Als Andrej am Ufer niederkniete und die Flasche ins Wasser tauchte, fragte er: »Was hat das zu bedeuten? Ich dachte, ihr werdet nicht krank.«

Andrej hob die Schultern. »Nichts«, sagte er. »Vielleicht ist sie einfach noch nie zuvor so schwer verletzt worden.«

»Unsinn«, widersprach Abu Dun heftig. »Du selbst bist ...«

»Auch meine Wunden heilen heute schneller als vor zehn Jahren«, unterbrach ihn Andrej. »Vielleicht werden wir immer stärker, je länger wir ...« Er zögerte. »Je länger wir sind, was wir sind.«

Irgendetwas sagte ihm jedoch, dass das nicht die Erklärung war. Es entsprach zwar seinen Erfahrungen, aber es war nicht die Erklärung für Alessas Zustand, der ihm weit mehr Sorgen bereitete, als er Abu Dun gegenüber zugeben wollte.

»Und wie soll es jetzt weitergehen?«, fragte Abu Dun.

»Wir lassen sie eine Weile schlafen, dann reiten wir weiter.« Andrej verschloss die Flasche und stand auf. »Es ist vielleicht nicht so klug, bei Tagesanbruch in Sichtweite dieses Schlosses zu sein, von dem sie gesprochen hat, o du begnadetster aller Fährtenleser.«

»Ich bin keine Eule, die in der Nacht sehen kann.« Abu Dun schürzte beleidigt die Lippen. »Das habe ich mit meiner Frage aber auch nicht gemeint.«

»Sondern?«

»Du weißt ganz genau, wovon ich rede«, antwortete Abu Dun mit einer verärgerten Kopfbewegung auf das schlafende Mädchen. »Manchmal ist es ganz leicht, deine Gedanken zu lesen. Im Moment leuchten sie dir regelrecht aus den Augen. Du würdest am liebsten jetzt gleich losreiten, um nach dieser alten Frau zu suchen, habe ich Recht?«

»Nein«, antwortete Andrej. »Später ist es immer noch früh genug.«

Abu Dun seufzte. »Spiel keine Spielchen mit mir, Hexenmeister. Dazu bin ich zu müde.«

»Ein Grund mehr, ein wenig zu schlafen«, versetzte Andrej. »Sobald es hell wird, reiten wir weiter, und dann können wir immer noch entscheiden, wohin. Wer weiß, vielleicht findest du ja bei Tageslicht sogar aus diesem Wald heraus.«

Abu Dun starrte ihn feindselig an, dann drehte er sich um und ging. Schon nach wenigen Schritten war er in seiner schwarzen Kleidung mit der Nacht verschmolzen. Andrej überzeugte sich noch einmal davon, dass Alessa tief schlief, dann entfernte auch er sich ein paar Schritte und streckte sich im Gras aus. Es war kalt. Er fror, und während er einschlief, dachte er voller Bedauern an den Mantel, den er in einer plötzlichen Anwandlung von Ritterlichkeit über dem schlafenden Mädchen ausgebreitet hatte.

Aber es war eine seltsam wohltuende Art von Bedauern.

Er war nicht mehr allein.

Abu Dun weckte ihn. Noch bevor Andrej die Augen aufschlug, wusste er, dass es noch immer tiefste Nacht war, und er spürte, dass etwas nicht stimmte. Mit einem Ruck öffnete er die Augen.

Das Gesicht des Nubiers schwebte über ihm, schwärzer als der Nachthimmel und von einem Ernst erfüllt, den Andrej schon lange nicht mehr darin erblickt hatte.

»Alessa«, sagte er.

Andrej sprang so hastig in die Höhe, dass Abu Dun zurückprallte und ungeschickt auf dem Hinterteil landete. Mit zwei gewaltigen Sätzen war Andrej bei dem Zigeunermädchen und ließ sich neben ihr auf die Knie fallen.

Alessa lag auf der Seite und schien zu schlafen. Ihre Augen waren geschlossen, und auf ihrem Gesicht lag ein friedlich entspannter, fast schon glücklicher Ausdruck. Sie atmete nicht, und als Andrej die Hand ausstreckte und sie an der Schulter berührte, spürte er, wie kalt ihre Haut war.

Hinter ihm stemmte sich Abu Dun ächzend in die Höhe und kam dann zögernd näher.

»Es tut mir so leid«, murmelte er. »Aber sie war schon lange tot, als ich aufgewacht bin. Ich glaube nicht, dass sie gelitten hat. Wahrscheinlich hat sie gar nichts gespürt.«

Andrej hörte nicht einmal hin. Seine Hand lag noch immer auf Alessas Schulter, und die Kälte ihrer Haut schien mit jedem Herzschlag, auf den er vergeblich wartete, zuzunehmen. Er fühlte sich wie gelähmt. Es war unmöglich. Sie konnte nicht tot sein! Menschen dieser Art starben nicht einfach so! Niemals! *Niemals!*

»Es tut mir wirklich leid«, sagte Abu Dun. Er ließ sich neben Andrej in die Hocke sinken und versuchte, seine Hand von Alessas Schulter zu lösen. Andrej stieß ihn weg. Es war unmöglich! Es konnte einfach nicht sein!

Der Nubier richtete sich wieder auf, hielt aber jetzt einen respektvollen Abstand zu ihm ein. Er sprach nicht mehr, sondern wartete geduldig, bis Andrej von sich aus das quälende Schweigen brach.

Es dauerte lange, sehr lange. Andrej konnte hinterher nicht sagen, wie viel Zeit vergangen war, bis er endlich aus seiner Starre erwacht war und die Hand vom Körper des toten Mädchens gelöst hatte. Als er sich aufrichtete, schmerzten seine Muskeln vor Verspannung. Abu Dun saß ein halbes Dutzend Schritte entfernt an einen Baum gelehnt und kaute auf einem Stück Fladenbrot herum, das er aus seiner Satteltasche geholt hatte. Dieser Anblick versetzte Andrej in rasende Wut. Dass Abu Dun jetzt aß, kam ihm würdelos vor.

Der Nubier schien seine Gedanken zu erraten, denn er ließ sofort das Brot sinken, schluckte den letzten Bissen hinunter und stand auf. »Wir müssen sie begraben«, sagte er.

Andrejs Zorn war schon wieder verraucht. Er sah auf das tote Mädchen hinab und nickte. Er fühlte sich leer. Das Gefühl, dass etwas Schreckliches geschehen war, das er beim Aufwachen gehabt hatte, hatte sich bewahrheitet. Er hatte Alessas Nähe in sich gespürt, so wie er stets die Nähe eines anderen Unsterblichen gespürt hatte. Nun war dieses Gefühl fort, und in ihm herrschte eine tiefe, fast körperlich schmerzende Leere. Mit Alessa schien ein Teil von ihm gestorben zu sein.

»Ich verstehe das nicht«, flüsterte er. »Warum?«

Abu Dun zuckte nur mit den Schultern. Wenn Andrej es nicht wusste, woher sollte der Nubier die Antwort kennen?

Immerhin versuchte er, eine Erklärung zu finden. »Wir wissen nicht genau, was sie ihr angetan haben«, sagte er mit leiser, mitfühlender Stimme. »Vielleicht haben sie sie vergiftet.«

»Man kann uns nicht vergiften«, sagte Andrej.

»Immerhin kannst du dich betrinken, wie du oft genug bewiesen hast«, sagte Abu Dun trocken. »Das ist auch eine Art von Vergiftung, oder?«

»Bitte, Abu Dun«, sagte Andrej leise. »Mir ist nicht nach Scherzen.«

»Das sollte auch kein Scherz sein«, antwortete der Nubier. »Wenn es etwas gibt, das dich umbringen kann, dann interessiert es mich. Dich sollte es übrigens auch interessieren.«

Andrej fuhr mit einer zornigen Bewegung herum und funkelte ihn an. »Abu Dun!«

Abu Dun versuchte, sich in ein Lächeln zu retten, das aber reichlich verunglückt ausfiel. Endlich nickte er.

»Ich begrabe sie. Und danach sollten wir von hier verschwinden. Wir sollten möglichst weit weg sein, wenn es hell wird.«

Sie beerdigten Alessa mit Andrejs Mantel in einer flachen Grube, die Abu Dun im Wald ausgehoben hatte. Der Nubier hatte gewollt, dass sie ihren Körper nur mit Steinen bedeckten, um Zeit zu gewinnen, aber Andrej hatte dieses Ansinnen empört abgelehnt. Der Gedanke, dass wilde Tiere den Körper des Mädchens finden und anfressen konnten, war ihm schlichtweg unerträglich – ganz davon abgesehen, dass die Gefahr bestand, dass der Leichnam gefunden werden und eventuelle Verfolger auf ihre Spur bringen konnte.

Dass es Verfolger geben würde, das bezweifelten weder Abu Dun noch Andrej. Ganz bestimmt waren die Dörfler in ihrer Panik zum Schloss gerannt, um Beistand gegen die Dämonen zu erflehen, die sie so feige und vollkommen grundlos angegriffen hatten, falls man im Schloss nicht ohnehin den Feuerschein gesehen und Truppen losgeschickt hatte. Andrej fürchtete sie nicht. Wenn die beiden Männer, die er im Dorf erschlagen hatte, die Schlagkraft der Truppen widerspiegelten, dann würden Abu Dun und er auch mit einem Dutzend von ihnen fertig werden. Aber sie konnten sich keinen Kampf leisten. Sie hatten Siebenbürgen verlassen, um endlich ein ruhiges Leben zu führen und vielleicht sogar Frieden zu finden, nicht, um eine Spur aus Blut hinter sich herzuziehen. Andrej hatte sich längst eingestanden, dass sein überstürzter Rettungsversuch vom vergangenen Abend ein schwerer Fehler gewesen war. Abu Dun und er waren so auffällig, dass die Kunde dessen, was sie getan hatten, ihnen zweifellos über Tage vorauseilen würde – und zweifellos würde das, was sie den unschuldigen Menschen angetan hatten, mit jedem Mal düsterer ausgeschmückt werden, wenn jemand die Geschichte weitererzählte. Vermutlich würden sie das Land verlassen müssen, bevor sie sich wieder einigermaßen sicher unter Menschen wagen konnten.

Sie folgten dem Ufer des Sees in westlicher Richtung, bis sie auf eine Straße stießen. Andrej war dagegen, ihr zu folgen, aber diesmal war es Abu Dun, der sich durchsetzte. Es war tiefste Nacht. Nirgendwo war ein Licht oder irgendein anderes Zeichen menschlichen Lebens zu sehen, und bis die Sonne aufging, würde noch viel Zeit vergehen. Zeit, in der sie auf der gepflasterten Straße ungleich schneller vorwärts kommen würden als im Wald. Sollten sie auf eine Ortschaft stoßen, so konnten sie die Straße immer noch verlassen und sich wieder in die Wälder schlagen. Abu Duns Ausführungen waren zu zwingend, um ihnen widersprechen zu können, und so willigte Andrej schließlich ein.

Er hätte auch gar nicht die Kraft gehabt, sich auf eine Auseinandersetzung mit dem Nubier einzulassen. Noch immer fühlte er sich leer und so erschöpft, als kämen sie aus einer Schlacht. Er empfand keine wirkliche Trauer über Alessas Tod – dazu hatte er sie nicht gut genug gekannt –, aber er war auf eine Weise enttäuscht, die er sich vorher nicht einmal hätte vorstellen können.

Enttäuscht und beunruhigt. Auch wenn er Abu Duns Worte einfach weggewischt hatte, so enthielten sie doch ein Furcht einflößendes Maß an Wahrheit. Wenn es etwas gab, das in der Lage gewesen war, dieses Mädchen zu töten, dann *sollte* er dem auf den Grund gehen.

Sie ritten, bis sich das erste Grau der Dämmerung am Horizont zeigte, dann zogen sie sich wieder in die Wälder zurück. Die Sterne waren längst verblasst, als sie endlich aus den Sätteln stiegen und ihre Pferde festbanden.

»Eigentlich bin ich noch gar nicht müde«, sagte Andrej, während er seinen Sattel vom Rücken des Pferdes wuchtete und ein Gähnen unterdrückte. »Wir könnten auch weiterreiten.«

»Das ist keine gute Idee«, erwiderte Abu Dun. »Während der nächsten Tage sollten wir lieber nur nachts reiten. Wahrscheinlich ist jetzt schon das ganze Land in Aufruhr und sucht nach uns.«

»Und du meinst, das tun sie nachts nicht?«

»Ich kenne mich in der Dunkelheit aus«, erwiderte Abu Dun in einer Schärfe, die keinen Widerspruch zu dulden schien. »Außerdem wäre es unklug, blind in der Gegend herumzustolpern. Wir müssen uns orientieren und darüber nachdenken, wohin wir gehen.«

»Ich weiß, wohin *ich* gehe«, antwortete Andrej. Er legte seinen Sattel ins taufeuchte Gras und dachte voller Bedauern an seinen Mantel zurück, in dem sie Alessa beerdigt hatten.

Abu Dun zog die Augenbrauen zusammen. Die Art, in der Andrej das Wort *ich* betont hatte, war ihm nicht entgangen.

»Das habe ich befürchtet«, grollte er.

»Was?«

»Lass mich raten«, sagte Abu Dun scharf, »dein Ziel liegt im Norden und Westen. Du willst diese Zigeunerin finden.«

»Manchmal bist du mir unheimlich, Pirat«, antwortete Andrej in nicht ganz so scherzhaftem Ton, wie er eigentlich beabsichtigt hatte. »Liest du meine Gedanken?«

»Ja«, schnappte Abu Dun. »Vor allem, wenn sie so verrückt sind wie jetzt!«

Andrej streckte sich im Gras aus und versuchte, seinen

Hinterkopf in eine einigermaßen bequeme Stellung auf dem Sattel zu legen. Es gelang ihm nicht. »Ich bin nicht müde«, sagte er. »Und ich hätte eigentlich erwartet, dass du mich verstehst. Ich muss diese alte Frau finden.«

»Wozu?« Abu Dun lachte rau. »Glaubst du, du müsstest nur zu ihr gehen, und sie würde dir …«

»… erklären, was ich bin, ja«, unterbrach ihn Andrej. »Genau das glaube ich.«

»Du bist verrückt!«

»Ich wäre verrückt, wenn ich es nicht versuchen würde!«, widersprach Andrej. Er setzte sich auf. »Seit mehr als zehn Jahren versuche ich herauszufinden, was mit mir geschehen ist, Abu Dun! Was ich bin, und warum sich das Schicksal diesen bösen Scherz mit mir erlaubt hat! Niemand weiß etwas! Die wenigen anderen Menschen, auf die ich gestoßen bin und die so waren wie ich, sind entweder verschwunden oder haben versucht, mich umzubringen! Diese alte Frau ist vielleicht die Einzige, die mir meine Fragen beantworten kann!

»Wahrscheinlich wird sie nur irgendein abergläubisches Gewäsch von sich geben, wie alle anderen«, sagte Abu Dun.

»Alessa hätte sie die Wahrheit gesagt.«

»Alessa«, antwortete Abu Dun, »hat möglicherweise gelogen, weil sie Angst vor uns hatte. Oder sie hat im Fieber gesprochen. Oder diese alte Zigeunerin hat sie auf später vertröstet, weil sie ihre Fragen auch nicht hätte beantworten können – hast du darüber schon einmal nachgedacht?«

»Ja«, sagte Andrej, »das habe ich. Es gibt sicher noch tausend andere Gründe, nicht zu gehen. Du hast Recht, Abu Dun, tausendmal Recht. Aber ich muss es versuchen. Es ist die einzige Möglichkeit, vielleicht endlich zu verstehen, was mit mir geschieht.«

Abu Dun seufzte. »Und ich dachte, es wäre endlich vorbei«, murmelte er. »Aber du hast nur eine Besessenheit gegen die andere getauscht, scheint mir.«

Das stimmte nicht. Jedes Wort, das Andrej gesagt hatte, entsprach der Wahrheit, aber dazu kam noch etwas, das er Abu Dun in diesem Moment unmöglich sagen konnte. Wenn er mehr über sich erfuhr, wenn er endlich begriff, was und wer er war, dann würde er vielleicht Maria wiederfinden.

»Der Weg ist sehr weit – und nicht ungefährlich.« Abu Dun gab sich immer noch nicht geschlagen. »Wir würden Wochen brauchen, wenn nicht Monate, und wir wissen nicht einmal genau, wo wir suchen sollen! Das Mädchen hat uns keine Stadt genannt. Eine alte Zigeunerin namens Anka, irgendwo im Bayerischen, eine Stunde von der Grenze entfernt! Weißt du, was für ein riesiges Gebiet das ist, du Narr? Wir können ein Jahr lang suchen, ohne sie zu finden. Falls sie überhaupt noch lebt.«

»Du musst mich nicht begleiten«, sagte Andrej ruhig. »Vielleicht ist es an der Zeit, dass wir uns trennen.«

»Was soll denn das heißen?«

»Ich meine es ernst, Abu Dun«, unterbrach ihn Andrej. »Meine Freundschaft bringt den Tod. Wenn du noch ein wenig leben willst, dann solltest du vielleicht nicht mit mir kommen.«

»Wenn dich schon niemand bedauert, dann wenigstens du selber, wie?«, antwortete Abu Dun finster. Er schüttelte den Kopf. »Wohin sollte ich schon gehen? Wenn ich hier bleibe, ende ich auf dem Scheiterhaufen, dafür hast du ja gesorgt.

Und wenn ich zurückgehe, begegne ich früher oder später meinen Landsleuten, die dabei sind, euer verfluchtes Christenreich Stück für Stück zu erobern. Sie sind auch nicht gerade gut auf mich zu sprechen.«

»Trotzdem solltest du ...«

»Ich sollte dich begleiten!«, sagte Abu Dun entschieden. »Du überlebst doch keine zwei Tage, wenn ich nicht auf dich aufpasse. Aber ich bleibe dabei, dass es Wahnsinn ist!«

»Habe ich je das Gegenteil behauptet?«, fragte Andrej.

Abu Dun schüttelte den Kopf.

3

Sie brauchten nicht Monate, wie Abu Dun befürchtet hatte, aber mehr als fünf Wochen, von denen sie anfangs noch dem Lauf der Donau folgten, der sie getreulich nach Norden führte. Dann aber wichen sie vom direkten Weg ab, um einen großen Bogen um Wien zu schlagen. Die Nachrichten über das, was in Vater Carols Ort geschehen war, waren längst hinter ihnen zurückgeblieben und würden bald vergessen sein. Oder zu einer der zahllosen Schreckensgeschichten verblassen, die die Menschen sich abends am Feuer erzählten, um sich an dem wohligen Schauer zu erfreuen, der einen überkommt, wenn man vom Unglück anderer hört, während man sich selbst in Sicherheit weiß.

Aber andere, kaum weniger schlechte Nachrichten holten sie ein und warteten vielerorts bereits auf sie; Neuigkeiten vom Krieg, die Andrej mit tiefer Beunruhigung erfüllten. Der Vormarsch der Türken war ungebrochen. Noch waren ihre Heere nicht in diesen Teil des Landes vorgedrungen, aber die Kunde von ihren angeblichen Gräueltaten eilte ihnen weit voraus, und dass Abu Dun kein Türke war und selbst vor ihnen auf der Flucht, stand ihm schließlich nicht auf die Stirn geschrieben. Menschen mit dunklen Gesichtern, die Turbane trugen, waren in Zeiten wie diesen nicht sonderlich beliebt. Andrej schlug vor, zumindest die großen Städte zu umgehen, und Abu Dun hatte nichts dagegen einzuwenden.

Sie überschritten die Grenze in der Nähe eines kleinen Ortes, der bereits den deutschen Namen Kuschenwalde trug, aber noch nicht auf deutschem Boden lag, und als sie den unauffälligen Grenzstein am Wegesrand passiert hatten, zügelte Abu Dun sein Pferd und sagte: »Irgendwo im Bayerischen. Da sind wir.«

Andrej antwortete nicht gleich, sondern erst nach einer geraumen Weile. Zu seiner großen Überraschung hatte Abu Dun während der gesamten Reise darauf verzichtet, ihn noch einmal auf die vermeintliche Sinnlosigkeit dieser Mission anzusprechen; aber natürlich hatte er gewusst, dass dieser Moment kommen würde, und versucht, sich entsprechend darauf vorzubereiten. Statt all der geschliffenen und wohlfeilen Worte jedoch, die er sich zurechtgelegt hatte, sagte er ziemlich lahm: »Das ist wohl mehr das Fränkische hier. Wir haben noch ein gutes Stück vor uns. Eine Woche, wenn nichts dazwischenkommt. Vielleicht etwas mehr.«

»Wie beruhigend«, sagte Abu Dun spöttisch. »Dann haben wir ja noch eine Woche Zeit, bevor wir anfangen, unsere Zeit zu verschwenden.«

»Ich schlage vor, wir suchen uns erst einmal eine Herberge, um eine vernünftige Mahlzeit zu bekommen«, sagte Andrej. »Und gegen eine Nacht in einem sauberen weichen Bett hätte ich auch nicht unbedingt etwas einzuwenden. Du?«

»Wenn wir es bezahlen können.«

Abu Duns Antwort erinnerte Andrej schmerzhaft daran, wie beunruhigend schnell ihre Barschaft in den letzten Wochen zusammengeschmolzen war. Sie waren – aus naheliegenden Gründen – nur selten in Gasthäusern eingekehrt und hatten nur zu oft unter freiem Himmel geschlafen und sich von dem ernährt, was ihnen die Wälder und die Natur lieferten, sodass die Reise nur wenig Geld gekostet hatte – aber sie *hatte* Geld gekostet, und sie war lang gewesen. So bedeutungslos dieser Umstand, nach allem, was hinter ihnen lag, auch sein mochte: Sie waren nahezu mittellos, und es wurde allmählich Zeit, dass sie sich Gedanken darüber machten, wie sie ihre zusammengeschmolzene Barschaft wieder aufbessern konnten. Abu Dun hatte auch schon einige Vorschläge gemacht, die Andrej aber allesamt abgelehnt hatte, denn es war genau die Art von Vorschlägen gewesen, wie er sie von einem ehemaligen Piraten und Sklavenhändler erwartet hatte.

»Wir könnten auf dem nächsten Jahrmarkt auftreten«, spottete nun Andrej.

»Und womit?«

»Wir könnten kämpfen«, antwortete Andrej. »Ich bin sicher, die Leute bezahlen gerne dafür, zusehen zu dürfen, wie ein Muselmane geschlachtet wird.«

Abu Dun zog eine Grimasse, war aber klug genug, auf eine Antwort zu verzichten. Andrej hingegen fragte sich, ob er möglicherweise einen gar nicht so dummen Vorschlag gemacht hatte, ohne es zu beabsichtigen. Sie waren immerhin auf der Suche nach einer Zigeunerin – und wo sollte man mit dieser Suche beginnen, wenn nicht beim fahrenden Volk?

Sie ritten weiter. Eine kalte Brise schlug ihnen ins Gesicht, als solle ihnen klargemacht werden, dass sie in diesem Land nicht willkommen waren. Der Sommer neigte sich dem Ende zu, und der Herbst versprach früh und kalt zu kommen.

Eine Weile folgten sie der nur teilweise gepflasterten Straße, die sich in manchmal vollkommen sinnlos scheinenden Kehren und Windungen in ein lang gestrecktes Tal schlängelte, in dem sich eine lockere Ansammlung von Häusern und vereinzelt stehenden Gehöften befand; zu weit auseinandergezogen, um eine richtige Ortschaft zu bilden, aber trotzdem mit einer Kirche in der Mitte und einem großzügig bemessenen Dorfplatz ausgestattet. Es waren hübsche, saubere Gebäude mit weiß gestrichenen Wänden und roten und schwarzen Schindeldächern. Die größtenteils schon abgeernteten Felder, die sich an die Hänge schmiegten, machten allesamt einen ordentlichen Eindruck. Dennoch erfüllte der Anblick Andrej mit Unbehagen.

Abu Dun schien es ganz ähnlich zu ergehen, denn er knurrte leise: »Das gefällt mir nicht.«

»Mir auch nicht«, sagte Andrej. »Aber jetzt frag mich nicht, warum.«

»Weil es eine Falle ist«, erklärte Abu Dun. »Sieh dir dieses Rattenloch an! Niemand kommt dort raus, wenn die da unten es nicht wollen.«

Zweifellos war es ursprünglich anders geplant worden, überlegte Andrej. Man musste schon ein so geschultes Auge haben wie Abu Dun, aber einmal darauf aufmerksam geworden, war es nicht zu übersehen: Das Tal bildete eine natürliche Festung, die auch von wenigen Verteidigern lange gegen eine Übermacht gehalten werden konnte. Aber wenn die Bewohner des Dorfes dort unten jemanden in ihrem Tal festhalten wollten, dann konnten sie es tun.

Aber warum *sollten* sie es tun?, dachte Andrej. Die Leute dort unten kannten sie nicht, und sie hatten somit auch keinen Grund, sie zu fürchten. Sie mussten aufhören, nur an Jagd und Flucht zu denken. Letzten Endes hatten sie Transsylvanien und Siebenbürgen verlassen, weil sie des Lebens als ständig Gejagte überdrüssig waren.

Sie näherten sich dem Dorf nur langsam, und Andrej legte auch keinen besonderen Wert darauf, sich unauffällig zu benehmen. Ganz im Gegenteil: Die Menschen dort unten sollten ruhig sehen, dass sie furchtlos kamen und sich nicht etwa anschlichen.

Seltsamerweise kam ihnen niemand entgegen, als sie das erste Haus erreichten und daran vorbeiritten. Keine neugierigen Kinder liefen ihnen entgegen oder rannten ein Stück hinter ihnen her, keine ängstlichen Frauen lugten durch Fensterläden oder durch Türritzen zu ihnen heraus, keine Männer unterbrachen ihr Tagewerk, um sie misstrauisch zu beäugen. Zumindest der kleine Teil des Ortes, den sie von hier aus überblicken konnten, schien wie ausgestorben zu sein. Aber von der Höhe des Berghanges aus hatte Andrej Bewegungen wahrgenommen, und aus einigen Kaminen kräuselte sich Rauch.

»Das gefällt mir nicht«, sagte Abu Dun zum wiederholten Male. »Wo sind die Leute?«

»Vielleicht ist ihnen bei deinem Anblick so sehr der Schrecken in die Knochen gefahren, dass sie Hals über Kopf die Flucht ergriffen haben«, erwiderte Andrej spöttisch.

Abu Dun lachte nicht. Sein Blick tastete sich ebenso misstrauisch wie aufmerksam nach rechts und links, und seine Hand legte sich auf den Griff des Krummsäbels, den er anders als sonst an der rechten Seite trug, obwohl er kein Linkshänder war.

»Das gefällt mir nicht«, sagte er noch einmal.

Die unheimliche Stille, die sie umgab, änderte sich nicht, bis sie den gepflasterten Platz in der Mitte des Dorfes erreichten. Hier standen die Häuser ein wenig dichter. Sie bildeten einen fast geschlossenen Dreiviertel-Kreis, in dessen Mitte sich eine weiß getünchte Kirche mit einem schlanken Glockenturm erhob. Das zweiflügelige Tor stand weit offen, sodass Andrej erkennen konnte, dass der Raum dahinter ebenfalls leer war. Aber nun wusste Andrej, dass sie nicht mehr allein waren. Abu Dun sah oder hörte mit Sicherheit nichts von der Falle, in die sie sehenden Auges hineingeritten waren, aber Andrejs übermenschlich scharfen Sinnen entgingen die winzigen verräterischen Zeichen menschlichen Lebens keineswegs. Ein leises, aber hörbares Atmen da, das Rascheln von Stoff dort, ein Schleifen von Metall oder das Knarren einer Bodendiele …

»Sie sind da«, sagte er leise und ohne sich zu Abu Dun herumzudrehen.

»Ich weiß«, antwortete der Nubier ebenso leise und nahezu ohne die Lippen zu bewegen.

»Woher?«

»Wenn sie nicht hier sind, dann sind sie nirgendwo«, antwortete Abu Dun. »Ich würde mich genau hier verstecken, wenn ich einem Dummkopf auflauern wollte, der direkt in eine Falle läuft, obwohl ihn sein Freund davor gewarnt hat.«

Andrej warf ihm einen schrägen Blick zu, lenkte sein Pferd bis in die Mitte des Dorfplatzes und hielt an. Nachdem auch Abu Dun neben ihm zum Stehen gekommen war, richtete er sich im Sattel auf, sah sich nach allen Seiten um und rief dann mit hoch erhobener, klarer Stimme: »Ihr könnt ruhig herauskommen! Wir wissen, dass ihr hier seid! Wir wollen euch nichts zu Leide tun!«

»Aber sie vielleicht uns«, murmelte Abu Dun. Sein Blick tastete sich weiter misstrauisch und unstet über die Häuser, die den Dorfplatz säumten. Er nahm zwar die Hand vom Schwert, wirkte aber noch immer angespannt und aufs Höchste konzentriert.

Es verging noch eine geraume Weile, in der rein gar nichts geschah, und Andrej fing gerade an, sich Sorgen zu machen, aber dann wurde eine Tür geöffnet, und ein Mann mittleren Alters und ein halbwüchsiger Knabe traten heraus. Beide wirkten angespannt, und sie sahen ihn und insbesondere Abu Dun mit einer Mischung aus Neugier und Misstrauen an, die für Andrejs Empfinden weit über die normale Vorsicht hinausging, die man Fremden gegenüber walten ließ. Andererseits wusste er wenig über dieses Land und noch weniger über seine Bewohner.

Er wollte sein Pferd herumdrehen, um sich den beiden zu nähern, aber Abu Dun schüttelte den Kopf und deutete dann in die entgegengesetzte Richtung, zur Kirche hin. Als Andrej sich im Sattel herumdrehte, erkannte er eine schmalschultrige Gestalt, die eine zerschlissene Mönchskutte trug und unter dem Kirchenportal aufgetaucht war. Der Geistliche war ihm ein gutes Stück näher als die beiden anderen, sodass er sein Gesicht deutlicher erkennen konnte. Er war uralt und hatte dünnes, schmutzig graues Haar. Um den Hals trug er ein hölzernes Kreuz, und der Ausdruck auf seinem Gesicht war eindeutig als Feindseligkeit zu erkennen.

Trotzdem stieg Andrej vom Pferd, warf Abu Dun einen mahnenden Blick zu, sich nicht von der Stelle zu rühren, und näherte sich mit langsamen Schritten der Kirche. Die Blicke des greisen Mönches ließen ihn keinen Augenblick los. Gleichzeitig hörte er Geräusche hinter sich. Ohne sich herumdrehen zu müssen, wusste er, dass weitere Dorfbewohner aus ihren Häusern getreten waren.

Andrej blieb stehen, als er den Fuß der aus drei Stufen bestehenden Treppe erreicht hatte.

»Wer seid Ihr?«, fragte der Alte, ohne sich mit einer Begrüßung oder irgendeiner Höflichkeitsfloskel aufzuhalten.

»Mein Name ist Andrej«, antwortete der Angesprochene. Er konnte die Feindseligkeit des Mönches fast körperlich spüren. Möglicherweise hatte Abu Dun Recht gehabt. Sie hätten nicht herkommen sollen. Trotzdem fuhr er mit einem Lächeln und einer Geste auf den Nubier fort: »Das ist Abu Dun. Wir ...«

»Und was seid Ihr?«, fiel ihm der Alte ins Wort. Andrej konnte hören, wie noch mehr Menschen ihre Häuser verließen und ins Freie traten. Abu Duns Pferd begann unruhig mit den Hufen zu scharren.

»Wir sind nur Reisende«, sagte er. »Wir führen nichts Böses im Schilde.«

Die Augen des Alten wurden schmal, und Andrej hatte das sichere Gefühl, etwas Falsches gesagt zu haben.

»Wie kommt Ihr darauf, dass ich das annehme?«, fragte er.

Da der Geistliche offenbar nicht viel von überflüssigen Worten hielt, beschloss Andrej, auch direkter zu werden. »Ihr seid nicht besonders erfreut von unserer Anwesenheit, scheint mir. Dabei habe ich gehört, dass Gastfreundschaft zu einer der vornehmsten Tugenden Eures Landes gehört.«

Der letzte Satz war eine glatte Lüge. Er hatte das Gegenteil gehört, und die letzten Wochen hatten dies auch bewiesen. Je weiter sie nach Norden gekommen waren, desto stärker hatte die Gastfreundschaft der Menschen ab- und ihr Misstrauen Fremden gegenüber zugenommen. Andrej war verwundert darüber. Immerhin kamen sie aus einem Land, in dem seit zehn Jahren Krieg herrschte, in eines, in dem die Menschen wenigstens einigermaßen in Frieden leben konnten.

»Es wird sich zeigen, wie sehr wir von Eurem Besuch erfreut sind«, antwortete der Mönch. »Ihr seid Reisende, sagt Ihr? Woher kommt Ihr? Wohin seid Ihr unterwegs, und warum?«

Andrej fand nicht, dass das den Alten irgendetwas anging. Die Menschen hier hatten möglicherweise Schlimmes mit Fremden erlebt. Vielleicht waren sie auch nur in einem ungünstigen Moment gekommen. Er setzte dazu an, seinem Gegenüber eine höfliche, aber entschiedene Antwort zukommen zu lassen, als er Schritte hinter sich hörte und eine tiefe Stimme sagte:

»Lass es gut sein, Vater Ludowig. Ich glaube, sie sind harmlos.«

Andrej drehte sich um und musste überrascht den Kopf in den Nacken legen, um in das Gesicht des Mannes blicken zu können, der hinter ihm aufgetaucht war. Er war fast so groß wie Abu Dun, allerdings viel schlanker, und er hatte ein breitflächiges Gesicht mit buschigen Brauen, dem aber trotzdem etwas sehr Offenes anhaftete. Der Blick, mit dem er Andrej maß, war aufmerksam und ein wenig abschätzend, aber ohne Misstrauen und frei von der Feindseligkeit, die er in Ludowigs Augen gesehen hatte.

»Ich bin Birger«, fuhr er fort, nachdem er es zugelassen hatte, dass Andrej ihn eine Weile musterte. Er streckte die Hand aus, und Andrej griff danach und drückte sie kurz. »Ihr müsst Vater Ludowigs Unhöflichkeit entschuldigen, Andrej. Er hat nichts Gutes mit Fremden erlebt.«

»*Wir* haben nichts Gutes mit Fremden erlebt«, sagte Vater Ludowig. »Und vielleicht wird sich das heute wiederholen.«

Birger schien von dieser Bemerkung keine Notiz zu nehmen, aber er warf Andrej einen Blick zu, der klarmachen sollte, dass er es vorzog, das Gespräch nicht fortzuführen. »Ihr und Euer Freund seid uns herzlich willkommen, Andrej«, fuhr er fort. »Wenn Ihr ein Lager für die Nacht sucht ...«

»Frisches Wasser für die Pferde und ein paar Auskünfte werden wohl ausreichen«, mischte sich Abu Dun ein. Er war nicht abgesessen. Andrej sah aus den Augenwinkeln, dass sich der Platz mittlerweile mit Menschen gefüllt hatte. Es mussten weit mehr als fünfzig sein, die einen sich allmählich enger zusammenziehenden Kreis rings um sie herum bildeten.

»Ihr wollt heute noch weiterreiten?«, fragte Birger.

»Wir haben noch einen weiten Weg vor uns«, antwortete Andrej.

»Und nur noch wenige Stunden Tageslicht«, fügte Birger hinzu. »Ihr werdet die nächste Stadt nicht vor Mitternacht erreichen. Es bleibt natürlich Euch überlassen, aber ich würde das Risiko nicht eingehen, in den Wäldern zu übernachten. Es ist nicht ungefährlich, vor allem für Fremde.«

»Wieso?«, fragte Abu Dun.

Birger warf einen raschen Blick auf den schwarz gekleideten Riesen. »Die Wälder sind sehr dicht und unwegsam«, antwortete er. »Außerdem gibt es wilde Tiere und Ungeheuer darin. So mancher, der hineingegangen ist, ist nicht wieder herausgekommen.«

Andrej versuchte vergeblich, einen Unterton von Spott oder gar einer Drohung in seiner Stimme auszumachen. Aber Birger schien durchaus ernst zu meinen, was er sagte.

Andrej sah zu Abu Dun hoch und las die Antwort auf seine unausgesprochene Frage überdeutlich in dessen Augen. Wenn es nach dem Nubier gegangen wäre, dann hätte auch Andrej längst wieder im Sattel sitzen müssen.

»Außerdem kommen nur selten Fremde nach Trentklamm«, fuhr Birger fort. »Wir würden uns freuen, wenn Ihr eine Nacht bleiben würdet. Wir haben kein Gasthaus, aber in meinem bescheidenen Haus ist Platz genug, und etwas zu essen werden wir auch finden.« Er grinste und hatte plötzlich etwas von einem zu groß geratenen Jungen an sich. »Ihr könnt Euch ja erkenntlich zeigen, indem Ihr uns ein paar Geschichten von Eurer Reise erzählt. Wir erfahren nicht viel von dem, was in der Welt vor sich geht.«

Andrej überlegte einen Moment. Abu Dun wollte weiterreiten, und auch er selbst glaubte eine ganz leise, mahnende Stimme tief in seinem Inneren zu vernehmen, die ihm zuflüsterte, dass er auf Abu Dun hören und so schnell von hier verschwinden sollte, wie es nur ging. Aber dann brachte er diese Stimme mit einer bewussten Anstrengung zum Verstummen und nickte.

»Warum nicht? Wir haben so lange auf dem nackten Boden geschlafen, dass ich fast alles darum geben würde, mich wieder einmal in einem richtigen Bett auszustrecken. Und gegen eine warme Mahlzeit hätte ich auch nichts einzuwenden.«

»Gut«, sagte Birger. »Dann kommt mit mir. Mein Haus liegt ganz am anderen Ende des Dorfes, aber Ihr könnt gerne reiten und dort auf mich warten. Und ihr anderen«, fügte er mit erhobener, deutlich schärferer Stimme hinzu, »hört auf, unsere Gäste anzustarren, als wären sie zweiköpfige Kälber. Das ist unhöflich.«

Andrej wusste nicht, wer Birger war und welche Stellung er hier im Ort innehatte, aber die anderen hörten tatsächlich auf ihn. Die Menge begann sich rasch zu verteilen. Innerhalb kürzester Zeit war der Dorfplatz beinahe wieder menschenleer. Nur zwei oder drei Kinder blieben zurück, die die beiden Fremden – vor allem natürlich den schwarz gekleideten Mohren – mit unverblümter Neugier anstarrten. Und natürlich Vater Ludowig. Er schien noch immer von tiefem Misstrauen erfüllt zu sein.

Andrej griff nach den Zügeln, saß aber nicht auf, sondern ging neben Birger her, als dieser sich auf den Weg machte.

»Ihr müsst Vater Ludowigs Benehmen wirklich entschuldigen«, sagte Birger, nachdem sie einige Schritte gegangen waren. »Er ist ein alter Mann, der allmählich wunderlich zu werden beginnt.«

»Was hat er damit gemeint, dass ihr nichts Gutes mit Fremden erlebt habt?«, fragte Andrej.

Birgers Gesicht verdüsterte sich. »Das ist eine schlimme Geschichte«, antwortete er. »Wir sind überfallen worden, von Männern, die genau wie Ihr herkamen und vorgaben, nur ein Quartier für die Nacht und eine warme Mahlzeit zu suchen. Sie haben beides bekommen, und es uns gedankt, indem sie uns ausgeraubt und etliche von uns erschlagen haben.«

»Eine Räuberbande?«, fragte Abu Dun.

»Es ist lange her«, sagte Birger, ohne seine Frage direkt zu beantworten. »Aber seither traut Vater Ludowig keinem Fremden mehr, der zu uns kommt. Und schon gar keinem, der eine Waffe trägt.«

»Und ... Ihr?«, fragte Andrej.

»Welchen Sinn hätte das Leben, wenn man niemandem mehr trauen würde?«, erwiderte Birger mit einem Schulterzucken. »Ich glaube, dass Gott die meisten Menschen gut erschaffen hat.« Er deutete auf Andrejs Schwert und fragte: »Seid Ihr Krieger?«

»Manchmal.« Andrej lächelte. »Wenn es sein muss.«

»Wenn es sein muss?«

»Wir haben einen weiten Weg hinter uns, und einen vielleicht noch weiteren vor uns«, antwortete Andrej. »Ihr habt es selbst gesagt: Die meisten Menschen sind gut. Aber leider nicht alle.«

Birger sah ihn stirnrunzelnd an, und Andrej versuchte sich vergebens darüber klar zu werden, ob der Grund für dieses Stirnrunzeln der war, dass er über das Gesagte nachdachte, oder ob Birger der Umstand aufgefallen war, dass Andrej seine Worte nicht genau wiedergegeben hatte.

»Man muss sich verteidigen«, sagte Birger schließlich. »Ihr kommt aus dem Osten, nicht wahr? Dort wüten noch immer die Türken. Ist es wahr, dass sie auch hierher kommen werden?«

»Ich weiß es nicht«, antwortete Andrej ausweichend. »Aber selbst wenn, dann wird es noch sehr lange dauern. Sie sind weit weg. Sorgt Euch nicht.«

»Ich sorge mich nicht«, erwiderte Birger. »Ich bin nur neugierig.« Er sah zu Abu Dun hoch. »Seid Ihr ein Türke?«

Abu Dun starrte ihn nur finster an, aber Andrej war nicht ganz sicher, wem der Ärger in seinem Blick eigentlich galt – Birger oder ihm.

»Nein«, sagte er rasch. »Abu Dun hat mit den Türken so wenig zu schaffen wie ich. Und er mag sie wohl noch weniger als ich. Er ist Nubier.«

»Nubier?«

»Ein Land in Afrika«, erklärte Abu Dun. »Es ist sehr weit weg.«

»Und wie ist es dort?«

»Warm«, grollte Abu Dun.

Birger blinzelte, sah den ehemaligen Piraten noch einen Herzschlag lang verwirrt an und zuckte dann mit den Schultern.

»Da sind wir«, sagte er. Er deutete auf das letzte Haus am Ortsrand, das, an dem sie vorhin schon einmal vorbeigekommen waren, und beschleunigte seine Schritte. »Ihr könnt Eure Pferde dort im Schuppen unterbringen«, sagte er. »Ich hatte früher selbst ein Pferd, das immer darin stand. Es ist kein Heu mehr da, aber ich werde gleich welches holen.«

»Macht Euch keine Umstände.« Andrej führte sein Tier in den kleinen Holzverschlag – er war so niedrig, dass zwar das Pferd, aber er nicht mehr aufrecht darin stehen konnte –, band den Zügel an einen Pfosten und trat wieder ins Freie. Abu Dun schwang sich ächzend aus dem Sattel und trat weit nach vorne gebeugt an ihm vorbei, und Andrej ließ seinen Blick durch die Gegend schweifen, während er darauf wartete, dass der Nubier zurückkam. Einige Kinder waren ihnen gefolgt und standen tuschelnd auf der anderen Straßenseite, aber ansonsten wirkte der Ort noch immer wie ausgestorben. Seltsam.

Sie betraten das Haus, dessen Inneres einen weitaus geräumigeren Eindruck machte, als sein Äußeres vermuten ließ. Die Decke war ein gutes Stück höher als allgemein üblich; Andrej vermutete, dass Birger das Haus selbst gebaut und dabei seinen überdurchschnittlichen Körpermaßen angepasst hatte. Auch das Mobiliar war robust und eine Spur größer als gewöhnlich, ansonsten von ziemlich einfacher Machart.

Ihr Gastgeber eilte voraus und machte sich hastig an irgendetwas zu schaffen, das auf dem Tisch lag. Andrej hörte ein Klimpern, während Birger sich herumdrehte und mit einem kleinen Lederbeutel zu einer Truhe eilte, in die er ihn scheinbar achtlos hineinwarf. Dann drehte er sich heftig gestikulierend zu ihnen herum.

»Ihr werdet müde von der Reise sein«, sagte er. »Es gibt ein zweites Zimmer, das ohnehin leer steht. Warum ruht Ihr Euch nicht ein wenig aus? Ich muss noch gewisse Vorbereitungen treffen.«

»Vorbereitungen?«, fragte Abu Dun.

»Ich habe selten Gäste«, antwortete Birger verlegen.

»Macht Euch unseretwegen keine Umstände, Birger«, sagte Andrej, aber Birger winkte ab und ließ ihn gar nicht weiter zu Wort kommen.

»Es sind keine Umstände, im Gegenteil. Ich habe so selten Gäste, dass ich froh bin, dass Ihr da seid. Aber ich glaube, es ist besser, wenn ich noch einmal mit Vater Ludowig rede. Und mit einigen anderen.«

»Anderen?«, hakte Abu Dun nach.

»Macht Euch keine unnötigen Gedanken«, sagte Birger und begann wieder, mit den Händen in der Luft herumzufuchteln. »Ich bin bald zurück. Ruht Euch aus oder seht in der Speisekammer nach, ob Ihr etwas findet, was Eurem Geschmack entspricht. Ich bin bald zurück.«

Bevor Andrej oder Abu Dun auch noch eine weitere Frage stellen konnten, lief er an ihnen vorbei und zur Tür hinaus. Andrej blickte ihm kopfschüttelnd nach, während sich Abu Duns misstrauisches Stirnrunzeln noch vertiefte.

»Wie hat er das gemeint, wir sollen uns keine *unnötigen* Gedanken machen?«, murmelte er. »Vielleicht reicht es ja, wenn wir uns die Gedanken machen, die *nötig* sind.«

Andrej seufzte, aber Abu Dun schien Gefallen an dem Wortspiel gefunden zu haben. »Weißt du, wie du es am schnellsten schaffst, jemanden zu beunruhigen?«, fragte er, nur um seine eigene Frage gleich selbst zu beantworten: »Indem du ihm versichert, dass es keinen Grund gibt, beunruhigt zu sein.«

Wieder seufzte Andrej. »Abu Dun, dein gesundes Misstrauen in Ehren, aber man kann es damit auch übertreiben.«

»Genau wie mit der Vertrauensseligkeit«, murrte Abu

Dun. Er wartete einen Moment vergebens auf eine Antwort, dann hob er die Schultern und ging mit langsamen Schritten zu der Truhe, an der sich Birger zu schaffen gemacht hatte. Er klappte den Deckel auf, griff hinein und nahm den Beutel heraus, den Birger zuvor dort hineingeworfen hatte. Andrej zog missbilligend die Augenbrauen zusammen, als Abu Dun ihn öffnete und eine Anzahl Silber- und Kupfermünzen auf seine Handfläche schüttete.

»Lass das!«, wies er Abu Dun zurecht. »Das gehört uns nicht.«

»Du vergisst, mit wem du redest«, sagte Abu Dun.

»Keineswegs«, antwortete Andrej.

Abu Dun machte ein beleidigtes Gesicht, legte den Beutel jedoch nicht zurück, sondern schüttete sich auch noch den restlichen Inhalt auf die Handfläche und zählte den Betrag, ehe er ihn – mit deutlichem Bedauern – in den Beutel zurückgleiten ließ und diesen wieder in der Kiste verstaute.

»Das ist eine höllische Menge Geld«, sagte er. »Genug für unsere Reise.«

»Zu schade, dass du mir dein Wort gegeben hast, nicht mehr zu stehlen«, erinnerte Andrej ihn.

»Hehe!«, widersprach Abu Dun. »Wann soll das gewesen sein?«

»Jetzt gerade«, antwortete Andrej. »Ich weiß, was du jetzt denkst. Vergiss es gleich wieder. Ich möchte keine Schwierigkeiten. Die Leute hier haben uns freundlich aufgenommen.«

»Freundlich?« Abu Dun riss die Augen auf. »Dann möchte ich die Menschen in diesem Land nicht erleben, wenn sie unfreundlich sind.«

»Hör jetzt auf, wenn du keinen Wert darauf legst, *mich* unfreundlich zu erleben«, riet ihm Andrej.

Abu Dun ließ sein prachtvolles Gebiss zu einem breiten Grinsen aufblitzen, aber er hatte auch begriffen, dass Andrejs Worte nicht ganz so scherzhaft gemeint gewesen waren, wie sie vielleicht geklungen hatten. Also ging er nicht weiter auf die vermeintliche Unfreundlichkeit der Dorfbewohner ein, sondern blickte kopfschüttelnd zu der Tür, hinter der Birger verschwunden war.

»Dieser Birger ist ein seltsamer Mann«, murmelte er.

»Wieso?«

Der Nubier hob die Schultern. »Er ist entweder der größte Dummkopf, dem ich je begegnet bin, oder der raffinierteste Lügner, den ich jemals gesehen habe.«

Eine ganze Weile später kehrte Birger in Begleitung einiger anderer Dorfbewohner zurück, und nachdem beide Seiten ihr noch immer vorhandenes Misstrauen allmählich überwanden, kamen sie mehr und mehr miteinander ins Gespräch. Weitere Männer und Frauen und auch etliche Kinder erschienen, sodass Birgers an sich geräumiges Haus schon bald zu klein wurde und sie den lauen Abend nutzten und sich draußen um ein Feuer setzten, das umso höher loderte, je größer der Kreis wurde, der sich darum bildete. Es war kein wirkliches Fest, aber die Stimmung war entspannt und nahezu fröhlich, und nach und nach gesellte sich fast das gesamte Dorf zu ihnen – abgesehen von Vater Ludowig, der den gesamten Abend in seiner Kirche verbrachte und Gott um Beistand gegen die fremden Teufel anflehte, wie das hell erleuchtete Gotteshaus vermuten ließ.

Bis lange nach Mitternacht saßen sie zusammen, und die Dörfler lauschten den Erzählungen von fremden Ländern und abenteuerlichen Reisen, die Andrej und später auch Abu Dun zum Besten gaben. Die meisten dieser Geschichten hatten sie sich gerade in dem Moment ausgedacht, in dem sie sie erzählten. Andrej vermutete, dass zumindest Birger dies ahnte, denn manchmal glomm ein sonderbares Lächeln in seinen Augen auf, aber welchen Unterschied machte das schon? Sie hatten versprochen, sich für die Gastfreundschaft dieser Menschen erkenntlich zu zeigen, indem sie von dem erzählten, was draußen in der Welt vor sich ging. Die meisten der Dorfbewohner würden Zeit ihres Lebens ohnehin nicht aus ihrem Dorf herauskommen.

Spät zogen sie sich in die Kammer zurück, die Birger ihnen zugewiesen hatte. Andrejs Kopf war schwer von dem süßen Wein, dem er in größerem Maße zugesprochen hatte, als gut war, und auch Abu Dun kämpfte mit den Folgen des Gelages. Andrej schlief ein, kaum dass er sich auf dem einfachen, aber sauberen Lager ausgestreckt hatte.

Und erwachte mit dem intensiven Gefühl, nicht mehr allein zu sein.

Er blieb mit geschlossenen Augen liegen und konzentrierte sich ganz auf die Eindrücke, die ihm seine Sinne lieferten. Selbst wenn er nicht über die übermenschlich scharfen Sinne eines Unsterblichen verfügt hätte, wäre ihm nicht verborgen geblieben, dass sich jemand bei ihnen im Zimmer aufhielt. Der Eindringling gab sich zwar alle Mühe, leise zu sein, aber er stellte sich nicht sonderlich geschickt an.

Stoff raschelte, Andrej hörte scharfe, nur unzureichend unterdrückte Atemzüge, die die Furcht des Eindringlings verrieten, und er glaubte sogar seinen rasenden Herzschlag zu vernehmen. Er roch den kalten, leicht säuerlichen Schweiß eines alten Menschen, und als er die Augen öffnete, nahm er einen verschwommenen Umriss im Halbdunkel des Zimmers wahr. Metall blitzte unmittelbar über seinem Gesicht auf.

Andrej reagierte so schnell, dass der andere vermutlich nicht einmal begriff, wie ihm geschah, ehe er auch schon hilflos in seinem Griff zappelte und vergebens nach Luft rang. Die Waffe polterte mit einem Geräusch zu Boden, das seltsam falsch klang, und obwohl Andrej noch immer kaum mehr als einen Schatten sah, hatte er doch sofort das Gefühl, dass irgendetwas nicht so war, wie es sein sollte.

Auch Abu Dun sprang auf die Füße. Er hatte am vergangenen Abend sehr viel mehr getrunken als Andrej und hätte demzufolge schlafen müssen wie ein Stein, reagierte aber mit der gewohnten Schnelligkeit: Mit einem einzigen Satz war er aus dem Bett und stieß die Läden auf, die Birger vorgelegt hatte. Silbernes Mondlicht strömte ins Zimmer, und für einen unendlich kurzen Moment glaubte Andrej einen Schatten davonhuschen zu sehen, etwas Großes, Dunkles, mit Flügeln, die auf falsche Weise schlugen. Aber er war nicht sicher, und in der nächsten Sekunde, als er das zappelnde Bündel in seinen Händen betrachtete, war er auch viel zu verblüfft, um einen weiteren Gedanken daran zu verschwenden.

»Vater Ludowig?«, murmelte er überrascht.

Der greise Mönch strampelte vergebens mit den Füßen,

die sich eine gute Handbreit über dem Boden befanden, und schlug schwächlich mit beiden Fäusten auf Andrejs Hände ein. Sein Gesicht begann sich allmählich blau zu färben.

»Was tut Ihr hier?«, wollte Andrej wissen.

Vater Ludowig ächzte, und Abu Dun, der am Fenster stand und sich den Brummschädel rieb, murmelte: »Höchstwahrscheinlich fällt ihm das Antworten leichter, wenn du die Hände von seinem Hals nimmst.«

Andrej ließ den Mönch so hastig los, dass Vater Ludowig die Balance verlor und gestürzt wäre, hätte Abu Dun nicht rasch zugegriffen und ihn aufgefangen. Obwohl er heftig japsend nach Luft rang und zweifellos starke Schmerzen hatte, riss Ludowig sich hastig los, wich bis in die entfernteste Ecke des Zimmers zurück und schlug das Kreuzzeichen vor Brust und Gesicht. In seinen weit aufgerissenen Augen stand die nackte Angst, während er abwechselnd Andrej und den Nubier anstarrte.

»Vater Ludowig«, versuchte es Andrej noch einmal, nun in verändertem Ton. »Wir haben Euch gestern Abend vermisst. Schön, dass Ihr doch noch gekommen seid.«

Er bedauerte die Worte augenblicklich. Vater Ludowig war nicht in der Verfassung, den Spott darin zu verstehen. Vermutlich würde er alles, was Andrej in diesem Moment tat oder sagte, als Drohung empfinden. Statt auf ihn zuzutreten und seine Furcht damit noch zu nähren, richtete Andrej seinen Blick nach unten und hielt nach dem Gegenstand Ausschau, den Vater Ludowig fallen gelassen hatte. Die vermeintliche Waffe entpuppte sich als kupferner Becher, der in einer bereits eingetrockneten Pfütze auf dem Boden lag.

Andrej ging in die Knie, hob ihn auf und roch daran.

Dann tauchte er den Zeigefinger in den winzigen verbliebenen Rest von Flüssigkeit, der sich noch in darin befand, und kostete.

»Weihwasser?«, murmelte er überrascht.

Abu Dun blinzelte, während sich auf Ludowigs Gesicht eine Mischung aus Unglauben und nur ganz allmählich aufkommender Erleichterung breit zu machen begann.

»Habt Ihr Eure Meinung geändert?«, fragte Andrej. »Ihr seid tatsächlich gekommen, um uns zu segnen? Das ist überaus großzügig von Euch.«

Abu Dun warf ihm einen mahnenden Blick zu, und auch Andrej selbst rief sich in Gedanken zur Mäßigung. Ludowig erbleichte schon wieder. Andrej war klar, dass er dem alten Mann wahrscheinlich Unrecht tat, aber nach allem, was er mit Männern der Kirche erlebt – und *durch sie* erlitten – hatte, war es ihm einfach nicht mehr möglich, wohlwollend mit ihnen umzugehen. Er wollte es auch nicht.

»Was sucht Ihr hier?«, fragte er geradeheraus.

Vater Ludowig starrte ihn nur stumm und aus immer noch weit aufgerissenen Augen an.

»Erklärt Euch! Wieso kommt Ihr mitten in der Nacht hierher?«

Ludowigs Blick saugte sich schier an dem Becher in Andrejs Hand fest. Er sprach noch immer nicht. Andrej wusste selbst nicht warum, aber aus einem plötzlichen Gefühl heraus setzte er den Becher an und trank die wenigen Tropfen aus, die sich noch auf seinem Boden befanden.

»Ihr seht, Heiliger Mann, wir sind nicht mit dem Teufel im Bunde und auch nicht von ihm besessen«, sagte Abu Dun lachend. »Was also wollt Ihr von uns?«

»Ihr müsst gehen«, krächzte Vater Ludowig. Er hatte Mühe zu sprechen und massierte mit der linken Hand seinen schmerzenden Kehlkopf. Andrej hatte nicht mit aller, aber doch mit großer Kraft zugedrückt. Ludowig konnte von Glück sagen, dass er ihm nicht sein vom Alter schon mürbe gewordenes Genick gebrochen hatte. »Das hier ist kein Platz für Fremde. Wenn Ihr wisst, was gut für Euch ist, dann steigt auf Eure Pferde und reitet davon.«

»Das hatten wir ohnehin vor«, antwortete Andrej kühl. »Aber nun, wo Ihr uns so nett darum bittet, bleiben wir vielleicht noch ein paar Tage.«

»Ihr wisst nicht, was ...«, setzte Vater Ludowig an, aber er wurde unterbrochen. Draußen polterten Schritte, dann wurde die Tür aufgerissen, und Birger stürmte herein, nackt bis auf einen schmuddeligen Lendenschurz. In der rechten Hand hielt er einen Knüppel, und auf seinem Gesicht lag ein wütend-entschlossener Ausdruck, der aber in Überraschung und dann Betroffenheit umschlug, als er Vater Ludowigs und danach des Messbechers in Andrejs Hand ansichtig wurde.

»Oh«, sagte er.

»Was wollt Ihr mit dem Prügel? Uns wach klopfen?«, maulte Abu Dun. Das ist nicht nötig. Mein Schädel dröhnt schon genug von Eurem süßen Wein.»

Birger starrte den Knüppel in seiner Hand einen Moment lang verwirrt an, als könne er sich tatsächlich nicht erinnern, wie er überhaupt dorthin kam, und flüchtete sich schließlich in ein Lächeln.

»Ich war ... verzeiht«, stammelte er, räusperte sich und setzte neu an. »Ich habe Lärm gehört und wollte nachsehen.« Er ließ den Knüppel sinken und wandte sich stirnrunzelnd an Vater Ludowig. »Was geht hier vor?«

Vater Ludowig starrte ihn verstockt an. Er schwieg. Birger setzte dazu an, seine Frage in schärferem Ton zu wiederholen, aber Andrej kam ihm zuvor.

»Ich glaube, der gute Vater Ludowig ist nur gekommen, um sich bei uns zu entschuldigen.«

Birgers Stirnrunzeln vertiefte sich, während er von einem zum anderen blickte. Schließlich hob er die Schultern und wandte sich direkt an Ludowig. »Wird es nicht Zeit, die Morgenandacht vorzubereiten, Vater?«

Ludowig nickte hastig, nahm den Messbecher an sich, den Andrej ihm hinhielt, und floh aus dem Zimmer. Er schloss die Tür nicht hinter sich, und es blieb eine ungute, schwer mit Worten zu beschreibende Stimmung zurück. Andrej war aber nicht sicher, ob sie nun von Vater Ludowig oder von Birger ausgegangen war.

»Ich muss mich in Vater Ludowigs Namen für die Störung Eures Schlafes entschuldigen«, sagte Birger. »Er ist ein alter Mann, aber das rechtfertigt nicht sein Handeln. Ich werde mit ihm sprechen.«

»Das ist nicht nötig«, wiegelte Abu Dun ab. Er sah aus dem Fenster. »In Kürze wird es ohnehin hell. Wir können ebenso gut jetzt aufbrechen.«

»Ganz wie Ihr wünscht.« Birger wirkte enttäuscht. »Ich hoffe nur, es hat nichts mit diesem dummen Zwischenfall zu tun.«

»Bestimmt nicht«, versicherte ihm Andrej. »Abu Dun hat Recht, wisst Ihr? Wir haben noch einen weiten Weg vor uns.«

»Aber Ihr bleibt, bis es hell ist?« Birgers Vorschlag klang

eindeutig wie ein Befehl. »Es ist viel zu gefährlich, nachts durch die Wälder zu reiten. Ihr könnt Euch draußen am Brunnen waschen, wenn Ihr wollt. Das Wasser ist kalt, aber sauber. Ich werde die Zeit nutzen, um ein Mahl vorzubereiten. Ihr könnt es auf dem Weg brauchen, glaubt mir.«

Andrej tauschte einen raschen – und, wie er hoffte, von Birger nicht bemerkten – Blick mit Abu Dun, aber der Nubier zuckte nur mit den Schultern.

Wie Birger vorausgesagt hatte, war das Wasser des gemauerten Brunnens hinter seinem Haus sauber und klar, aber auch eiskalt. Es kostete Andrej Überwindung, sich damit zu waschen, und auch Abu Dun schnaubte und prustete, dass man es im ganzen Tal hätte hören müssen. Rasch trockneten sie sich ab, hüllten sich wieder in ihre Kleider, und als sie ins Haus zurückkamen, erlebten sie eine Überraschung: Birger hatte nicht nur überall Kerzen angezündet, was dem großen, nur spärlich möblierten Raum etwas sonderbar Sakrales zu verleihen schien, er hatte auch bereits den Tisch gedeckt und Speisen aufgetragen, die das Mahl eher zu einem Festmahl geraten ließen. Und er war nicht mehr allein. Andrej hatte nicht bemerkt, dass noch jemand das Haus betreten hatte, doch neben Birger saß jetzt eine dunkelhaarige, junge Frau, die sehr zierlich war. Sie hatte dunkle Ringe unter den Augen, und ihre Haut war mit einem kränklichen, grauen Schimmer überzogen.

»Da seid Ihr ja schon«, begrüßte Birger seine Gäste. Er klang jetzt wieder so fröhlich wie am vergangenen Abend. Von dem Groll, der ihn in Ludowigs Gegenwart überkommen hatte, war nichts mehr geblieben. Eifrig deutete er auf den Tisch und fuhr mit einer Kopfbewegung in Richtung der jungen Frau fort: »Helga kennt Ihr ja bereits. Nehmt Platz. Die Suppe ist gleich fertig.«

Andrej nickte wortlos in Helgas Richtung, doch obwohl sie ihn ansah, reagierte sie nicht einmal mit einem Wimpernzucken darauf. Er erinnerte sich jetzt, sie schon am vergangenen Abend am Feuer gesehen zu haben.

Während Andrej Birgers Einladung Folge leistete und sich setzte, sagte dieser: »Helga ist meine Schwester. Alles, was von meiner Familie geblieben ist.«

Das dunkelhaarige Mädchen ging an Andrej vorüber, und er registrierte einen schwachen, aber unangenehmen Geruch, den er nur dank seiner überscharfen Vampyrsinne wahrnahm. Es war der gleiche Geruch, den auch Birger verströmte. Jedem anderen Menschen wäre er verborgen geblieben, aber Andrej wusste nun, dass die beiden das Lager miteinander geteilt hatten.

Schwester?

Nun, was ging es ihn an.

Auf Abu Duns Gesicht erschien ein kurzes, aber anzügliches Grinsen, als er sich auf der anderen Seite des reich gedeckten Tisches niederließ, und Andrej warf ihm einen warnenden Blick zu. Anscheinend bedurfte es nicht zwingend des wölfischen Geruchssinns und der Eulenaugen eines Unsterblichen, um gewisse Dinge erkennen zu können. Aber sie hatten nicht das Recht, über diese Leute zu urteilen.

Dennoch: Andrej musste Abu Dun im Stillen Recht geben. Zwar hatte es gut getan, wieder einmal unter Menschen zu sein und in einem richtigen Bett zu schlafen, aber sie hätten nicht herkommen sollen. Irgendetwas war mit diesem Dorf und seinen Menschen nicht in Ordnung.

Birger trug eine heiße Gemüsebrühe auf, der sie ebenso ausgiebig zusprachen wie dem frisch gebackenen Brot und dem Salzfleisch, das Helga kredenzte. Es begann zu dämmern, als sie mit dem Mahl fertig waren. Birger redete die ganze Zeit belangloses Zeug, während Helga kein Wort sprach. Nur dann und wann warf sie Andrej verstohlene Blicke zu, unter denen er sich immer unwohler zu fühlen begann. In ihren Augen, die scheinbar vollkommen ausdruckslos waren, schien etwas wie eine Aufforderung zu liegen, beinahe schon etwas Gieriges.

Unsinn!, dachte er. Der Einzige, der hier Gier verspürte, war er. Er hatte keine Frau mehr gehabt, seit sie Transsylvanien endgültig den Rücken gekehrt hatten, was mittlerweile mehr als drei Monate zurücklag. Aber daran würde sich vorerst nichts ändern.

Ihr graues Gesicht zeugte nicht nur von Müdigkeit. Er konnte *riechen*, dass irgendetwas in ihrem Körper wühlte, tief innen und ihr selbst noch nicht bekannt, das sie am Schluss zerstören musste. Schuldbewusst senkte er den Blick in seine fast geleerte Suppenschale.

Birger deutete ihn offenbar falsch. »Noch einen Nachschlag?«

»Nein«, antwortete Andrej rasch. Er sah zum Fenster, hinter dem der Himmel mittlerweile hellgrau geworden war. »Es ist wirklich an der Zeit.«

»Auf ein Wort noch«, wandte Birger ein, als Andrej aufstehen wollte. »Bitte.«

Andrej ließ sich wieder zurücksinken. Er war plötzlich

angespannt. Birger hielt ihn nicht nur unter allen möglichen Vorwänden hier fest, weil er ihre Gesellschaft genoss, das spürte er plötzlich. »Ja?«

»Ich weiß nicht recht, wie ich beginnen soll …«, sagte Birger, und Abu Dun unterbrach ihn:

»Nur immer geradeheraus. Du hast unsere Sachen durchwühlt, nicht wahr?«

Andrej sah ihn fragend an, und Abu Dun nickte finster. »Als du dich vorhin gewaschen hast, war ich bei den Pferden. Jemand hat sich an unserem Gepäck zu schaffen gemacht. Er war sehr vorsichtig, aber ich habe es gemerkt.«

»Ich wollte mir nur darüber klar werden, wer Ihr seid«, sagte Birger. »Ich habe nichts gestohlen.«

»Ich weiß«, sagte Abu Dun. »Wäre es anders, dann wärst du jetzt schon tot.«

»Warum?«, fragte Andrej. »Haben wir Euch irgendeinen Grund gegeben, uns zu misstrauen?«

»Im Gegenteil«, antwortete Birger. Er lächelte verlegen. »Immerhin habt Ihr mein Gold nicht angerührt.«

»Gold?«

»In der Truhe, in die ich das Geldsäckchen gelegt habe«, antwortete Birger mit einer Kopfbewegung. »Darunter liegt ein ganzer Beutel voller Gold. Fünfzig Golddukaten, um genau zu sein.«

»Fünfzig!« Abu Dun riss die Augen auf. Das war ein regelrechter Schatz, den man bei einem einfachen Bauern wie Birger ganz gewiss nicht erwartet hätte.

»Sie sind falsch«, sagte Birger leichthin. »Aber es sind gute Fälschungen. Kaum jemand hat bisher den Unterschied bemerkt.«

»Ihr wolltet, dass wir Euch dabei beobachten, wie Ihr Euer Geld in die Truhe legt«, vermutete Andrej. »Warum?«

»Ich bin nicht so über die Maßen misstrauisch wie Vater Ludowig und einige andere hier«, antwortete Birger, »aber ich bin auch nicht dumm. Zu viel Vertrauensseligkeit ist ebenso schädlich wie zu großes Misstrauen.«

»Du wolltest uns auf die Probe stellen«, stellte Abu Dun fest. Er zog eine Grimasse. »Was hättest du gemacht, wenn wir dein Geld und dein falsches Gold einfach genommen hätten und davongeritten wären?«

»Ihr hättet Trentklamm nicht lebend verlassen«, antwortete Birger. Es hörte sich nicht wie eine Drohung an, sondern eher wie etwas, woran es für Birger nicht den geringsten Zweifel gab.

Abu Dun wollte auffahren, aber Andrej brachte ihn mit einer hastigen Geste zum Schweigen. »Und nun, wo wir Eure Probe bestanden haben?«, wollte er wissen.

Birger sah kurz zu Helga hin, ehe er antwortete. »Ich habe Euch einen Vorschlag zu machen«, sagte er.

»Wir sind an keinerlei Vorschlägen interes …«, begann Abu Dun, wurde aber erneut von Andrej unterbrochen.

»Welchen?«

»Ihr seid … Söldner, nicht wahr?«, fragte Birger.

»Und?«, fragte Abu Dun. »Wenn es so wäre?«

»Und Ihr seid nicht besonders wohlhabend«, fuhr Birger fort, noch immer direkt an Andrej gewandt. »Die Reise hat Eure Geldmittel aufgezehrt, habe ich Recht?«

»Selbst wenn, glaube ich kaum, dass du dir unsere Dienste leisten könntest«, sagte Abu Dun unfreundlich. »Wir kämpfen nicht für falsches Gold.«

»Ich habe Geld«, widersprach Birger. »Keine fünfzig Goldstücke, aber genug für eine so leichte Aufgabe wie die, für die ich Euch brauche.«

»Wenn sie so leicht ist, warum erledigt Ihr sie dann nicht selbst?«, fragte Andrej.

»Leicht für Männer wie Euch«, antwortete Birger. »Unmöglich für mich.«

Abu Dun wollte schon wieder auffahren, aber Andrej kam ihm erneut zuvor. »Wir kämpfen nicht für Geld, Birger«, sagte er. »Jedenfalls nicht mehr. Es gab eine Zeit, da haben wir es getan, aber die ist vorbei. Es bringt nichts Gutes ein, Menschen für Geld zu töten.«

Abu Dun schien Mühe zu haben, ihn nicht ungläubig anzustarren. Sie hatten sich in den zurückliegenden zehn Jahren so oft und in so vielen Kriegen als Söldner verdungen, dass sie längst aufgehört hatten, sie zu zählen.

»Ich habe Euch gestern nicht die ganze Wahrheit erzählt«, fuhr Birger vollkommen unbeeindruckt fort.

»Stell dir vor, das ist uns aufgefallen«, giftete Abu Dun.

Birger missachtete den Einwand. »Es ist wahr, dass wir einst überfallen wurden«, fuhr er fort. »Aber es waren keine Räuber.«

»Sondern?«, fragte Andrej.

Birger antwortete nicht gleich. Er sah Andrej an, aber während er sprach, begann sich ein sonderbarer Ausdruck in seinem Blick auszubreiten; eine Furcht, als sähe er gar nicht mehr sein Gegenüber, sondern etwas anderes, Schreckliches, das weit zurücklag. »Wir leben seit einer Generation im Streit mit den Bewohnern eines anderen Dorfes, einen halben Tagesmarsch von hier«, sagte er. »Es liegt hoch in den

Bergen, an einem fast unzugänglichen Pass. Seine Bewohner sind Heiden, die den Satan anbeten und einem uralten Teufelskult huldigen.«

Andrej musste sich beherrschen, um Birger nicht schon jetzt zu unterbrechen. Wie oft hatte er solche Geschichten schon gehört? Es war immer dasselbe. Und es würde immer dasselbe bleiben, solange es Menschen gab.

»Vor zwei Jahren haben sie uns überfallen«, fuhr Birger fort. »Wir hatten immer schon Streit mit ihnen, und manchmal kam es auch zu Tätlichkeiten. Aber in dieser Nacht sind sie gekommen und haben uns im Schlaf überrascht. Sie haben fast die Hälfte von uns erschlagen und etliche unserer jungen Frauen und Knaben mitgenommen. Das halbe Dorf haben sie niedergebrannt.«

»Und nun wollt Ihr, dass wir die Hälfte ihres Dorfes niederbrennen?«, fragte Andrej leise. Er schüttelte den Kopf. »Ich kann Euch verstehen, Birger, aber diese Art von Söldnern waren wir nie. Euer Streit geht uns nichts an.«

»Sie haben meine Frau und meine Tochter mitgenommen«, fuhr Birger fort.

Andrej sah überrascht zu Helga hin. Sie hielt seinem Blick ruhig und sehr ernst stand.

»Meine Frau ist tot«, fuhr Birger fort. »Ich bin ihnen gefolgt, nachdem meine schlimmsten Wunden verheilt waren. Ich fand ihre Leiche auf halbem Weg in den Bergen. Sie haben sie ...« Seine Stimme versagte, und seine Hände begannen für einen Moment so heftig zu zittern, dass er sie zu Fäusten ballen musste. Dann hatte er sich wieder in der Gewalt.

»Ich will keine Rache, Andrej. Einst wollte ich sie. Hätte ich es damals gekonnt, dann hätte ich ihr Dorf bis auf die Grundmauern niedergebrannt und jede lebende Seele ausgelöscht. O ja, ich wollte Rache! Ich hätte mein Leben geopfert, um mich zu rächen! Ich habe Gott verflucht und meine Seele dem Teufel angeboten, wenn er mir dafür geholfen hätte, mich an dem feigen Mörderpack zu rächen, doch er hat nicht geantwortet.« Er stöhnte auf. »Aber das ist vorbei. Rache nutzt niemandem. Es macht die Toten nicht wieder lebendig, wenn man noch mehr Menschen erschlägt. Man kann nicht ein Unrecht durch ein anderes aufwiegen.«

»Amen«, sagte Abu Dun spöttisch.

Andrej schenkte ihm einen verärgerten Blick. »Und was wollt Ihr dann?«, fragte er an Birger gewandt.

»Meine Tochter«, antwortete Birger. »Sie ist jetzt zwölf Jahre alt. Ich möchte, dass Ihr sie befreit.«

»Eure Tochter.« Andrej nickte nachdenklich und sah wieder – diesmal für länger – zu Helga hin, aber sie erwiderte seinen Blick so ruhig und ausdruckslos wie zuvor. »Wieso glaubt Ihr, dass sie noch lebt?«

»Ich weiß es«, antwortete Birger, in einem Ton, der keinen Widerspruch duldete. »Ich spüre, dass sie noch am Leben ist, genauso, wie ich gespürt habe, dass meine Frau tot war. Und dass sie schrecklich leidet! Sie ist jetzt genau in dem Alter, in dem sie den teuflischen Gelüsten dieser Bestien am besten dienen kann.« Ein gequälter Ausdruck erschien auf seinem Gesicht, und für einen Moment schimmerten seine Augen feucht. »Soll ich Euch sagen, was sie meiner Frau angetan haben?«

»Nein«, antwortete Andrej. »Ich kann es mir vorstellen.« Er versuchte, einen verständnisvollen Ton in seine Stimme zu legen. »Ich kann nachempfinden, was Ihr jetzt fühlt, Birger. Aber es ist lange her. Zwei Jahre sind eine lange Zeit, eine sehr lange Zeit. Selbst wenn Eure Tochter noch am Leben wäre, so könnte es sein, dass ...« Er zögerte unmerklich, »dass sie vielleicht nicht mehr die ist, als die Ihr sie gekannt habt«, schloss er.

»Ich weiß, was Ihr meint, Andrej«, antwortete Birger. Er hatte sich jetzt wieder in der Gewalt. Seine Stimme klang fest. »Aber ich spüre, dass sie noch lebt, und ich spüre, wie sehr sie leidet. Ich höre ihre Seele in jeder Nacht um Hilfe flehen. Ich hätte sie längst befreit, aber diese Teufel sind auf der Hut, und ihr Dorf ist eine fast uneinnehmbare Festung.«

»Und wir sind nur zu zweit«, sagte Abu Dun.

»Ihr seid Krieger«, beharrte Birger. »Wir sind das nicht, und sie sind es auch nicht.«

»Immerhin haben sie die Hälfte von euch erschlagen.«

Birger machte eine abfällige Geste. »Sie haben uns überrascht. Wir wussten nicht, dass sie kommen. Alle haben tief geschlafen. Für Männer wie Euch wird es sicher nicht schwer sein, in ihr verfluchtes Kloster vorzudringen und meine Tochter zu befreien.« Er wandte sich nun direkt an Abu Dun. »Solltet Ihr herausfinden, dass meine Tochter tot ist, so bezahle ich Euch trotzdem. Macht Euch darum keine Sorgen.«

»Das ist es nicht«, sagte Andrej rasch. »Wir führen solche Aufträge für gewöhnlich nicht aus, das ist alles. Es muss doch hier eine Obrigkeit geben.«

»Den Landgrafen, ja«, grollte Birger. Allein der Ton, der sich dabei in seine Stimme schlich, machte Andrejs nächste Frage überflüssig. Trotzdem stellte er sie.

»Und warum bittet Ihr nicht den Landgrafen um Hilfe?«

»Er ist weit weg«, sagte Birger. »Die hohen Herren in ihren Schlössern interessieren sich doch nicht für das Schicksal solch einfacher Leute. Sie schicken einmal im Jahr ihre Steuereintreiber, sonst kümmert sie nichts.«

So sehr, dachte Andrej, schien sich dieses Land gar nicht von dem zu unterscheiden, aus dem sie geflohen waren. Er schüttelte den Kopf.

»Es tut mir leid, Birger, aber ...«

»Habt Ihr jemals geliebt, Andrej?«, unterbrach ihn Birger. »Habt Ihr jemals einen Menschen geliebt wie nichts anderes auf der Welt – und ihn dann verloren?«

Andrej schwieg. Er dachte an Maria. Auch an Alessa, aber vor allem an Maria. Er wusste, dass er diesen Gedanken nicht zulassen sollte, aber es war zu spät. Birgers Worte brannten wie Säure in seinem Inneren, und Birger schien sein Schweigen auch richtig zu deuten.

»Habt Ihr das je, Andrej?«

»Selbst wenn wir es täten«, antwortete Andrej ausweichend. »Was, wenn Ihr Euch irrt, und Eure Tochter ist doch tot?«

»Dann wüsste ich, dass ihre Seele endlich Frieden gefunden hat«, antwortete Birger. »Ich wäre zufrieden damit, es zu wissen. Ich ertrage den Gedanken nicht, dass sie womöglich Tag für Tag von diesen Bestien gequält wird – so lange, bis sie anfängt, mich zu verfluchen, weil ich sie gezeugt habe.«

»Wir haben keine Zeit«, sagte Abu Dun. »Der Weg, der noch vor uns liegt, ist weit, und ...«

»So weit, dass zwei oder drei Tage wohl kaum ins Gewicht fallen«, fiel ihm Birger ins Wort. Er schüttelte heftig den Kopf. »Ihr wollt nach Nürnberg?«

»Das stimmt«, sagte Andrej.

»Aber Ihr seid fremd in diesem Land. Wenn Ihr den Straßen folgt, verliert Ihr eine Woche, wenn nicht mehr. Ich kenne eine Abkürzung durch die Wälder. Die zeige ich Euch.«

»Nachdem wir zurück sind«, vermutete Andrej.

»Nachdem wir zurück sind«, bestätigte Birger.

»Ihr müsstet uns begleiten«, sagte Andrej. Abu Duns bohrende Blicke beachtete er nicht. Er wusste, dass der Nubier es nicht guthieß, dem Drängen Birgers nachzugeben, und er hatte Recht damit, tausendmal Recht. Aber Andrej konnte auch Birgers Frage nicht vergessen. Ob er wüsste, was es hieß, einen geliebten Menchen zu verlieren? Es verging seit zehn Jahren kein Tag, an dem ihn dieses Gefühl nicht quälte. »Wir kennen den Weg zu diesem Dorf nicht, und wir wissen auch nicht, wie Eure Tochter aussieht.«

»Andrej!«, sagte Abu Dun nachdrücklich.

»Ich werde Euch begleiten«, sagte Birger. »Und ein paar von den anderen auch. Wir haben gestern Nacht darüber gesprochen ...« Er hob die Schultern. »Ich will ehrlich sein. Nicht alle sind mit meinem Plan einverstanden. Sie haben Angst, die alte Fehde damit neu zu beleben.«

»Nicht ganz zu Unrecht«, gab Andrej zu bedenken.

»Sie war niemals zu Ende«, antwortete Birger heftig. »Glaubt Ihr, sie lassen uns jetzt in Ruhe? Bestimmt nicht. Sie werden wiederkommen, vielleicht in diesem Jahr, vielleicht im nächsten, aber sie werden kommen.«

»Und dir deine Tochter vielleicht wieder wegnehmen«, schloss Abu Dun. »Euer Streit geht uns nichts an. Andrej!«

»Abu Dun hat Recht, wisst Ihr?« Andrejs Stimme wurde sanft. »Wir würden alles nur noch schlimmer machen.«

»Das soll nicht Eure Sorge sein!« Birger blieb hartnäckig. »Ich flehe Euch an, Andrej, helft mir. Nennt mir Euren Preis, und ich werde ihn bezahlen. Ich bin kein armer Mann.«

»Was mich zu der Frage bringt, woher dein Reichtum eigentlich stammt«, hakte Abu Dun nach. »Wie kommt ein einfacher Bauer wie du an einen Beutel mit fünfzig Goldstücken – selbst wenn sie falsch sind?«

»Sie gehörten den Letzten, die der Verlockung meines Geldbeutels nicht widerstehen konnten«, antwortete Birger. »Außerdem war dies einmal eine wohlhabende Gemeinde. Bevor sie uns überfallen und die meisten von uns erschlagen und unser Vieh gestohlen haben.«

»Ihr seid ein Mann, der anscheinend das offene Wort liebt.«

»Das bin ich«, antwortete Birger. »Nun? Wie entscheidet Ihr Euch?«

Andrej konnte Abu Duns flehende Blicke spüren. Und er hatte das Gefühl, einen schrecklichen Fehler zu begehen.

Trotzdem.

»Zwei oder drei Tage habt Ihr gesagt? Nicht mehr?«

»Und danach bringe ich Euch auf dem kürzesten Weg hier heraus«, bestätigte Birger.

Abu Dun seufzte vernehmlich auf.

4

Kurz vor Einbruch der Dämmerung erreichten sie die Schneegrenze. Sie hatten eine Weile damit zugebracht, sich zu streiten, denn schließlich war es Abu Dun gewesen, der immer öfter auf ihre bedrohliche finanzielle Lage hingewiesen und mehr als einmal darauf gedrängt hatte, etwas zu unternehmen, das ihnen die notwendigen Geldmittel für den Rest der Reise einbringen würde. Infolge ihres Streites hatten sie den ganzen Tag über kaum noch ein Wort miteinander gewechselt.

Sie waren zu fünft: Andrej, Abu Dun, Birger und zwei schweigsame junge Burschen aus dem Dorf, die keinen besonders aufgeweckten Eindruck machten, dafür aber kräftig wirkten. Andrej hatte sich nicht die Mühe gemacht, sich ihre Namen zu merken. Wäre es nach Birger gegangen, dann hätte sich ihnen noch ein Dutzend weiterer Männer angeschlossen, aber sowohl Andrej als auch Abu Dun waren dagegen gewesen. Sie beide hatten nicht vergessen, was Birger selbst über sich und die anderen gesagt hatte: Sie waren keine Krieger, sondern einfache Bauern und Kuhhirten. Ihre Anwesenheit war keine Hilfe, sondern stellte allenfalls eine Belastung, vielleicht sogar eine Gefahr dar.

Andrej war schon nicht erfreut über die Begleitung dieser beiden, hatte es aber bei einem erfolglosen Einspruchsversuch belassen. Mittlerweile war auch das fast bedeutungslos geworden. Er fror erbärmlich. Sie waren den ganzen Tag über immer tiefer in die Berge hinein- und zugleich immer höher geritten. Dort war die Luft so kalt, dass das Atmen fast schmerzte. Nicht weit vor ihnen schimmerte es weiß zwischen den spärlicher werdenden Bäumen.

»Wohin führt Ihr uns eigentlich?«, fragte Andrej. Er ritt unmittelbar neben Birger. Abu Dun hatte es vorgezogen, weiterhin kein Wort zu sprechen und ein gutes Stück hinter ihnen zu bleiben.

Andrejs Atem dampfte in der Kälte. Noch bevor Birger antwortete, drehte er sich halb im Sattel herum und sah in die Richtung zurück, aus der sie gekommen waren. Er war erstaunt festzustellen, welche große Entfernung sie an nur einem Tag zurückgelegt hatten. Dennoch konnten sie Trentklamm noch tief unter sich im Tal liegen sehen. Der Ort lag in hellem Sonnenschein da und bot, angesichts der prickelnden Kälte, die Andrej auf der Haut fühlte, einen geradezu unglaublichen Anblick.

»Es ist jetzt nicht mehr allzu weit«, antwortete Birger. »Vielleicht sollten wir hier rasten und warten, bis es dunkel wird.«

»Ich hoffe, es dauert nicht mehr so lange, wie wir brauchten, um hier heraufzukommen«, mischte sich Abu Dun ein, der mittlerweile zu ihnen aufgeschlossen hatte.

»Wir konnten nicht auf dem direkten Weg reiten«, antwortete Birger. »Sie sind misstrauisch und hätten uns gesehen.« Er machte eine Kopfbewegung nach vorne zu den scheinbar noch immer unendlich weit entfernten Berggipfeln, die in ewigem Weiß vor ihnen schimmerten. »Wir brauchen nicht mehr lange, um den Berg zu umgehen und uns dem Dorf von der anderen Seite zu nähern. Über den Pass kämen wir niemals ungesehen hinweg.«

Andrej tauschte einen raschen Blick mit Abu Dun. Für jemanden, der immer wieder betonte, dass er kein Krieger war, dachte Birger ziemlich strategisch.

»Ich hätte nichts gegen eine Rast einzuwenden«, sagte Abu Dun. »Es ist widerlich kalt.«

Er schüttelte sich. Andrej nahm an, dass er weit mehr unter der Kälte litt als die anderen, stammte er doch aus einem Land, in dem es nicht einmal ein Wort für Schnee gab.

»Wir können kein Feuer machen«, gab Birger bedauernd zu bedenken. »Es wäre in der Nacht deutlich zu sehen.« Er wandte sich mit einer auffordernden Geste an seine beiden Begleiter. Sie sagten nichts, setzten sich aber gehorsam in Bewegung und ritten voraus, und Birger fuhr mit einem neuerlichen Wedeln der Hand fort: »Rasten wir gleich hier. Stefan und sein Bruder geben darauf acht, dass sich niemand heimlich anschleicht.«

»Seid ihr eigentlich alle miteinander verwandt?«, fragte Abu Dun.

Birger schwang sich aus dem Sattel des grobschlächtigen Ackergaules, den er ritt, und ließ die Zügel los. Das Pferd entfernte sich ein paar Schritte und begann dann an den Grashalmen zu zupfen, die spärlich auf dem steinigen Boden wuchsen. Andrej hatte am Erfolg ihrer Reise zu zweifeln begonnen, als er die Tiere der drei Dörfler gesehen hatte. Aber die Pferde hatten ihn ebenso überrascht wie ihre Reiter. Sie hatten sich nicht besonders schnell, aber so beharrlich wie Ochsen und geschickt wie Bergziegen bewegt.

Abu Dun und er saßen ebenfalls ab, banden ihre Pferde aber an die Äste eines nahe gelegenen Baumes. Abu Dun sah sich missmutig nach einem Platz um, an dem er halbwegs weich sitzen konnte, und steuerte schließlich das einzige Mooskissen weit und breit an. Andrej setzte sich auf einen Stein und sah wortlos zu, wie Birger seine Packtaschen leerte und Brot, kaltes Fleisch und ziegenlederne Schläuche mit Wein vor ihnen ausbreitete.

»Schon wieder ein Festmahl?«, fragte Abu Dun. »Ich bin eigentlich nicht hungrig.«

»Ihr solltet etwas essen«, erwiderte Birger. »Wir werden hier rasten, und danach haben wir noch einen Fußmarsch vor uns. Wollt Ihr auch noch hungern, wenn Ihr schon friert?«

Abu Dun bedachte ihn mit einem verdrossenen Blick, griff aber dann doch zu, und auch Andrej nahm sich ein Stück Fleisch und eine Scheibe helles Brot und begann zu essen. Birger hatte Recht. Sie hatten noch eine lange Nacht vor sich und würden jedes bisschen Kraft bitter nötig brauchen.

»Erzählt uns von diesen angeblichen Teufelsanbetern«, bat Andrej. »Wer sind sie? Was tun sie genau, und welchem Kult hängen sie an?«

»Das weiß niemand.« Birger kniete sich so zwischen sie, dass er Andrej und Abu Dun zusammen im Auge behalten konnte. »Sie tarnen sich mit den Zeichen des Christentums. Das Dorf ist kein richtiges Dorf, sondern ein altes Kloster mit einer Handvoll Häusern an der Westseite. Angeblich sind es fromme Männer, aber nachts feiern sie schwarze Messen, und die Figur an dem umgedrehten Kruzifix, vor dem sie beten, ist nicht unser Herr Jesus Christus.« Er legte den Kopf schräg und sah Abu Dun an. »Aber damit habt Ihr ohnehin nicht viel im Sinn, nehme ich an?«

»Ist das für dich von Bedeutung?«, fragte Abu Dun.

»Nein«, antwortete Birger. Es klang ehrlich. »Und Ihr, Andrej?«

»Warum fragt Ihr das?«

Birger wackelte mit dem Kopf. »Gestern Abend, als Ihr Vater Ludowig gegenüberstandet – ich hatte den Eindruck, dass Eure Vorsicht mehr seinem Gewand galt als seinen Worten.«

»Ihr seid ein guter Beobachter«, entgegnete Andrej. »Ich hatte in der Vergangenheit einige Begegnungen mit Männern der Kirche.«

»Weiter«, sagte Abu Dun. »Sie leben also in einem angeblichen Kloster. Was genau tun sie dort? Wieso unternimmt niemand etwas gegen sie, wenn sie doch den Teufel anbeten?«

»Sie sind sehr vorsichtig«, antwortete Birger. »Für die meisten sind sie einfach nur Bergbauern und Schäfer, die das Kloster versorgen. Aber wir kennen ihr Geheimnis. Deshalb hassen sie uns auch so. Sicher hätten sie unser ganzes Dorf ausgelöscht, hätten sie nicht Angst gehabt, damit zu viel Aufsehen zu erregen.«

Nachdenklich kaute Andrej auf dem Stück gesalzenen Fleisches, das Birger ihm gegeben hatte. Die Antworten Birgers klangen glaubhaft und überzeugend. Wieder hatte er das Gefühl, dass hier etwas nicht stimmte. So wie am Abend zuvor, als sie ins Dorf hineingeritten waren und er gespürt hatte, dass sie in eine Falle tappten.

»Vielleicht sollten wir uns wirklich ausruhen«, schlug Abu Dun vor. »Es wird eine lange Nacht.«

Birger stand auf. »Ich sehe nach Stefan und seinem Bruder.«

Sie warteten, bis es dunkel wurde. Der Himmel hatte sich fast lückenlos mit Wolken zugezogen, sodass es sehr dunkel war, und die Kälte wurde grausam. Andrej zitterte am ganzen Leib. Er war nicht mehr sicher, ob es wirklich gut gewesen war, so lange zu rasten. Inzwischen war er steif gesessen, und sein Rücken schmerzte.

Abu Dun drehte sich in Richtung der Pferde, aber Birger schüttelte den Kopf. »Von hier aus gehen wir besser zu Fuß«, sagte er. »Mit den Pferden kommen wir nicht mehr sehr weit. Das Gelände wird bald unwegsam.«

Sie marschierten los; Birger an der Spitze, Andrej und Abu Dun dicht hinter ihm. Die Kälte schien schlagartig zuzunehmen, als sie die unsichtbare Grenze überschritten und unter ihren Stiefeln nun endgültig verharschter Schnee knirschte. Das Gelände war so unübersichtlich, dass sie mit den Pferden keine hundert Schritte weit gekommen wären, und ohne Birgers Führung hätten sie sich schon nach fünfzig Schritten hoffnungslos verirrt.

Der Boden schimmerte in einem unheimlichen Knochenweiß, und die Bäume verkrochen sich in den Schatten. Selbst Andrej mit seinen überscharfen Sinnen war beinahe orientierungslos. Abu Dun musste es vollkommen sein. Andrej nahm an, dass Birger sich hier gut genug auskannte, um sich auch mit verbundenen Augen zurechtzufinden.

Die unheimliche Nacht trübte auch Andrejs Zeitgefühl. Er hätte nicht sagen können, wie lange sie schon unterwegs waren. In der Wolkendecke über ihnen erschienen einige Lücken, und bald sahen sie sogar eine bleiche Mondsichel.

Plötzlich hörte Andrej ein Geräusch. Es war unendlich leise, gerade an der Wahrnehmungsgrenze selbst seiner unvorstellbar scharfen Sinne. Aber etwas daran war so unheimlich, dass er mitten in der Bewegung innehielt und sich halb in die Richtung drehte, aus der das Geräusch gekommen war.

»Was habt Ihr?«, fragte Birger.

Abu Dun sagte nichts, aber seine Hand senkte sich auf das Schwert.

»Da ist etwas«, murmelte Andrej. »Ich habe etwas gehört.«

Birger lauschte angespannt, und genau im gleichen Moment, in dem er den Kopf schüttelte und sagte: »Ich höre nichts«, erklang das Geräusch wieder: etwas wie ein klagendes Seufzen, unendlich weit entfernt und voll abgrundtiefem Schmerz und noch tieferer Furcht. Er deutete nach rechts in die Dunkelheit hinein.

»Dort.«

»Aber da ist nichts!«, befand Birger. Er hatte nichts gehört, und wie auch? Selbst Andrej hatte Mühe, die genaue Richtung zu orten, aus der das Stöhnen kam. Er beachtete Birgers Einwand nicht und ging los. Abu Dun zog das Schwert und folgte ihm, und nach kurzem Zögern schloss sich ihnen auch Birger an.

»Andrej, was tut Ihr?«, japste er. »Wir haben nicht viel Zeit! Ich versichere Euch, da ist nichts!«

Andrej missachtete ihn weiterhin, aber Abu Dun sagte: »Wenn Andrej sagt, dass dort etwas ist, dann ist dort etwas.«

»Verschwendete Zeit!« Birger wurde zornig. »Zeit, die wir nicht haben! Glaubt mir, wenn da vorne etwas wäre, dann hätten uns Stefan und Johann längst gewarnt.«

»Ein guter Einwand«, knurrte Abu Dun. »Wo sind sie überhaupt?«

»Sie sind vorausgeeilt, um den Weg zu sichern«, antwortete Birger. »Sie hätten uns gewarnt, wenn sie etwas bemerkt hätten.«

»Falls sie nicht gerade irgendwo dort vorne im Schnee liegen und verbluten«, fügte Abu Dun hinzu. Er fuchtelte mit dem Krummsäbel, und blitzende Lichtreflexe sprangen aus der Klinge und schienen ihnen ein Stück vorauszueilen.

Birger gab auf, und Andrej beschleunigte seine Schritte noch ein wenig. Das Geräusch wiederholte sich nicht, aber nun nahm er einen ganz sachten, aber nur zu vertrauten Geruch wahr. Blut. Frisches, warmes Blut. Er ging schneller, geleitet von dem Blutgeruch, und so rasch, dass Birger und Abu Dun Mühe hatten, ihn nicht zu verlieren.

Er entdeckte den Toten, als er eine flache Hügelkuppe hinter sich gebracht hatte. Der Mann lag mit dem Gesicht nach unten im Schnee, und es hätte der Unmengen von Blut, das im Mondlicht eher schwarz als rot aussah, gar nicht bedurft, um auf den ersten Blick zu erkennen, dass er tot war. Seine Glieder waren auf schreckliche Weise verdreht und verrenkt, und eine seiner Hände war abgerissen und lag ein Stück entfernt im Schnee.

Hinter ihm sog Birger hörbar die Luft ein, und Abu Dun stieß einen halblauten Fluch aus und beschleunigte seine Schritte, sodass er gleichzeitig mit Andrej neben dem Toten anlangte.

Während Andrej neben dem Mann im Schnee niederkniete, nahm er mit leicht gespreizten Beinen und erhobenem Schwert neben ihm Aufstellung und drehte sich langsam um seine eigene Achse, um Andrej gegen einen eventuellen Angreifer zu schützen, der sich in der Dunkelheit verborgen halten mochte.

Andrej drehte den Toten behutsam auf den Rücken und hatte Mühe, ein Stöhnen zu unterdrücken. Er war auf genügend Schlachtfeldern gewesen, um zu glauben, dass ihn nichts mehr erschrecken konnte.

Er irrte.

»Großer Gott!«, keuchte Birger. »Wer tut so etwas?«

Andrej schloss für einen Moment die Augen. Als er sie wieder öffnete, hatte sich sein rebellierender Magen immerhin weit genug erholt, damit er den Leichnam einer zweiten und etwas eingehenderen Musterung unterziehen konnte. Sein Gesicht war nicht mehr zu erkennen, ebenso wenig sein Alter oder seine Herkunft, aber man konnte zumindest sehen, dass er wohl eine Art Soldat oder Krieger gewesen war. Im Schnee neben ihm lag ein zerbrochenes Schwert.

»Habt Ihr diesen Mann schon einmal gesehen?«, fragte er.

»Seid Ihr sicher, dass es ein Mann war?«, gab Birger mit belegter Stimme zurück.

Andrej sah zornig zu ihm hoch, und Birger schüttelte hastig den Kopf. »Er könnte zum Kloster gehören«, sagte er. »Sie tragen diese Art von Schwertern.«

»Sagtest du nicht, sie wären keine Krieger?«, fragte Abu Dun misstrauisch.

»Sie haben ein paar Wachen«, antwortete Birger. »Männer des Landgrafen.«

»Ein paar Wachen, so«, grollte Abu Dun. Seine Stimme bebte vor Zorn, aber er hörte nicht auf, sich langsam im Kreis zu drehen und die Dunkelheit ringsum mit Blicken abzusuchen. »Wie viele sind ein paar?«

»Nicht viele«, antwortete Birger stockend. »Vielleicht ein halbes Dutzend. Bestimmt nicht mehr.«

»Und wann wolltest du uns das sagen?«, fragte Andrej ruhig.

Birgers Blick tastete mit wachsender Unruhe den grässlich verstümmelten Leichnam ab. »Wir wären ihnen vielleicht nicht einmal begegnet«, verteidigte er sich. »Ich hatte nicht vor, das ganze Kloster zu überfallen.«

»Das hatten wir auch nicht«, sagte Abu Dun. »Was hat den Mann umgebracht, Andrej?«

»Auf jeden Fall kein Mensch«, Andrej wandte sich um. »Gibt es Raubtiere hier in den Bergen, Birger?«

»Wölfe«, antwortete Birger, aber Andrej schüttelte sofort den Kopf.

»Kein Wolf könnte so etwas tun. Seht Ihr seinen Kopf? Der Schädelknochen eines Menschen ist härter als Eisen.«

»Vielleicht … vielleicht ein Bär«, überlegte Birger. »Es ist lange her, dass Bären hier gesehen wurden, aber es könnte sein.«

»Was immer es war, es war ziemlich groß«, stellte Abu Dun fest. »Und du hast Recht, Andrej – es war kein Mensch.«

Andrej blickte in die Richtung, in die Abu Dun mit dem

ausgestreckten Säbel wies, und stand auf. In dem blutigen Schnee war ein einzelner Fußabdruck zu erkennen. Es war nicht der Fußabdruck eines Menschen, aber auch nicht der eines Wolfes oder Bären oder irgendeines anderen Tieres, das Andrej jemals gesehen hatte. Er war nicht einmal besonders groß, aber auf unheimliche Weise verzerrt und missgestaltet. Tiefe Eindrücke im Schnee zeugten von schrecklichen Krallen.

»Allah!«, entfuhr es Abu Dun. »Welche Kreatur hinterlässt solche Spuren?« Er keuchte.

»Ich weiß es nicht«, antwortete Andrej wahrheitsgemäß. »Aber was immer es ist, es ist verletzt.« Er deutete auf die frischen Blutspuren neben dem Fußabdruck. »Und es ist noch nicht sehr weit weg.«

Birger japste, als Andrej aufstand und ebenfalls seine Waffe zog. »Was habt Ihr vor? Ihr ... Ihr wollt dem Ungeheuer doch nicht etwa folgen?«

»Ich werde gewiss nicht weitergehen, wenn ich etwas hinter mir weiß, das zu *so etwas* fähig ist«, sagte Andrej entschlossen.

»Aber ...«

»Du kannst ruhig hier bleiben und auf uns warten«, sagte Abu Dun grinsend. »Wir sind bestimmt bald zurück. Und wenn nicht wir, dann etwas anderes.«

Birger wurde noch bleicher, aber er verschwendete keinen weiteren Atem auf den Versuch, sie von ihrem Entschluss abzubringen, sondern hatte es im Gegenteil plötzlich sehr eilig, zu ihnen aufzuschließen.

Nach einer Weile fanden sie einen weiteren Fußabdruck, dann noch einen, bevor die Spur abbrach, weil der Boden felsiger und die Schneedecke darauf dünner wurde. Dennoch fiel es Andrej nicht schwer, der Spur weiter zu folgen. Der Blutgeruch wies ihm den Weg.

Sie bewegten sich sehr vorsichtig. Alle ihre Sinne waren bis zum Zerreißen angespannt, und Andrej lauschte mit seinen schärferen Vampyr-Sinnen in die Nacht hinein.

Dennoch sah er das Ungeheuer beinahe zu spät.

Es erschien plötzlich von einem Moment auf den anderen aus dem Nichts, als hätte sich die Dunkelheit vor ihnen zusammengeballt, um schreckliche Gestalt anzunehmen. Andrej fand gerade noch Zeit, einen warnenden Schrei auszustoßen, aber Abu Dun fand nicht mehr genügend Zeit, um darauf zu reagieren. Das ... *Ding* hieb mit einer schrecklichen, krallenbewehrten Hand nach ihm. Abu Dun duckte sich und rettete sich damit das Leben, denn der Hieb streifte ihn nur, statt ihm den Kopf von den Schultern zu trennen, aber die Wucht des Schlages reichte immer noch aus, den Nubier von den Füßen zu reißen und hilflos davonrollen zu lassen.

Andrej erstarrte vor Entsetzen. Niemals zuvor hatte er etwas Schrecklicheres gesehen.

Das Geschöpf war weder ein Mensch noch ein Tier, sondern eine abscheuliche Mischung aus beidem. Es war nicht einmal besonders groß, und es wirkte eher schmächtig, aber ganz und gar nicht zerbrechlich, sondern auf jene Abscheu erregende Weise dünn, wie sie besonders abstoßenden Insekten zu Eigen ist. Seine Haut glänzte nass wie rohes Fleisch, und auf dem entsetzlich missgestalteten Schädel wuchsen drahtige, dünne Haarbüschel.

Sein Gesicht war der schiere Albtraum.

Es hatte eine flache, fliehende Stirn, boshafte Augen, die tief unter dreieckigen Knochenwülsten lagen, und eine stumpfe Wolfsschnauze voller schiefer, spitzer Zähne.

Das Schlimmste aber war, dass die gesamte Gestalt ... völlig unproportioniert zu sein schien. Ihre Glieder waren unterschiedlich lang, und die Pfote, mit der sie nach Abu Dun geschlagen hatte, hatte mehr und längere Finger als die andere. Das linke Bein, von dem der unheimliche Abdruck stammte, schien gleich zwei Kniegelenke zu haben, während das andere kürzer war und in einem gespaltenen Huf endete. Es war eine dämonische Missgeburt, eine Kreatur, die es nicht geben *durfte*.

»Scheijtan!«, keuchte Abu Dun. Das Wort ließ nicht nur den Dämon herumfahren, sondern riss auch Andrej aus seiner Erstarrung. Als der Unhold sich umdrehte, um sich auf sein gestürztes Opfer zu werfen, riss er das Schwert in die Höhe und stürmte los.

Abu Dun riss entsetzt die Arme vor das Gesicht und trat nach dem dämonischen Geschöpf. Andrej wusste aus eigener leidvoller Erfahrung, wie unglaublich stark der Nubier war, aber das heranstürmende Ungeheuer vermochte er nicht aufzuhalten.

Immerhin verfehlte sein Krallenhieb Abu Duns Gesicht und wühlte nur den Schnee neben seinem Kopf auf. Bevor die Bestie zu einem zweiten Schlag ausholen konnte, war Andrej zur Stelle und schlug mit dem Schwert zu. Seine Klinge biss tief in das gottlose Fleisch des Dämons. Der Damaszenenstahl vermochte mühelos Eisen zu zerschneiden, aber mit der so verwundbar aussehenden Haut des Dämons hatte er alle Mühe. Blut spritzte, und die Bestie stieß ein hohes, schrilles Schmerzgeheul aus, doch sie stolperte nur einen Schritt zurück und wandte sich geifernd zu Andrej um, statt zu Tode getroffen zu Boden zu stürzen. Das Ungeheuer blutete aus einer tiefen Wunde im Oberarm, doch es hätte tot sein müssen.

Andrej setzte ihm entschlossen nach. Sein Schwert stieß nach der Brust des Dämonenwesens, zerriss sein Fleisch und glitt von den eisenharten Rippen darunter ab, und die Bestie sprang mit einem triumphierenden Geheul auf ihn zu und schlug ihm das Schwert aus der Hand. Andrej versuchte zurückzuweichen, aber es war zu spät. Die schrecklichen, asymmetrischen Arme der Bestie schlossen sich zu einer tödlichen Umklammerung. Er spürte, wie die Krallen des Unholds seinen Rücken aufrissen, dann wurde ihm die Luft aus den Lungen gepresst, und mehrere seiner Rippen brachen.

Er begriff zu spät, dass er einen furchtbaren Fehler gemacht hatte. Das Ungeheuer war deutlich kleiner als er, und es wirkte trotz seiner abstoßenden Hässlichkeit fast komisch. Aber es war ungeheuer stark, und es schien nur aus Wildheit und reiner Mordlust zu bestehen. Andrej stemmte sich mit verzweifelter Kraft gegen seine Umklammerung, aber seine Kraft reichte nicht aus. Noch mehr Rippen brachen, aber er hatte keine Luft mehr, um zu schreien. Wogen aus rotem Schmerz drohten sein Bewusstsein auszulöschen. Wie durch einen wabernden roten Nebel hindurch sah er, wie das grässliche Maul des Ungeheuers aufklappte und sich seine Zähne näherten, um ihm die Kehle aufzureißen.

Er hatte nur noch eine Wahl.

Andrej schloss die Augen, entspannte sich, so gut es die

furchtbaren Schmerzen in seinem Rücken und seiner Brust zuließen – und griff nach dem Geist der Bestie.

Er wusste nicht, was er erwartet hatte. Nur sehr wenige Male in seinem Leben hatte er die Katharsis vollzogen, und diese wenigen Male hatte er sie an Menschen vollzogen, nicht an Dämonen.

Es war, als hätte er die Hölle selbst berührt. Hass, brodelnder roter Hass, der keinen Grund brauchte und kein Ziel kannte, schlug ihm entgegen. Der absolute Wille zu töten. Zu vernichten. Da war kein Ziel. Keine wirkliche Absicht.

Schwarze Energie floss in seinen Geist, ein brüllender Strom von solcher Macht, dass er Andrejs Geist für einen schrecklichen Moment einfach mit sich zu reißen drohte. Es war die große Gefahr beim Wechsel, dass der Nehmende zum Opfer wurde, und niemals war er diesem Schicksal näher gewesen als jetzt. Nicht lange, vielleicht für die Dauer eines Herzschlages, war der Kampf unentschieden; eine Winzigkeit nur, und Andrej wäre unterlegen und sein Geist in dem schwarzen Strudel untergegangen und aufgelöst worden.

Er gewann diesen Kampf, aber nur mit äußerster Mühe, und er erlangte keine Kraft aus der gestohlenen Lebensenergie, sondern spürte eine so gewaltige Erschöpfung und Müdigkeit, dass er zurücksank und nicht einmal mehr wahrnahm, wie ihn das zusammenbrechende Ungeheuer unter sich begrub.

Als er erwachte, konnte kaum mehr als eine kurze Zeitspanne vergangen sein, denn das Ungeheuer lag noch immer über ihm, und Abu Dun war gerade dabei, den leblosen Körper von ihm herunterzuzerren. Andrej spürte, wie die messerscharfen Klauen des Dämons seinen Rücken erneut aufrissen, und biss die Zähne zusammen, um einen Schmerzenslaut zu unterdrücken.

Für einen Moment drohten ihm schon wieder die Sinne zu schwinden. Er schloss die Augen und konzentrierte sich mit verzweifelter Kraft darauf, wach zu bleiben. Tief am Grunde seiner Seele brodelte noch immer die Schwärze, die die Lebenskraft des Dämons in ihn hineingespült hatte. Er fürchtete, sie könne sich seiner bemächtigen, wenn er das Bewusstsein verlor.

Endlich löste sich das Gewicht des Dämons ganz von seiner Brust, und anstelle der schrecklichen Fratze des Mensch-Tier-Wesens erschien Abu Duns besorgtes Antlitz über ihm.

»Andrej! Bist du …?«

»Es ist alles in Ordnung«, wisperte Andrej hastig und leise, damit Birger die Worte nicht hören konnte. »Und ich bin auch noch ich.«

Abu Dun atmete auf. »Kannst du aufstehen?«

Andrej deutete ein Kopfschütteln an. »Ich blute«, flüsterte er. »Du musst Birger ablenken.«

Der Nubier verstand. Rasch richtete er sich auf, drehte sich halb herum und versetzte dem dahingerafften Ungeheuer einen Fußtritt. »Gottlose Bestie!«, grollte er. »Was ist das für ein Ding? Sehen alle Raubtiere in eurem Land so aus?«

»Ich habe Euch gesagt, dass es Ungeheuer in den Wäldern gibt«, antwortete Birger. Seine Stimme klang eher verstockt als erschrocken.

Andrej lauschte in sich hinein. Er spürte, dass sich die Wunden in seinem Rücken schon wieder zu schließen begannen; allerdings nicht so schnell, wie sie es hätten tun sollten. Nicht annähernd so schnell. Er war so oft verwundet worden, dass er fast auf den Augenblick genau vorhersagen konnte, wie lange welche Art von Verletzung brauchte, um zu heilen. Die lächerlichen Schnitte hätten längst spurlos verschwunden sein müssen. Seine Verschmelzung mit dem Ungeheuer hatte ihn nicht nur Kraft gekostet, es war, als hätte sie ihn vergiftet.

War das möglich? Noch vor kurzem hätte er diese Frage mit einem überzeugten Nein beantwortet, aber nun musste er an Alessa denken, und ein eisiger Schauer lief ihm über den Rücken.

»Was ist mit Andrej?«, erkundigte sich Birger. »Lebt er noch?«

»Sorgt Euch nicht um mich«, sagte Andrej. Behutsam richtete er sich auf, wobei er darauf achtete, Birger nicht den Rücken zuzukehren. »Ich bin nicht verletzt.«

Birger riss ungläubig die Augen auf, und Andrej hoffte, dass er nur gesehen hatte, wie das sterbende Ungeheuer ihn unter sich begrub, nicht, was ihm seine Klauen angetan hatten.

»Unverletzt?«, fragte Birger ungläubig. »Ihr seid unverletzt?«

Andrej stand unsicher auf. Sein Taumeln war nicht gespielt. Er war so schwach, dass er um ein Haar wieder gestürzt wäre, als er sich nach seinem Schwert bückte.

»Aber das ist doch … unmöglich!« Birger sog scharf die Luft ein. »Großer Gott! Euer Rücken!«

Andrej musste sich beherrschen, um nicht laut zu fluchen. Selbstverständlich hatte Birger seinen Rücken gesehen, als er sich nach dem Schwert bückte.

»Was ist damit?«, fragte er.

»Euer Gewand hängt in Fetzen«, antwortete Birger. »Aber Ihr habt nicht einen Kratzer. Und all das Blut.«

»Das ist nicht meines«, antwortete Andrej. Er rammte das Schwert in die verzierte Scheide. »Ich hatte Glück, Birger. Wäre es Euch lieber, es wäre nicht so?«

»Natürlich nicht«, antwortete Birger hastig. »Es ist nur …«

»Warum erzählst du uns nicht lieber, was das für ein Ungeheuer ist«, fiel ihm Abu Dun ins Wort. »So etwas habe ich noch nie zuvor gesehen.«

»Das hat niemand zuvor gesehen.« Birgers Blick flackerte, während er abwechselnd das erschlagene Untier und Andrej anstarrte, aber es war unmöglich zu sagen, vor wem er mehr Furcht empfand.

»Das ist eine sehr kärgliche Antwort, meinst du nicht auch?«, fragte Abu Dun.

»Ich weiß es nicht!«, behauptete Birger. »Vielleicht kommt es vom Kloster. Sie beten dort den Teufel an, das habe ich Euch doch gesagt! Vielleicht ist das einer seiner Dämonen, den sie heraufbeschworen haben, um sich zu beschützen!«

»Zuerst Soldaten und jetzt auch noch Dämonen«, sagte Abu Dun finster. »Gibt es da vielleicht noch etwas, was du uns sagen solltest, Birger? Noch etwas, was uns dort erwartet?«

Birger schwieg verstockt, und nach einer Weile drehte sich Andrej in die Richtung, aus der sie gekommen waren.

»Das werden wir schon sehen, Abu Dun«, sagte er. »Das werden wir schon sehen.«

5

Gegen das graue Zwielicht des Nachthimmels betrachtet wirkte das Kloster wie das Schloss eines finsteren Magiers, das aus Schwärze und der Materie der Hölle erschaffen worden war, nicht aus Mörtel und Stein. Seine Umrisse waren nicht genau zu erkennen, als wäre es von einer düsteren Macht umhüllt, die mit aller Kraft versuchte, es ihren Blicken zu entziehen.

Andrej blinzelte, und aus dem Geisterschloss wurde wieder das, was es war: ein dunkel daliegendes, nicht einmal besonders großes Bergkloster, das von einem einzelnen Turm überragt wurde.

»Ist alles in Ordnung?«

Es verging ein Moment, bis Andrej begriff, dass es Abu Duns Stimme war, die er hörte, und ein weiterer, bis ihm klar wurde, dass die Frage ihm galt. Mühsam wandte er den Kopf und sah dem Nubier ins Gesicht. Sein Rücken brannte. Er fror.

»Warum fragst du?«

»Weil du zitterst«, antwortete Abu Dun.

»Das ist nur die Kälte«, sagte Andrej. Er wandte seinen Blick wieder dem Kloster auf der anderen Seite des steinigen Kammes zu. Auch wenn er nicht in Abu Duns Richtung blickte, spürte er doch ganz deutlich, dass der Freund ihn musterte.

»Birger müsste längst zurück sein«, sagte Abu Dun. Sein Ton machte klar, dass er lieber über etwas anderes gesprochen hätte. Er wartete vergebens auf eine Antwort. Birger war vorausgegangen, um nach den beiden anderen Männern zu suchen. Zumindest hatte er das gesagt.

»Traust du ihm?«, fragte er Andrej schließlich.

»Birger?«

»Wem sonst? Natürlich Birger.«

Andrej deutete ein Schulterzucken an. »Für diese Frage ist es zu spät, meinst du nicht?«

»Es ist niemals zu spät, um Vernunft anzunehmen«, sagte Abu Dun tadelnd. »Niemand hindert uns daran, aufzustehen und unseres Weges zu gehen.«

»Wir haben eine Abmachung«, erinnerte Andrej ihn.

Abu Dun schnaubte abfällig. »Es war nie die Rede von einem halben Dutzend Soldaten«, stieß er hervor. »Und schon gar nicht von dieser Ausgeburt der Hölle. Ist dir klar, dass diese Kreatur uns fast getötet hätte?«

»Mehr, als du vielleicht ahnst, mein Freund«, antwortete Andrej, was Abu Dun zu einem besorgten Stirnrunzeln veranlasste.

»Jetzt, wo wir allein sind«, Abu Dun senkte die Stimme, »kannst du mir sagen, was für ein Ungeheuer das war? Tatsächlich ein Dämon?«

Andrej zuckte mit den Schultern. »Ich glaube nicht an Dämonen«, sagte er. »Außer an solche in Menschengestalt.«

»Dann habe ich mir das wahrscheinlich alles nur eingebildet«, sagte Abu Dun spöttisch. »Genauso wie ich mir einbilde, dass deine Hände zittern.«

»Das kommt daher, dass ich sie kaum noch daran hindern kann, sich um deinen Hals zu legen«, antwortete Andrej ruppig. »Halt endlich den Mund.«

»Wir Ihr befehlt, Sahib«, kam die spöttische Antwort.

Andrej schluckte im letzten Moment die scharfe Antwort hinunter, die ihm auf der Zunge lag. Jetzt war wirklich nicht der Moment, um einen Streit anzuzetteln. Andrej hatte sich stets geweigert, an die Existenz von Dämonen zu glauben. Aber er hatte sich auch stets geweigert, an die Existenz von Ungeheuern zu glauben – und er hatte gerade mit Mühe und Not die Begegnung mit einem jener Ungeheuer überlebt, deren Existenz er bezweifelte.

»Da kommt jemand«, zischte Abu Dun. »Birger. Er ist allein. Nein, doch nicht.« Er stemmte sich ein Stück in die Höhe und winkte Birger und seinem Begleiter zu. Andrej sah den beiden schemenhaften Gestalten erstaunt entgegen – wieso hatte Abu Dun sie eigentlich vor ihm entdeckt? –, ehe er sich wieder auf die dunkleren Umrisse dahinter konzentrierte.

Viel gab es indes nicht zu sehen. Das Kloster hob sich kaum gegen die Dunkelheit ab, und von dem Dorf, von dem Birger gesprochen hatte, war überhaupt nichts zu erkennen. Die Finsternis dort drüben schien allumfassend, als sauge etwas das ohnehin spärliche Licht auf.

Andrej fuhr sich mit der Hand über die Augen. Abu Dun hatte Recht. *Er* war es, mit dem etwas nicht stimmte.

»Wenn wir wieder einmal unterschiedlicher Meinung über eine Abmachung sind, Pirat«, sagte er, »dann schlag mich einfach nieder und binde mich auf mein Pferd.«

»Mein Wort darauf, Hexenmeister«, knurrte Abu Dun.

Birger und sein Begleiter näherten sich ihrem Aufenthaltsort, und als sie ihn erreicht hatten, ließen sie sich lautlos neben ihnen nieder. Noch bevor Birger etwas sagen konnte, fragte Abu Dun misstrauisch:

»Wo ist der Dritte von euch?«

»Stefan hält auf der anderen Seite des Passes Wache«, antwortete Birger so rasch, als hätte er diese Frage erwartet. »Damit wir keine unliebsamen Überraschungen erleben.«

»Wie umsichtig«, spottete Abu Dun. »Ich beginne mich zu fragen, wozu du uns überhaupt brauchst.«

Birger runzelte verärgert die Stirn, zwang sich aber dann zu einem verkniffenen Lächeln. »Im Dorf ist alles ruhig. Dasselbe gilt für das Kloster. Es gibt eine Wache am Tor, aber es dürfte Euch nicht schwer fallen, sie auszuschalten.«

»Uns?«, wiederholte Abu Dun fragend. Er machte eine Geste, die ihn selbst, Andrej und auch Birger einschloss. »Du meinst sicher *uns* alle?«

»Weiter als bis hier gehe ich nicht«, entgegnete Birger.

»Das war nicht vereinbart!«

»Ich wäre nur eine Last für Euch« Birger blieb beharrlich. »Der Weg in den Kerker ist nicht zu verfehlen. Gleich hinter dem Tor steht ein kleines Gebäude ohne Fenster. Darin befindet sich die Treppe nach unten. Es ist sicher verschlossen, aber die Wache am Tor hat einen Schlüssel.«

»Du kennst dich ziemlich gut aus«, stellte Abu Dun misstrauisch fest.

»Ich habe einen der Kerle gefangen, die bei dem Überfall dabei waren«, antwortete Birger ungerührt. »Im vergangenen Frühjahr, als ich noch auf Vergeltung aus war. Er war sehr redselig, aber es hat ihm nichts genützt. Die Treppe führt direkt ins Verlies hinunter. Wahrscheinlich gibt es dort unten eine weitere Wache, vielleicht auch mehr. Ihr müsst vorsichtig sein.«

Abu Dun wollte auffahren, aber Andrej legte ihm rasch und beschwichtigend die Hand auf den Unterarm. »Lass gut sein, Abu Dun. Es stimmt. Er wäre nur eine Last für uns, vor allem, wenn wir schnell fliehen müssen. Wie erkennen wir deine Tochter?«

»Ihr Name ist Imret«, antwortete Birger. »Sie ist zwölf Jahre alt und hat blondes Haar, fein wie Seide und lang bis auf den Rücken.«

»Du meinst, das hatte sie, als du sie das letzte Mal gesehen hast«, sagte Abu Dun.

Das Gesicht des Dörflers verfinsterte sich. Andrej wünschte sich, Abu Dun hätte sich etwas vorsichtiger ausgedrückt.

»Sie hat ein kleines Muttermal auf der linken Wange«, ergänzte Birger. »Ihr werdet sie erkennen. Sie ist das schönste Mädchen, das Ihr je gesehen habt.«

»Gut«, sagte Andrej, bevor Abu Dun Gelegenheit fand, Birger noch weiter zu quälen. »Das wird wohl reichen. Ihr wartet hier. Wenn irgendetwas geschieht, was Euch nicht geheuer vorkommt, dann bringt Euch in Sicherheit. Wir finden Euch schon.«

Er stand auf und huschte geduckt dem Schatten des Klosters entgegen. Abu Dun folgte ihm in geringem Abstand, aber schon bald liefen sie nebeneinander her, und als sie sich dem Eingang des Klosters näherten, übernahm der Nubier die Führung, bis er plötzlich stehen blieb, sich auf ein Knie herabsinken ließ und warnend die linke Hand hob. Die andere hatte er auf den Schwertgriff gelegt, die Waffe aber noch nicht gezogen; wohl damit sich kein verirrter Lichtstrahl auf dem Metall des Krummsäbels brach und sie verriet.

»Dort vorne!«, zischte er.

Andrej starrte aufmerksam in die Richtung, in die Abu Dun wies. Erst nach einem Moment sah er den gedrungenen Schatten, der lässig an der Wand neben dem Tor lehnte. Abu Dun hatte den Mann vor ihm entdeckt.

Andrej ging mit schnellen Schritten an ihm vorbei, duckte sich noch tiefer und zog sein Schwert, als er noch zwei Schritte von dem Wächter entfernt war. Der Mann schrak aus seinem Halbschlaf auf, aber es war zu spät. Andrej schlug ihm den Schwertknauf unter das Kinn, und der Schädel des Mannes prallte mit einem knirschenden Laut gegen die Wand. Reglos sank er daran zu Boden, und Andrej winkte Abu Dun heran, ehe er neben dem Posten niederkniete und nach seinem Puls fühlte. Er lebte noch. Gut.

»Andrej! Pass auf!«

Abu Dun hatte seine Warnung laut gerufen. Andrej schrak zusammen und fuhr herum, und aus der Wand über ihm sprühten Funken, als eine Schwertklinge dagegenschlug. Andrej reagierte instinktiv und endlich wieder so schnell, wie er es gewohnt war: Er ließ sich zurückfallen und stieß zugleich das Schwert schräg nach oben. Noch während er mit einer fließenden Bewegung wieder auf die Füße kam, brach der Mann gurgelnd zusammen. Er starb, noch bevor sein Körper den Boden berührte.

»Alles in Ordnung?« Abu Dun kam schwer atmend neben ihm an. »Bist du verletzt?«

Andrej schüttelte benommen den Kopf. »Zwei«, murmelte er. »Es waren zwei Wächter.«

»Birger wird uns eine Menge erklären müssen«, grollte Abu Dun. »Hoffentlich stimmt der Rest seiner Beschreibungen. Aber ich glaube, niemand hat etwas gehört. Wir haben Glück gehabt.«

Zwei!, dachte Andrej. Ein eisiger Schauer lief auf dünnen Spinnenbeinen sein Rückgrat hinab. *Es waren zwei Wächter gewesen!* Aber wieso hatte er den zweiten Mann nicht bemerkt? Er hätte ihn riechen müssen, lange bevor er aufgetaucht war!

Großer Gott, er hätte seinen Herzschlag hören müssen, so nahe, wie er ihm gekommen war!

»Ist wirklich alles in Ordnung mit dir?«, fragte Abu Dun nun leise, aber sehr besorgt.

»Verdammt noch mal, ja!«, schnappte Andrej. »Ich warte nur darauf, dass sämtliche Klosterbewohner angestürmt kommen. Laut genug geschrien hast du ja.«

»Du machst Fehler«, sagte Abu Dun. »Aber das passiert dir sonst nie. Nicht solche Fehler.«

»Ich bin unruhig«, antwortete Andrej fahrig. »Lass uns weitergehen. Wir haben nicht sehr viel Zeit.«

»Aber diesmal gehe ich voraus«, antwortete Abu Dun.

Er ging los, ohne Andrejs Antwort abzuwarten, und trat geduckt durch die offen stehende Pforte, die in einen der großen Torflügel eingelassen war. Andrej folgte ihm. Der kurze Torgang war vollkommen dunkel, und auch der dahinter liegende Hof lag völlig unbeleuchtet da. In dem wuchtigen Geviert, das den Hof einrahmte, brannte nicht ein einziges Licht, und es war vollkommen still.

Andrej spürte etwas. Etwas Altes und Wohlvertrautes, vor dem er trotzdem zurückschrak wie eine Hand vor glühendem Eisen. Etwas regte sich in ihm. Zuallererst glaubte er, es wäre noch immer die Schwärze, die nach dem Wechsel am Grunde seiner Seele zurückgeblieben war, aber das stimmte nicht. Es war nichts Fremdes, sondern etwas, das immer Teil seiner selbst gewesen war, auch wenn er es bisher mühsam unterdrückt hatte.

Gier.

Er spürte eine noch sachte, aber rasch stärker werdende Gier, ziellosen Hunger, der sich langsam in ihm auszubreiten begann, bald aber schon zu einem unerträglichen Brennen und Wühlen ansteigen würde.

»Dort vorne. Das muss der Eingang sein. Wenigstens was das betrifft, scheint Birger die Wahrheit gesagt zu haben.«

Andrej hatte Mühe, Abu Duns Worten zu folgen. Er zitterte am ganzen Leib. Kalter Schweiß bedeckte seine Stirn, und es fiel ihm zunehmend schwer, auch nur das Schwert festzuhalten. Von der Klinge tropfte noch das Blut des Postens, den er erschlagen hatte, und sein Geruch schien immer intensiver zu werden.

Ohne eine Antwort abzuwarten, schlich Abu Dun weiter und verschmolz nach wenigen Schritten mit dem Schatten des Treppenhauses. Andrej folgte ihm erst, als er das Geräusch der Tür hörte und ein roter Schimmer auf den Hof fiel.

Hinter der Tür, die so niedrig war, dass nicht nur Abu Dun, sondern auch er selbst sich bücken musste, um die

Schwelle zu passieren, führte eine schmale, sehr steile Treppe in die Tiefe. An ihrem unteren Ende flackerte rotes Licht. Brandgeruch schlug ihnen entgegen, vermischt mit den unverwechselbaren Ausdünstungen eines Kerkers: Blut und eingetrocknete Exkremente, saurer Angstschweiß und der Odem unendlichen Leides, von dem dieser Ort so viel aufgesogen zu haben schien, dass es zu einem festen Bestandteil seiner Wände geworden war. Etwas in Andrej schrak vor diesem Geruch zurück, aber etwas anderes, Schreckliches schien zu jubilieren und dieses teuflische Gemisch einzuatmen und sich daran zu laben wie an einem Becher uralten köstlichen Weins. Es kostete ihn fühlbare Anstrengung, dem Nubier in die Tiefe zu folgen.

Die Treppe endete in einem winzigen halbrunden Raum, von dem zwei Gittertüren abzweigten, die in finstere Gänge mit niedrigen gewölbten Decken führten. Am Ende des einen flackerte das rote Licht, dessen Schimmer sie schon gesehen hatten, am Ende des anderen herrschte vollkommene Dunkelheit.

»Von zwei Gängen hat er nichts gesagt«, flüsterte Abu Dun. Er sah Andrej fragend an, aber der konnte nur mit einem Schulterzucken antworten. Noch am Morgen hätte er Abu Dun sagen können, wie viele Männer sich am Ende des jeweiligen Ganges befanden, womit sie beschäftigt waren und wie viele Gefangene es in den Zellen hier unten gab. Jetzt sah und hörte er nicht mehr als der Nubier, vielleicht sogar weniger.

»Wir können immer noch umkehren«, sagte Abu Dun.

»Wir können auch hier stehen bleiben und zaudern, bis jemand kommt und uns einen Stuhl und einen Becher Wein bringt.« Andrejs Stimme klang zornig. Auch das war ... nicht in Ordnung. Abu Dun und er stritten oft, aber meistens waren es nur halb scherzhafte Auseinandersetzungen. Er war selten *wirklich* ungeduldig. Etwas geschah mit ihm. Er wusste noch immer nicht genau was, aber es machte ihm Angst.

Große Angst.

Abu Dun legte die Hand auf das in den dunklen Gang führende Gitter. Es schwang mit einem leisen Quietschen der eisernen Angeln auf, die lange Zeit nicht mehr benutzt worden waren. Sofort zog Abu Dun die Hand zurück und versuchte sein Glück bei der anderen Tür. Auch sie ließ sich öffnen, aber deutlich leiser als die andere. Abu Dun schob sie gerade weit genug auf, um seine breiten Schultern hindurchzwängen zu können, steckte das Schwert ein und huschte lautlos den Gang hinab.

Andrej folgte ihm, allerdings langsamer und somit in allmählich größer werdendem Abstand. Anders als Abu Dun hatte er das Schwert nicht eingesteckt. Der Blutgeruch, den die Klinge verströmte, schien immer stärker zu werden, und im gleichen Maße nahm der Hunger zu, der in seinen Eingeweiden wühlte.

Nachdem er die halbe Wegstrecke bis zum Ende des Ganges zurückgelegt hatte, blieb Abu Dun stehen und sah durch die vergitterte Sichtluke einer der zahlreichen Türen, die sich in der rechten Tunnelwand befanden. Lange stand er reglos da. Sein Gesicht war vollkommen ausdruckslos. An seiner verkrampften Haltung erkannte Andrej, dass irgendetwas in der Zelle seinen Blick bannte. Als er neben ihm angelangt war, ging er weiter und gab den Platz für Andrej frei.

Die Zelle, in die er blickte, war fensterlos, aber so klein, dass selbst das wenige Licht, das durch die vergitterte Luke fiel, ausreichte, um sie zu erhellen. An der Wand, auf die Andrej blickte, lehnte ein schon halb mumifizierter Leichnam; der angekettete Körper eines nackten Mannes, der zweifellos schon zu Lebzeiten in diese qualvolle Haltung gezwungen worden war. Der Mann war offenbar verhungert.

Schaudernd wandte sich Andrej ab. Abu Dun war am sichtbaren Ende des Ganges stehen geblieben und lugte vorsichtig um die Biegung. Die rechte Hand hatte er wieder auf das Schwert gelegt, die andere hatte er zu einer mahnenden Geste in Andrejs Richtung erhoben. Es gab nun keinen Zweifel mehr daran, wer die Führung übernommen hatte. Abu Dun wirkte auf Andrej wie ein Riese, ein schwarzer Gigant, den nichts in Gefahr bringen oder erschüttern konnte – aber zugleich auch verwundbar, so zerbrechlich und voll verlockendem Leben, warm und pulsierend und …

Andrej blieb stehen und presste die Lider so fest aufeinander, dass bunte Lichtblitze vor seinen Augen tanzten. Seine Hand, die das Schwert hielt, zitterte. Nur mit äußerster Mühe gelang es ihm, die mörderische Gier niederzuringen und das Schwert wieder in die Scheide zu schieben. Der Blutgeruch nahm nicht ab. Er schien ganz im Gegenteil noch stärker zu werden, so, als könne er nun nicht mehr nur das Blut auf der Klinge, sondern auch das in Abu Duns Adern riechen.

»Zwei«, flüsterte Abu Dun. »Es sind zwei.« Er deutete auf die beiden Männer, die nur wenige Schritte hinter der Gangbiegung standen und sich mit gedämpften Stimmen unterhielten. »Bleib zurück. Ich erledige das.«

Er zog das Schwert und huschte los, in einer schnellen, fließenden Bewegung. Trotz seiner Größe bewegte er sich fast vollkommen lautlos.

Die beiden Wachposten konnten nicht den geringsten Widerstand leisten. Abu Dun kam über sie wie der Zorn Gottes. Noch bevor einer von ihnen auch nur einen Warnschrei ausstoßen konnte, packte Abu Dun den ersten, wirbelte ihn herum und stieß ihn in Andrejs Richtung. Den anderen ergriff er und schmetterte ihn mit solcher Wucht gegen die Wand, dass der Mann augenblicklich das Bewusstsein verlor.

Andrej fing den anderen Soldaten auf, schlug ihm hart mit dem Handrücken gegen den Kehlkopf, um seinen Schrei zu unterdrücken, und warf ihn dann ebenfalls gegen die Wand; ein hunderfach geübtes Vorgehen, das sie in ihrer gemeinsamen Zeit als Söldner unzählige Male mit Erfolg durchexerziert hatten. Der Mann, unfähig zu schreien, prallte mit dem Kopf gegen die Wand, verdrehte die Augen und begann zusammenzubrechen. Andrej fing ihn auf, um ihn zu Boden sinken zu lassen; nicht nur aus Barmherzigkeit, sondern auch, damit er kein unnötiges Geräusch verursachte.

Der Mann lebte und war vermutlich nicht einmal schwer verletzt, aber er hatte sich eine Platzwunde an der Schläfe zugezogen. Blut lief über sein Gesicht, und dieser Anblick veränderte alles.

Andrej ließ den Mann nicht los. Einen Moment lang erstarrte er, dann gruben sich seine Hände tiefer in den Hals des Bewusstlosen. Statt ihn zu Boden zu schleudern, riss er ihn wieder in die Höhe und rammte ihn mit solcher Wucht gegen die Wand, dass sein Hinterkopf noch einmal und mit deutlich mehr Gewalt gegen den rauen Stein stieß. Obgleich er ohnmächtig war, stöhnte er halblaut, und die Platzwunde an seiner Schläfe begann stärker zu bluten. Süßes, warmes Blut lief über sein Gesicht, lebendig und voller pulsierender Energie.

Andrejs Gier wurde übermächtig: ein Hunger, der zu schierer Qual explodierte und den er stillen musste, *jetzt.*

Wimmernd vor Begierde drückte er den Kopf des wehrlosen Mannes nach hinten, hob die andere Hand und krümmte die Finger zu einer tödlichen Klaue, um ihm die Kehle aufzureißen.

Eine riesige Pranke schloss sich um sein Handgelenk und riss ihn mit solcher Gewalt zurück, dass er glaubte, das Gelenk würde aus der Schulter gezerrt. Andrej schrie vor Schmerz auf, riss sich los und fuhr mit kampfbereit erhobenen Händen herum.

Abu Dun schlug ihm die Faust unter das Kinn, und seine Knie wurden weich und gaben unter dem Gewicht seines Körpers nach. Sein Mund füllte sich mit Blut – seinem eigenen –, und alles um ihn herum begann sich zu drehen. Dann fegte lodernde rote Wut Schmerz und Schwäche davon, und er sprang mit einem Knurren auf die Füße.

Abu Dun versetzte ihm eine schallende Ohrfeige, die bunte Sterne vor seinen Augen explodieren ließ. Andrej taumelte, und Abu Dun versetzte ihm eine zweite, noch heftigere Maulschelle, die ihn endgültig in die Knie zwang. Seine Glieder begannen haltlos zu zittern, und mit einem Male fühlte er sich nur noch schwach. Er sank nach vorne, versuchte vergebens, den Sturz abzufangen, und schlug schwer mit dem Gesicht auf dem rauen Boden auf.

Auch jetzt verlor er nicht das Bewusstsein, aber es verging

lange Zeit, bis er die Gewalt über seinen Körper zurückerlangt hatte. Mühsam stemmte er sich in die Höhe, öffnete die Augen und sah direkt in Abu Duns finsteres Gesicht.

»Hast du dich wieder in der Gewalt?«, fragte der Nubier.

Andrej nickte. Bevor er antwortete, tastete er mit spitzen Fingern seinen Unterkiefer ab, wie um sich davon zu überzeugen, dass er noch an Ort und Stelle war.

»Was war los?«, fragte Abu Dun.

»Ich …« Andrej blickte schaudernd zu dem reglosen Körper auf der anderen Seite des Ganges hinüber. »Ich weiß es nicht.«

»Aber jetzt ist es vorbei?«

Andrej lauschte einen Moment in sich hinein. Da war noch immer etwas Fremdes und Furchteinflößendes in ihm, aber die grauenhafte Gier war erloschen. Er nickte. »Ja. Ich weiß nicht, was …«

»Das ist jetzt unwichtig.« Abu Dun streckte die Hand aus, um ihm auf die Füße zu helfen. »Du wirst es mir später erklären. Jetzt müssen wir weiter. Ich habe das Mädchen gefunden.«

»Bist du sicher, dass es das richtige ist?«, fragte Andrej. Er stand unsicher auf seinen Füßen. Abu Dun ließ seine Hand los, und im ersten Moment wurde ihm schwindelig, als hätte der Nubier damit auch zugleich eine unsichtbare Verbindung gelöst, über die er ihm Kraft gespendet hatte.

»Die Auswahl ist nicht besonders groß«, sagte Abu Dun. »Bist du sicher, dass du sie mitnehmen willst?«

»Wieso?«

Statt zu antworten, drehte Abu Dun sich herum und steuerte eine der niedrigen Türen an, die auch diesen Gang säumten. Andrej folgte ihm mit schleppenden Schritten. Er hatte das Gefühl, Fieber zu bekommen. Es fiel ihm schwer, sich zu bewegen. Als er neben Abu Dun ankam, hatte er fast vergessen, was der Nubier zu ihm gesagt hatte.

Dabei wusste er längst, was mit ihm geschah, aber er weigerte sich, es hinzunehmen. Nicht nur, weil er Angst davor hatte, sondern weil es allem widersprach, woran er je geglaubt hatte.

Abu Dun hatte bisher an der kleinen Sichtluke gestanden, die es auch in dieser Tür gab. Jetzt trat er zur Seite, um den Platz für Andrej freizugeben.

Auch diese Zelle war winzig; kaum größer als ein Alkoven. Das Mädchen stand nackt und auf die gleiche qualvolle Weise aufrecht an die Wand gekettet wie der Tote, den sie vorhin gefunden hatten, der Tür gegenüber und schien zu schlafen. Als Andrej es sah, fuhr er zusammen wie unter einem Peitschenhieb.

Das Mädchen bot einen Grauen erregenden Anblick. Birger hatte gesagt, dass seine Tochter zwölf Jahre alt wäre, doch Andrej konnte erkennen, dass sie körperlich bereits zu einer Frau herangewachsen war. Ihr Körper war mit unzähligen Striemen, Narben und erst halb verschorften Wunden übersät; Spuren von Peitschenhieben und anderen bestialischen Dingen, die man ihr angetan hatte. Ihre Handgelenke waren unförmig angeschwollen und zu dick vereiterten Wunden geworden, weil sie seit Tagen und Wochen (*Wochen?*, dachte Andrej schaudernd. Großer Gott – möglicherweise seit *zwei Jahren*!) mit hoch über den Kopf erhobenen Armen an die Wand gekettet waren. Sie stand fast knöcheltief in ihrem eigenen Schmutz. Selbst hier draußen war der Gestank, der Andrej entgegenschlug, fast unerträglich.

»Diese Teufel!«, grollte Abu Dun. »Sie nennen sich Christen? Bei Allah, für mich sind sie nicht einmal Menschen! Tritt zurück!«

Andrej gehorchte. Abu Dun machte sich nicht die Mühe, einen der bewusstlosen Wächter nach dem Schlüssel zu durchsuchen. Er trat mit solcher Wucht gegen den Riegel, dass dieser zerbarst. Wütend zerrte er die Tür auf, trat in die Zelle und schwang seinen Säbel. Er musste zwei-, dreimal zuschlagen, bevor es ihm gelang, eines der Kettenglieder zu zersprengen, die von Imrets Handgelenken zu einem eisernen Ring hoch oben in der Wand hinaufführten. Dann aber sackte das Mädchen so plötzlich in sich zusammen, dass Abu Dun sie nur mit Mühe und Not auffangen konnte. Sein Schwert klirrte zu Boden. Andrej wartete, bis er die Zelle mit dem Mädchen auf dem Arm verlassen hatte, dann bückte er sich und hob die Klinge auf.

Abu Dun schüttelte den Kopf, als Andrej das Schwert in seinen Gürtel schob und ihm das bewusstlose Mädchen abnehmen wollte.

»Geh voraus«, sagte er knapp.

Andrej drehte sich gehorsam um und eilte voraus, aber erst, nachdem er Imret noch einen Herzschlag lang betrachtet hatte. Der Anblick erfüllte ihn mit einer rasenden Wut. Das Mädchen war abgemagert bis auf die Knochen, war fast so groß wie er, und es gab kaum eine Stelle an ihrem Körper, die nicht von Narben oder frischen Wunden bedeckt war. Er wünschte sich nichts mehr als Vergeltung für das, was diesem unschuldigen Kind angetan worden war.

Sein Wunsch sollte sich rasch erfüllen.

Sie hatten den Gang hinter sich gelassen, und Andrej näherte sich der Treppe, als oben auf dem Hof ein gellender Schrei ertönte. Der Laut drang nur gedämpft zu ihnen vor, aber Andrej hatte derartige Schreie zu oft gehört, um nicht sofort zu wissen, dass die beiden Wachen gefunden worden waren.

»Verdammt!«, fluchte Abu Dun. »Das hätte nicht passieren dürfen! *Lauf!*«

Andrej stürmte gehorsam los, aber er war nicht schnell genug. Jede Stufe kostete ihn Anstrengung, es war, als müsse er seinen Körper zu jeder noch so winzigen Bewegung mühsam zwingen. Was immer das Ungeheuer ihm angetan hatte, es wirkte schnell.

Sie stürmten auf den Hof hinaus, der nicht mehr dunkel und still war. Hinter mehreren Fenstern flackerte rotes Licht, und Andrej hörte mindestens ein Dutzend Stimmen, die aufgeregt durcheinanderriefen. Das Torgewölbe war von Fackellicht erfüllt, und auch aus der entgegengesetzten Richtung näherten sich ihnen rennende Gestalten, die heftig zuckende Fackeln schwenkten. Metall blitzte. Jemand schrie das Wort *Alarm!*

Andrej schluckte, wirbelte herum und lief mit Riesenschritten auf den Ausgang zu, doch noch bevor er das gemauerte Gewölbe erreicht hatte, traten ihm gleich vier Männer entgegen. Drei von ihnen trugen die gleichen Uniformen wie die Männer, denen sie bereits begegnet waren, der vierte ein einfaches Priestergewand.

Andrej riss seine Klinge in die Höhe und empfing den ersten mit einem Schwerthieb, der ihn hätte enthaupten müssen. Aber der Hieb war zu langsam, schlecht gezielt und mit viel zu wenig Kraft geführt. Es gelang dem Mann, sein eigenes Schwert hochzureißen und Andrejs Hieb den größten Teil seiner Wucht zu nehmen. Zwar reichte die Kraft immer noch, ihm das Schwert aus der Hand zu schlagen und ihn rücklings gegen die Wand zu schmettern, aber er war nicht einmal verletzt.

Und seine beiden Begleiter bewiesen, dass sie keine verkleideten Bauern waren, die mit Mühe und Not wussten, an welchem Ende sie ein Schwert anfassen mussten, sondern gut ausgebildete Soldaten, die ihr Handwerk verstanden. Während der Mann im Priestergewand hastig ein paar Schritte zurückwich, um sich in Sicherheit zu bringen, zogen sie ihre Waffen und bewegten sich auseinander, wohl um Andrej von zwei Seiten zugleich attackieren zu können, und auch ihr Kamerad schüttelte benommen den Kopf und sah sich bereits wieder nach dem Schwert um, das er fallen gelassen hatte.

Andrej hätte nur einen Augenblick brauchen dürfen, um mit den drei Männern fertig zu werden. Aber er war krank. Die Welt verschwamm immer wieder vor seinen Augen, und das Schwert in seiner rechten Hand schien einen Zentner zu wiegen. Aus dem Augenwinkel sah er, dass weitere Männer heranstürmten.

Nur mit Mühe gelang es ihm, den Schwerthieb eines der Männer abzuwehren; dem des anderen entging er um Haaresbreite. Und hätte Abu Dun ihm nicht beigestanden, dann wäre es bereits im nächsten Augenblick um ihn geschehen gewesen.

Der Nubier stürmte heran wie der Leibhaftige, ein schwarzer Riese, der wie ein Wirbelwind zwischen die Männer fuhr.

Den Soldaten, den Andrej entwaffnet hatte, rannte er kurzerhand über den Haufen, gerade als sich dieser nach seinem Schwert bücken wollte, einen zweiten fegte er mit einem fürchterlichen Fußtritt von den Beinen. Der dritte zögerte einen winzigen Moment, welchem der beiden Gegner er sich zuwenden sollte, und seine Unentschlossenheit kostete ihn das Leben. Andrej rammte ihm das Schwert in den Leib und stolperte weiter und auf den Priester zu, noch während der Soldat sterbend zusammenbrach.

Für den Bruchteil einer Sekunde begegneten sich ihre Blicke, und trotz seiner Schwäche und des Fiebers, das immer heißer und qualvoller in ihm brannte, registrierte er, wie erstaunlich jung der Priester noch war, und wie vollkommen anders, als er ihn sich vorgestellt hatte. Nicht der grausame Folterknecht, den er erwartet hatte, sondern ein offenes Gesicht mit klaren blauen Augen, in denen maßlose Verwirrung und allmählich aufkeimender Schrecken zu lesen waren, blickte ihn an.

Andrej verscheuchte den Gedanken und stach mit dem Schwert nach ihm. Der Geistliche machte einen hastigen Schritt zur Seite, und die Klinge verfehlte ihn und scharrte Funken sprühend über die Wand.

Bevor Andrej zu einem weiteren Hieb ausholen konnte, versetzte Abu Dun ihm an seiner statt einen Stoß, der seinen Gegner haltlos in das Torgewölbe und auf der anderen Seite wieder herausstolpern ließ. Er fiel auf die Knie, rappelte sich mühsam wieder hoch und wollte sich herumdrehen.

Hinter ihnen polterten die Schritte der Verfolger über den gepflasterten Innenhof der Klosterfestung. Schreie gellten, und flackerndes rotes Licht fiel durch das offen stehende Tor.

»Nimm sie!« Ohne eine Antwort abzuwarten, drückte ihm Abu Dun das bewusstlos Mädchen in die Arme und wirbelte herum. »Ich halte sie auf! Renn!«

Andrej taumelte blind los. Er wusste nicht mehr, was er tat oder warum er es tat. Er führte einfach Abu Duns Befehl aus. Aber er war nicht einmal sicher, ob seine Kraft dafür reichen würden. Das reglose Mädchen wog Tonnen. Sein Gewicht drohte ihn aus dem Gleichgewicht zu bringen und zu Boden zu ziehen. Er brauchte all seine Kraft, um auch nur einen Fuß vor den anderen zu setzen und in die Richtung zu taumeln, in der er Birger vermutete.

Hinter sich hörte er Schreie und das vertraute Klirren von Metall. Als er den Kopf drehte, bot sich ihm ein fast unheimlicher Anblick: Abu Dun stand vor dem weit geöffneten Tor und kämpfte mit zwei Schwertern gleichzeitig. Mindestens ein halbes Dutzend Krieger bedrängte ihn, beschienen vom flackernden roten Licht der Fackeln, das durch das Tor herausfiel. Er sah aus wie ein Dämon, der das Tor zur Hölle bewachte.

Abu Dun war ein Furcht einflößender Gegner, aber diese Übermacht war zu gewaltig, selbst für ihn. Er würde unterliegen.

Andrej verbrauchte seine letzten Kräfte, um weiterzustolpern. Die wenigen ärmlichen Hütten, die sich im Schutze der Klosterfestung aneinanderdrängten wie eine Horde verängstigter Tiere, die den Wolf gewittert hatten, blieben hinter ihm zurück, und er wankte den Hügel hinauf.

Als er ihn überschritten hatte, tauchten wie aus dem Nichts zwei schattenhafte Gestalten vor ihm auf: Birger und einer der beiden Brüder; von dem anderen war noch immer nichts zu sehen.

»*Imret!*« Birger war mit einem Satz bei ihm und nahm ihm das bewusstlose Mädchen aus den Armen. Er sog entsetzt die Luft zwischen den Zähnen ein, als er sah, in welchem Zustand sie war.

»Sie lebt«, sagte Andrej schwach. Obwohl er vom Gewicht des Mädchens befreit war, taumelte er und wäre fast gestürzt. Er spürte, wie Stefan hinter ihn trat, vielleicht um ihn aufzufangen, sollte er tatsächlich fallen.

»Diese Teufel!«, keuchte Birger. »Was haben sie ihr angetan?!«

»Sie lebt«, murmelte Andrej schwach. »Sie ist ein starkes Kind. Sie wird durchkommen, ich bin sicher. Aber ich muss zurück. Abu Dun. Er hat ... die Wachen aufgehalten. Ich muss ... zu ihm.«

»Aber Euer heidnischer Freund ist doch längst tot«, sagte Birger. Etwas an diesen Worten war ... seltsam. Andrej sah auf. Birger starrte ihn aus brennenden Augen an. Er grinste, aber es war kein menschliches Grinsen.

»Ihr werdet ihn trotzdem wiedersehen, keine Sorge«, fuhr Birger fort. »Schon bald.«

Andrej bemerkte eine Bewegung hinter sich, und er wusste, was sie zu bedeuten hatte, aber er war nicht mehr in der Lage, sie abzuwehren. Er spürte noch den grausamen Schmerz, als Stefan ihm den Dolch in den Rücken stieß.

Dann nichts mehr.

6

Es folgte eine Zeit der Qual, doch obwohl sie aus nichts anderem bestand als aus einem schieren Überlebenskampf, gepaart mit wüsten Fieberträumen, begriff er doch zweierlei: Er lebte noch, und er würde auch weiter am Leben bleiben, und er hatte anscheinend seine Unsterblichkeit verloren oder zumindest einen großen Teil davon eingebüßt. Was er nun erlebte – und vor allem erlitt –, war ihm nicht fremd. Er war unzählige Male verletzt worden, nur dass nun Tage, wenn nicht Wochen vergingen, während seine unglaubliche Wandlungsfähigkeit die Verletzungen sonst binnen weniger Augenblicke geheilt hatte.

Irgendwann erwachte er, fiebernd und in Schweiß gebadet – und so schwach wie nie zuvor. Geräusche waren rings um ihn herum, Schritte und Stimmen und Gesichter, die sich über ihn beugten, Hände, die größtenteils unangenehme Dinge mit seinem Körper taten.

Er schlief ein, erwachte wieder, schlief wieder ein und erwachte wieder, und irgendwann erwachte er endgültig.

Es war dunkel. Er lag auf dem Rücken auf einem harten Bett, und es war sehr kalt. Er wollte etwas sagen, aber sein Kehlkopf war wie ausgedörrt und fühlte sich an wie heißer Wüstensand. Irgendwo neben ihm brannte eine Kerze, aber ihr Licht reichte nicht wirklich aus, um Einzelheiten zu erkennen, sondern verwandelte die Schwärze nur in ein mattes Glühen aus Gelb und verschiedenen Brauntönen.

Er versuchte sich zu bewegen. Es gelang ihm nicht, aber der Versuch erzeugte eine andere Bewegung links neben ihm, in der Richtung, in der sich die Kerze befand. Etwas raschelte, dann nahm er einen noch dunkleren Schatten in der Dämmerung wahr. Ein Gesicht – es kam ihm seltsam vertraut vor, aber er wusste nicht wieso – beugte sich über ihn, helle und sehr klare Augen blickten mit eindeutiger Sorge auf ihn herab.

»Versucht nicht, Euch zu bewegen«, sagte der Fremde. »Ich bringe Euch Wasser.« Er löste sich in der falschen Dämmerung auf, ohne sich wirklich zu bewegen, und schien im gleichen Moment schon wieder zu erscheinen, einen aus Holz geschnitzten Becher in der einen und ein sauberes Tuch in der anderen Hand. Andrej hätte sein Leben für einen einzigen Schluck aus diesem Becher gegeben, auch wenn ihm erst bei seinem Anblick überhaupt klar wurde, wie durstig er war, aber der junge Mann tauchte nur einen Zipfel des Tuches hinein, beugte sich vor und betupfte seine Lippen. Sie waren so trocken, dass die Nässe im ersten Moment schmerzte, aber zugleich tat sie auch unglaublich gut.

Sein Wohltäter – er trug ein schlichtes dunkles Gewand, fast wie eine Mönchskutte – wartete, bis die wenigen Tropfen auf seinen Lippen versickert waren, dann wiederholte er die Prozedur noch einige Male, bis er endlich den Becher ansetzte und Andrej gestattete, einige wenige Schlucke zu trinken.

»Das genügt«, sagte er, während er den Becher absetzte. »Ich weiß, diese wenigen Schlucke reichen nicht, um Euren Durst zu löschen, aber mehr wäre nicht gut. Ihr würdet Euch wahrscheinlich erbrechen.«

Andrej wusste, dass er Recht hatte, aber das machte die Qual nicht geringer. Er versuchte zu sprechen, doch es gelang ihm erst, nachdem er zum dritten oder vierten Mal dazu angesetzt hatte.

»Abu ... Dun«, krächzte er. Die beiden Worte brannten wie Feuer in seiner Kehle.

»Versucht nicht zu reden«, sagte der Fremde. »Wenn Ihr Euren dunkelhäutigen Freund meint, er ist am Leben. Macht Euch keine Sorgen. Jetzt schlaft. Ihr habt das Schlimmste überstanden, aber Ihr habt viel Blut verloren und solltet mit Euren Kräften haushalten, wenn Ihr keinen Rückfall riskieren wollt. Also schlaft.«

Andrej gehorchte. Als er wieder erwachte, war die Kerze heruntergebrannt, aber es war trotzdem heller geworden. Graues Zwielicht erfüllte das Zimmer, und es war noch immer bitterkalt.

Er drehte mühsam den Kopf und erkannte eine schlanke Gestalt, die nach vorne gesunken auf einem Stuhl neben seinem Bett saß und schlief. Der junge Prediger, der ihm Wasser gegeben hatte. Es war derselbe Mann, den er nachts im Torgang beinahe erschlagen hätte.

Der Folterknecht.

Es fiel Andrej schwer, in diesem jungen Geistlichen mit

den wachen Augen und der freundlichen Stimme eines der Monster zu sehen, die dem unschuldigen Kind all diese Gräueltaten angetan haben sollten. Immerhin schien er die ganze Nacht an seinem Krankenlager gewacht zu haben – wie seine Anwesenheit bewies.

Aber er hätte auch nicht vermutet, dass Birger ihm seine Hilfe dankte, indem er ihm ein Messer in den Rücken stoßen ließ.

Die Erinnerung ließ einen Schatten über sein Gesicht huschen. Birger ... Wie hatte er sich nur so in diesem Mann täuschen können?

Vielleicht war die Frage auch falsch gestellt. Er hatte sich nicht wirklich in ihm getäuscht. Er hatte zumindest geahnt, dass mit Birger etwas nicht stimmte, und er hatte ganz tief in sich gespürt, dass er gefährlich war. Warum hatte er nicht auf seine innere Stimme gehört? Und wenn schon nicht auf sie, dann zumindest auf Abu Dun?

Mit dem Gedanken an den Nubier schlief er ein, und als er erwachte, hatte sich das Licht abermals verändert: Heller, sehr klarer Sonnenschein erfüllte das Zimmer. Es roch nach Schnee. Sein Wohltäter stand mit dem Rücken zu ihm vor einer Truhe an der gegenüberliegenden Wand und hantierte an etwas herum, das Andrej nicht erkennen konnte. Gedämpftes Glockenläuten drang durch das offen stehende Fenster herein, und irgendwo weit entfernt wieherte ein Pferd.

Andrej lauschte in sich hinein. Er fühlte sich noch immer sehr schwach, aber er hatte keine Schmerzen, und auch das Fieber war fort. Behutsam richtete er sich auf, schlug die dünne Decke zur Seite und stellte fest, dass er nicht ganz so nackt war, wie er sich unter der rauen Rosshaardecke gefühlt hatte: Ein enger Ring aus Metall schmiegte sich um sein rechtes Fußgelenk, an dem eine massiv wirkende Kette befestigt war. Als er daran zog, stellte er fest, dass ihm die Kette gerade genug Bewegungsfreiheit ließ, um aus dem Bett aufzustehen und zwei oder vielleicht auch drei Schritte zu tun.

»Versucht lieber nicht aufzustehen«, sagte der junge Priester. »Ihr mögt Euch vielleicht wieder kräftig fühlen, aber glaubt mir, Ihr seid es nicht.« Er drehte sich herum, lehnte sich gegen die Truhe und verschränkte die Arme vor der Brust.

»Habt Ihr jetzt ausgeschlafen, Andrej?«

Andrej stemmte sich auf die Ellbogen hoch und fuhr sich mit der Zungenspitze über die Lippen. Er versuchte nicht zu antworten, denn seine Kehle war so trocken, dass sie wehtat, aber der junge Priester verstand wohl auch so. Er füllte Wasser aus einem Krug in den geschnitzten Becher, den Andrej schon kannte, und reichte ihn ihm. Allerdings trat er nicht nahe genug an das Bett heran, um Andrej eine Möglichkeit zu geben, ihn überraschend zu packen.

Andrej nahm den Becher, trank einen gierigen Schluck und hustete qualvoll. Nachdem sich sein Atem einigermaßen beruhigt hatte, leerte er den Becher mit sehr viel vorsichtigeren kleinen Schlucken und leckte auch den letzten Tropfen mit der Zungenspitze von den Lippen. Sein Durst war keineswegs gestillt, aber seine Kehle brannte wenigstens nicht mehr wie Feuer.

»Danke«, sagte er, während er den Becher zurückgab. Er wäre fast vor dem Klang seiner eigenen Stimme erschrocken. »Woher kennt Ihr meinen Namen?«

»Von meinem Vater«, antwortete der Priester. »Ich bin Bruder Thobias. Wie fühlt Ihr Euch?«

»Besser«, antwortete Andrej – was zwar der Wahrheit entsprach, im Grunde aber so gut wie nichts besagte.

»Das freut mich«, antwortete Thobias. Es klang ehrlich. »Eine Weile sah es gar nicht gut um Euch aus. Der Mann hat Euer Herz nur knapp verfehlt. Ihr seid ein zäher Bursche.«

»Aber Ihr habt mich anscheinend auch gut gepflegt«, erwiderte Andrej mit einer Geste auf den straff angelegten weißen Verband um seine Brust. »Ich nehme an, ich soll in möglichst guter Verfassung sein, wenn Ihr mich auf die Folterbank spannt.«

Thobias Miene verfinsterte sich. »Ihr wart unten im Verlies«, sagte er. »Sagt, habt Ihr eine Folterbank gesehen, oder irgendwelche anderen Marterwerkzeuge?«

»Ich habe die Zellen gesehen«, antwortete Andrej. »Und das Mädchen.«

»Ich weiß, was Ihr gesehen habt«, erwiderte Thobias ruhig. »Aber ich glaube, Ihr wisst nicht, was Ihr gesehen habt.« Er machte eine Geste, mit der er das Gespräch beendete. »Wir werden später noch Gelegenheit haben, darüber zu reden. Vielleicht. Jetzt solltet Ihr erst wieder zu Kräften kommen. Ich werde Euch eine kräftige Mahlzeit bringen. Ich nehme an, dass Ihr hungrig seid.«

»Eigentlich nicht«, antwortete Andrej. »Jedenfalls nicht sehr.«

»Das wundert mich«, sagte Thobias. »Immerhin habt Ihr zehn Tage lang nichts gegessen.«

»Zehn Tage?«, entfuhr es Andrej.

»Elf, den heutigen mitgerechnet«, entgegnete Thobias.

»Ich sagte Euch doch, Eure Lage war sehr ernst. Einige Tage war ich nicht sicher, dass Ihr es schafft. Ich habe für Euch gebetet, und wie es aussieht, hat Gott meine Gebete erhört.« Er gab sich einen Ruck. »Aber nun hole ich Euch erst einmal etwas zu essen, und danach sollten wir Euch waschen und einigermaßen ansehnlich anziehen. Ihr müsst noch heute mit Vater Benedikt sprechen.«

Er sah Vater Benedikt an diesem Tag nicht mehr. Als Thobias nach wenigen Minuten mit der versprochenen Suppe zurückkam, fand er Andrej in tiefem, traumlosem Schlaf vor, aus dem er erst am nächsten Morgen wieder erwachte, halbwegs erfrischt, aber mit knurrendem Magen und so ausgehungert, dass er nicht nur die kalte Suppe vom vergangenen Abend herunterschlang, sondern anschließend noch fast einen ganzen Laib Brot und ein gutes Stück einer Speckseite, und dazu trank er einen ganzen Krug des kalten, klaren Quellwassers. Vermutlich hätte er auch dann noch nicht aufgehört, hätte Thobias nicht lächelnd, aber unerbittlich den Kopf geschüttelt, als er ihn um mehr bat.

Stattdessen kam er mit Wasser, einem gewaltigen Stück Kernseife und frischen Tüchern, sodass Andrej sich reinigen konnte, was dringend notwendig war. Zehn Tage, in denen er fiebernd dagelegen hatte, forderten ihren Preis. Er stank kaum weniger schlimm als das Mädchen, das sie aus dem Kerker befreit hatten. Thobias trug nicht nur die schmutzigen Verbände, sondern auch seine Kleider und selbst das Bettzeug nach draußen, um es zu verbrennen. Bevor er ihm half, frische Kleider anzuziehen, bat er ihn, sich auf den Bauch zu legen, damit er sich die Wunde in seinem Rücken noch einmal ansehen konnte. Andrej gehorchte. Thobias betastete die Stichwunde zwischen seinen Schulterblättern mit kundigen Fingern und trug anschließend eine angenehm kühle, nach Kräutern riechende Salbe auf.

»Erstaunlich«, sagte er, während er einen frischen Verband anlegte. »Ich habe schon eine Menge schlimmer Verletzungen gesehen, aber selten einen Mann, der sich so schnell erholt. Die Wunde sieht aus, als wäre sie zwei Monate alt, nicht zwei Wochen. Gehen Eure Krankheiten ebenso schnell vorbei?«

»Ich weiß es nicht«, antwortete Andrej wahrheitsgemäß. »Ich war noch nie krank.«

»Niemals?«, fragte Thobias zweifelnd.

»Niemals.« Andrej griff nach dem Hemd, das Thobias ihm reichte, und schlüpfte hinein. Der Stoff war so grob, dass er auf der Haut scheuerte.

»Gott muss Euch wirklich lieben, mein Freund«, sagte Thobias kopfschüttelnd.

Gott hat damit wenig zu tun, dachte Andrej. *Ganz im Gegenteil. Wenn es ihn wirklich gibt, dann muss er mich ganz außergewöhnlich hassen. Und ich weiß nicht einmal, warum.*

Er sprach nichts von alledem aus, aber Thobias musste seine wahren Gefühle wohl gespürt haben. Er sagte nichts, aber sein Lächeln erlosch. »Vater Benedikt wird gleich hier sein«, sagte er. »Es wäre klug, wenn Ihr nicht darüber reden würdet.«

»Worüber?«

»Dass Ihr nie krank werdet«, antwortete Thobias. »Oder

wie schnell Eure Wunden heilen. Vater Benedikt ist ein sehr strenggläubiger Katholik, der das falsch deuten könnte.«

Andrej war plötzlich auf der Hut. Thobias' Worte mochten Zufall sein, ebenso gut aber auch eine geschickte Falle, die er ihm stellte. Aber als er in seine Augen blickte, sah er keinerlei Hinterlist oder Tücke darin.

»Und Ihr?«, fragte er.

»Auch ich bin ein strenggläubiger Katholik, wenn ihr das meint«, antwortete Thobias. »Aber ich bin nicht wie viele hier. Ich glaube nicht, dass Satan es uns so leicht macht. Doch wie gesagt: Ihr solltet Vater Benedikt gegenüber vorsichtig mit dem sein, was Ihr redet. Und noch etwas.«

»Ja?«, fragte Andrej, als Thobias nicht sofort antwortete.

Thobias sah ihm in die Augen, aber sein Blick war nicht mehr so fest wie bisher. Andrej hatte das sichere Gefühl, dass ihm das, was er zu sagen hatte, nicht sehr angenehm war. Schließlich räusperte er sich und sagte: »Ich will ganz offen zu Euch sein, Andrej. Ich bin der Meinung, dass Ihr mir etwas schuldig seid.«

»Zum Beispiel?«, fragte Andrej.

»Zum Beispiel Euer Leben«, antwortete Thobias. »Die Wachen wollten Euch töten. Immerhin habt Ihr und Euer Kamerad fünf von ihnen erschlagen und fast alle anderen übel zugerichtet. Es hat mich meine ganze Überredungskunst gekostet, dass sie Euch *nicht* getötet oder einfach liegen gelassen haben – was auf das Gleiche hinausgelaufen wäre.«

»Und was erwartet Ihr nun von mir?«, wollte Andrej wissen.

Thobias räusperte sich, um seine Verlegenheit zu überspielen. »Vater Benedikt ist unser Abt«, sagte er, »aber er ist nur selten hier. In seiner Abwesenheit leite ich das Kloster, aber das ändert nichts daran, dass er das Sagen hat. Und er ist ein sehr harter Mann. Bedenkt man, womit wir es zu tun haben, so muss er das wohl sein.«

»Aha«, sagte Andrej. Er verstand immer weniger. »Und was wollt Ihr jetzt von mir? Nur zu: Ich weiß, dass ich nur noch lebe, weil Ihr es so wollt.«

»Bitte sagt ihm nicht, wer Euch geschickt hat und woher Ihr kommt«, sagte Thobias. »Niemand hier weiß, dass Birger Euer Auftraggeber ist und Ihr und Euer Freund aus Trentklamm gekommen seid.«

»Warum?«, fragte Andrej misstrauisch.

Thobias wich seinem Blick aus. Er wurde zunehmend unruhiger. »Die Menschen in Trentklamm sind aufrechte und gottesfürchtige Leute. Urteilt nicht über alle, nur weil einige von ihnen schlecht sind. Ich weiß, dass Ihr Birger hassen müsst, aber lasst nicht die Unschuldigen für ihn bezahlen.«

»Und?«, fragte Andrej.

»Vater Benedikt würde Trentklamm niederbrennen und jede lebende Seele dort auslöschen lassen, wüsste er, wer hinter dem Überfall steckt«, antwortete Thobias. »Ich habe bereits mit Eurem Freund gesprochen. Er ist einverstanden zu sagen, dass ihr von einem Fremden in einem Gasthaus einen halben Tagesritt westlich von hier angesprochen worden seid, das Mädchen für Geld zu befreien.«

»Abu Dun hat Euch das zugesagt?«, fragte Andrej zweifelnd.

»Zugesagt vielleicht nicht direkt«, gestand Thobias. »Aber ich habe mit ihm gesprochen, und er hat meinen Vorschlag zumindest nicht abgelehnt. Genau genommen hat er eigentlich gar nichts gesagt.«

»Ja, das klingt nach Abu Dun«, sagte Andrej. »Kann ich ihn sehen?«

»Vielleicht später«, antwortete Thobias. »Sobald Ihr mit Vater Benedikt gesprochen habt. Seid Ihr bereit dazu?«

»Warum nicht?«, fragte Andrej.

Thobias nickte knapp und ging. Ziemlich schnell. Beinahe ein wenig zu schnell für Andrejs Empfinden.

Der greise Abt entsprach Andrejs Vorstellungen von einem alt gewordenen, verbitterten Kirchenoberen. Er ähnelte Vater Ludowig, musste aber einige Jahre jünger sein und war besser genährt und auch deutlich gesünder, aber der Ausdruck von niemals versiegendem Misstrauen und einem tief eingebrannten Groll gegen die ganze Welt in seinen Augen war derselbe wie der in denen Ludowigs.

Er kam nicht allein, sondern in Begleitung zweier Soldaten, die rechts und links von ihm Aufstellung nahmen und die ganze Zeit über die Hände griffbereit auf den Waffen ruhen ließen; und das, obwohl Benedikt streng darauf achtete, nicht in Reichweite der Kette zu gelangen, mit der Andrej gefesselt war. Die Männer wussten anscheinend, wie gefährlich er war. Andrej meinte, einen von ihnen wiederzuerkennen, war aber nicht sicher. Seiner Erinnerung nach hätte der Kampf auf dem Hof auch zehn Jahre her sein können.

Vater Benedikt sah ihn lange und durchdringend an, ohne ein Wort zu sprechen. Sein Gesicht war wie Stein; eine zerfurchte Landschaft aus verästelten Runzeln und Falten, die so tief eingeschnitten waren wie Messernarben. Andrej versuchte in seinen Augen zu lesen, aber es gelang ihm nicht.

»Ihr seid also dieser Söldner«, sagte Vater Benedikt schließlich. Allein die Art, in der er das Wort Söldner aussprach, beantwortete eine Menge der Fragen, die sich Andrej noch gar nicht gestellt hatte.

»Ich bin kein Söldner, Benedikt«, antwortete Andrej.

»Wir ziehen die Anrede Durchlaucht vor, Andrej«, sagte Vater Benedikt. »Oder auch Vater.«

»Durchlaucht?« Andrej hob die Schultern. »Ganz wie Ihr wünscht. Aber wir sind keine Söldner. Nicht in dem Sinne, in dem Ihr das Wort benutzt.«

In Vater Benedikts Augen blitzte es auf. Andrej wusste, dass er ein gefährliches Spiel spielte. Er durfte nicht den Fehler begehen, sich von Benedikts scheinbarer Würde und Gebrechlichkeit täuschen zu lassen. Vater Benedikt *war* wie Vater Ludowig – allerdings ein Vater Ludowig mit Macht und ziemlich wenig Skrupeln, diese Macht zu nutzen. Oder zu missbrauchen.

»Wie benutze ich es denn?«, fragte Vater Benedikt.

»Wir töten nicht für Geld«, antwortete Andrej.

»Dann nehme ich an, Ihr und Euer Muselmanenfreund habt die fünf tapferen Kameraden dieser Männer hier ...«, er deutete auf die beiden Soldaten, »... nur aus reiner Freude am Töten erschlagen?«

Die Tür ging auf, und Thobias kam herein, was Andrej Bedenkzeit verschaffte, um über die Antwort auf die Frage nachzudenken. Er hatte den Eindruck, dass eine Menge davon abhing. Vielleicht sein Leben. Schließlich zog er es vor, gar nichts zu sagen.

»Ihr schweigt«, stellte Vater Benedikt fest. »Nun, das wird Euch nichts nützen, Andrej. Was sollte mich daran hindern, Euch auf der Stelle hinrichten zu lassen? Ich hätte das Recht dazu.«

Thobias hatte neben Benedikt Aufstellung genommen. Er schwieg, und er verzog auch keine Miene.

»Ihr seid ein Mann der Kirche«, antwortete Andrej. »Heißt es in Eurer Bibel nicht, du sollst nicht töten?«

»In *unserer* Bibel?« Vater Benedikt dachte einen Moment über diese Formulierung nach, und Andrej rief sich in Gedanken abermals zur Ordnung. Er durfte diesen alten Mann nicht unterschätzen. Und er sollte ihn erst recht nicht reizen.

»Wir wurden getäuscht, Durchlaucht«, sagte er. »Abu Dun und ich wussten nicht, dass dies hier ein Kloster ist.«

»Wofür habt Ihr es denn gehalten?«, erkundigte sich Vater Benedikt.

»Wir trafen einen Mann, einen Tagesritt westlich von hier«, begann Andrej. »Er erzählte uns, dass er und seine Familie von Räubern überfallen worden seien, die seine Tochter entführt hätten. Er hat uns um Hilfe gebeten.«

»Und selbstlos wie Ihr seid, habt Ihr dieser Bitte natürlich sofort entsprochen?«, meinte Vater Benedikt spöttisch.

»Nicht sofort«, antwortete Andrej. »Aber er war sehr überzeugend. Und er hat uns Geld geboten, wenn wir seine Tochter zurückbringen.«

In Thobias' Augen erschien ein Ausdruck vorsichtiger Erleichterung. Offensichtlich war diese Geschichte dieselbe, die auch er dem greisen Abt erzählt hatte.

Vater Benedikt wäre ein Narr gewesen, hätte er sich mit einer so simplen Erklärung zufrieden gegeben. Er stellte Fragen, hakte nach, versuchte, Andrej durch geschickte Formulierungen zu verwirren, und verlegte sich mehr als einmal auch auf ganz unverhohlene Drohungen, aber Andrej blieb bei seiner Geschichte. Trotz der aufgesetzten Ruhe des greisen Abtes war ihm klar, dass er um sein Leben redete, und um das Abu Duns ebenfalls.

Schließlich schüttelte Vater Benedikt den Kopf und seufzte tief. »Ich weiß nicht, ob Ihr die Wahrheit sagt, Andrej«, murmelte er. »Und es spielt im Grunde auch keine Rolle. Nicht für das, was Euch erwartet.«

»Wir haben nichts Unrechtes getan«, beteuerte Andrej.

»Ihr und Euer Freund seid hier eingedrungen und habt mehrere unserer Wachen erschlagen, und Ihr habt eine Gefangene der Heiligen Römischen Inquisition entführt«, antwortete Vater Benedikt hart. »Dafür werdet Ihr Euch verantworten müssen, und ich fürchte, das Urteil wird so oder so der Tod sein.«

Inquisition? Andrej musste sich beherrschen, um nicht vor Schreck zusammenzufahren.

»Falls Ihr die Wahrheit sagt, Andrej«, fuhr Vater Benedikt fort, »wird dies vielleicht nicht Euer Leben retten, doch möglicherweise etwas ungleich Wertvolleres, nämlich Euer Seelenheil. Für den Heiden, der in Eurer Begleitung war, kann ich nicht sprechen. Sein Schicksal liegt ganz allein in Gottes Hand.«

Thobias räusperte sich. »Verzeiht, Ehrwürdiger Vater«, begann er.

Benedikt warf ihm einen unverhohlen ärgerlichen Blick zu, nickte dann aber.

»Andrej und sein Freund«, fuhr Thobias fort, »könnten sich als äußerst wertvoll für uns erweisen.«

Vater Benedikt zog die Augenbrauen zusammen. Er sagte nichts, aber er schwieg auf eine ganz bestimmte Art und Weise, die Thobias' Unruhe noch weiter schürte.

»Immerhin sind sie die Einzigen, die den Mann gesehen haben, der sie hergeschickt hat«, fuhr Thobias fort. »Sie könnten uns helfen, ihn zu finden. Ihr wisst, wie wichtig das für uns wäre.«

Vater Benedikt nickte langsam. »Und du traust diesem Mann, Thobias?«, fragte er. »Einem Söldner? Einem Mann, der für Geld tötet?«

»Nicht weiter als Ihr, Vater«, antwortete Thobias. Wenn er log, dann äußerst überzeugend. »Aber welchen Grund hätte er, jetzt noch zu lügen? Und er ist seinem Auftraggeber nicht verpflichtet. Immerhin hat er ihm seine Hilfe gedankt, indem er ihm einen Dolch in den Rücken gestoßen hat.«

»Das kommt dabei heraus, wenn man sich mit dem Teufel einlässt«, sagte Vater Benedikt. Dennoch schien er einen Moment angestrengt über Thobias' Worte nachzudenken, kam aber offensichtlich zu keinem endgültigen Schluss.

»Ich kann das nicht entscheiden«, sagte er schließlich. »Du magst Recht haben, Thobias, aber es bleibt der Umstand, dass diese beiden mit Waffengewalt hier eingedrungen sind und mehrere Männer erschlagen haben. Getäuscht oder nicht, sie müssen sich für dieses Verbrechen verantworten.«

»Aber …«

»*Aber*«, fuhr Benedikt betont und eine Spur lauter fort,

»seine Worte entbehren nicht einer gewissen Logik. Ich werde von hier aus weiterreisen und den Fall dem Landgrafen vortragen, denn er betrifft zweifelsfrei auch die weltliche Gerechtigkeit.« Sein Blick richtete sich auf Andrej und wurde bohrend. »Wir mögen hier keine Fremden, die in unser Land kommen und unsere Gesetze brechen.«

»Aber es geht auch um ihr Seelenheil«, sagte Thobias. »Ihr habt es selbst gesagt, Vater.«

»Ich weiß, was ich gesagt habe, Thobias«, wies Benedikt ihn scharf in seine Schranken. Er dachte erneut nach. »Ich werde zum Landgrafen reiten und den Fall dort vortragen. Bis ich zurück bin, überlasse ich die beiden Fremden deiner Obhut, Thobias. Aber auch deiner Verantwortung. Sollten sie fliehen oder gar weiteres Unheil anrichten, wirst du dafür geradestehen müssen. Willst du das?«

»Ja«, antwortete Thobias rasch.

»Ich meine das so, wie ich es sage«, beharrte Vater Benedikt. Er klang sehr ernst. »Rechne nicht mit meiner Großmut oder dem Schutz der Kirche, sollte etwas passieren. Ich weiß ohnehin nicht, wie lange ich dir diesen Schutz noch gewähren kann. Es gibt Stimmen, die meinen, dass das, was du hier tust, an Ketzerei grenzt. Noch kann ich sie zum Schweigen bringen, aber nun, wo das Teufelskind wieder frei ist und offensichtlich wurde, dass es noch mehr von seiner Art gibt, ...« Er zuckte mit den Schultern und ließ den Satz unbeendet, was ihn mehr als alles andere zu einer Drohung machte, von der sich Thobias jedoch nicht beeindrucken ließ.

»Umso wichtiger sind Andrej und sein Freund für uns«, antwortete Thobias. »Sie sind die Einzigen, die diese anderen kennen. Sie könnten uns helfen, sie zu finden.«

»Du hast gehört, was ich dazu zu sagen habe«, sagte Vater Benedikt, bevor er sich mit einer schwerfälligen Bewegung zur Tür herumdrehte. Ohne ein weiteres Wort verließ er den Raum, und nach kurzem Zögern – und nachdem er einen fast flehenden Blick in Andrejs Richtung geworfen hatte – folgte ihm Thobias.

Es wurde Abend, bis er Thobias wieder sah, und er machte ein sehr ernstes und besorgtes Gesicht, als er mit dem letzten Licht des verblassenden Tages hereinkam. Kurz zuvor hatte Andrej Hufgeklapper und das Geräusch des schweren Tores gehört, das für die Nacht geschlossen wurde. Er nahm an, dass Vater Benedikt und seine Begleitung das Kloster verlassen hatten, was entweder von außergewöhnlichem Mut oder von außergewöhnlicher Dummheit zeugte. Nach dem, was Andrej in diesen Bergen erlebt und mit eigenen Augen gesehen hatte, hätte er es sich gut überlegt, die schützenden Mauern nach Einbruch der Dunkelheit zu verlassen.

Er sprach Thobias sofort darauf an, aber der junge Geistliche schüttelte nur besorgt den Kopf. »Vater Benedikt nimmt die Angelegenheit sehr ernst. Er wird nicht mehr als zehn Tage brauchen, um zurück zu sein. Und ich fürchte, er wird nicht allein kommen.«

»Der Landgraf?«

»Die Inquisition«, antwortete Thobias. »Ich habe Euer Erschrecken vorhin bemerkt, als dieses Wort das erste Mal fiel, Andrej. Ihr fürchtet die Heilige Römische Inquisition?«

»Die Inquisition«, wiederholte Andrej, als ob er damit die Frage beantworten wollte.

Thobias sah ihn aufmerksam an und nickte schließlich. Er fragte nicht, was geschehen war.

»Warum tut Ihr das, Thobias?«, fragte Andrej plötzlich. »Ihr wisst, dass ich nicht tatenlos hier sitzen und auf meinen Henker warten werde. Warum also geht Ihr dieses Risiko ein? Immerhin habe ich versucht, Euch umzubringen. Ihr seid mir also nichts schuldig.«

»Ich halte Euch für einen aufrechten Mann, Andrej«, antwortete Thobias. »Das beweist allein der Umstand, dass Ihr diese Frage stellt. Ihr wusstet nicht, was Ihr tut.«

»Das ist keine Antwort auf meine Frage«, sagte Andrej. »Wenn Abu Dun und ich fliehen, sind Eure Tage in diesem Kloster gezählt.«

»Wenn Gott kein Wunder geschehen lässt, ist mein Leben verwirkt«, antwortete Thobias. »So oder so. Und nicht nur meines.« Er seufzte tief, schüttelte ein paar Mal den Kopf und kam näher. Mit einer Bewegung, die so mühevoll und schwerfällig war wie die eines um fünfzig Jahre älteren Mannes, ließ er sich auf die Bettkante sinken und faltete die Hände im Schoß. Seine Schultern sanken nach vorne.

»Ihr könnt das nicht wissen, aber Benedikts Worte waren eine Warnung, die ich bitterernst nehme, Andrej. Die Inquisition ist stark in diesem Land, und ihr Arm reicht weit. Es gibt viele, die insgeheim der Meinung sind, dass unser Tun hier nicht weniger als Hexerei ist, und dass *ich* eigentlich auf den Scheiterhaufen gehöre. Verbrennen sie dort, wo Ihr herkommt, auch Menschen, weil sie sie für Hexen halten?«

Andrej schwieg, aber das war Thobias anscheinend Antwort genug, denn er fuhr fort: »Hier tun sie es. Manchmal reicht es schon, den Neid eines Nachbarn zu erregen. Der

Vorwurf allein ist oft genug das sichere Todesurteil. Die Menschen sind so dumm! Sie deuten auf ihren Nachbarn und schreien *Hexe!*, weil sie sein Land oder sein Geld haben wollen, und sie klatschen vor Begeisterung in die Hände, wenn das Feuer lodert. Sie begreifen nicht, dass sie vielleicht die Nächsten sind, die brennen.« Seine Stimme wurde leiser. »Vielleicht bin ich der Nächste, der brennt.«

»Wieso?«, fragte Andrej.

Thobias drehte müde den Kopf und sah ihn an. Andrej konnte erkennen, wie es hinter seiner Stirn arbeitete, aber er konnte ebenso deutlich erkennen, dass er in die Augen eines Mannes blickte, der zutiefst verzweifelt war.

»Weil ich helfen wollte«, sagte Thobias schließlich. »Ich wollte den Menschen helfen, ihre Dummheit zu überwinden. Ihnen zeigen, was hinter ihrem Aberglauben steckt, und ...« Er brach ab.

»Indem Ihr Kinder foltert?«

Aus der Verzweiflung in Thobias' Augen wurde Bitterkeit, und Andrej begriff, dass er ihn verletzt hatte. Das war nicht seine Absicht gewesen. Es tat ihm Leid.

Bruder Thobias stand auf, ließ sich vor Andrej auf die Knie sinken und zog einen Schlüssel aus der Tasche seines Gewandes, mit dem er den eisernen Ring um sein Fußgelenk öffnete.

»Habe ich Euer Wort?«, fragte er.

»Ja«, antwortete Andrej. »Auch wenn diese Frage spät kommt.«

Thobias blickte den Schlüssel in seiner rechten und den geöffneten Eisenring in seiner linken Hand einen Moment lang an, dann zuckte er mit den Achseln und lächelte.

»Kommt mit«, sagte er.

Als sie das Zimmer verlassen hatten, schlossen sich ihnen zwei Wachen an, die auf dem Gang gewartet hatten. So vertrauensselig, wie Thobias sich gab, war er offensichtlich doch nicht. Seltsamerweise fühlte sich Andrej durch diese Erkenntnis eher beruhigt.

Er sah sich sehr aufmerksam um, während sie den langen, fensterlosen Gang und anschließend eine steinerne Treppe hinunterstiegen, bevor sie das Gebäude verließen und auf den Hof hinaustraten. Es war sehr still, und niemand begegnete ihnen. Andrej sah sich um. Der erste Eindruck, den er von der Klosterfestung gehabt hatte, bestätigte sich: Er wäre nicht sonderlich überrascht gewesen zu erfahren, dass Thobias der einzige Geistliche hier war.

Sie überquerten den Hof und gingen die Treppe zum Kerker hinab. Die Gittertüren standen nun beide offen, und die Fackeln waren erloschen; offensichtlich war Birgers Tochter die einzige Gefangene hier unten gewesen.

Sie betraten den Gang, den er und Abu Dun gemieden hatten. Thobias entzündete eine Fackel, steuerte mit raschen Schritten eine Tür am anderen Ende des Ganges an und öffnete sie mit Hilfe eines zweiten, sehr kompliziert aussehenden Schlüssels, den er aus den Tiefen seines Gewandes zu Tage förderte. Nachdem er geduckt durch die niedrige Tür getreten war, steckte er die Fackel in einen schmiedeeisernen Halter an der Wand und entzündete anschließend eine stattliche Anzahl an Kerzen. Dann winkte er Andrej zu sich herein und schloss die Tür, bevor die Wachen ihnen folgen konnten.

»Ich habe Euer Wort«, erinnerte er Andrej.

Andrej antwortete mit einem abwesenden Nicken. Er blickte um sich. Der Raum war weder eine Kerkerzelle noch eine Folterkammer; nichts von dem, was er hier unten erwartet hätte. Vielmehr entpuppte er sich als kleines, hoffnungslos überfülltes Studierzimmer, das mit Büchern, Pergamenten und Folianten vollgestopft war. Auf einem grob gezimmerten Regal neben der Tür reihten sich Töpfe, Tiegel, Gläser und Beutel unbekannten Inhalts aneinander.

»Ihr seid ein weit gereister Mann, Andrej«, begann Thobias, nachdem er hinter dem schweren Schreibtisch Platz genommen hatte, der nahezu die Hälfte des vorhandenen Raumes einnahm. Andrej blieb stehen, schon weil es gar keinen zweiten Stuhl gab. »Ich vermute, dass Ihr auf Euren Reisen eine Menge Dinge gesehen habt. Dinge, die Euch wie Zauberei vorgekommen sein müssen. Oder wie Hexenwerk?«

»Worauf wollt Ihr hinaus, Thobias?«, fragte Andrej.

Thobias schwieg einen Moment. Es war ihm anzusehen, wie schwer es ihm fiel weiterzusprechen. »Wir haben vorhin über Hexerei gesprochen, Andrej, und über Aberglauben und darüber, wie leichtgläubig die Menschen doch sind. Sagt, Andrej – glaubt Ihr an Vampyre?«

Andrej erstarrte. »Wie?«, murmelte er. Eine eisige Hand schien nach seinem Herzen zu greifen.

»Oder an Werwölfe?«, fuhr Thobias fort. »An Wiedergänger, Untote und Wechselbälger?«

»Ich ... ich verstehe nicht ...«, murmelte Andrej, aber Thobias hörte gar nicht zu. Vielleicht hatte er sich die Worte mühsam zurechtgelegt und konnte nicht anders, als seinen Text aufzusagen.

»Ich habe früher nicht daran geglaubt«, fuhr er fort, »und ich glaube auch jetzt noch nicht daran – zumindest nicht in dem Sinne, in dem die meisten daran glauben. Obwohl ich *das hier* mit eigenen Augen gesehen habe.«

Er griff in eine Schublade seines Schreibtisches und zog ein Pergament heraus, das er über den Tisch in Andrejs Richtung schob.

Diesmal gelang es Andrej nicht mehr, sein Erschrecken zu unterdrücken.

Auf dem Pergament war eine mit wenig Kunstfertigkeit, dafür aber mit umso größerer Akribie angefertigte Tuschezeichnung zu sehen, die eine Kreatur aus Mensch und Bestie darstellte. Sie sah aus wie ein Wolf, aber zweibeinig und aufrecht gehend, mit einem schrecklichen, schiefen Gebiss und furchtbaren Klauenhänden.

»Ich bin kein großer Künstler«, sagte Thobias, als müsse er sich für die mangelnde Qualität seiner Zeichnung entschuldigen. »Aber genau das ist es, was ich in jener Nacht vor drei Jahren gesehen habe.«

Andrej legte das Pergament zurück. Sein Herz klopfte.

»Ich war damals noch ein junger Novize«, fuhr Thobias fort. »Ich dachte, ich wüsste alles und hätte die Antwort auf alle Fragen. Und natürlich wusste ich, dass es so etwas wie Ungeheur und Hexen nicht gibt. Dann traf ich diese … diese Kreatur. Sie tötete drei meiner Begleiter und verletzte meinen Vater und mich schwer. Aber wir überlebten, und seither versuche ich, das Geheimnis dieser … *Geschöpfe* zu ergründen.«

»Und was hat das Mädchen damit zu tun?«

»Imret? Birgers Tochter?«

Andrej war überrascht. »Ihr kennt seinen Namen?«

»Wir sind zusammen aufgewachsen«, antwortete Thobias.

»Birger und Ihr?« Andrej war nicht sicher, ob er Thobias richtig verstand.

»Birger«, bestätigte Thobias. »Er ist mein Pate – habe ich das nicht erwähnt?«

Andrej starrte den jungen Geistlichen vollkommen verständnislos an. Thobias fuhr jedoch ohne Pause fort: »Bis vor fünf Jahren war Trentklamm ein kleiner Ort mit gottesfürchtigen Menschen, die ihre Arbeit taten, in die Kirche gingen und sich um ihre Lieben kümmerten. Und eigentlich ist das auch jetzt noch so.«

Hätte Thobias nicht diesen sonderbaren Blick gehabt und mit einer Stimme gesprochen, als rede er mehr mit sich selbst, dann hätte Andrej ihn an dieser Stelle unterbrochen, denn der Eindruck, den Abu Dun und er von diesem *Ort* und seinen *gottesfürchtigen Menschen* gewonnen hatten, war ein völlig anderer. Aber er war beinahe sicher, dass Thobias ihm gar nicht zugehört hätte. Man konnte dem jungen Priester ansehen, wie ihm die Erinnerung zu schaffen machte, die er mit seinen eigenen Worten heraufbeschwor, und so fasste er sich in Geduld und hörte weiter zu.

»Irgendwann begann es«, berichtete Thobias. »Seltsame Geräusche, die die Menschen nachts aus dem Schlaf rissen. Unheimliche Spuren im Schnee, und ... *Dinge*, die den Mond anheulten. Dann wurden die ersten Tiere gerissen.«

»Und schließlich Menschen«, vermutete Andrej.

Zu seiner Überraschung schüttelte Thobias den Kopf. »Es wurde ein Toter gefunden«, sagte er. »Ein schrecklich verstümmelter Mensch, so schlimm, dass alle dachten, der Teufel selbst sei aus der Hölle emporgestiegen, um den Menschen zu zeigen, was sie im Jenseits erwartete. Auch ich dachte das damals, aber heute glaube ich, dass es eine dieser Kreaturen war. Niemand konnte sich vorstellen, dass es Gottes Wille sei, *so etwas* zu erschaffen.«

»Wenn es Euren allmächtigen Gott wirklich gibt, dann habt Ihr aber ein seltsames Bild von ihm«, sagte Andrej. Er bedauerte die Worte schon, bevor er sie ausgesprochen hatte, aber es war zu spät. Thobias sah auf und funkelte ihn an. Der erwartete Zornesausbruch blieb jedoch aus. Stattdessen erlosch die Wut und machte einer Mischung aus Trauer und Bitterkeit Platz.

»So viele sind gestorben«, murmelte er. »So viele unschuldige Menschen, deren Leben ausgelöscht wurde.«

»Ja, ihr sagtet, diese …« Andrej deutete auf Thobias' krakelige Tuschezeichnung. Seltsamerweise hatte er Schwierigkeiten, das nächste Wort auszusprechen. »… diese *Monster* hätten Menschen getötet.«

»Nicht nur sie«, antwortete Thobias. »Das waren auch wir. Ich, Andrej. Nicht mit meinen eigenen Händen, aber mit dem, was ich getan habe. Was ich gesagt habe. Wisst Ihr, was für eine gefürchtete Waffe das Wort ist, Andrej? Schlimmer als jedes Schwert und heißer als jedes Feuer.«

Ob er das wusste? Andrej hätte beinahe laut aufgelacht.

»Nach jener schrecklichen Nacht, in der wir auf das Ungeheuer trafen«, fuhr Thobias fort, »hatte ich nichts Besseres zu tun, als zu Vater Benedikt zu gehen und ihm zu berichten, was uns widerfahren war. Ich habe es in bester Absicht getan, Andrej, das müsst Ihr mir glauben. Ich dachte, ich wäre es den braven Menschen von Trentklamm schuldig, ihre Seelen vor dem Satan zu retten.« Sein Blick und seine Stimme wurden hart. »Keine drei Wochen später erschien die Inquisition in Trentklamm, zusammen mit einer Abteilung Soldaten des Landgrafen. O ja, sie *haben* den Menschen dort geholfen. Mit Feuer und Schwert haben sie den Teufel aus der Stadt getrieben.«

Seine Stimme brach. Er konnte nicht weitersprechen, und seine Hände schlossen sich mit solcher Kraft um die Tischplatte, dass seine Knöchel knackten.

»Und was hat das alles mit dem Mädchen zu tun?«, fragte Andrej, um Thobias aus der Hölle seiner Erinnerungen zurück in die Wirklichkeit zu holen.

»Imret?« Thobias schluckte. »Sie und Wenzel waren die Einzigen, die das Strafgericht der Inquisition überlebten. Vater Benedikt und ich haben sie hierher gebracht.«

»Um sie zu foltern«, murmelte Andrej.

»Das haben wir nicht getan!«, behauptete Thobias. »Ich weiß, was Ihr gesehen habt, Andrej, aber glaubt mir, es ist nicht das, wonach es aussieht. Wir haben diesen armen Menschen Schreckliches angetan. *Ich* habe ihnen Schreckliches angetan, mit meinen eigenen Händen, und wenn ich eines Tages vor Gottes Strafgericht stehe, dann werde ich ohne Zweifel dafür büßen müssen. Aber es geschah nicht aus Grausamkeit, sondern um ihnen zu helfen.«

»Das sind genau die Worte, die ich einst aus dem Mund eines Inquisitors gehört habe«, zischte Andrej. »Ich glaube, er sprach sie in dem Augenblick, als er die Zangen ins Feuer legte.«

Er fragte sich, warum er das sagte. Erstens entsprach es

nicht der Wahrheit, und zweitens war er auf dem besten Wege, sich um Kopf und Kragen zu reden. Trotz Thobias' unerklärlicher Offenheit lag sein Leben in den Händen des jungen Geistlichen. Er wusste noch immer nicht, was er von seinem Gegenüber zu halten hatte.

Vielleicht war Thobias wirklich das, was er zu sein vorgab, aber möglicherweise war er auch einfach nur verrückt und gefährlicher als Vater Benedikt.

Er wurde auch jetzt nicht zornig, sondern lächelte nur matt, als hätte er genau diese Antwort Andrejs erwartet.

»Ihr habt völlig Recht, Andrej«, sagte er. »Es hieße, Gott zu erniedrigen, wollte man behaupten, dass er es zuließe, dass Satans Kreaturen frei auf der Erde wandeln.« Er machte wieder eine Kopfbewegung in Richtung der Zeichnung. »Ich habe diese Kreatur gesehen. Ich habe mit ihr *gekämpft*, Andrej, und sie hätte mich fast umgebracht. Aber ich glaube nicht, dass es ein Dämon war.«

Das glaubte Andrej ebenso wenig. Trotzdem fragte er: »Was sonst?«

»Das versuche ich seit zwei Jahren herauszufinden«, antwortete Thobias. Er schüttelte den Kopf. »Mein Vater und ich haben damals auf Vater Benedikt eingeredet, und am Ende gelang es uns, ihn zu überzeugen. Wäre es nach der Inquisition gegangen, hätten sie Trentklamm bis auf die letzte Seele ausgelöscht und das Dorf am Ende niedergebrannt. Aber es gelang uns, Vater Benedikt auf unsere Seite zu ziehen. Lasst Euch nicht von seinem weißen Haar und seiner Art zu sprechen täuschen, Andrej. Er ist ein sehr weltoffener Mann, der weiß, dass es töricht wäre, alles, was wir nicht verstehen, sofort dem Satan zuzuschreiben. Er gab uns dieses leer stehende Kloster und Zeit, um das Geheimnis der Ungeheuer zu ergründen.«

»Ist es Euch gelungen?«, fragte Andrej. Er kannte die Antwort.

»Ich habe einiges herausgefunden«, sagte Thobias traurig. »Doch ich bin auf mehr neue Fragen als Antworten gestoßen. Und nun läuft unsere Frist ab. Ihr habt Vater Benedikt gehört. Es geht nicht nur um Euch und Euren Freund, Andrej. Oder um mich. Wenn Vater Benedikt zurückkommt, dann wird er nicht allein sein. Sie werden nachholen, was sie vor zwei Jahren versäumt haben, und Trentklamm auslöschen – und diesen Ort hier gleich dazu.« Er schwieg einen Moment, während er Andrej durchdringend und auffordernd zugleich ansah. »Es sei denn, wir finden den Beweis, dass die Menschen hier *nicht* vom Teufel besessen sind.«

Einen Beweis, der vor der Inquisition Geltung finden würde? Andrej wusste, dass dies nahezu unmöglich werden würde. Selbst wenn sie einen unumstößlichen Beweis für die Behauptung hätten, dass der Teufel nicht Einzug in Trentklamm gehalten hatte, wäre das für die Inquisition nur ein weiteres Indiz für die Heimtücke Satans gewesen.

»Und diesen Beweis soll ich bringen?«, vermutete er. Als Thobias nicht antwortete, fügte er kopfschüttelnd hinzu: »Wie stellt Ihr Euch das vor?«

»Wir müssen sie finden«, sagte Thobias. »Birger und die anderen. Wir müssen sie dingfest machen, bevor Vater Benedikt zurückkehrt, oder ganz Trentklamm wird brennen.«

Das war keine Antwort auf seine Frage, aber die hatte Andrej auch nicht erwartet.

»Wieso vertraut Ihr mir?«, wollte er wissen. »Ihr kennt

mich nicht. Ihr wisst nichts über mich, außer dass ich hier eingedrungen bin und ein paar Eurer Leute erschlagen habe. Also was sollte mich daran hindern, auf mein Pferd zu steigen und meiner Wege zu ziehen?«

Thobias überraschte ihn ein weiteres Mal, indem er nicht darauf verwies, dass er schließlich Abu Dun als Faustpfand hätte. Stattdessen sah er ihn nur erneut auf diese sonderbar durchdringende Weise an und sagte: »Nennt es Verzweiflung, wenn Ihr so wollt, Andrej. Ich habe keine Wahl, als Euch zu vertrauen. Und ich spüre, dass ich es kann. Ihr habt Recht: Ich weiß nicht, was oder wer Ihr seid, aber ich glaube, Ihr seid ein aufrechter Mann.« Ein dünnes Lächeln stahl sich für einen Augenblick in den Ausdruck von Trauer. »Und außerdem habt Ihr noch eine Rechnung mit Birger offen. Also ... kann ich auf Euch zählen?«

Das war verrückt, dachte Andrej. Aber zumindest in einem Punkt erging es ihm nicht anders als Thobias: Er hatte keine Wahl.

7

Das Dorf hatte sich verändert. Als er Trentklamm das erste Mal gesehen hatte, da war ihm der Ort wie ein verschlafenes kleines Bergdorf vorgekommen, außergewöhnlich durch diese besondere Lage zwischen den Hängen, die ihn fast zu einer natürlichen Festung machte. Jetzt wirkten die kleinen Häuser nur noch abweisend und feindselig, jedes einzelne eine kleine Festung, die sich wie ein sprungbereit zusammengekauertes Raubtier in die Bergflanken krallte. Etwas Feindseliges, Böses schien über dem Ort zu liegen.

Andrej verscheuchte den Gedanken und fuhr sich müde mit dem Handrücken über das Gesicht. Trentklamm hatte sich nicht im Geringsten verändert. Es war sein Blick, der sich verändert hatte.

Er spürte irgendwo eine leichte Bewegung und wich rasch in den Schutz des Waldes zurück, obwohl es wahrscheinlich gar nicht notwendig war. In den dunkelbraunen und schwarzen Kleidern, die Thobias ihm gegeben hatte, musste er vor dem Hintergrund der Bäume nahezu unsichtbar sein. Außerdem war die Sonne gerade erst aufgegangen und stand als grellweiß lodernde Scheibe genau über den Berggipfeln in seinem Rücken. Wer immer zufällig in seine Richtung blickte, würde nichts anderes sehen als weißes Licht, das grell genug war, um ihm die Tränen in die Augen zu treiben. Auch wenn er Trentklamm Unrecht tat und sich der Ort nicht verändert hatte ... etwas stimmte nicht mit ihm, mit seinen Menschen. Andrej hatte das unheimliche Geschöpf nicht vergessen, dem er beinahe zum Opfer gefallen wäre.

Etwas von der bemitleidenswerten Kreatur war noch immer in ihm, tief am Grunde seiner Seele, fast vergessen, wie ein schlechter Nachgeschmack, den ein an sich gutes Essen hinterlassen hatte. Indem er die Lebenskraft der Kreatur aufgenommen und zu seiner eigenen gemacht hatte, war er auch ein winziges Stück selbst zu dem Wesen geworden.

Manchmal fragte er sich, wie viel von ihm selbst eigentlich noch in ihm war. Wie alle seiner Art kannte er die Gefahr, die der *Wechsel* mit sich brachte. Der Angreifer war naturgemäß im Vorteil, wenn sein Opfer geschwächt und verletzt war, und mit jedem Leben, das ein Vampyr nahm, wuchs seine eigene Kraft, was zwangsläufig dazu führte, dass er stärker wurde, je länger er lebte, und unbezwingbarer, je mehr Leben er nahm. Und doch ... manchmal glaubte er die stummen Schreie all derer in sich zu hören, deren Leben er geraubt hatte, das verzweifelte Flehen der verlorenen Seelen, die Opfer der Bestie geworden waren, die irgendwo tief in ihm schlummerte und der er seine Unsterblichkeit und seine Kraft verdankte, die er aber zugleich fürchtete wie nichts anderes auf der Welt. Vielleicht war er schon längst nicht mehr er selbst, sondern sah nur noch aus wie der Mann, der vor zehn Jahren sein Heimatdorf verlassen hatte.

Das Geräusch von Schritten drang in seine trübsinnigen Gedanken, ein trockener Ast zerbrach unter einem Fuß, und plötzlich stand Bruder Thobias wie aus dem Boden gewachsen vor ihm. Andrej erschrak, weil der junge Priester so plötzlich vor ihm erschienen war. Seine Sinne hätten ihn warnen müssen. Es war *unmöglich*, sich an ihn heranzuschleichen!

Sein Erschrecken war offensichtlich auch Thobias nicht verborgen geblieben, denn der Geistliche legte den Kopf schräg und sah ihn stirnrunzelnd an. »Was habt Ihr, Andrej?«, fragte er. »Ihr seid leichenblass.« Er versuchte zu lachen. Es misslang. »Ihr seht aus, als hättet Ihr ein Gespenst gesehen.«

Vielleicht habe ich das auch, dachte Andrej. Laut sagte er: »Nichts. Ich war … in Gedanken, das ist alles. Was habt Ihr herausgefunden?«

Andrej rief sich zur Ordnung. Es gab eine ganz natürliche Erklärung. Er war noch nie im Leben so schwer verwundet worden wie jetzt. Genau genommen wusste er nichts darüber, wie es war, verletzt zu werden und sich nur allmählich wieder zu erholen. Er nahm an, dass nicht nur sein Körper Zeit brauchte, um seine gewohnte Leistungsfähigkeit zurückzuerlangen.

»Birger und seine Schwester sind verschwunden«, sagte Thobias. »Dazu weitere Männer aus dem Dorf. Niemand hat sie gesehen seit jener Nacht, in der Ihr …« Er zögerte unmerklich. »In der das Kloster überfallen wurde.«

»Was habt Ihr erwartet?«, fragte Andrej. »Dass er zurückkommt oder darauf wartet, dass wir ihn holen?« Er drehte sich halb herum und warf einen langen, nachdenklichen Blick ins Tal hinab. Trentklamm schien immer noch zu schlafen, obwohl es auch dort unten bereits hell zu werden begann. Andrej trat an Thobias vorbei einen halben Schritt aus dem Wald heraus, wobei er gegen das unangenehme Gefühl ankämpfen musste, schutzlos zu sein und vom Dorf aus gesehen werden zu können. Auch das hatte sich verändert: Er begann, ängstlich zu werden.

»Wo sind sie alle?«, fragte er. »Die Leute müssten doch längst auf den Beinen sein.«

»In der Kirche«, antwortete Thobias. »Ich sagte Euch doch, die Leute hier sind sehr gottesfürchtig.«

»Alle?«, fragte Andrej zweifelnd. »Oder ist heute Sonntag?«

»Ja«, antwortete Thobias – was wohl die Antwort auf beide Fragen darstellen sollte. Kurz darauf jedoch schüttelte er den Kopf und fuhr fort: »Aber das ist nicht der hauptsächliche Grund. Es steht eine Beerdigung an.«

»Wer ist gestorben?«, fragte Andrej.

»Jemand, den Ihr nicht kennt«, antwortete Thobias ausweichend. »Es spielt auch keine Rolle. Wichtiger ist, was ich darüber hinaus in Erfahrung gebracht habe.« Er sah Andrej herausfordernd an. Dann fuhr er fort: »Es sind wieder Tiere gerissen worden.«

Nun wurde Andrej hellhörig. Er sagte nichts, aber das Interesse in seinem Blick schien Thobias zufriedenzustellen. »Wie vor zwei Jahren«, fuhr er in deutlich verändertem Tonfall fort. »Zwei Kühe von der östlichen Weide. Und einem anderen Bauern sind drei Schafe gerissen worden. Außerdem hat der Fuchs gleich einen ganzen Hühnerstall verwüstet.«

»Nur, dass es in dieser Gegend gar keine Füchse gibt«, vermutete Andrej.

»Zumindest ist es etliche Jahre her, dass ein Fuchs gesehen worden ist«, bestätigte Thobias. »Das alles gefällt mir nicht. Es wird Benedikt und den Inquisitor in ihrer Meinung bestärken, dass der Teufel hier sein Unwesen treibt. Das macht es nicht gerade leichter für uns. Die Leute sind misstrauisch und trauen jetzt erst recht keinem Fremden mehr.«

Andrej dachte eine Weile angestrengt nach. Thobias hatte Recht, und er hatte nicht die geringste Ahnung, was er tun sollte.

»Bringt mich zu dieser Weide«, sagte er schließlich.

»Welcher Weide?« Thobias blinzelte.

»Der, auf der die Kühe gerissen wurden«, antwortete Andrej. »Vielleicht finden wir irgendwelche Spuren, die uns weiterhelfen.«

»Haltet Ihr das für eine gute Idee?«, fragte Thobias. »Die Leute sind ängstlich geworden. Sie werden die Herde bewachen.«

»Wir können auch hier stehen bleiben und darauf warten, dass sich die Ungeheuer freiwillig zeigen«, versetzte Andrej. »Wer weiß – vielleicht geben sie ja auf und kommen mit erhobenen Armen aus dem Wald, um sich uns auszuliefern.«

Thobias funkelte ihn an, aber dann drehte er sich einfach um und ging davon.

Andrej blickte ihm stirnrunzelnd nach. Seine bissige Antwort tat ihm schon wieder Leid, aber er wurde einfach nicht schlau aus dem jungen Geistlichen. Thobias *schien* vertrauenswürdig. Aber eine leise, bohrende Stimme in ihm warnte ihn beharrlich, nicht zu vertrauensselig zu sein. Thobias hatte ihm zum Beispiel trotz seiner massiven Forderung bisher nicht erlaubt, mit Abu Dun zu sprechen oder ihn auch nur zu sehen. Und wenn er es recht bedachte, dann hatte er ihm auch von den Ergebnissen seiner Forschungen so gut wie nichts mitgeteilt – obwohl er sie doch angeblich seit zwei Jahren betrieb.

Andrej riss sich aus seinen Gedanken und drehte sich ebenfalls um, um Thobias nachzueilen, der schon auf dem Weg zur anderen Seite des schmalen bewaldeten Streifens war, wo sie ihre Pferde angebunden hatten.

Auf halbem Weg dorthin musste er einem dornigen Gebüsch ausweichen. Er tat es, schon um sich nicht die neuen Kleider zu zerreißen, die Thobias ihm gegeben hatte, aber er streckte wie zufällig die Hand aus und streifte einen der Äste. Die fast fingernagellangen, messerscharfen Dornen ritzten seine Haut tief genug, dass einige Blutstropfen über seinen Handrücken liefen.

Andrej wischte sie weg und betrachtete nachdenklich die vier tiefen Kratzer. Sie hörten auf zu bluten und begannen zu heilen, aber viel langsamer, als sie es hätten tun sollen. Die Wunde schmerzte auch viel mehr, als sie sollte. Sie heilte – aber er verlangsamte seine Schritte, um nicht zu früh bei Thobias anzukommen und ihn etwas sehen zu lassen, was nicht für seine Augen bestimmt war.

Er musste *sehr* langsam gehen.

Die Weide – auf dem Weg dorthin hatte er von Thobias gelernt, dass man sie in diesem Teil des Landes *Alm* nannte – die Alm also lag östlich des Dorfes und so weit oben in den Bergen, dass Andrej sich vergeblich fragte, wie die Trentklammer ihre Kühe eigentlich hier heraufbekamen. Der Pfad, den sie ritten, schien allenfalls für Bergziegen bequem zu sein; selbst sein Pferd kam ein paar Mal ins Stolpern, und auf dem letzten Stück saßen sie ab und gingen zu Fuß. Am Zügel führten sie die Tiere hinter sich her.

Die Bergwiese schmiegte sich an die letzten sanften Ausläufer des Hanges, hinter dem das Bergmassiv jäh und fast senkrecht in die Höhe zu steigen begann. Es war eine zyklopische Wand, die geradewegs bis in den Himmel zu reichen schien. Hier oben war es noch warm, doch es gab bereits keine Bäume mehr, sodass sie die Pferde im Schutz der letzten Felsen zurückgelassen hatten. Sie näherten sich der kleinen Herde mit äußerster Vorsicht, wobei sie jede noch so kärgliche Deckung ausnutzten.

Andrej fand ihr Gebaren merkwürdig. Schließlich pirschten sie sich nicht an eine feindliche Festung voller falkenäugiger Scharfschützen an, sondern an zwei Dutzend magerer Kühe, die wahrscheinlich nicht einmal dann von ihnen Notiz genommen hätten, wenn sie mit mehreren Fahnen und gellendem Kriegsgeschrei aus dem Wald gestürmt wären. Aber Thobias hatte darauf bestanden. Es gab eine kleine, roh aus Baumstämmen gezimmerte und fensterlose Hütte am anderen Ende der Alm, in der sich durchaus ein Wächter aufhalten hätte können.

Andrej hoffte inständig, dass dem nicht so war. Nicht nur, weil er befürchtete, entdeckt zu werden, sondern vor allem, weil die Gefahr bestand, dass der Mann dem Raubtier begegnete, das die Kühe gerissen hatte. Bei der bloßen Erinnerung an das unheimliche Geschöpf lief ihm ein eisiger Schauer über den Rücken. Er selbst, der – unter gewöhnlichen Umständen – viel stärker als ein kräftiger Mann war, hatte es mit Mühe und Not besiegt und diesen Sieg um ein Haar mit dem Leben bezahlt. Ein ahnungsloser Bauer, der auf einen Wolf oder allenfalls einen Bären vorbereitet war, hätte keine Möglichkeit gehabt, sich zu verteidigen.

Sie bewegten sich auf die Felswand zu und näherten sich der kleinen Herde, die träge im Sonnenlicht stand und an dem saftigen Gras zupfte. Allerdings schlugen sie einen Zickzackkurs ein, auf dem sie gut die fünffache Entfernung zurücklegten. Thobias sah immer wieder zur Hütte hin, und so unsinnig Andrej seine Vorsicht auch fand, so schien sie doch anzustecken. Auch Andrej verspürte eine immer stärker werdende Unruhe, der er sich nur mit Mühe erwehren konnte.

»Hier irgendwo muss es gewesen sein.« Thobias machte eine Kopfbewegung in Richtung der Felswand. »Ich selber habe die Kadaver nicht gesehen, aber mein Vater hat mir die Stelle beschrieben. Dort drüben, bei der Felsspalte.«

Andrej blickte konzentriert in die angegebene Richtung. Er sah den Spalt auf Anhieb. Es war ein dreieckiger Einschnitt in der Felswand, der möglicherweise tiefer in eine Höhle hineinführte, vielleicht aber auch nur ein Schatten war.

Andrej verspürte ein eisiges Frösteln, als sie in den Schatten des Bergmassives traten, und diese Kälte wurde nicht nur vom fehlenden Sonnenlicht hervorgerufen. Irgendetwas Unheimliches ging von dieser Felswand aus. Etwas war hier.

Er blieb stehen und sog prüfend die Luft ein. Da war ein ganz leiser, aber unverkennbarer Geruch, eine Mischung aus Blut- und Verwesungsgestank, gerade noch an der Grenze des überhaupt Wahrnehmbaren.

»Was habt Ihr?« Thobias sah ihn fragend an. Offensichtlich hatte er nichts bemerkt, was Andrej mit einem leisen Gefühl der Erleichterung erfüllte. Anscheinend erholten sich auch seine Sinne allmählich wieder.

»Nichts«, antwortete er, ohne den Blick von der schmalen Felsspalte zu nehmen. Es war nicht nur ein Schatten. Dahinter musste eine Höhle liegen. Der Verwesungsgeruch kam eindeutig von dort. »Seid vorsichtig. Bleibt hinter mir.«

Andrej zog das Schwert aus dem Gürtel und legte die letzten zwanzig Schritte zwar geduckt, aber in gerade Linie zurück, ohne auf irgendeine Deckung zu achten. Dicht vor dem Höhleneingang blieb er stehen, um mit geschlossenen Augen zu lauschen.

Plötzlich stürzten die Sinneseindrücke wie eine Flut auf ihn ein. Jetzt, wo er einmal begriffen hatte, dass seine Vampyrsinne zurückgekehrt waren, schienen sie mit jedem Herzschlag schärfer zu werden. Er konnte Thobias Atemzüge hinter sich hören, das leise Knacken des Felsens, der sich vor ihnen auftürmte und sich auf seine unendlich langsame Weise ebenso bewegte wie ein lebendes Wesen, selbst das rülpsende Wiederkäuen der Kühe dreißig Schritte entfernt und das Geräusch des Windes, der sich hoch über ihnen an Felsvorsprüngen und Graten brach. Der Verwesungsgestank schien übermächtig zu werden. Aber es war nur der

Geruch des Todes, der aus der Höhle drang. Dort war nichts Lebendes. Nichts, vor dem er Angst haben musste.

Er behielt das Schwert dennoch in der Hand, als er gebückt und schräg gehend durch den schmalen Spalt im Fels trat. Dahinter war es sehr dunkel. Thobias hätte vermutlich gar nichts erkennen können. Andrejs nun wieder geschärftem Blick offenbarten sich Felsformationen in den unterschiedlichsten Grau-, Schwarz- und Silberschattierungen. Er entdeckte harte, ungewöhnlich scharfe Konturen. Das war eigenartig; eine selbst für ihn vollkommen neue Art des Sehens.

Dennoch war es sein Geruchssinn, der ihn zum Ziel führte, nicht seine Augen. Er konnte erkennen, dass die Höhle nicht besonders groß war. Hinter dem Eingang erweiterte sie sich zwar, verengte sich nach kaum zehn Schritten aber bereits wieder zu einem Spalt, der kaum breit genug war, um eine Hand hindurchzuschieben. Der Boden war mit Felstrümmern und Schutt übersät, und von der Decke hingen scharfkantige Zacken, unter denen er sich vorsichtig hindurchbücken musste; steinerne Zähne, die nur darauf warteten, nach ihm zu schnappen.

»Bleibt draußen!«, rief er Thobias zu. »Hier drin ist es gefährlich.«

Thobias folgte ihm dennoch. Andrej schwieg dazu. Sollte sich dieser leichtsinnige Narr doch ruhig den Schädel einrennen, wenn ihm danach war. Offenbar gehörte Thobias zu denjenigen, die am besten aus schmerzhafter Erfahrung lernten.

Andrej folgte dem süßlichen Verwesungsgeruch, der mit jedem Moment stärker zu werden schien. Mittlerweile war er tatsächlich intensiv genug, um eine leise Übelkeit in ihm auszulösen. Aber zugleich empfand er ihn auch als fast angenehm ...

Er schüttelte den Gedanken ab und stieg vorsichtig über einen metergroßen Felsbrocken hinweg. Hinter ihm knallte es dumpf, und Thobias stieß schmerzerfüllt die Luft aus. Andrej grinste in sich hinein.

Im nächsten Augenblick erlosch sein Grinsen und machte einem angeekelten Verziehen der Lippen Platz, als er sah, was hinter dem Felsbrocken auf dem Boden lag.

Es war ein Stück Fleisch, groß genug, um der Kadaver eines sehr großen Hundes sein zu können, aber schon so sehr in Verwesung übergegangen, dass seine ursprüngliche Form kaum noch zu erkennen war. Andrej ließ sich in respektvollem Abstand in die Hocke sinken und stocherte mit der Schwertspitze nach dem Fleischstück. Ein Schwarm Fliegen stob hoch, summte einen Moment ärgerlich um ihn herum und ließ sich dann wieder auf sein Festmahl nieder.

»Großer Gott!«, würgte Thobias neben ihm. »Was ist denn das?«

Andrej stocherte noch zweimal mit der Schwertspitze nach seinem grausigen Fund, ehe er antwortete: »Wenn mich nicht alles täuscht, der Hinterlauf eines Kalbes.«

»Eher einer ausgewachsenen Kuh«, sagte Thobias angeekelt. Er bekreuzigte sich. »Grundgütiger Jesus, seht Euch das an! Es sieht aus, als wäre er einfach herausgerissen worden! Welche Kreatur ist im Stande, *so etwas* zu tun?«

»Vielleicht ein Bär«, antwortete Andrej, zögernd und ohne rechte Überzeugung. »Ein sehr großer Bär.«

Thobias sah zuerst ihn zweifelnd an, dann drehte er den

Kopf und blickte zum Eingang zurück. »Der Spalt ist viel zu schmal für einen Bären. Selbst für einen kleinen.«

»Und Wölfe schleppen ihre Beute nicht in Höhlen«, fügte Andrej hinzu.

Thobias nickte. Er sah erschrocken aus. »Was also war es dann?«

Vermutlich die gleiche Kreatur, der er in jener Nacht gegenübergestanden hatte, dachte Andrej. Wieder rannte eine Armee winziger eisiger Spinnenbeine seinen Rücken hinab. Er hatte mehr als Glück gehabt, diese Begegnung überlebt zu haben.

»Da sind Spuren«, sagte Thobias plötzlich. Andrej sah in die Richtung, in die seine ausgestreckte Hand wies, und tatsächlich entdeckte er Spuren: eine Anzahl verwischter Abdrücke, die weder von einem menschlichen Fuß noch von der Pfote irgendeines Tieres herrühren konnten. Es sah aus, als wäre jemand in Blut getreten und dann in Richtung des Ausgangs davongegangen. Andrej war sehr überrascht, dass Thobias diese Spur überhaupt gesehen hatte. Das Licht in der Höhle schien doch besser zu sein, als er angenommen hatte.

»Mindestens eine Woche alt«, sagte er. »Sie werden uns nichts mehr nutzen.«

»Aber die Kreatur war hier«, erwiderte Thobias. »Und sie wird wiederkommen – sobald sie hungrig ist. Wenn wir uns hier auf die Lauer legen ...«

»Dann brauchen wir nur zu warten, bis sie die Hühner und sämtliche Schafe aus Trentklamm aufgefressen hat, und schon wird sie wieder hier erscheinen«, führte Andrej den Satz zu Ende. Er stand auf. »So viel Zeit haben wir nicht,

Thobias. Lasst uns hinausgehen. Ich bekomme keine Luft mehr.«

Auch Thobias erhob sich und zog den Kopf ein, um sich nicht zu stoßen, während sie nebeneinander zum Ausgang gingen.

Andrej verließ die Höhle als Erster. Er blinzelte, da er im ersten Moment fast blind in der ungewohnten Helligkeit war. Nach dem Verwesungsgestank in der Höhle erschien ihm die saubere Luft hier draußen so süß und wohltuend, dass er für eine Weile nichts anderes tat, als dazustehen und tief ein- und auszuatmen. Dennoch registrierte er, dass sie nicht mehr allein waren. Während sie sich in der Höhle aufgehalten hatten, war ein Teil der Herde herangekommen. Als Andrej die Augen öffnete, blickte er direkt in das gutmütige Gesicht einer braun-weiß gefleckten Kuh, die gemächlich wiederkäute und ihn anglotzte.

Hinter ihm polterte Thobias aus der Höhle, und die Kuh stieß ein erschrockenes Muhen aus und rannte davon. Thobias blickte ihr kopfschüttelnd nach und grinste plötzlich: »Vielleicht muss ich meine Einstellung übernatürlichen Dingen gegenüber noch einmal überdenken«, sagte er.

»Wieso?«

»Diese Kuh konnte anscheinend meine Gedanken lesen«, sagte Thobias. Sein Grinsen wurde breiter. »Als ich sie gesehen habe, musste ich an ein Stück saftigen Braten denken.«

Andrej lachte, aber es klang ein wenig schal. Ihm war nicht ganz klar, wie Thobias jetzt an Essen denken konnte; nicht nach dem, was sie gerade in der Höhle gefunden hatten. Andrejs Magen rebellierte immer noch.

»Es muss irgendwo hier sein«, fuhr Thobias nachdenklich fort. »Ich kann es spüren, Andrej. Fühlt Ihr es nicht auch?«

Statt direkt zu antworten, sah Andrej sich um. Zur Rechten setzte sich die Felswand fort, bis sie im Dunst der Entfernung verschwamm. Aber zur anderen Seite hin wurde der Berg karstiger. Die senkrecht emporstrebende Mauer verwandelte sich nach und nach in ein Gewirr von Felssplittern und Schluchten, in dem sich eine ganze Armee verstecken konnte. Oder auch zwei.

»Nein«, antwortete er mit einiger Verspätung auf Thobias' Frage. »Aber ich an seiner Stelle würde mich genau hier verstecken. Hundert Männer können ein Jahr nach ihm suchen, ohne ihn zu finden.« Er seufzte. »Wir brauchen Abu Dun.«

»Nein«, sagte Thobias.

»Ich meine es ernst, Thobias«, beharrte Andrej. Natürlich wusste er längst, wie die Antwort lauten musste, aber er versuchte es dennoch weiter. »Ihr überschätzt mich, Thobias. Ich bin nur ein Söldner, der gelernt hat, mit dem Schwert umzugehen. Abu Dun ist der beste Fährtenleser, dem ich jemals begegnet bin. Ich brauche ihn.«

»Kommt nicht in Frage«, beharrte Thobias, ruhig, aber auch sehr entschlossen. Er konnte nicht anders entscheiden, das war Andrej klar. Auch wenn er sich aus purer Verzweiflung entschlossen hatte, Andrej zu vertrauen, so war er doch nicht dumm. Abu Dun war sein einziges Pfand.

»Dann brauchen wir Hunde«, sagte er nachgebend. »Gibt es Suchhunde bei Euch?«

»Im Kloster?« Thobias schüttelte den Kopf. »Wir hatten zwei Hunde. Aber als Imret und ihr Onkel ins Kloster kamen, mussten wir sie abschaffen. Sie haben sich wie wild gebärdet und waren nicht mehr zu bändigen.«

»Und was ist mit Trentklamm?«, fragte Andrej.

»Dort gibt es Hunde«, räumte Thobias ein. »Aber ich weiß nicht, welchem Zweibeiner ich dort trauen kann.«

»Wie wäre es mit Eurem Vater?«, schlug Andrej vor.

Thobias sah wenig begeistert aus, aber nach einer Weile rang er sich trotzdem zu einem Nicken durch. »Ich werde ihn fragen«, sagte er. »Die Beerdigung müsste ohnehin vorbei sein, und so lange es hell ist, werden wir hier nichts finden. Also reiten wir zurück.«

Der Friedhof der kleinen Ortschaft befand sich außerhalb des Tales. Er lag am Ende einer schmalen, tief eingeschnittenen Schlucht, die nur von einer Seite aus zugänglich war, und wurde zusätzlich von einer gut mannshohen Mauer eingefasst, in der sich nur eine schmale, massiv vergitterte Tür befand. Er erinnerte eher an eine Festung als an einen Gottesacker. Oder an ein Gefängnis.

Thobias hatte Andrej angewiesen, in der kleinen Kapelle zu warten, während er nach Trentklamm zurückkehrte, um mit seinem Vater zu sprechen. Andrej hatte sich eine gute Weile in der winzigen, vollkommen leeren Kapelle aufgehalten, ehe er wieder hinausging und ziellos über den Friedhof schlenderte. Thobias hatte ihm zwar eingeschärft, die Kapelle nicht zu verlassen, aber er glaubte nicht, dass jemand zufällig hier vorbeikommen würde, und darüber hinaus schützte ihn auch die hohe Mauer vor neugierigen Blicken.

Diese Mauer erwies sich bei näherem Hinsehen als mehr

als sonderbar. Sie war fast zwei Meter hoch und aus massiven Felsbrocken erbaut, die kaum behauen, aber äußerst kunstvoll miteinander vermauert waren. Auf ihrer Oberkante befanden sich spitze eiserne Dornen, die nach innen geneigt waren, und auch der Riegel an der schweren Gittertür war außen angebracht.

Es gab eine Unzahl von Kreuzen. Nun war ein Friedhof naturgemäß ein Ort, an dem es Kreuze in Massen gab, aber hier standen sie nicht nur auf den Gräbern. Auch die Innenseite der Friedhofsmauer war mit Kreuzen übersät, die aus Holz oder Metall gefertigt waren, manche aber auch gemalt oder grob in den Stein geritzt; zum Teil mit großer Kunstfertigkeit, zum Teil in aller Hast. Das Gitter, das den Eingang verschloss, bestand bei genauerem Hinsehen aus einer Unzahl geschmiedeter Kruzifixe.

Es war ein durch und durch unheimlicher Ort. Und was für seine Begrenzungsmauer galt, das traf auf die Gräber in beinahe noch stärkerem Maße zu. Die meisten waren vollkommen schlicht, aber es gab auch etliche, die mit Kreuzen und anderen christlichen (und auch einigen ganz und gar *nicht* christlichen) Symbolen nur so gespickt waren. Auf einigen lagen tonnenschwere Steinplatten, als hätten die Menschen Angst, dass das, was sich darin befand, wieder aus seinem Grab herauskommen könnte.

Andrej fand ohne große Mühe das Grab, das an diesem Morgen frisch ausgehoben worden war; auch wenn es sich von jedem frischen Grab unterschied, das er jemals zu Gesicht bekommen hatte. Statt eines flachen, mit frischen Blumen oder Grün bedeckten Hügels bestand es aus einer zwei mal einen Meter messenden massiven Granitplatte, in die weder ein Name noch ein Geburts- oder Sterbedatum eingraviert war, dafür aber ein Kruzifix mit gespaltenen Enden und ein lateinischer Bibelspruch. Nicht nur, dass ein solches Grab für die einfachen Menschen aus Trentklamm unglaublich aufwändig war, zudem war es auch vollkommen unsinnig. Spätestens wenn sich das Grab zu senken begann, musste die Grabplatte zerbrechen, egal, wie massiv sie auch war.

Es gab noch mehr Besonderheiten. Die vier Eckpunkte des Grabes wurden von vier gürtelhohen Kreuzen gebildet, und ungefähr dort, wo sich das Herz des Beerdigten befinden musste, stand eine mit Wasser gefüllte Schale, auf deren Boden etwas Silbernes schimmerte. Andrej tauchte zögernd die Finger hinein und roch an der Flüssigkeit. Wasser. Aber kein gewöhnliches Wasser, sondern Weihwasser.

Er beugte sich weiter vor und zog fragend die Augenbrauen zusammen, als er erkannte, worum es sich bei dem schimmernden Gegenstand handelte. Es war ein silbernes Medaillon in Form eines Drudenfußes.

Andrej streckte zögernd zum zweiten Mal die Hand aus, und eine Stimme hinter ihm sagte: »Das würde ich nicht tun an Eurer Stelle.«

Erschrocken fuhr er hoch. Seine rechte Hand senkte sich auf den Schwertgriff, aber er zog die Waffe nicht, als er die Gestalt erkannte, die in Thobias' Begleitung den Friedhof betreten hatte.

»Vater Ludowig?«, murmelte er. Verwirrt blickte er von Thobias zu Vater Ludowig und wieder zurück. Ludowig funkelte ihn voll kaum unterdrücktem Zorn an, während Thobias sichtliche Mühe hatte, sein Grinsen nicht allzu deutlich werden zu lassen.

»Aber Ihr sagtet doch, Ihr kämt …«

»Mit meinem Vater, ganz recht«, feixte Thobias.

Andrej blickte abermals von einem zum anderen, und plötzlich fragte er sich, warum er nicht schon längst von selbst darauf gekommen war. Ludowigs Gesicht war schmal und eingefallen und von Falten bedeckt, und wo in Thobias' Augen ein niemals ganz erlöschendes Lächeln zu sein schien, waren Ludowigs Augen von einem unauslöschlich eingebrannten Misstrauen erfüllt – aber die Ähnlichkeit war unverkennbar.

»*Vater* Ludowig«, murmelte Andrej. »Nun ja.«

»Strengt Eure Fantasie nicht unnötig an, Heide«, ermahnte Ludowig ihn scharf. »Thobias kam zur Welt, lange bevor ich Gottes Ruf empfing und in den Orden eintrat.«

»Nichts anderes habe ich angenommen, Vater«, erwiderte Andrej. Ludowigs Augen begannen Feuer zu sprühen, und Thobias bedeutete ihm mit Blicken, den Bogen nicht zu überspannen. Als er sprach, wandte er sich direkt an Ludowig.

»Du hast es selbst gesehen, Vater. Er hat die Hand in Weihwasser getaucht, und dies hier ist heiliger Boden. Du selbst hast das Grab noch heute Morgen gesegnet – und, wie ich annehme, auch die eine oder andere Hostie vergraben. Wie viele waren es? Ein Dutzend?«

»Was soll das für ein Beweis sein?«, fragte Vater Ludowig mürrisch.

»Nun, er könnte kaum all diese Dinge tun, wenn er vom Teufel besessen wäre, nicht wahr?«, erläuterte Thobias. In seiner Stimme war noch immer ein sanfter Spott wahrzunehmen, aber Andrej fühlte auch seine Anspannung.

»Der Teufel ist mächtig«, sagte Vater Ludowig. Er klang eher störrisch als überzeugt.

»Nicht einmal er selbst könnte diesen Ort betreten«, seufzte Thobias. »Du wolltest einen Beweis, dass wir ihm vertrauen können. Du hast einen Beweis. Seine Seele ist rein.«

»Er ist ein Heide«, beharrte Vater Ludowig. »Möglicherweise hat er gar keine Seele, die der Teufel ihm rauben kann.« Er klang jetzt einfach nur noch stur. Andrej wäre nicht überrascht gewesen, wenn er mit dem Fuß aufgestampft hätte. Ludowig *wollte* sich nicht überzeugen lassen.

»Was soll das?«, fragte Andrej an Thobias gewandt.

»Mein Vater ist der einzige Mensch in Trentklamm, dem ich wirklich vertraue«, antwortete Thobias, aber Andrej schüttelte sofort und übertrieben heftig den Kopf.

»Davon rede ich nicht«, sagte er. »Ich meine das hier. Dieses Grab. Dieser ganze Friedhof ... wenn man ihn so nennen will.«

»Sprecht nicht so respektlos von Gottes Haus!«, mahnte Vater Ludowig.

»Gottes Haus?« Andrej lächelte wieder, und seine Stimme war voller Spott. Er bückte sich, griff in die Schale und nahm den silbernen Drudenfuß heraus.

»Das hier sieht mir nicht wirklich nach einem Symbol Gottes aus, Vater Ludowig.«

Ludowigs Augen wurden schmal. »Was ist das?«, keuchte er. »Woher kommt das? Habt Ihr es hierher gebracht, Heide?«

Er wollte nach dem Medaillon greifen, aber sein Sohn kam ihm zuvor und nahm Andrej den Drudenfuß aus der Hand. Rasch schloss er die Faust darum und schüttelte den Kopf.

»Das glaube ich kaum, Vater«, sagte er. »Ich fürchte, es war eines deiner Schäfchen, das der Meinung war, man könne des Guten niemals zu viel tun. Und es schadet ja auch nicht, oder?«

»Ketzerei«, grollte Vater Ludowig. »Ich werde keine Ketzerei in meiner Gemeinde dulden! Ich kann mir schon denken, wer dafür verantwortlich ist!«

»Mit Verlaub, Vater Ludowig«, sagte Andrej. »Aber wenn wir nicht aufhören, unsere Zeit zu verschwenden, dann werdet Ihr in neun Tagen keine Gemeinde mehr haben. Hat Euch Euer Sohn nicht gesagt, warum wir hier sind?«

Vater Ludowig funkelte ihn nur an, aber Thobias nickte. »Ich fürchte, er hat Recht, Vater. Wir müssen jemandem vertrauen.«

»Ausgerechnet ihm? Einem Fremden, der noch dazu in Begleitung eines Muselmanen hier erschienen ist? Einem Mann, der dich um ein Haar getötet hätte? Alles hat erst wieder begonnen, nachdem sie gekommen sind.«

Thobias war klug genug, diesen Einwand nicht aufzugreifen. Er warf Andrej einen weiteren, beinahe flehenden Blick zu, es ihm gleichzutun, dann wandte er sich ganz zu Andrej um und sagte: »Hier hat damals alles angefangen.«

Es dauerte eine Weile, bis Andrej begriff, dass diese Worte die Antwort auf seine Frage darstellten.

»Hier?«

»Es ist ein verfluchter Ort«, sagte Vater Ludowig. »Ihr müsst Euch nur umsehen, Söldner! Spürt Ihr nicht den Atem des Teufels?«

»Vater!«, rief Thobias. Er wandte sich wieder an Andrej. »Dies war schon eine Begräbnisstätte, als dieses Land noch von barbarischen Völkern besiedelt war, die heidnischen Riten nachhingen und die Naturgeister anbeteten.« Er wies auf die Kapelle. »Diese Kapelle wurde auf den Grundmauern eines viel älteren Gebäudes errichtet.«

»Eines heidnischen Tempels«, giftete Vater Ludowig. »Es ist ein Schlag in Gottes Gesicht, sein Haus auf den Grundmauern eines heidnischen Tempels zu errichten! Das ist gotteslästerlich!«

»*Was* hat hier begonnen?«, beharrte Andrej. Wie Thobias war mittlerweile auch er zu dem Schluss gekommen, dass es das Vernünftigste war, Ludowigs Worte einfach zu überhören. Er fragte sich, warum Thobias ihn überhaupt mitgebracht hatte.

»Es war vor drei Jahren«, antwortete Thobias. Er deutete ein Schulterzucken an. »Ungefähr. Ich selbst war nicht hier, und die Leute sprechen nicht gerne darüber.« Er sah seinen Vater auffordernd an, aber Ludowig verstummte nun gänzlich. Nach einem Augenblick zuckte Thobias mit den Schultern und fuhr fort: »Es war im Frühjahr. Fremde kamen ins Dorf. Gaukler, soweit ich gehört habe.«

»Gaukler?« Andrej wurde hellhörig.

Abermals hob Thobias die Schultern. »Fahrendes Volk. Spielleute, Zigeuner. Ich weiß es nicht genau.«

»Zigeuner!« Vater Ludowig spie das Wort regelrecht aus. »Gottloses Volk, das nachts nackt um das Feuer tanzt und ohne Scham vor den Augen aller herumhurt!«

»Nun ja, vielleicht nicht ganz nackt«, sagte Thobias besänftigend. »Ich habe nichts gegen das fahrende Volk, Andrej. Im Gegenteil. Die Menschen hier sind arm. Ihr Leben besteht zum größten Teil aus Arbeit und Mühsal, und nur zu oft aus Not. Sie heißen jede Abwechslung willkommen, und was ist schon dabei? Ich glaube nicht, dass Gott etwas gegen ein wenig Freude im Leben hat – sonst hätte er uns kaum die Fähigkeit zu lachen gegeben, oder?«

Die letzte Frage war an Ludowig gerichtet, was Thobias einen vernichtenden Blick seines Vaters einbrachte.

»In diesem Jahr aber«, fuhr Thobias fort, »brachten sie den Tod. Einer von ihnen war krank, vielleicht auch mehrere, und etliche Dorfbewohner haben sich wohl bei ihnen angesteckt.«

»Angesteckt?« Vater Ludowig zog eine Grimasse. »So kann man es auch nennen. Es war die gerechte Strafe für ihr Tun! Sie haben Ehebruch begangen. Herumgehurt haben sie! Was danach geschah, war …«

»… keine große Tragödie«, fiel ihm Thobias ins Wort. »Nachdem die Zigeuner fortgezogen waren, kam das Fieber. Viele wurden krank, und an die zwanzig starben.« Er seufzte. »Das allein wäre schrecklich genug gewesen, doch nachdem die Toten begraben und die Kranken wieder genesen waren, begann das, was auch jetzt wieder geschieht. Tiere wurden gerissen, Menschen verschwanden …« Er hob die Schultern, starrte einen Moment wortlos zu Boden und begann schließlich mit kleinen Schritten vor Andrej auf und ab zu gehen.

»Zwei der Gräber waren aufgebrochen, und die Leichen verschwunden«, fuhr er nach einer langen Pause fort. »Von *innen* aufgebrochen, Andrej. So, als wären die Toten wieder aufgewacht und hätten sich aus ihren Gräbern befreit.« Er blieb stehen, sah Andrej aus weit geöffneten Augen an und flüsterte: »Ich habe es gesehen, Andrej. Mit meinen eigenen Augen.«

»Ihr wollt mir erzählen, dass die Toten aufgewacht sind und sich aus ihren Särgen befreit haben?«, murmelte Andrej. Der Klang seiner eigenen Stimme erschreckte ihn – aber der Grund seines Schreckens war ein gänzlich anderer, als Thobias annehmen musste: Thobias' Geschichte ähnelte zu sehr der, die ihm Alessa erzählt hatte.

»Ich weiß, wie sich das in Euren Ohren anhören muss, Andrej«, sagte Thobias. »Aber ich schwöre bei meiner unsterblichen Seele, dass es genau so war. Ich habe es selbst gesehen.«

»Hexerei«, murmelte Vater Ludowig. »Das ist das Werk des Teufels! Was muss noch passieren, bis du das begreifst? Habe ich dich so schlecht gelehrt, das Offensichtliche zu sehen?«

»Du hast mich zu gut gelehrt, das Offensichtliche zu sehen«, antwortete Thobias in einem Ton, der Andrej klarmachte, wie oft die beiden ungleichen Männer dieses Gespräch schon geführt haben mussten. »Es ist zu leicht, alles auf den Teufel zu schieben, Vater. Ich glaube, dass es eine Krankheit ist.«

»Eine Krankheit?«, fragte Andrej.

Vater Ludowig lachte böse.

»Eine grausame und fürchterliche Krankheit, ja, aber doch nicht mehr als das!«, antwortete Thobias überzeugt. »Niemand käme auf die Idee, den Teufel für die Pest verantwortlich zu machen, oder für die Blattern.«

»Aber eine Krankheit, die die Menschen von den Toten wiederauferstehen lässt?«, fragte Andrej zweifelnd.

Thobias lachte bitter auf. »Ich könnte Euch eine Menge Erklärungen dafür nennen, Andrej«, sagte er. »Ich habe in

Nürnberg Anatomie studiert, bevor ich erfuhr, was hier geschieht, und zurückkam. Ihr wäret erstaunt, wie viele vermeintlich Tote in ihren Särgen aufwachen und qualvoll ersticken – wenn sie Glück haben. Die weniger Glücklichen leben noch Tage. Sie reißen sich die Augen aus, zerfetzen sich selbst die Gesichter oder beißen sich in ihrer Verzweiflung selbst die Adern durch, um endlich sterben zu können.«

»Davon habe ich gehört«, antwortete Andrej. »Aber noch nie, dass sie sich selbst aus ihren Gräbern befreien und danach als Ungeheuer umherlaufen.«

Thobias lächelte flüchtig. »Ich höre mich selbst reden, damals, vor drei Jahren«, fuhr er fort. »Ich sagte doch, ich habe Anatomie studiert. Glaubt Ihr nicht, ich hätte nicht mindestens ein Dutzend überzeugender Erklärungen gefunden?«

»Und wieso glaubt Ihr dann nicht selbst an sie?«, wollte Andrej wissen.

»Ich habe Euch von dem Ungeheuer erzählt, das mich beinahe getötet hat«, antwortete Thobias. Andrej nickte. »Eine Sache habe ich Euch bisher allerdings verschwiegen, Andrej. Aus gutem Grund. So grässlich entstellt das Ungeheuer auch war, habe ich es trotzdem erkannt. Es war ein Mann hier aus dem Dorf. Ein junger Mann, gerade so alt wie ich. Als Kinder haben wir zusammen gespielt.« Er deutete auf die Gräber ringsum. »Und vor drei Jahren hat mein Vater ihn auf diesem Friedhof beerdigt, nachdem er in seinen Armen gestorben war.«

8

Ein Zehntel der Frist, die den Menschen in Trentklamm noch zu leben blieb, war verstrichen, als sie ins Kloster zurückkehrten. Die Sonne sank bereits, aber noch herrschte ein helles Zwielicht, und Andrejs immer schärfer werdende Sinne ermöglichten es ihm, sich das Kloster und den kleinen Ort zum ersten Mal wirklich anzusehen.

Nicht, dass es der Mühe wert gewesen wäre. Der Ort bestand aus weniger als einem halben Dutzend wuchtiger Gebäude, die klein, aber allesamt aus Stein gebaut und mit Schiefer gedeckt waren. Materialien, die die Menschen vermutlich in unmittelbarer Nähe gefunden hatten. Holz als Baumaterial, so nahm er an, war hier oben viel zu schwer zu beschaffen und daher weit kostbarer als Stein. Nirgendwo war ein Zeichen von Leben zu erkennen. Obwohl auf den Felsen ringsum ebenso wie auf vielen Dächern Schnee lag, stieg aus keinem einzigen Kamin Rauch auf. Er musste nicht fragen, um zu erkennen, dass das Dorf verlassen war.

Was für die Häuser galt, traf auf die Klosterfestung in

noch viel stärkerem Maße zu: Es war ein wuchtiger, aus grobem Stein errichteter Bau ohne überflüssigen Zierrat, der einzig nach Gesichtspunkten der Zweckmäßigkeit errichtet worden war. Er bestand nur aus einem Turm mit einer acht Meter hohen Umfriedungsmauer. Der Krieger in Andrej erkannte sofort die Schwachpunkte dieser uralten Festungsanlage. Dennoch war sie allein durch ihre Lage fast unangreifbar, hoch oben über dem Pass und mit der unübersteigbaren Felswand im Rücken.

»Vor langer Zeit war das eine Raubritterburg.« Thobias hatte Andrejs forschende Blicke bemerkt und beantwortete seine unausgesprochene Frage, wobei sich kleine Dampfwölkchen vor seinem Gesicht bildeten. »Aber das ist sehr lange her. Heutzutage leben wir in zivilisierteren Zeiten. Es gibt schon lange keine Raubritter mehr.«

»Vielleicht weil es auch nichts mehr gibt, was sich zu rauben lohnt«, murmelte Andrej. Die Kälte, die sich wie ein dünner eisiger Film auf sein Gesicht gelegt hatte und seine Züge lähmte, ließ sein Lächeln verunglücken.

»Da habt Ihr wohl Recht«, sagte Thobias. Er maß Andrej mit einem sonderbaren Blick, schwieg aber, bis sie das Tor erreicht hatten und aus den Sätteln stiegen. Zwei Wächter kamen ihnen entgegen und nahmen ihnen die Tiere ab, und obwohl sie sich im Hintergrund hielten, bemerkte Andrej sehr wohl die beiden anderen Soldaten, die im Schatten standen und jede seiner Bewegungen misstrauisch beobachteten.

»Ich möchte mit Abu Dun reden«, verlangte er, während sie durch das Torgewölbe gingen. Thobias wollte sofort widersprechen, aber Andrej kam ihm zuvor und sprach mit deutlich schärferer Stimme weiter: »Und jetzt sagt nicht wieder: kommt nicht in Frage oder sonst etwas. Ich will nur mit ihm reden, das ist alles. Ich *muss* mit ihm reden. Wenn Ihr meine Hilfe braucht, dann gestattet Ihr es mir lieber.«

Thobias zog eine Grimasse. »Ihr versteht es, Euer Anliegen zu vertreten, Andrej.«

»Ich ziehe seit Jahren mit einem arabischen Piraten und Händler umher«, grinste Andrej. »Das schult.«

»Und wenn ich dennoch nein sage?«

»Dann sterben wir in zehn Tagen gemeinsam.« Andrejs Grinsen stand auf seinem Gesicht, als wäre es eingemeißelt. »Vielleicht sterbe ich auch zehn Tage vor Euch ... Das macht keinen so großen Unterschied.«

»Also gut«, murmelte Thobias nach kurzem Überlegen. »Aber nur kurz. Und ich werde dabei sein.«

Andrej war überrascht, wie schnell Thobias seiner Forderung plötzlich nachgab.

Sie begaben sich unmittelbar ins Kellerverlies hinab, nahmen aber diesmal den rechten Gang. Eine Fackel brannte und verbreitete rotes Flackerlicht und beißenden Gestank. Die beiden Soldaten begleiteten sie, ohne dass Thobias sie eigens dazu auffordern musste. Andrej konnte die Unruhe der Männer spüren, und er roch tatsächlich ihre Furcht. Eine Furcht, unter der sich noch etwas anderes verbarg. Wut. Hass. Andrej gemahnte sich zur Vorsicht. Diese Männer hatten Angst vor ihm, aber sie hatten auch nicht vergessen, was er ihren Kameraden angetan hatte, und würden sich bei der ersten Gelegenheit dafür rächen.

Vor der Zelle, in der das Mädchen untergebracht gewesen war, blieben sie stehen. Das Sichtfenster in der massiven Eichentür war mit schmutzigen Lappen verstopft, sodass Andrej nicht in die dahinter liegende Zelle blicken konnte. Aber schon während Thobias einem der Soldaten einen Wink gab und dieser den schweren Riegel zurückschob, spürte er den erbärmlichen Gestank, der aus dem winzigen Raum drang. Es stank nicht nur nach menschlichen Exkrementen, nach Blut und Schweiß, sondern vor allem nach Leid. Eine Woge kalter Wut stieg in Andrej hoch; ein Gefühl, das in blanken Hass umschlug, als die Tür weiter aufschwang und er Abu Dun sah.

Der Nubier stand aufrecht an der Wand. Seine Hände waren auf die gleiche Weise an einen eisernen Ring über seinem Kopf gefesselt wie die Imrets zuvor, nur dass Abu Dun um ein gutes Stück größer war als sie, was ihn zu einer gebeugten Haltung zwang, die schon nach kurzer Zeit unerträglich geworden sein musste. Er war nackt, aber vielleicht zum ersten Mal, seit Andrej den Nubier kannte, beschlich ihn nicht ein sachtes Neidgefühl, als er den Körper des riesigen Piraten ansah. Abu Dun war immer noch ein Riese, der Andrej und Thobias selbst in der gebeugten Haltung noch überragte, in der er dastand, aber er war stark abgemagert, so als hätte er nichts zu essen bekommen, seit er in diese Zelle gebracht worden war. Seine Haut starrte vor Schmutz, und seine Augen waren trüb und schienen Andrej im ersten Moment gar nicht zu erkennen. Dann verzog ein Lächeln seine ausgetrockneten, rissigen Lippen.

»Hexenmeister«, murmelte er. Seine Stimme war ein schreckliches Krächzen, als wäre auch seine Kehle ausgedörrt und rissig.

Andrej musste sich zwingen, Abu Duns Lächeln zu erwidern, und er spürte selbst, wie kläglich der Versuch scheiterte.

»Pirat«, antwortete er.

Abu Duns Grinsen wurde noch breiter. Seine geschundene Unterlippe platzte auf, und ein einzelner Blutstropfen lief über das Kinn des Nubiers. »Nenn mich nicht so.«

»Wenn du aufhörst, mich Hexenmeister zu nennen«, antwortete Andrej. Die Worte klangen schal. Das zehn Jahre alte Ritual, mit dem sie sich begrüßten, kam ihm mit einem Mal wie grausamer Spott vor.

Mit einem Ruck drehte er sich zu Thobias um. Er zitterte am ganzen Leib. »Warum?«

Thobias hielt seinem Blick ruhig stand. Bevor er antwortete, wandte er sich mit einer Geste an die beiden Soldaten, um sie fortzuschicken. Sie gehorchten, aber sie zogen sich nur ein paar Schritte weit zurück. Ihre Hände lagen auf den Schwertern.

»Es war der einzige Weg, ihn am Leben zu lassen«, antwortete Thobias, nachdem die Männer außer Hörweit waren, mit gesenkter Stimme. »Die Männer wollten ihn töten. Er hat ihre Kameraden erschlagen.«

»Macht ihn los!«, verlangte Andrej. »Auf der Stelle!«

»Das kann ich nicht«, antwortete Thobias. »Seht das doch ein, Andrej! Ich bin nicht der Befehlshaber dieser Männer! Sie unterstehen dem Landgrafen, und damit Vater Benedikt! Es hat mich all meine Überredungskunst gekostet, Eurem Freund auch nur das Leben zu retten! Sie würden ihn nicht losmachen, auch wenn ich es ihnen befehle.«

»Er stirbt, wenn er noch länger in diesem Kerker bleibt«, antwortete Andrej. Er musste sich mit aller Gewalt beherrschen, um Thobias nicht zu packen und wie einen tollwütigen Hund zu schütteln und gegen die Wand zu werfen.

»Lass … gut sein, Hexenmeister«, krächzte Abu Dun. »So schnell … sterbe ich nicht.«

Andrej überhörte seine Worte.

»Ihr werdet seine Fesseln lösen«, beharrte er. »Gestattet ihm, sich zu setzen und sich zu waschen! Das ist menschenunwürdig.«

»Ich kann das nicht«, sagte Thobias leise. »Ihr könnt mit ihm reden, und das ist schon mehr, als ich Euch gestatten dürfte. Ginge es nach den Männern hier, dann stünde er schon auf dem Scheiterhaufen und würde brennen. Und nun beeilt Euch. Eure Zeit ist fast um.«

Andrej schluckte die wütende Antwort hinunter, die ihm auf der Zunge lag. Sich mühsam beherrschend drehte er sich zu Abu Dun um. Erst jetzt bemerkte er die schwärenden Wunden und Kratzer, die Abu Duns Körper bedeckten. Sie hatten ihn nicht nur hungern lassen und in dieser qualvollen Haltung hier angekettet, sondern auch geschlagen.

»Wie fühlst du dich?«

Abu Dun stieß einen sonderbaren Laut aus. »Das ist die mit Abstand dümmste Frage, die ich je gehört habe«, antwortete er. »Was glaubst du? Ich fühle mich so, wie ich aussehe.«

»So schlimm?« Trotz allem atmete Andrej auf. Abu Dun hatte mit schleppender Stimme und stockend geantwortet, aber die *Wahl* seiner Worte machte Andrej deutlich, dass er noch immer bei Sinnen war.

»Du kommst bald hier raus«, sagte er. Im gleichen, bewusst aufmunternden wie beiläufigen Ton fügte er hinzu: »Sobald ich dieses Ungeheuer unschädlich gemacht habe.«

Abu Dun musterte erst ihn, dann Thobias aus trüben Augen und wechselte ins Arabische: »Von welchem Ungeheuer sprichst du?«

»Redet in einer Sprache, die ich verstehe!«, verlangte Thobias scharf.

»Heute Nacht«, sagte Andrej, ebenfalls auf Arabisch. »Ich hole dich raus.«

»Ich sagte, Ihr sollt so reden, dass ich Euch verstehe«, stieß Thobias wütend hervor.

»Verzeiht, aber ich habe ihm nur wiederholt, was Ihr gesagt habt«, antwortete Andrej. »Ich spreche auch nur wenige Brocken seiner Sprache und verstehe ihn sowieso nicht.«

Er las in Thobias' Augen, dass er ihm kein Wort glaubte. »Das reicht«, sagte er zornig. »Ihr habt Euren Freund gesehen und Euch davon überzeugt, dass er noch am Leben ist. Der Besuch ist beendet!«

Andrej wollte sein Wort halten und Abu Dun im Laufe der vor ihnen liegenden Nacht befreien. Er befürchtete, dass der Pirat den nächsten Morgen nicht mehr erleben könnte. Dass Abu Dun noch in der Lage gewesen war, sich klar und in zusammenhängenden Sätzen auszudrücken, täuschte ihn nicht über den bedrohlichen Zustand hinweg, in dem er sich befand. Abu Duns Stärke, die ihnen schon so oft das Leben gerettet hatte, konnte ihm in dieser Situation durchaus zum Verhängnis werden, denn wie viele wirklich starke Männer neigte er dazu, seine Grenzen zu missachten. Wenn der Zusammenbruch kam, dann kam er mit aller Gewalt.

Es sollte jedoch anders kommen. Ob Thobias nun seine

Absicht erraten oder tatsächlich verstanden hatte, was er zu Abu Dun gesagt hatte – nachdem Andrej in sein Zimmer zurückgebracht worden war, schloss ein grimmig dreinblickender Wächter den eisernen Ring wieder um sein Fußgelenk.

Kaum hatte Thobias ihn allein gelassen, überprüfte er sorgsam den Ring und die Kette. Beide waren äußerst massiv. Er würde sich nicht selbst befreien können und hatte damit auch keine Möglichkeit, sein Versprechen Abu Dun gegenüber einzulösen.

Weder bekam er Thobias an diesem Abend ein weiteres Mal zu Gesicht, noch wurde ihm Essen gebracht. Als Andrej am nächsten Morgen mit knurrendem Magen erwachte, sah er sich einem ebenso schweigsamen wie ungewohnt übellaunigen Bruder Thobias gegenüber, der ihm eine Schale Suppe sowie ein Stück hartes Brot gebracht hatte. Andrej verschlang beides mit Heißhunger, aber er war keineswegs satt. Thobias missachtete seine fordernden Blicke jedoch und wies ihn nur mit knappen Worten an, sich anzukleiden und ihm zu folgen. Erst nachdem sie die Klosterfestung verlassen und sich schon ein gehöriges Stück entfernt hatten, besserte sich Thobias' Stimmung ein wenig.

»Ich habe mit meinem Vater ausgemacht, dass wir uns bei Sonnenaufgang auf der Alm treffen«, sagte er. »Bei der Höhle, in der wir den Kadaver gefunden haben. Er bringt zwei Hunde mit. Die Spur ist zwar schon älter, aber mit etwas Glück finden sie die Fährte trotzdem noch.« Er sah Andrej fragend an. Als er keine Antwort bekam, fuhr er fort: »Ich werde Euch nicht begleiten können. Es wäre nicht gut, wenn man uns zusammen sieht.«

»Ich verstehe«, antwortete Andrej spöttisch. »Ihr sorgt Euch um Euren guten Ruf.«

Thobias' Gesicht verdüsterte sich, aber er verzichtete auf eine Antwort und konzentrierte sich für eine ganze Weile darauf, sein Pferd über den abschüssigen Pfad zu leiten. Während Andrej ihm dabei zusah, fiel ihm auf, wie unruhig das Tier war. Sein Schweif peitschte, und seine Ohren bewegten sich unentwegt hin und her. Thobias musste immer wieder an den Zügeln ziehen, um es unter Kontrolle zu halten, und er ging dabei grob genug zu Werke, um dem Tier Schmerzen zuzufügen. Er war kein besonders geschickter Reiter.

»Ihr lasst mich tatsächlich allein in die Berge gehen? Habt Ihr denn keine Sorge, ich könnte nicht zurückkommen?«, wollte Andrej wissen.

»Habt Ihr bisher den Eindruck gewonnen, ich wäre in der Lage, Euch zu irgendetwas zu zwingen, was Ihr nicht freiwillig tätet?«, gab Thobias zurück. Er verzog die Lippen und hob die Schultern. »Außerdem habe ich Befehl gegeben, Euren schwarzen Freund bei lebendigem Leib zu verbrennen, sollte ich nicht zurückkommen.«

»Mir ist dennoch nicht wohl dabei«, sagte Andrej. »Ich bin fremd hier. Ich könnte mich verirren.«

»Das glaube ich kaum«, antwortete Thobias. »Darüber hinaus ist mein Vater viel zu alt, um Euch in die Berge zu folgen. Und ich wüsste sonst niemanden aus Trentklamm, dem wir vertrauen könnten.«

»Das Medaillon«, sagte Andrej nach kurzem Überlegen. »Der Drudenfuß, den jemand in das Weihwasser gelegt hat. Euer Vater schien zu wissen, wer es war. Ihm können wir sicher vertrauen.«

»Nein«, rief Thobias entschieden. Nach einem kurzen Moment hob er die Schultern und fuhr einschränkend fort: »Ich werde darüber nachdenken.« Wieder machte er eine längere Pause, dann ergänzte er: »Aber es wäre gefährlich.«

»Das ist unser ganzes Unternehmen, oder?«

Thobias zog die Brauen zusammen und schwieg.

Kurz nach Sonnenaufgang trafen sie Vater Ludowig bei der Höhle. Er war nicht allein gekommen, sondern in Begleitung eines dunkelhaarigen, kräftigen Burschen, den Andrej in Trentklamm gesehen hatte, und zweier struppiger Hunde, bei deren Anblick Andrej erstaunt die Lippen verzog. Der eine war ein ausgemergelter Schäferhund, dessen linkes Ohr abgerissen und dessen Nase von Narben zerfurcht war, der andere von vollkommen undefinierbarer Rasse und Farbe und klapperdürr. Andrej machte eine abfällige Bemerkung, aber Thobias schüttelte heftig den Kopf.

»Lasst Euch nicht vom ersten Eindruck täuschen, Andrej. Die beiden sind ausgezeichnete Spürhunde.« Thobias deutete auf den Dunkelhaarigen, der Andrej mit einer Mischung aus Furcht und Misstrauen – aber auch mit unverhohlener Neugier – musterte. »Günther hat sie eigenhändig abgerichtet. Er ist ein sehr guter Spurenleser.«

»Ist er …?«, begann Andrej, aber Thobias ließ ihn nicht zu Ende sprechen, sondern unterbrach ihn kopfschüttelnd.

»Nein. Aber er wird tun, was wir von ihm erwarten. Das ist doch so, Günther, nicht wahr?«

Der Angesprochene nickte; widerwillig, wie Andrej schien, und ohne den Blick auch nur für einen Herzschlag von seinem Gesicht zu wenden. Mittlerweile überwog allerdings die Neugier in seinen Augen.

»Weiß er …?«

»Er weiß, was er wissen muss.« Diesmal war es Ludowig, der Andrej ins Wort fiel. »Vor allem über Euch.«

Andrej war klug genug, nicht darauf einzugehen. Stattdessen wandte er sich mit ernstem Gesicht an Günther, hielt seinem Blick eine kleine Weile stand und drehte sich, nach einem begrüßenden Nicken, direkt zu den Hunden um. Langsam ließ er sich in die Hocke sinken und streckte die rechte Hand aus. Der Schäferhund heulte schrill auf und rannte ein paar Schritte davon, während der Mischling die Zähne bleckte und ein tiefes, drohendes Knurren hören ließ. Andrej zog die Hand nicht zurück, hütete sich aber, den Arm noch weiter auszustrecken. Er spürte die Mischung aus Angst und Angriffslust, die die Tiere verströmten, und war zu gleichen Teilen erstaunt wie überrascht. Gewöhnlich schloss er sehr schnell Freundschaft mit Tieren, gerade mit Hunden. Im gleichen Maße, in dem er sich von den Menschen abgewandt hatte, hatte er gelernt, die Sprache der Tiere zu verstehen.

»Macht Euch nichts daraus, Andrej«, sagte Thobias hinter ihm. »Die Hunde sind nicht an Fremde gewöhnt. Günther wird sie führen.«

Andrej sah über die Schulter zu Thobias zurück. Der junge Geistliche war in einiger Entfernung stehen geblieben. Er lächelte, aber seine Haltung drückte Anspannung und Furcht aus. Kühe und Pferde waren ganz offensichtlich nicht die einzigen Tiere, mit denen er nicht besonders gut auskam. Andrej zuckte mit den Schultern, stand auf und begegnete Günthers Blick, als er sich herumdrehte. Der Blick drückte Verwirrung aus.

»Es wird Zeit«, sagte Thobias nun. »Ich muss gehen. Günther wird Euch heute Abend bis zum Pass zurückbringen. Ich will, dass Ihr bis Sonnenuntergang zurück im Kloster seid.«

Er sparte es sich hinzuzufügen: *Oder Euer Freund wird dafür büßen*, aber es war auch nicht nötig, das zu sagen.

Andrej war verwirrt. Bisher hatte der Geistliche alles in seiner Macht Stehende getan, um Andrejs Vertrauen, wenn nicht gar seine Freundschaft zu erringen, und plötzlich benahm er sich wie sein Feind. Warum?

»Dann sollten wir keine Zeit mehr verlieren«, sagte er kühl. »Günther, in der Höhle sind Fußspuren. Sie sind mehrere Tage alt. Glaubt Ihr, dass Eure Hunde die Fährte dennoch aufnehmen können?«

Ohne seine Frage zu beantworten, drehte sich der Hundeführer herum und verschwand zusammen mit seinen beiden Tieren in der Dunkelheit jenseits des Spaltes. Andrej wollte ihm noch eine Warnung vor den Felszacken zurufen, die von der Decke hingen, aber in diesem Moment hörte er bereits einen dumpfen Knall, gefolgt von einem unterdrückten Fluch.

Thobias entfernte sich ohne ein weiteres Wort des Abschieds und ohne einen besorgten Blick zur Almhütte zu werfen. Auch Ludowig beließ es bei einem abschließenden Blick voller Groll, bevor er seinem Sohn folgte. Andrej schüttelte den Kopf, aber er machte sich nicht die Mühe, sich weitere Gedanken über das sonderbare Verhalten der beiden zu machen. Ein junger Gelehrter und ein verbitterter alter Landpfarrer ... er konnte kaum von ihnen verlangen, dass sie angesichts des drohenden Unterganges so ruhig blieben wie er.

Günther kam zurück, begleitet von seinen beiden Hunden, die schwanzwedelnd um seine Beine strichen. Auf seiner Stirn prangte ein roter Fleck, der binnen kürzester Zeit zu einer prachtvollen Beule anschwellen würde.

»Was ich Euch noch sagen wollte«, grinste Andrej, »seid vorsichtig in der Höhle. Die Decke ist sehr niedrig.«

Günther warf ihm einen zornigen Blick zu, aber als er das Glitzern in Andrejs Augen bemerkte, konnte auch er ein Grinsen nicht mehr ganz unterdrücken. Er schwieg.

»Haben die Hunde die Fährte aufgenommen?«, fragte Andrej.

»Ich hoffe es«, antwortete Günther. »Sie ist ziemlich alt. Aber wenn es noch eine Spur zu verfolgen gibt, dann werden sie sie finden.«

Andrej war nicht sicher, ob es das war, was sie sich wünschen sollten. So dunkel, wie es hinter dem Felsspalt war, hatte Günther vermutlich nicht gesehen, welch grausiges Geheimnis der Berg barg. Andrej fragte sich, was sie tun sollten, wenn sie die Kreatur wirklich finden würden. Oder gar mehrere seiner Art. Zwar hatte Thobias ihm sein Schwert zurückgegeben, aber er wusste nicht, ob diese Waffe ausreichen würde, um sich gegen ein Geschöpf zu verteidigen, das stark genug war, einer ausgewachsenen Kuh ein Bein auszureißen.

Als hätten sie die Worte ihres Herrn gehört, senkten die beiden Hunde die Köpfe und begannen schnüffelnd in größer werdenden Kreisen und Linien zu laufen, ein nur scheinbar willkürlicher Kurs, der sie nach und nach immer deutlicher in östliche Richtung führte. In die Richtung, in der die Felswand allmählich in ein Gewirr von Schluchten und bizarren Spalten überging.

»Sie haben die Spur«, rief Günther. »Folgt mir.«

Geführt von den beiden Hunden bewegten sie sich nach Osten. Sie kamen nicht besonders schnell vorwärts. Die Hunde hielten immer wieder an und liefen witternd im Kreis, bis sie die verloren gegangene Fährte wiedergefunden hatten. Weiterhin achtete Andrej darauf, einen ausreichenden Abstand zu den Tieren zu bewahren – und damit auch zu ihrem Herrn. Andrej bedauerte diesen Umstand. Er hätte gern die Gelegenheit genutzt, mit Günther ins Gespräch zu kommen, um etwas mehr über Trentklamm und die Menschen dort zu erfahren. Aber er spürte, dass es besser war, wenn Günther auf ihn zukommen würde.

Nach und nach wurden die Hunde sicherer. Sie verloren jetzt nur noch selten die Spur, und bald eilten sie so schnell und zielstrebig voraus, dass Günther sie ein paar Mal zurückpfeifen musste, weil Andrej und er sonst nicht hätten Schritt halten können. Der Kurs, den sie einschlugen, wurde immer geradliniger. Als Andrej ihn in Gedanken verlängerte, führte er zu einer besonders steilwandigen, tief eingeschnittenen Schlucht, die nur wenige Schritte breit war, aber so monströs, als hätte jemand den gesamten Berg in zwei Teile gebrochen und nicht ganz sauber wieder zusammengesetzt.

Sie hatten sich dieser Schlucht auf zwei- oder dreihundert Schritte genähert, als Günther zum ersten Mal stehen blieb und das drückende Schweigen brach.

»Dort vorne ist ein Bach«, sagte er, ohne Andrej dabei anzublicken. »Falls Ihr durstig seid, dann solltet Ihr besser hier noch einmal trinken. Weiter oben gibt es kein Wasser mehr.«

Andrej nickte dankbar. Er hatte das frische Wasser längst gerochen. Dennoch bat er: »Zeigt es mir.«

Günther führte ihn zu einem schmalen, aber sehr schnell fließenden Bach, dessen Wasser so kalt war, dass Andrej aufkeuchte, als er sich zwei Hände voll davon ins Gesicht spritzte. Er stillte seinen Durst und trank auch danach noch weiter. Sie waren möglicherweise noch lange unterwegs, ohne eine weitere Quelle zu finden. Anschließend ließ er sich mit untergeschlagenen Beinen ins Gras sinken und genoss das Gefühl, das die Sonnenstrahlen auf seinem Gesicht hinterließen, während sie es trockneten. Auch Günther und die Tiere tranken. Andrej beobachtete die Hunde aufmerksam, aber auch die Tiere behielten ihn ständig im Auge.

»Das sind wirklich ausgezeichnete Fährtensucher«, lobte er sie. »Die meisten Hunde hätten die Spur längst verloren.«

Seine Taktik, Günthers Schweigsamkeit zu überwinden, indem er ihn auf etwas ansprach, was ihm wirklich am Herzen lag, schien aufzugehen. »Es sind die besten«, bestätigte Günther. Dabei gelang es ihm nicht völlig, einen Unterton von Stolz aus seiner Stimme zu verbannen. »Ich weiß, dass sie nicht viel hermachen, aber sie finden jede Spur.« Er blickte zu der finsteren Schlucht hinüber, und ein Schatten legte sich auf sein Gesicht.

»Was ist dort hinten?«, fragte Andrej.

»Die Schattenklamm.« Günther hob die Schultern. »Sie führt ins Nichts.«

»Ins Nichts?«

»Höher hinauf in die Berge«, antwortete Günther widerwillig. »Dort gibt es nichts außer Steinen und Geröll. Wenn sich das Raubtier wirklich dort oben verkrochen hat, wird es schwer für uns werden, es zu finden.«

»Trotz der Hunde?«

»Der Weg wird zu schwierig«, antwortete Günther. »Ich bin nie tief hineingegangen, aber ich habe gehört, dass er vor einer Felswand endet.« Er hob abermals die Schultern. »Ich frage mich, welches Raubtier sich dort verstecken würde.«

»Vielleicht eines, das darauf hofft, dass wir uns genau diese Frage stellen und erst gar nicht nachsehen«, sagte Andrej. Er betrachtete Günther aufmerksam, während er dies sagte, aber auf dem Gesicht des Hundeführers zeigte sich keine Reaktion. Er erwiderte Andrejs Blick ruhig, dann stand er auf und stieß einen kurzen, so schrillen Pfiff aus, dass es in Andrejs Ohren schmerzte. Die beiden Hunde hörten auf, ausgelassen herumzutollen, und nahmen die Fährte wieder auf.

Sie setzten ihren Weg fort, und die Hunde führten sie tatsächlich in direkter Linie zur Schattenklamm. Andrej verspürte bereits ein eisiges Frösteln, lange bevor sie den steil eingeschnittenen Spalt im Fels erreichten. Der Name »Schattenklamm« klang nach düsteren Mächten und uralten Flüchen. Doch je näher sie ihr kamen, desto klarer wurde ihm, dass die wirkliche Erklärung eine viel einfachere war: Die Schlucht war so schmal, dass sie mit Mühe und Not nebeneinander hineingehen konnten, und ihre Wände wichen nach oben nicht nennenswert auseinander. Vermutlich gab es am Grunde dieser Schlucht nur wenig Sonnenlicht. Im

Augenblick ihres Eintretens war sie von dem erfüllt, was ihr ihren Namen gegeben hatte: Schatten.

Die Hunde liefen voraus, aber sie waren nicht mehr so ausgelassen wie bisher. Sie erfüllten ihre Aufgabe zuverlässig, aber nicht mit Begeisterung.

Andrejs Blick tastete misstrauisch über die Felswände und den schmalen, mit Geröll und Schutt übersäten Weg vor ihnen, und seine Hand lag griffbereit auf dem Schwert, ohne dass er selbst es auch nur wahrnahm. Vor ihnen rührte sich nichts, nur die Hunde und vielleicht ein paar Insekten, die sie aufgescheucht hatten. Vollkommen kahl lagen die Felsen vor ihnen. Die Herrschaft der Schatten war hier so vollkommen und das Sonnenlicht so spärlich, dass nicht einmal Flechten und Moose auf dem harten Stein Fuß gefasst hatten.

Dennoch war die Klamm nicht völlig ohne Leben. Etwas *war* hier. Andrej hätte die Hunde nicht gebraucht, um zu wissen, dass sie noch immer auf der richtigen Spur waren. Das Raubtier, das die Kuh gerissen hatte, war hier entlanggelaufen. Er konnte seine Nähe beinahe körperlich spüren.

Und nicht nur ihm schien es so zu ergehen. Auch Günther wurde zusehends unruhiger, obgleich er sich alle Mühe gab, sich seine Furcht nicht anmerken zu lassen.

Sie hatten die Hälfte der Klamm durchmessen, und ihr jenseitiges Ende kam bereits in Sicht. Die Schlucht weitete sich dort auf ein Mehrfaches ihrer anfänglichen Breite, und die Wände rechts und links waren nicht mehr so hoch wie am Eingang der Schlucht. Dafür stieg der Boden in einem steiler werdenden Winkel an und war mit Trümmern und Felsbrocken übersät. Aber es gab wieder Licht und damit Vegetation. Moos, Flechten und üppig wucherndes Gebüsch hangelten sich an den Felswänden entlang.

Günther blieb stehen. »Dort vorne kommen wir nicht weiter«, sagte er. »Nicht einmal eine Bergziege käme den Hang hinauf.«

»Etwas ist dort hinaufgekommen«, antwortete Andrej.

»Wenn es dort oben ist, kann es uns nichts tun«, beharrte Günther. Er schüttelte den Kopf. »Wir müssen nur am Eingang der Klamm eine Wache aufstellen, dann erwischen wir es, sobald es sich zeigt.«

Andrej antwortete nicht gleich, sondern maß den Hundeführer mit einem langen, aufmerksamen Blick. Günther wirkte nicht nur ängstlich, sondern auch erschöpft, stärker, als er es nach dem Weg hätte sein dürfen, der hinter ihnen lag. Seine Augen waren unnatürlich geweitet, und seine Hände zitterten. Vielleicht rührte der Name der Klamm doch nicht nur daher, dass es hier so wenig Sonnenlicht gab.

»Wir gehen noch bis zum Ende der Klamm. Wenn die Hunde der Spur bis dahin folgen, sehen wir weiter«, entschied Andrej.

Günther hatte nicht den Mut zu widersprechen. Mit einem müden Achselzucken wandte er sich um und setzte seinen Weg fort.

Der Weg wurde zunehmend schwieriger, sodass sie noch langsamer vorankamen, und auch Andrej fühlte sich müde und erschöpft, als das Ende der Klamm endlich vor ihnen lag.

Zwei Schritte, bevor sich die Wände vor ihnen weiteten und sie wieder ins Sonnenlicht hätten hinaustreten können, blieben die Hunde stehen. Ihre Ohren stellten sich auf. Der

Schäferhund erstarrte, während der andere die Lefzen zurückzog und ein drohendes Knurren hören ließ.

»Sie haben die Spur verloren«, behauptete Günther.

Andrej sah ihn fassungslos an. »Das sieht mir aber ganz anders aus«, sagte er. Sein Blick tastete aufmerksam in die Richtung, in die auch die beiden Hunde sahen. Das Gewirr aus Felsen und wucherndem dornigem Grün war vollkommen undurchdringlich, selbst für seine scharfen Augen. Aber er spürte, dass dort vorne etwas war. Etwas starrte sie an. Belauerte sie.

»Ihr könnt hier bleiben, wenn Ihr wollt«, sagte er. »Ich nehme die Hunde und gehe noch ein Stück weiter. Wartet hier auf mich.«

Abermals hob Günther nur die Schultern und stieß ein halblautes Schnalzen aus, auf das hin die beiden Hunde – widerwillig, aber gehorsam – weitergingen. Nach einem Augenblick waren sie zwischen Felsbrocken und Gestrüpp verschwunden. Andrej wartete noch ein wenig, dann nahm er die Hand vom Schwert und trat entschlossen in den hellen Sonnenschein hinaus.

Die Hunde begannen zu kläffen.

Etwas bewegte sich. Blätter raschelten, plötzlich kollerten Steine, und ein Ast zerbrach mit einem trockenen Knacken. Aus dem Gefühl des Belauertwerdens wurde für den Bruchteil eines Atemzuges Furcht – aus der rasender Zorn erwuchs. Andrej wusste bereits, was geschehen würde, noch bevor aus dem wütenden Gekläff der Hunde ein schrilles Heulen und Winseln wurde. Seine Hand zuckte zum Schwert und riss die Klinge aus der Scheide.

Ein dumpfer Schlag war zu hören. Andrej vernahm das

grässliche Geräusch brechender Knochen und roch heißes, spritzendes Blut. Kurz darauf flog etwas in hohem Bogen aus dem Gebüsch und landete mit einem klatschenden Geräusch unmittelbar vor seinen Füßen. Es war nicht zu erkennen, welcher der beiden Hunde dieses blutige, zerfetzte Bündel einst gewesen war.

Andrej prallte mit einem entsetzten Laut zurück. Ein zweiter, noch dumpferer Schlag erscholl, und auch das Winseln des anderen Hundes erstarb. Andrej konnte spüren, wie etwas Großes, unvorstellbar Wildes und vor allem *Wütendes* auf ihn zukam. Etwas, das viel stärker war als er. Gegen das er jeden Kampf verlieren würde. Und das wild entschlossen war, ihn zu vernichten.

Dennoch blieb er für die Dauer eines einzelnen, dumpfen Herzschlages wie erstarrt stehen. Er war unfähig, sich zu rühren oder auch nur einen klaren Gedanken zu fassen. Alles, woran er denken konnte, war das zerfetzte blutige Bündel Fleisch, das vor ihm lag. Er wollte das Schwert wegstoßen, die Zähne in das warme Fleisch graben und das süße, nach Leben schmeckende Blut trinken …

Hinter ihm stieß Günther einen gellenden Schrei aus, und dieser Laut brach den Bann. Andrej fuhr herum, und da sah er es aus den Augenwinkeln: ein verzerrtes, grässliches Ding, halb Mensch, halb verkrüppeltes Tier, zu stark und zu tödlich, um sich ihm zu stellen. Andrej führte seine begonnene Drehung zu Ende und war mit einem Satz neben Günther und an ihm vorbeigelaufen. Der Hundeführer schrie irgendetwas, aber Andrej verstand die Worte nicht und hörte nur den Klang seiner Stimme: schrill, panisch, von einem Entsetzen erfüllt, das kein Mensch je erleben sollte. Hinter ihm raste das Ungeheuer heran, die gleiche, der Natur spottende Bestie, die er in jener Nacht getötet hatte, aber sie war *wieder da*, mörderischer und wilder denn je, und diesmal würde sie zu Ende bringen, was sie damals begonnen hatte.

Andrej war blind vor Angst. Hinter sich hörte er Günther noch immer schreien, aber er hörte auch die stampfenden Schritte des Ungeheuers, das Poltern von Steinen und dann wieder einen dumpfen Schlag, gefolgt von einem fürchterlichen Gurgeln und einem schweren Aufprall.

Andrej raste weiter. Er stolperte, fiel, rappelte sich hoch und fiel wieder. Das Schwert entglitt seinen Fingern und fiel scheppernd zu Boden, und als er hochspringen wollte, beendete ein stechender Schmerz in seinem rechten Knie die Bewegung. Er stöhnte auf, biss die Zähne zusammen und quälte sich halbwegs hoch. Dann drehte er sich um, fest davon überzeugt, seinen dämonischen Verfolger heranrasen zu sehen.

Das Ungeheuer verfolgte ihn nicht. Es hatte gute acht oder zehn Schritte hinter ihm angehalten und stand über etwas gebeugt, das Andrej nicht erkennen konnte. Ein schreckliches Reißen und Mahlen ertönte, dann richtete sich das entstellte Geschöpf auf und wandte ganz langsam den Kopf in seine Richtung. Seine missgebildete Hundeschnauze war rot von frischem Blut, und seine Augen schienen wie unter einem unheimlichen inneren Feuer zu glühen. Andrej hatte nie zuvor einen Ausdruck so vollkommener Mordlust in den Augen eines lebenden Wesens gesehen.

Und das war noch nicht das Schlimmste. Viel schlimmer war: Es waren nicht die Augen eines Tieres. Was Andrej anstarrte, das war kein stumpfsinniges Ungeheuer. In diesen schrecklichen Augen, tief verborgen unter grenzenlosem Hass auf alles Lebendige, lauerte eine messerscharfe Intelligenz und ein beunruhigend großes, düsteres Wissen.

Taumelnd stemmte Andrej sich hoch. Das Ungeheuer folgte jeder seiner Bewegungen aus funkelnden Augen, aber es machte keine Anstalten, sich auf ihn zu stürzen, sondern senkte nach einem Moment wieder den Schädel, um sein schreckliches Mahl fortzusetzen.

Während das Reißen und Schlürfen anhielt, bückte sich Andrej nach seinem Schwert, hob es auf und humpelte davon.

9

Nein, ich weiß nicht, warum es mich nicht getötet hat.« Andrej schüttelte zum wiederholten Mal den Kopf. »Es wäre dazu in der Lage gewesen. Es hätte mich ebenso einholen und töten können wie Günther. Aber es stand einfach nur da und hat mich angestarrt.«

»Vielleicht hatte es Angst vor Eurem Schwert«, sagte Thobias nachdenklich. »Ihr sagt, es hätte nicht ausgesehen wie ein Tier?« Er sah Andrej nicht an, während er sprach, sondern spielte gedankenversunken mit dem Becher, in den er sich einen kräftigen Schluck Wein eingeschenkt hatte. Im Gegensatz zu Andrej hatte er bisher aber noch nicht einmal daran genippt.

»Angst?« Andrej schüttelte heftig den Kopf, setzte seinen eigenen Becher an und leerte ihn in einem einzigen Zug. Thobias runzelte die Stirn, schenkte ihm nach und betrachtete Andrej nachdenklich, als der auch diesen Becher hinunterstürzte. Thobias streckte die Hand nach dem Krug aus und schob ihn so weit von sich fort, wie er konnte.

»Ich glaube nicht, dass dieses ... dieses Ding überhaupt weiß, was das Wort Angst bedeutet«, meinte Andrej mit einiger Verspätung. Er warf einen sehnsüchtigen Blick in Richtung des Weinkruges, den Thobias aber nicht beachtete.

Andrej war erst vor kurzer Zeit ins Kloster zurückgekehrt, und er hatte in dieser Zeit gute fünf oder sechs Becher von dem schweren, süßen Messwein getrunken, ohne dass der Alkohol auch nur eine Spur seiner beruhigenden Wirkung entfaltet hätte.

»Aber Ihr habt es gesehen«, sagte Thobias nach einer Weile. »Immerhin.«

»Ihr klingt, als wärt Ihr froh darüber.«

Thobias hob die Schultern. »In gewisser Weise ... Es tut mir Leid um den armen Günther, aber ich bin dennoch froh, dass ich nicht der Einzige bin, der das Geschöpf mit eigenen Augen gesehen hat.«

»Darauf hätte ich gern verzichtet«, antwortete Andrej. »Aber wir wissen jetzt, dass es noch lebt, und wir wissen auch wo.«

Thobias hörte auf, mit dem Becher herumzuspielen, und sah ihn nachdenklich an. »Dass es *noch* lebt?«

»Wie?«, fragte Andrej. Er hätte sich am liebsten selbst geohrfeigt.

»Ihr sagtet: Dass es *noch* lebt«, wiederholte Thobias.

Andrej hob die Schultern. »Welche Rolle spielt das schon? Es existiert, und wir müssen es vernichten.« Er atmete hörbar ein. »Was uns wieder zu einem Punkt zurückbringt, über den wir sprechen müssen: Abu Dun. Ich brauche ihn. In Freiheit, gesund und stark.«

»Nein«, sagte Thobias ruhig.

»Ich fürchte, Ihr versteht mich nicht«, sagte Andrej. »Ich allein werde mit diesem Ungeheuer nicht fertig.«

»Ihr?« Thobias verzog spöttisch die Lippen, aber Andrej blieb ruhig.

»Noch heute Morgen hätte ich gedacht, dass es nichts auf der Welt gäbe, was mir Angst machen könnte«, sagte er. »Aber das stimmt nicht. Dieses Geschöpf *macht* mir Angst, was immer es auch ist. Ich allein bin nicht in der Lage, es für Euch zu töten.«

»Ich gebe Euch Männer mit«, sagte Thobias nach kurzem Überlegen. »Ihr könnt vier meiner Soldaten haben. Sie sind gut. Nicht so gut wie Ihr, aber sie verstehen ihr Handwerk, und sie werden Euch gehorchen, wenn ich es ihnen befehle.«

»Aber Abu Dun …«

»… braucht Tage, um sich zu erholen«, fiel ihm Thobias ins Wort. Er stand auf und schüttelte den Kopf. »Nein. Selbst wenn ich Euch trauen würde – wir haben nicht die Zeit, um darauf zu warten, dass Euer Freund wieder zu Kräften kommt. In einigen Tagen ist Vater Benedikt mit den Vollstreckern der Inquisition hier. Wir können ihnen den Kadaver des Ungeheuers präsentieren, oder *unsere* Kadaver werden kurz darauf in der Sonne faulen.«

Er sah Andrej einen Moment lang abschätzend an, dann streckte er den Arm aus und schob ihm den Weinkrug hin.

»Hier. Betrinkt Euch meinetwegen, wenn es Euch hilft. Ich wollte, diese kleine Flucht wäre mir gestattet, aber Gottes Gebote sind in dieser Hinsicht eindeutig. Morgen bei Sonnenaufgang stehen die Soldaten zu Eurer Verfügung.«

Er machte eine Kopfbewegung auf den eisernen Ring im Fußboden. »Ist das noch notwendig?«

Andrej war im ersten Moment so überrascht, dass er gar nicht antwortete.

»Habe ich Euer Wort?«, fragte Thobias.

Andrej nickte. »Solange Ihr Abu Dun am Leben lasst.«

»Dann sind wir uns einig.« Thobias wandte sich zur Tür, blieb aber noch einmal stehen, bevor er den Raum verließ.

»Ich muss noch einmal fort und mit meinem Vater sprechen«, sagte er. »Ich werde Euch etwas zu essen bringen lassen. Ich selbst werde wohl kaum vor Mitternacht zurück sein.«

»Ihr geht noch einmal nach Trentklamm?«, vermutete Andrej.

»Jemand muss den Menschen dort erklären, was mit Günther geschehen ist«, antwortete Thobias betrübt. »Er war ein tapferer Mann und im Dorf sehr beliebt.«

Und ich habe ihn im Stich gelassen, dachte Andrej. Thobias sprach die Worte zwar nicht aus, aber das war auch nicht nötig. Sie wussten beide, dass es so gewesen war. Andrej versuchte sich einzureden, dass er den Hundeführer nicht hätte retten können. Das Ungeheuer hätte ihn ebenfalls getötet, ebenso schnell und mühelos, wie es Günther erschlagen hatte. Aber dieses Wissen nutzte ihm nichts. Er fühlte sich trotzdem schuldig. Günther war tot, weil *er* darauf bestanden hatte, tiefer in die Schlucht vorzudringen.

»Hatte er Kinder?«

»Günther?« Thobias nickte. »Drei. Und eine Frau, die das vierte erwartet. Ich werde für sie beten.« Damit ging er.

Andrej sah die geschlossene Tür hinter ihm einen Moment

lang an und wartete auf den Laut, den der Riegel machte, wenn er vorgelegt wurde. Er ertönte nicht. Nachdem Thobias ihm vor wenigen Augenblicken gesagt hatte, dass er ihm nicht traute, erbrachte er ihm jetzt den zweiten Vertrauensbeweis. Keine Kette, kein Riegel vor der Tür. Andrej konnte sich nur wundern.

Immerhin hatte er den Wein dagelassen.

Andrej schenkte sich einen weiteren Becher ein, stürzte ihn diesmal aber nicht in einem Zug hinunter, sondern nippte nur vorsichtig daran und trat dann ans Fenster.

Die Dämmerung war noch entfernt, aber es kam ihm so vor, als wären die Schatten bereits länger geworden. Über den Bergen im Westen schien etwas wie eine unsichtbare Düsternis zu liegen; das Versprechen auf kommendes Unheil, dem etwas Endgültiges anhaftete. Was immer geschehen würde, würde geschehen, und es gab nichts, was er dagegen tun konnte.

Andrej trank einen Schluck Wein, aber er schmeckte plötzlich nicht mehr. Seine Hand zitterte, als er den Becher auf dem Fenstersims abstellte.

Was war mit ihm geschehen?

Er kannte die Antwort.

Es war das Ungeheuer.

Der Werwolf.

Es spielte keine Rolle, ob und aus welchem Grunde sich Bruder Thobias weigerte, diesen Ausdruck zu verwenden, und welche natürliche Erklärung für das Vorhandensein dieses Wesens er sich zurechtgelegt hatte. Andrej hatte es *gesehen*. Er hatte ihm Auge in Auge gegenübergestanden. Dem Werwolf. Dem mythischen Fabelwesen aus tausend düsteren

Geschichten, das schreckliche Gestalt angenommen hatte. Er hatte es gesehen, und er war niemals zuvor einem lebenden Wesen begegnet, das ihm solche Angst eingejagt hatte.

Es war ebenso einfach wie erschreckend: Er spürte, dass dieses Geschöpf ihn vernichten konnte. Es war stärker als er, bösartiger und rücksichtsloser. Andrej hatte eine dieser Kreaturen getötet, aber er hätte um ein Haar mit dem Leben dafür bezahlt, und er wusste, dass dieser Sieg nicht seiner Stärke geschuldet war. Er hatte den Werwolf überrascht, indem er ihn auf eine Art angegriffen hatte, die diesem Wesen fremd war. Ein zweites Mal würde ihm der Sieg nicht gelingen. Das Geschöpf, dem er in den Bergen begegnet war, wusste um seine besonderen Fähigkeiten.

Schon die Seele des ersten Werwolfes, die er in sich aufgenommen hatte, hatte etwas in ihm bewirkt, über dessen ganzes Ausmaß er sich noch immer nicht im Klaren war. Aber es hatte ihn geschwächt, statt ihm Kraft zu geben. Sollte er den Vampyr in sich ein zweites Mal entfesseln, um sich dem Kampf mit einem weiteren Werwolf zu stellen, würde er nicht mehr als er selbst aufwachen.

Wie um alles in der Welt sollte er das Ungeheuer besiegen?

Während Andrej weiter nach Westen blickte, hatte er das unheimliche Gefühl, die Nähe des Werwolfs noch immer zu spüren. Er war dort hinten, unerreichbar und sicher hinter der Schattenklamm und dem unpassierbaren Gelände, zu dem sie führte, und dennoch beschlich ihn das Gefühl, dass es zugleich hier war, in seiner unmittelbaren Nähe. In diesem Gebäude. Vielleicht sogar in diesem Raum.

Vielleicht sogar in ihm selbst.

Er schlief erst lange nach Einbruch der Dunkelheit ein, träumte schlecht und erwachte kurz nach Mitternacht von dem Eindruck einer schrecklichen Gefahr, die sich über ihm zusammenballte.

Andrej setzte sich mit einem Ruck auf. Seine Hand schloss sich um das Schwert, das griffbereit neben seinem Bett an der Wand lehnte, und der Blick seiner weit geöffneten Augen tastete unstet durch das Zimmer, das sich ihm in denselben unheimlichen Grau- und Silberschattierungen darbot wie die Höhle, in der sie den Kadaver gefunden hatten.

Er war allein. Selbst ohne sein auf so unheimliche Weise verstärktes Augenlicht hätte er gewusst, wenn irgendjemand im Zimmer gewesen wäre, denn auch alle seine anderen Sinne arbeiteten plötzlich mit nie gekannter Schärfe. Er konnte den Wein in dem Krug riechen, die Reste des längst kalt gewordenen Bratens, den ihm ein schweigsamer Soldat am Abend gebracht hatte, und er hörte ein ganz leises Tapsen, das er voller Erstaunen als das Huschen einer Maus identifizierte, die durch die Dunkelheit lief. Ein kleiner Appetithappen, aber nicht der Mühe wert, aufzustehen und danach zu jagen.

Andrej verscheuchte diesen erschreckenden Gedanken, schwang die Beine aus dem Bett und stand auf. Angestrengt versuchte er sich darauf zu besinnen, weshalb er aufgewacht war.

Er war nicht mehr allein. Das Ungeheuer war hier. Nicht bei ihm im Zimmer, aber in der Burg.

Rasch bückte sich Andrej nach seinen Kleidern, schlüpfte hinein und trat dann ans Fenster. Der Innenhof der Klosterfestung lag dunkel und unbeleuchtet unter ihm. Trotz der Finsternis war sein Sehvermögen nicht eingeschränkter als bei Tage. Er erkannte, dass die Mauer ohne Wache war, und er konnte sogar die Stimmen der beiden Soldaten hören, die unten im Torgewölbe Wache hielten. Auch das Gefühl der Bedrohung kam von dort.

Andrej lauschte in sich hinein. Es war kein Gefühl. Er konnte den Werwolf *wittern.*

Wie am Tag zuvor wusste er, was geschehen würde, und genau wie am Tag zuvor war es zu spät, um es zu verhindern oder auch nur einen warnenden Schrei auszustoßen. Die Unterhaltung der beiden Männer brach plötzlich ab. Für einen kurzen Moment herrschte Schweigen, dann hörte Andrej einen überraschten Ausruf und ein Schwert, das aus der Scheide gerissen wurde.

Er wartete nicht darauf, was weiter geschehen würde, sondern rannte los. Mit zwei gewaltigen Sätzen durchquerte er den Raum, riss die Tür auf und stürmte den unbeleuchteten Gang hinunter, bis er die Treppe erreichte.

Es war ein verzweifeltes Wettrennen gegen die Zeit, und er wusste von Anfang an, dass er es verlieren würde. Immer zwei oder drei Stufen auf einmal nehmend hetzte er die Treppe hinunter, durch die schmucklose Eingangshalle und hinaus auf den Hof.

Eine Übelkeit erregende Woge aus Blut- und Fäkaliengestank schlug ihm entgegen, als er das Torgewölbe erreichte. Andrej blieb entsetzt stehen.

Die beiden Soldaten waren tot, und obgleich sie einen entsetzlichen Anblick boten, begriff er doch, dass sie eines schnellen Todes gestorben waren. Der Werwolf hatte sich nicht lange mit ihnen aufgehalten, sondern sie blitzartig überwältigt und seinen Weg fortgesetzt. Aber wohin?

Andrej blickte mit wachsender Verzweiflung um sich. Er fand einen einzelnen blutigen Fußabdruck. Wie sich zeigte, war es jedoch nicht nötig, der Fährte des Ungeheuers zu folgen. Ein Schrei ertönte, gedämpft und sonderbar flach, als käme er aus dem Inneren der Erde, dann folgte ein Splittern wie von Holz oder Metall, das zerrissen wurde. Das Verlies!

Mit einem Schrei fuhr Andrej herum und raste auf das Treppenhaus zu. Der Schrei wiederholte sich, während er die ausgetretenen Steinstufen hinunterstürmte Er fand den ersten Toten, noch bevor er den winzigen Vorraum erreichte. Der Mann lag verkrümmt auf den Steinstufen. Offenbar war er nicht einmal dazu gekommen, seine Waffe zu ziehen.

Andrej überwand das letzte halbe Dutzend Stufen mit einem einzigen Satz. Die nach rechts führende Gittertür war aus den Angeln gerissen. Er stürmte hindurch. Flackerndes rotes Licht hüllte ihn ein wie der Schein der Hölle selbst, und er roch Blut und Tod. Die Schreie waren verstummt. Andrej lief weiter und stürmte um die Gangbiegung.

Unmittelbar vor ihm lag ein zweiter Toter, und ein dritter Mann – noch am Leben, aber so schwer verletzt, dass er binnen kurzer Zeit sterben würde – hockte vor der Wand und starrte aus weit aufgerissenen Augen in seine Richtung, ohne ihn wirklich zu sehen. Das Ungeheuer stand geduckt am Ende des Ganges und zerfetzte mit gewaltigen Prankenhieben die Tür zu einer der winzigen Kerkerzellen. Hinter dem splitternden Holz kam eine schwarzhäutige Gestalt zum Vorschein, die aufrecht an die Wand gekettet war. Lärm und Schreie hatten Abu Dun aus seiner Lethargie gerissen. Er sah dem Monstrum aus blutunterlaufenen Augen entgegen, aber Andrej bezweifelte, dass er wirklich begriff, was er sah.

Ein letzter, fürchterlicher Prankenhieb schlug die Tür vollends aus dem Rahmen, und die Bestie warf ihren missgestalteten Schädel in den Nacken und stieß ein schauriges Geheul aus.

»Nein!«, schrie Andrej. »*Nein! Lass ihn in Ruhe, du Ungeheuer!*«

Die Kreatur fuhr herum und bleckte wütend die Zähne. Seine schrecklichen, ungleichen Klauen öffneten sich, mörderische Krallen reckten sich in Andrejs Richtung, und in den glühenden Dämonenaugen loderte ein wilder Triumph auf.

Andrej hatte Angst. Nackte Panik wischte jeden Ansatz vernünftigen Denkens beiseite. Er wusste, dass ihn ein Schicksal tausendfach schlimmer als der Tod erwartete, wenn er in den Griff dieser mörderischen Klauen geriet.

Und dennoch rannte er weiter. Etwas war stärker als seine Angst. Vielleicht war es der Anblick Abu Duns, der ihn weitertrieb. Andrej überwand die wenigen Schritte Entfernung schreiend vor Angst und Zorn und schwang die Damaszenenklinge mit beiden Armen. Aus dem lodernden Triumph in den Augen des Werwolfs wurde ungläubige Überraschung, dann Schrecken.

Keine dieser Empfindungen hinderte ihn jedoch daran, mit unvorstellbarer Schnelligkeit zu reagieren. Andrejs Hieb hätte ausgereicht, ihn auf der Stelle zu enthaupten. Aber der Werwolf schien sich plötzlich in einen Schatten zu verwandeln, der nicht mehr Substanz als flüchtiger Nebel hatte und dann einfach verschwand.

Der Hieb ging ins Leere. Die Schwertklinge bohrte sich knirschend zwei Finger tief in das steinharte Holz des Türrahmens und blieb stecken, und Andrej wurde vom Schwung seiner eigenen Bewegung nach vorne gerissen und prallte mit solcher Wucht gegen die Wand, dass ihm schwarz vor Augen wurde.

Stöhnend ließ er das Schwert los, drehte sich herum und kämpfte mit aller Macht dagegen an, in die Knie zu sinken. Wirbelnde schwarze und rote Schatten tanzten vor seinen Augen. Einer dieser Schatten hatte Klauen und Zähne und lodernde Dämonenaugen.

Andrejs Sinne klärten sich rasch, aber nicht rasch genug. Der Schemen gerann vor seinen Augen zu einer verkrüppelten Gestalt, und Andrej hob schützend die Arme, um das Ungeheuer abzuwehren.

Als gäbe es seine Abwehr gar nicht, fegte der Werwolf seine Arme beiseite, und eine unvorstellbar starke Pranke schloss sich um Andrejs Hals, schnürte ihm die Luft ab und riss ihn gleichzeitig in die Höhe. Andrej bäumte sich auf, als er den Boden unter den Füßen verlor, und hämmerte verzweifelt mit den Fäusten auf den Arm der Bestie ein. Zugleich trat er nach ihr. Er traf, aber seine Hiebe und Tritte zeigten nicht die geringste Wirkung. Der Werwolf drückte ihn langsam weiter an der Wand nach oben, und Andrejs Bewegungen wurden bereits schwächer. Wieder begannen rote Blitze vor seinen Augen zu tanzen, aber diesmal war es die Atemnot, die seine Sinne verwirrte. Irgendetwas in seinem Hals war zerbrochen, zerquetscht unter dem mörderischen Griff des Ungeheuers. Er würde sterben, aber er würde nicht ersticken, das begriff er mit entsetzlicher Klarheit. Das Ungeheuer hielt ihn mühelos mit nur einer Hand, die andere hatte es erhoben und zu einer tödlichen Kralle geformt, vier verkrüppelte Dolche, die sich in seine Augen und seinen Schädel bohren würden, um das Leben aus ihm herauszureißen. Er hatte keine Wahl. Andrej sammelte sein letztes bisschen Willenskraft, um den Vampyr in sich zu entfesseln und die Bestie auf einer anderen Ebene zu einem Kampf herauszufordern, den er ebenso wenig gewinnen konnte wie diesen ...

... und das Ungeheuer erstarrte.

Der tödliche Schlag erfolgte nicht. In den mörderischen Triumph, der noch immer in den Augen des Werwolfs lag, mischte sich etwas anderes. Verwirrung, aber auch Neugier und Staunen. Drei Herzschläge lang starrte er Andrej mit schräg gehaltenem Kopf an – dann ließ die fürchterliche Pranke seine Kehle los.

Andrej stürzte zu Boden und schlug mit dem Gesicht auf den harten Stein. Er war aus dem Griff der tödlichen Kralle befreit, aber noch immer konnte er nicht atmen. Sein Adamsapfel war zerquetscht. Nach Kupfer schmeckendes Blut rann seine Kehle hinab. Endlich umfing ihn gnädige Dunkelheit.

Er konnte nicht sagen, wie viel Zeit vergangen war, bis die Verletzung geheilt war und das Leben wieder in seinen Körper zurückkehrte. Das Blut auf seinem Gesicht war noch nicht eingetrocknet, und sein Hals schmerzte so sehr, dass der erste Laut, der über seine geschwollenen Lippen kam, ein gequältes Stöhnen war.

Wieso lebte er noch?

Andrej blieb mit geschlossenen Augen liegen, dann hob er

die Lider und stemmte sich gleichzeitig an der Wand in eine sitzende Position hoch.

Noch bevor er den Kopf hob und sich umsah, wusste er, dass das Ungeheuer fort war.

Andrej verharrte noch eine Weile, in der er voller Ungeduld darauf wartete, dass die Schmerzen verebbten und neue Kraft aus jenem unerschöpflichen geheimen Speicher in seinen Körper floss, über dessen genauen Ursprung er sich immer noch im Unklaren war.

Er wandte sich der Zelle Abu Duns zu.

Abu Dun stand noch immer in der gleichen qualvollen Haltung da wie vor zwei Tagen, und auch seine Wunden waren nicht behandelt worden. Es sah aus, als seien noch einige Prellungen und Schrammen hinzugekommen. Seine Augen waren trüb vom Fieber. Andrej las einen Ausdruck unerträglicher Pein darin, aber auch eine tiefe Erleichterung.

»Worauf wartest du, Hexenmeister?«, krächzte Abu Dun. »Hättest du vielleicht die Güte, mich loszumachen?«

»Nur die Ruhe, Pirat«, antwortete Andrej. »Vielleicht gefällst du mir ja ganz gut da, wo du bist.«

»Nenn mich nicht so«, antwortete Abu Dun, und Andrej erwiderte: »Wenn du aufhörst, mich Hexenmeister zu nennen.«

Er zog mit einiger Mühe das Schwert aus dem Türrahmen, steckte es ein und unterzog dann Abu Duns Fessel einer flüchtigen Musterung. Die Handschellen, die seine Arme über den Kopf zwangen, waren mit einem einfachen Keil gesichert, den er ohne Mühe herausziehen konnte. Abu Dun stieß ein unendlich erleichtertes Seufzen aus und sackte zusammen.

»Ich glaube, ich spare mir die Frage, ob du gehen kannst«, sagte Andrej besorgt.

»Warte einen Augenblick«, stöhnte Abu Dun.

Andrej verzichtete auf eine Entgegnung. Sie wussten beide, dass es wahrscheinlich Tage dauern würde, bis der nubische Riese wieder aus eigener Kraft laufen konnte.

»Wo bist du so lange gewesen?«, murmelte Abu Dun. Er versuchte sich hochzustemmen – und sank mit einem wimmernden Laut zurück.

»Ich habe Wölfe gejagt«, antwortete Andrej. Seine Gedanken überschlugen sich. Dass er Thobias sein Wort gegeben hatte, war im gleichen Moment hinfällig geworden, in dem das Ungeheuer hier aufgetaucht war. Sie mussten von hier verschwinden, bevor Thobias zurückkehrte.

»Warte hier auf mich«, sagte er. »Ich gehe nach oben und sehe nach, ob noch jemand lebt. Und ich besorge uns Pferde.«

Es lebte niemand mehr. Als Andrej kurze Zeit später zurückkehrte, hatte er vier weitere Tote gefunden. Thobias war nicht unter ihnen.

Oben im Hof warteten zwei hastig gesattelte Pferde auf sie. Andrej brauchte seine gesamte Kraft, um Abu Dun die Treppe hinaufzutragen und auf eines der Pferde zu heben. Dem Nubier widerstrebte diese unwürdige Behandlung.

Aber das änderte nichts daran, dass er so schwach war, dass er sich im Sattel festbinden ließ, bevor sie die Klosterfestung verließen.

10

Das ist die verwegenste Idee, die du jemals gehabt hast, Hexenmeister – und ich habe aus deinem Mund schon eine Menge haarsträubenden Unsinn gehört!«

Wenn man seine Verfassung betrachtete, dachte Andrej, dann entwickelte Abu Duns Stimme eine geradezu unglaubliche Lautstärke. Er saß an einen Baum gelehnt da und sah nicht nur aus, als könne er sich gerade noch mit letzter Kraft aufrecht halten – aber das hinderte ihn nicht, so laut loszubrüllen, dass man ihn noch unten in Trentklamm hätte hören müssen.

Andrej lächelte, aber sein Blick blieb ernst und voller tief empfundener Sorge, während er das zitternde Häufchen Elend betrachtete, das von dem nubischen Riesen übrig geblieben war. Sie waren so lange nach Westen geritten, bis sie einen schmalen, aber schnell fließenden Bach erreicht hatten, dem sie tiefer in den Wald hinein folgten, bis Andrej sicher war, einen möglichen Verfolger abgeschüttelt zu haben. Nicht, dass er ernsthaft damit rechnete, verfolgt zu werden – zumindest nicht sofort. Selbst wenn Bruder Thobias noch am Leben und mittlerweile zurückgekehrt war, hatte er gar keine Möglichkeit, ihn jagen zu lassen. In der Klosterfestung war nichts Lebendiges mehr gewesen, als sie sie verlassen hatten.

Obwohl das Wasser eiskalt war, hatte Abu Dun darauf bestanden, sich ausgiebig zu reinigen. Jetzt saß er zusammengekauert und in zwei Satteldecken gehüllt und dennoch zitternd vor Kälte da, und Andrej hätte keinen Heller darauf verwettet, dass er sich jemals wieder aus dieser Stellung erheben würde.

»Du musst vollkommen übergeschnappt sein«, fuhr Abu Dun fort, als er keine Antwort bekam. »Was ist passiert? Haben sie dich gefoltert und dir das letzte bisschen Verstand auch noch aus dem Schädel geprügelt?«

»Im Gegenteil«, antwortete Andrej ruhig. Er empfand Schuld, dass sie Abu Dun gefoltert hatten und nicht ihn. »Ich gehe zurück nach Trentklamm, sobald wir einen Platz gefunden haben, an dem du in Sicherheit bist und dich erholen kannst.«

»Ich brauche keine Erholung«, behauptete Abu Dun. »Ein paar Stunden Schlaf und eine kräftige Mahlzeit, und ich bin wieder der Alte.«

Andrej fragte sich, ob Abu Dun diesen Unsinn wirklich glaubte. Es grenzte an ein Wunder, dass der Pirat überhaupt noch lebte. Er würde Zeit brauchen, um wieder zu Kräften zu kommen.

»Ich muss es tun«, beharrte er. »Ich war der Lösung noch nie so nahe wie jetzt, Abu Dun. Ich spüre es.«

»Du warst dem Tod noch nie so nahe wie jetzt, du Narr«,

murrte Abu Dun. Er schüttelte den Kopf, stemmte die Hände gegen den Boden und versuchte sich zu erheben, sank aber sofort mit einem grunzenden Schmerzlaut wieder zurück. »Meine Beine«, keuchte er. »Sie fühlen sich an, als wäre jeder Knochen ein Dutzend Mal gebrochen.«

»Es wird dauern, bis du dich wieder bewegen kannst, ohne vor Schmerzen zu wimmern.« Andrej sah ihn an. »Wie fühlt es sich an, Ketten zu tragen?«

»Du wirst gleich wissen, wie es sich anfühlt, wenn man die Zähne ausgeschlagen bekommt!«, grollte Abu Dun.

Andrej grinste. Er trat zwei Schritte zurück und bot Abu Dun das erhobene Kinn dar. »Nur zu. Ich verspreche dir, nicht wegzulaufen. Und ich werde mich auch nicht wehren.«

»Du bist besessen, Hexenmeister, weißt du das?« Abu Dun wurde wieder ernst. »Du bist besessen von dem Gedanken, etwas herausfinden zu wollen, was du vielleicht nicht herausfinden solltest. Warum nimmst du nicht einfach hin, was du bist?«

»Weil ich es nicht kann«, antwortete Andrej. Er kam wieder näher, zögerte kurz und ließ sich unmittelbar neben dem Nubier mit untergeschlagenen Beinen nieder.

»Deine Neugier wird noch einmal dein Verderben sein«, sagte Abu Dun.

»Ich fürchte eher, dass Unwissenheit mein Verderben ist«, antwortete Andrej. »Erinnerst du dich an Alessa?«

»Thobias' Männer haben meine Beine verletzt, nicht meinen Schädel.«

»Dann erinnerst du dich auch daran, was sie erzählt hat«, fuhr Andrej fort. »Über die Krankheit. Das Fieber, an dem viele gestorben sind. Sie hat als Einzige überlebt, und danach war sie so wie ich. Hier ist das Gleiche passiert, Abu Dun. Es kann kein Zufall sein.«

Er erzählte Abu Dun, was er von Thobias erfahren und vor allem mit eigenen Augen gesehen hatte. Abu Dun hörte zu, schweigend, aber mit größer werdendem Zweifel. Als Andrej zu Ende berichtet hatte, schüttelte er den Kopf und stieß hörbar die Luft zwischen den Zähnen aus.

»Das klingt nicht nach *dem Gleichen*«, sagte er vorsichtig. »Jedenfalls kann ich mich nicht erinnern, dass du jemals nachts zum Wolf geworden wärst und den Mond angeheult hättest.«

»Aber es hat etwas damit zu tun«, beharrte Andrej. »Ich kann es nicht genau erklären, Abu Dun. Aber es kann kein Zufall sein. Das sagt mir mein Verstand – und ich spüre es. Und da …«

Er brach ab. Abu Dun sah ihn erwartungsvoll an, aber Andrej machte keine Anstalten weiterzusprechen, sondern starrte an ihm vorbei ins Leere.

»Und da?«, fragte Abu Dun schließlich.

»Nichts.«

»Du wolltest sagen: Und da ist noch mehr«, beharrte der Nubier.

Andrej seufzte. Natürlich hatte Abu Dun Recht, und es tat ihm schon leid, dass ihm die Worte überhaupt herausgerutscht waren. Andererseits …

»Du hast Recht«, sagte er, noch immer ohne Abu Dun anzusehen. Er vermied es auch weiterhin, während er sprach. »Vorhin, als … das Ungeheuer mich gepackt hatte … Es hätte mich töten können, weißt du? Es hatte mich in seiner Gewalt. Es hätte mich ohne Zweifel töten können.«

»Aber das hat es nicht getan.«

»Nein«, antwortete Andrej. »Das hat es nicht. Und ich frage mich, warum.«

»Nein«, sagte Abu Dun. »Das tust du nicht. Du weißt es.«

Andrej sah den Nubier nun doch an. »Manchmal bist du mir unheimlich, Pirat«, sagte er. »Liest du meine Gedanken?«

»Nur, wenn sie so deutlich auf deinem Gesicht geschrieben stehen wie jetzt, Hexenmeister.«

»Vielleicht hat es mich nicht getötet, weil es mich erkannt hat«, murmelte Andrej. »Vielleicht tötet es keinen seiner Art.«

»Seiner Art? Du meinst, du wirst eines Tages so wie es? Wie dieses Ungeheuer, das wir in jener Nacht getötet haben?«

»Ich bin nicht einmal sicher, ob ich es wirklich getötet habe«, antwortete Andrej. Er lachte bitter auf. »Vielleicht hat es in Wirklichkeit mich getötet, und ich habe es nur noch nicht bemerkt.«

Abu Dun sah ihn nachdenklich an. »Ich glaube, ich verstehe, was du meinst«, sagte er.

»Schön«, erwiderte Andrej. »Ich verstehe es jedenfalls nicht. Nicht genau. Und aus diesem Grund muss ich hier bleiben und versuchen, das Rätsel zu lösen.« Er stand auf, straffte sich und sprach mit veränderter Stimme weiter. »Außerdem geht es um die Menschen in Trentklamm. Dieser wahnsinnige Benedikt wird den ganzen Ort auslöschen, wenn Thobias ihn nicht überzeugt. Ich kann das nicht zulassen.«

»Weil die guten Leute dort sich uns gegenüber so gastfreundlich gezeigt haben«, sagte Abu Dun spöttisch. »Was hast du mit ihnen zu schaffen?«

»Ich werde nicht tatenlos zusehen, wie hundert unschuldige Menschen umgebracht werden«, beharrte Andrej. »Genauso wenig wie du. Jedenfalls würdest du das nicht tun, wenn du in besserer Verfassung wärst.«

»Ich *bin* in guter Verfassung«, behauptete Abu Dun. »Etwas zu essen könnte ich gebrauchen. Ein Wildschwein, oder eine halbe Kuh.«

»Wildschwein? Ich dachte, der Prophet verbietet euch den Genuss von Schweinefleisch.«

»Wer sagt, dass ich es genießen würde?«, versetzte Abu Dun und tat gleichzeitig so, als liefe ihm das Wasser im Munde zusammen.

Andrej stand auf. »Wenn ich dich eine Weile allein lassen kann, versuche ich ein Stück Wild zu jagen«, sagte er. »Lauf nicht weg.«

Es dauerte nicht lange, aber die Beute, mit der Andrej schließlich zurückkam, war mager: ein halb verhungertes Kaninchen, das zu schwach gewesen war, um davonzulaufen, und ein Eichhörnchen, das seine Neugier mit dem Leben bezahlt hatte.

Da sie es nicht wagen konnten, ein Feuer zu machen, verzehrten sie das Fleisch roh. Abu Dun schlang den größten Teil des Eichhörnchens gierig hinunter, ohne sich um Andrejs Warnung zu kümmern, und musste sich prompt übergeben. Als Andrej ihm einige Blätter brachte, um sich den Mund abzuwischen, riss er sie ihm wütend aus der Hand.

»Du kannst dir gar nicht vorstellen, wie Leid es mir tut, dass das Ungeheuer Thobias' Männer getötet hat«, sagte er.

»Wie?«

Abu Dun fuhr sich mit den zusammengeknüllten Blättern über die Lippen und schleuderte sie angeekelt davon. »Ja. Ich hätte sie zu gerne selbst umgebracht.« Er warf einen gierigen Blick auf das Kaninchen, das Andrej mittlerweile ebenfalls abgezogen hatte, und griff schließlich danach. Diesmal aß er sehr viel vorsichtiger.

Auch Andrej war hungrig, aber er würde warten, bis Abu Dun fertig gegessen hatte, und sich mit dem Rest zufrieden geben. Der Nubier benötigte die Nahrung dringender als er. Etwas in ihm schrie beim Anblick des blutigen rohen Fleisches vor Gier. Am liebsten hätte er es Abu Dun aus den Händen gerissen, um es selbst zu verschlingen. Was hatte Abu Dun gesagt?

... dass du so wirst wie es?

Nein, er hatte keine Angst davor, dass er so werden *könnte*. Er spürte, dass etwas in ihm bereits zu dem Ungeheuer *wurde*. Und es wurde stärker, jeden Tag vielleicht nur ein winziges bisschen, aber es wurde stärker. Unaufhaltsam.

»Ich habe nachgedacht«, begann er, während der Nubier weiter von dem Kaninchenfleisch aß. »Wir können nicht hier bleiben. Wir brauchen ein Versteck. Einen Platz, an dem wir sicher sind, bis du wieder in der Lage bist, dich allein zu bewegen.«

»Birgers Haus steht im Moment leer«, sagte Abu Dun spöttisch. »Ich glaube nicht, dass es gebraucht wird oder jemand freiwillig dorthin kommt.«

»Das ist nicht ganz das Richtige«, stellte Andrej fest.

Abu Dun hörte auf zu kauen und sah ihn misstrauisch an.

»Der Friedhof«, ergänzte Andrej.

»Wieso habe ich gewusst, dass du das sagen würdest?«, fragte Abu Dun unglücklich.

»Thobias und vor allem Vater Ludowig waren sehr deutlich«, sagte Andrej. »Die Leute fürchten diesen Ort. Es ist kein Friedhof, an den sie kommen würden, um ihre Verstorbenen zu besuchen. In der Kapelle sind wir sicher. Wenigstens für ein paar Tage.«

Abu Dun verzog das Gesicht, ersparte sich aber jede Antwort und kaute stattdessen weiter. Andrej konnte ihm ansehen, dass er immer wieder gegen Übelkeit und Brechreiz ankämpfte. Es gelang ihm jedoch, die Nahrung im Magen zu behalten.

Sie blieben noch eine Weile sitzen, dann half Andrej dem Nubier dabei, wieder in den Sattel zu steigen – was er zwar nur mühsam, aber aus eigener Kraft schaffte. Andrej musste ihn auch nicht mehr festbinden, bevor sie losritten.

Sie kamen nur langsam vorwärts. Der Wald war sehr dicht, und weder Andrej noch Abu Dun kannten sich hier aus. Erst kurz vor Anbruch der Dämmerung erreichten sie das schmale Seitental, an dessen Ende der ummauerte Friedhof lag.

Obwohl er wusste, wie schwer Abu Dun das Laufen fallen würde, bestand Andrej darauf, abzusteigen und die Pferde davonzujagen, um keine verräterischen Spuren zu hinterlassen.

Es fiel Abu Dun allerdings nicht schwer zu gehen.

Es war ganz und gar unmöglich.

Er machte einen einzelnen tastenden Schritt und brach mit einem Schmerzensschrei zusammen.

Andrej musste ihn tragen. Zwei- oder dreihundert Schritte, von denen jeder einzelne schwerer wog als der zuvor. Andrej setzte ein Dutzend Mal ab, und er war bald froh um jedes Pfund, das Abu Dun im Laufe der beiden letzten Wochen verloren hatte. Dennoch schien der Nubier mit jedem Schritt schwerer zu werden. Als Andrej sich durch das geschmiedete Tor quälte, hatte er das Gefühl, eine Tonne auf den Schultern zu tragen. Dem Zusammenbruch nahe erreichte er die Kapelle und schickte ein Stoßgebet zum Himmel, dass die Tür nicht verschlossen sein würde.

Sie war nicht verschlossen, aber die Angeln waren so alt und verrostet, dass sie sich schwer öffnen ließ. Nachdem Andrej Abu Dun behutsam auf dem Boden abgelegt und kurz Atem geschöpft hatte, kostete es ihn alle Kraft, die er noch aufbringen konnte, die Tür zu öffnen und in die Kapelle zu stolpern.

In ihrem Inneren war es so dunkel, dass er trotz seiner verstärkten Sehkraft nur vage Umrisse erkannte. Auf den Fenstern lag eine fingerdicke Schmutzschicht, und bei jedem Schritt, den er machte, wirbelten Staubflocken auf, die zum Husten reizten. Diesen Raum hatte seit Jahren niemand mehr betreten.

Andrej untersuchte ihn trotzdem, kurz, aber sehr gewissenhaft, dann ging er zurück und holte Abu Dun. Nachdem er ihn in eine einigermaßen bequeme Lage gebettet hatte, kehrte er zurück zum Anfang des Tals, um die Satteldecken und ihr übriges Gepäck zu holen, das sie dort zurückgelassen hatten. Als er zum zweiten Mal in die Kapelle trat, war er so erschöpft, dass er gerade noch die Tür hinter sich schließen konnte, ehe er sich auf dem nackten Boden ausstreckte und auf der Stelle einschlief.

Er erwachte von lautstarkem Stöhnen und dem sauren Geruch von kaltem Schweiß. Abu Dun.

Andrej fuhr mit einem Ruck hoch und registrierte beiläufig, dass es ein wenig heller geworden war. Graugefärbtes Sonnenlicht sickerte durch Löcher und Ritzen in der verkrusteten Staubschicht auf den Fenstern wie durch einen halb vermoderten Bretterzaun; draußen herrschte heller Tag.

Das Stöhnen wurde lauter. Abu Dun lag auf dem Rücken und fantasierte lautstark in seiner Muttersprache. Sein Gesicht glänzte von kaltem, ungesundem Schweiß, und er lag nicht still, sondern warf sich gequält im Schlaf hin und her.

Andrej ließ sich neben ihm auf die Knie sinken, zögerte noch einen Moment und rüttelte dann an seiner Schulter. Abu Dun brauchte Schlaf, aber dies war kein erholsamer Schlaf, sondern ein Fieber, das seinen Körper weiter auszehren würde.

Drei- oder viermal musste Andrej an Abu Duns Schulter rütteln, bevor der Nubier endlich die Augen aufschlug. Andrej war dennoch nicht sicher, dass er wirklich wach war. Abu Duns Augen blickten trüb, und für einen Moment glaubte er tatsächlich, die verzehrende Flamme des Fiebers zu erkennen, das dahinter loderte und ihn langsam von innen heraus auffraß.

»Durst«, krächzte Abu Dun. »Ich … ich habe Durst.«

»Wir haben kein Wasser«, sagte Andrej bedauernd. Er verfluchte sich, und das nicht zum ersten Mal. Sie hatten nicht nur kein Wasser, sie hatten *nichts.* Ihre Flucht aus der Klosterfestung war mehr als überhastet gewesen – dabei hätte es nur eines kurzen Aufschubs bedurft, um Vorräte und Wasser zu suchen. Dieser Fehler hätte ihm nicht unterlaufen dürfen. Früher wäre ihm dieser Fehler nicht unterlaufen.

»Ich gehe und suche Wasser«, sagte er. »Ich bin sicher, dass ich welches finde, keine Sorge.«

Er wollte aufstehen, aber Abu Dun griff nach seinem Arm und hielt ihn mit solcher Kraft fest, dass es wehtat.

»Nein!«, keuchte er. »Lass mich nicht … nicht allein.«

Andrej versuchte sich loszumachen, aber Abu Dun hielt ihn mit so verzweifelter Kraft fest, dass er ihm die Finger hätte brechen müssen. »Du brauchst Wasser«, sagte er. »Du hast hohes Fieber.«

»Hilf mir«, murmelte Abu Dun. »Ich … ich brauche kein Wasser. Du kannst mir helfen.«

»Aber dazu muss ich …«

»Du kannst mir helfen«, unterbrach ihn Abu Dun. »Du weißt es. Mach … mach mich so wie … wie du.«

»Du weißt, dass ich das nicht kann«, sagte Andrej leise.

»Du kannst es«, beharrte der Nubier. Er stöhnte. Sein Körper zuckte unkontrolliert in Fieberkrämpfen. »Ich sterbe, Hexenmeister. Ich will, dass du … dass du mich verwandelst. Mach mich zu einem wie dich. Mach mich zum Vampyr.«

»Du weißt nicht, was du da redest«, sagte Andrej, aber Abu Dun unterbrach ihn erneut, indem er ihn mit schriller Stimme anschrie:

»Du bist es mir schuldig! Sie haben mir das alles nur deinetwegen angetan!«

»Das weiß ich«, meinte Andrej sanft. »Und es tut mir unendlich leid. Aber ich kann nicht tun, was du von mir verlangst.«

»Du schuldest es mir«, beharrte Abu Dun. »Ich bin seit zehn Jahren bei dir. Ich habe dir hundertmal den Hals gerettet, und jetzt lässt du mich sterben. Ich verlange es. Hörst du, Hexenmeister? *Ich verlange es*!«

Andrej befreite sich nun doch mit sanfter Gewalt aus Abu Duns Griff. Er verzichtete auf eine Antwort. Sie wäre ohnehin sinnlos gewesen. Im gleichen Moment, in dem er seine Hand abgestreift hatte, war der Nubier wieder zurückgesunken und hatte zu stöhnen begonnen. Seine Augen waren noch immer weit geöffnet. Andrej bezweifelte, dass er ihn noch gehört hätte. Er fantasierte und hatte hohes Fieber. Seine Stirn schien zu glühen, als Andrej vorsichtig die Hand darauflegte. Er brauchte dringend Wasser. Andrej stand auf und verließ mit sehr schnellen Schritten die Kapelle.

11

Auf diese Weise vergingen die nächsten drei Tage. Andrej hatte sowohl Wasser gefunden als auch genügend Wild erlegt, und er hatte in den Jahren, die sie auf der Flucht vor dem Krieg und den heranrückenden Türken in den Wäldern gelebt hatten, gelernt, rauchloses Feuer zu machen, sodass sie nicht mehr gezwungen waren, das Fleisch roh zu verzehren. Als der ärgste Dreck aus der Kapelle geschafft war, hatte Andrej es nach langem Zögern und mit einem schlechten Gefühl am Ende doch gewagt, nach Trentklamm zu gehen und Kleider für Abu Dun zu stehlen.

Abgesehen davon hatte er fast die gesamte Zeit an Abu Duns Lager verbracht. Der Nubier hatte beinahe ununterbrochen geschlafen. Sein Fieber war nur langsam gesunken, aber es hatte schließlich nachgelassen, und schon am zweiten Tag hatte er aufgehört, zu fantasieren und im Schlaf um sich zu schlagen.

Kurz vor Sonnenaufgang des vierten Tages – noch drei Tage, bis Vater Benedikt und die Inquisition hier sein würden – erwachte Abu Dun zum ersten Mal klar und ohne Fieber und verlangte mit schwacher, aber sehr klarer Stimme nach Wasser und etwas zu essen. Andrej stand sofort auf und brachte ihm beides. Sie hatten genügend Wasser, und vom Vortag war noch die Hälfte eines Hasen übrig, den Andrej mit bloßen Händen erlegt und an einem Stock über dem Feuer gebraten hatte, das in einem sichtgeschützten Loch hinter der Kapelle angelegt war.

Er sah mit großem Vergnügen zu, wie Abu Dun den gesamten Braten verzehrte und anschließend einen gierigen Blick auf den Haufen abgenagter Knochen warf, schüttelte aber bedauernd den Kopf.

»Es ist nichts mehr da«, sagte er. »Und du solltest auch nicht zu viel essen, sonst wird dir am Ende wieder übel.«

»Du bist wie eine Mutter zu mir«, sagte Abu Dun, während er den letzten Bissen mit einem gewaltigen Schluck Wasser hinunterspülte und anschließend so kräftig rülpste, dass man es noch auf der anderen Seite der Berge hören musste.

Andrej verzog das Gesicht. »Du bist wieder ganz der Alte«, sagte er. »Zweifellos.«

Abu Dun zog eine Grimasse, antwortete aber nicht, sondern warf einen neugierigen Blick auf den Stapel unordentlich gefalteter Kleider, der neben Andrejs linkem Knie lag. »Du hast Kleidung besorgt?«

Andrej schob ihm die Kleider zu. »Es beleidigt mein Schönheitsempfinden, andauernd deinen nackten schwarzen Hintern ansehen zu müssen. Die Sachen dürften dir passen. Sie stammen aus Birgers Truhe.«

»Birger?«

Andrej schlug bedeutungsvoll mit der flachen Hand auf

einen Beutel unter seinem Hemd. Ein leises Klirren war zu hören. »Ich habe auch den Rest aus der Truhe mitgebracht. Man kann nie wissen, wofür man es braucht.«

»Du warst in Trentklamm?«, fragte Abu Dun nach.

»Sei unbesorgt«, beruhigte ihn Andrej. »Niemand hat mich bemerkt. Und niemand wird merken, dass ich da war. Es war deine eigene Idee, hast du das schon vergessen? Birgers Haus ist verlassen. Selbst wenn jemand merkt, dass die Truhe leer ist, werden sie glauben, dass Birger die Sachen geholt hat.«

»Birger.« Abu Dun hielt das zerschlissene, aber blütenweiß gewaschene Hemd in die Höhe, das Andrej ihm gebracht hatte, und betrachtete es missmutig. Es war lang genug, um ihm zu passen, aber er würde alle Mühe haben, seine breiten Schultern hineinzuquetschen; selbst jetzt, wo er so abgmagert war.

»Es war dein Vorschlag«, erinnerte Andrej ihn erneut.

»Ich erinnere mich, was ich gesagt habe«, antwortete Abu Dun. Er ließ das Hemd sinken. »Ich erinnere mich auch an einige andere Dinge, die ich gesagt habe.«

»Du hattest hohes Fieber«, sagte Andrej. »Die meiste Zeit hast du nur wüst vor dich hin gesprochen. Obwohl ich nicht sagen könnte, dass es ein großer Unterschied zu dem war, was du sonst redest.«

Der Nubier blieb ernst. »Du weißt, was ich meine«, sagte er. »Ich ... Ich wollte nicht ...«

Andrej unterbrach ihn mit einer erschrockenen Geste. Er hatte etwas gehört; ein Geräusch, das so leise war, dass es Abu Dun mit Sicherheit entgangen war, das aber eindeutig nicht hierher gehörte und näher kam.

»Was?«, fragte Abu Dun.

Andrej wiederholte seine mahnende Geste und stand mit einer fließenden Bewegung auf. »Nichts«, flüsterte er. »Zieh die Sachen an. Ich sehe nach.«

Abu Dun wollte widersprechen, aber Andrej beachtete ihn gar nicht, sondern drehte sich rasch herum und ging zur Tür. Alles war ruhig, als er die Kapelle verließ. Über dem Friedhof lag noch immer das silbergraue Licht der Nacht, an das Andrej sich trotz allem noch nicht wirklich gewöhnt hatte, das ihm aber mit jedem Tag auf sonderbare Weise vertrauter wurde. Es war beinahe so, als verwandele er sich allmählich in ein Geschöpf der Dämmerung, das mehr in der Dunkelheit als im hellen Licht des Tages zu Hause war. Ohne auch nur einen Blick in den Himmel hinaufwerfen zu müssen, wusste er, dass die Morgendämmerung noch gute zwei Stunden entfernt war.

Dennoch war der Himmel im Osten nicht vollkommen schwarz. Das düsterrote, flackernde Licht von Fackeln war über der Mauerkrone zu sehen, und er hörte die Geräusche nun deutlicher, die ihn alarmiert hatten. Schritte. Stimmen. Das Rascheln von Stoff und das Knistern brennender Fackeln. Menschen kamen. Viele Menschen.

Andrej huschte durch das geschmiedete Tor und wandte sich dem Eingang des Tals zu, aber er legte nicht einmal die Hälfte der Distanz zurück, ehe er wieder anhielt und sich in den Schatten eines Felsens kauerte.

Es war eine ganze Prozession, die sich dem Friedhof näherte; zwanzig, vielleicht dreißig oder mehr Gestalten, die Fackeln trugen und in drei Reihen marschierten. Andrej hörte Stimmen, aber er konnte die Worte nicht verstehen, nur eine Art eintönigen Singsang, der klang wie ein Gebet.

Er hatte genug gesehen. Lautlos von Schatten zu Schatten huschend kehrte er zur Kapelle zurück und schloss die Tür hinter sich.

»Was ist los?« Abu Dun hatte sich mittlerweile angezogen und stand unsicher auf den Beinen. Er schwankte nicht, aber seine verkrampfte Haltung machte Andrej klar, welche Mühe ihm diese einfache Handlung abverlangte. Es sah nicht so aus, als würde er ein nennenswertes Stück gehen oder gar laufen können.

»Eine Beerdigung«, antwortete Andrej.

»Eine Beerdigung? Jetzt?«

Andrej hob die Schultern. »Die Leute hier haben eben andere Bräuche als bei uns.«

»Eine Beerdigung, Stunden vor Sonnenaufgang?« Abu Dun runzelte die Stirn. »Das sind wahrlich sonderbare Bräuche. Wir müssen von hier verschwinden.«

»Dazu ist es zu spät«, antwortete Andrej kopfschüttelnd. »Das Tal hat nur einen Ausgang. Wir würden ihnen direkt in die Arme laufen.« Er zwang sich zu einem aufmunternden Lächeln, spürte aber selbst, wie kläglich es misslang. »Aber mach dir keine Sorgen – niemand wird hier hereinkommen. In diesem Raum ist seit mindestens zehn Jahren niemand mehr gewesen, bevor wir kamen. Wenn wir kein verräterisches Geräusch machen, passiert uns nichts.«

»Und wenn sie doch hereinkommen?«

»Dann lasse ich mir Flügel wachsen und fliege davon«, sagte Andrej. »Und du bist in Schwierigkeiten.«

»Sehr komisch«, murrte Abu Dun. Er machte einen vorsichtigen Schritt, blieb stehen und lauschte einen Moment in sich hinein, bevor er einen weiteren Schritt tat.

Andrej war mittlerweile zum Fenster gegangen. Er befeuchtete seinen Daumen mit der Zunge und rieb ein winziges Guckloch in den Schmutz auf der Scheibe, gerade groß genug, um hindurchsehen zu können, aber um auf gar keinen Fall von außen bemerkt zu werden.

Seine Mühe wurde belohnt. Von seinem Standpunkt aus konnte er sowohl das Tor als auch einen guten Teil des Friedhofgeländes überblicken. Es verging nicht mehr viel Zeit, bis der rote Feuerschein heller wurde und schließlich die ersten Mitglieder der Prozession durch das schmiedeeiserne Tor schritten.

Andrej war nicht sehr überrascht, Vater Ludowig an der Spitze der Prozession zu erblicken. Er trug keine Fackel, hatte aber beide Hände um ein hölzernes Kruzifix geschlossen, und seine Lippen bewegten sich unentwegt im Gebet.

Hinter ihm traten vier Männer durch das Tor, die einen schlichten, aus frisch gehobelten Brettern gezimmerten Sarg zwischen sich trugen. Er war vollkommen schmucklos und offensichtlich in großer Hast gebaut, aber Andrej fiel selbst über die große Entfernung auf, wie massiv die Bretter waren, aus denen er bestand; und wie viele Nägel man benutzt hatte, um den Deckel zu befestigen. Es war wie bei dem Grab, das sie vor ein paar Tagen besichtigt hatten: Jemand schien wirklich großen Wert darauf zu legen, dass der, der in diesem Sarg lag, auch darin liegen blieb.

Den Sargträgern folgten fünf oder sechs Männer in einfachen Kleidern. Hinter ihnen gingen vier weitere Männer, die einen zweiten Sarg zwischen sich trugen.

»Zwei!«, flüsterte Abu Dun überrascht. Er stand neben Andrej und hatte sich ein eigenes Guckloch gemacht. »Und sieh nur, am Ende der Reihe. Das sind zwei weitere, nicht sehr alte Gräber ... nein, drei. Und ich dachte, das Leben in den Bergen wäre so wohltuend.«

Andrej brachte Abu Dun mit einer ärgerlichen Geste zum Verstummen. Der Nubier hatte Recht: Die Grabreihe war deutlich länger geworden, seit er zusammen mit Thobias und Vater Ludowig hier gewesen war. Wieso war ihm das nicht aufgefallen? Er hatte die Kapelle im Laufe der zurückliegenden drei Tage häufig verlassen und wieder betreten.

Die Prozession näherte sich dem Ende der Grabreihe. Andrej gab den Versuch auf, die Männer zu zählen oder ihre Gesichter erkennen zu wollen, aber ihm fiel auf, dass es sich ausnahmslos um Männer handelte. Keine Frauen, keine Kinder. Die beiden Verstorbenen schienen keine besonders großen Familien gehabt zu haben.

Die Särge wurden abgesetzt. Die Männer mit ihren Fackeln bildeten einen dichten Halbkreis, in dessen Zentrum einige Dörfler begannen, mit mitgebrachten Spitzhacken und Schaufeln eine Grube auszuheben. Mit vereinten Kräften ging die Arbeit schnell von der Hand. Trotzdem dauerte die gesamte Zeremonie eine gute Stunde. Andrej war fremd in diesem Land und kannte weder seine Menschen noch deren Sitten und Gebräuche. Dennoch hatte er den Eindruck, keinem christlichen Begräbnis zuzusehen – obwohl viele Kreuze zu sehen waren und Vater Ludowig nahezu ununterbrochen betete.

Endlich wandten sich die Trauergäste – falls es überhaupt solche waren – einer nach dem anderen um und gingen; nicht mehr in einer geschlossenen Prozession, sondern in einzelnen kleinen Gruppen. Schließlich blieb nur noch Ludowig zurück. Bei ihm waren zwei Männer, die Fackeln trugen und es sich offensichtlich zur Aufgabe gemacht hatten, auf ihren Priester acht zu geben.

»Allah sei Dank«, murmelte Abu Dun, als endlich auch Ludowig und seine beiden Begleiter den Friedhof verlassen hatten. »Ich dachte schon, er wollte gleich hierbleiben.«

»Wieso?«

»Er ist ziemlich alt«, sagte Abu Dun mit todernstem Gesicht. »Möglicherweise lohnt sich der weite Rückweg gar nicht mehr.«

»Du bist wieder ganz der Alte«, erwiderte Andrej. »Zumindest deine Späße sind so schlecht wie eh und je.«

»Wieso Späße?« Abu Dun sah ihn einen Moment lang so überzeugend ernst an, dass Andrej tatsächlich Zweifel kamen, dann grinste er plötzlich und breit und wollte sich zur Tür wenden, aber Andrej schüttelte den Kopf.

»Noch nicht. Ich möchte sichergehen, dass niemand zurückkommt.«

Seine Vorsicht war völlig überflüssig. Niemand kam zurück, um noch einmal am Grab seines Bruders oder Vaters zu weinen, und es erschien auch niemand, um einen Drudenfuß abzulegen oder das Grab auf andere Weise magisch zu versiegeln. Nach einer Weile verließen sie die Kapelle und näherten sich vorsichtig den beiden frisch ausgehobenen Gräbern. Andrej lauschte mit all seinen übermenschlich scharfen Sinnen in die Nacht hinein, aber da war kein Geräusch mehr, das nicht hierher gehörte. Sie waren allein.

Dennoch erlebten sie eine Überraschung. Es gab nicht

zwei Gräber, sondern nur ein einzelnes, breit genug, um zwei Särge nebeneinander aufzunehmen. Auf diesem Grab lag kein Stein, und es gab nur ein einfaches Holzkreuz ohne Beschriftung.

»Was suchen wir hier?«, fragte Abu Dun, nachdem sie eine ganze Weile schweigend nebeneinander dagestanden und den flachen Hügel aus frischer Erde angestarrt hatten. Das Grab roch gut; nicht so, wie ein Grab riechen sollte, sondern nach *Leben.* Sonderbar.

»Ich weiß es nicht«, gestand Andrej. »Aber irgendetwas ist hier nicht so, wie es sein sollte. Oder wie man uns glauben machen will, dass es ist.«

»Du bist auch ganz der Alte geblieben«, sagte Abu Dun spöttisch. »Du liebst es noch immer, in Rätseln zu sprechen.«

Andrej machte eine unwillige Geste zu den frischen Gräber ringsum. »Fünf Tote in weniger als zwei Wochen, das nenne ich auf jeden Fall nicht üblich«, sagte er.

»Vielleicht ist eine Krankheit ausgebrochen«, sagte Abu Dun achselzuckend. Nach einem kurzen Augenblick fügte er hinzu: »Oder es sind die Soldaten aus dem Kloster.«

»Die man extra den langen Weg hierher geschafft hat, um sie auf diesem Friedhof beizusetzen?« Andrej schüttelte wenig überzeugt den Kopf.

»Dann doch eine Krankheit«, beharrte Abu Dun. »Wer weiß, vielleicht sogar die Pest. Wir sollten machen, dass wir von hier verschwinden, bevor wir uns am Ende noch anstecken.«

»Unsinn!« Andrej sah sich suchend um, und er entdeckte fast sofort, wonach er Ausschau gehalten hatte: Die Dörfler hatten ihre Spitzhacken und Schaufeln nicht wieder mitgenommen, sondern in ein paar Schritten Entfernung liegen gelassen. Vielleicht hatte Abu Dun Recht, und es standen tatsächlich noch mehr Beerdigungen an, sodass es die Mühe nicht lohnte, das Werkzeug ständig hin- und herzuschleppen.

Er holte zwei Schaufeln und reichte eine davon Abu Dun. Der Nubier starrte sie an, als handele es sich um ein besonders ekliges Getier, das noch mit den Giftzähnen klapperte.

»Was soll ich damit?«

»Mir beim Graben helfen«, antwortete Andrej. »Ich will wissen, woran diese Leute gestorben sind.«

»Bist du verrückt?« Abu Dun verschränkte die Arme vor der Brust. »Außerdem bin ich krank und darf mich nicht so anstrengen, das hast du selbst gesagt.«

Ohne ein weiteres Wort zu erwidern, begann Andrej zu graben. Der lockere Boden machte es leicht, rasch vorwärts zu kommen. Abu Dun sah ihm eine Weile mit finsterer Mine zu, zog sich aber bald ein Stück zurück; auch, weil die eine oder andere Schaufel Erdreich ganz zufällig in seine Richtung flog.

Zu Andrejs Erleichterung – aber ebenso großen Überraschung – war das Grab nicht besonders tief. Er hatte kaum einen halben Meter gegraben, als die hölzerne Schaufel auf Widerstand stieß. Er schaufelte schneller, legte nach einem Augenblick den ersten und wenige Augenblicke später den zweiten Sarg frei.

»Mach nicht so viel Lärm«, sagte Abu Dun grinsend. »Du weckst ja die Toten auf.«

Andrej warf die Schaufel nach ihm, ging in die Hocke und

begutachtete die Särge aufmerksam. Seine erste Einschätzung war richtig gewesen. Die Särge waren roh und mit offensichtlich sehr viel mehr Hast als Sorgfalt zusammengezimmert, aber äußerst stabil. Ohne Werkzeug hatte er keine Möglichkeit, sie zu öffnen.

Andrej zog sein Schwert, schob die Klinge mit einiger Mühe in den schmalen Spalt zwischen Deckel und Sarg und benutzte die Waffe als Hebel. Im ersten Moment geschah nichts. Andrej verstärkte seine Anstrengungen und fürchtete schon, seine Schwertspitze könnte abbrechen. Dann aber gab der Sargdeckel nach. Die Nägel glitten mit einem sonderbar weichen, fast seufzenden Laut aus dem Holz. Im nächsten Augenblick folgte der Deckel, der zur Seite kippte und zerbrach.

Andrej wusste nicht, was er erwartet hatte – aber darunter lag nichts anderes als das, was man in einem Grab gewöhnlich fand: ein Toter. Der Mann konnte nicht viel älter gewesen sein als Thobias. Seinen eingefallenen Wangen und dem gequälten Ausdruck auf seinem Gesicht nach zu schließen, war er keines sehr leichten Todes gestorben.

»Und?« Abu Dun kam näher, blieb aber in größerem Abstand stehen, als notwendig gewesen wäre, und beugte sich neugierig vor.

Andrej fegte die Reste des zerbrochenen Sargdeckels mit einer Handbewegung zur Seite und betrachtete den Toten genauer. Der Mann war vor nicht sehr langer Zeit gestorben; Andrej nahm sogar an, erst im Laufe der zurückliegenden Nacht.

»Ich weiß nicht«, sagte er unentschlossen. »Die Pest war es jedenfalls nicht.«

Er überlegte noch einen Moment, dann wandte er sich dem anderen Sarg zu und öffnete ihn auf die gleiche Weise wie den ersten, nur mit etwas weniger Mühe. Auch in ihm lag der Leichnam eines Mannes, der allerdings deutlich älter gewesen war als der erste.

»Wenn Ihr damit fertig seid, die Totenruhe zu stören, dann sollten wir uns unterhalten, Andrej.«

Obwohl Andrej die Stimme sofort erkannt hatte, vergingen noch einige Augenblicke, bevor er sich langsam herumdrehte.

Thobias war lautlos aus dem Schatten herausgetreten. Er trug eine gespannte Armbrust in der rechten und einen beidseitig geschliffenen Dolch in der linken Hand. Anscheinend war er allein gekommen, aber er schien keine Furcht zu empfinden. Auf seinem Gesicht lag ein Ausdruck grimmiger Entschlossenheit.

»Eine beeindruckende Vorstellung«, spottete Abu Dun. »Es ist bisher nur wenigen Männern gelungen, sich an mich anzuschleichen.« Er machte eine Kopfbewegung auf die Armbrust in Thobias' Hand. »Kannst du damit umgehen, Mönchlein?«

»Auf diese Entfernung?« Thobias hob die Schultern. Er stand keine fünf Meter von Abu Dun entfernt. »Wollt Ihr mich prüfen, Heide?«

»Aber du kannst uns nicht beide töten«, sagte Abu Dun. »Mich vielleicht, oder Andrej – aber einer bliebe übrig und würde dich töten.«

»Was macht das für einen Unterschied?«, fragte Thobias bitter. »In drei Tagen lebt in diesem Tal ohnehin niemand mehr.«

»Niemand muss sterben, Thobias«, sagte Andrej rasch. Er warf Abu Dun einen mahnenden Blick zu, aber er sah, wie sich der Nubier insgeheim zum Sprung spannte. Unter anderen Umständen hätte er Abu Dun durchaus zugetraut, mit Thobias fertig zu werden, trotz dessen Waffen, aber nicht in dieser Situation.

Sehr vorsichtig, um Thobias nicht zu einer Unbesonnenheit zu treiben, richtete er sich auf und schob das Schwert in den Gürtel zurück.

»Hört mir zu, Thobias«, sagte er. »Ich weiß, was Ihr denken müsst, aber es ist nicht so, wie es den Anschein hat.«

»So?«, fragte Thobias bitter. »Wie ist es dann? Welche Geschichte wollt Ihr mir erzählen, Andrej? Noch mehr Lügen?«

»Ich habe Eure Männer nicht getötet, Thobias«, sagte Andrej in beschwörendem Tonfall. »Es war das Ungeheuer. Dasselbe Geschöpf, das Günther getötet hat. Abu Dun und ich konnten ihm mit Mühe und Not entkommen.«

»Lügen«, sagte Thobias. Seine Stimme zitterte. »Nichts als neue Lügen.«

»Ihr wisst, dass es nicht so ist«, sagte Andrej ernst. »Wenn ihr mir nicht glauben würdet, hättet Ihr mich längst getötet. Ihr hättet aus dem Schatten heraus auf Abu Dun geschossen und ihn vermutlich auch getroffen, und Ihr hättet wahrscheinlich sogar noch die Zeit gefunden, auch noch einen zweiten Pfeil aufzulegen und mich zu töten. Aber Ihr habt es nicht getan. Warum?«

In Thobias' Gesicht zuckte es. Die Armbrust in seiner Hand schwenkte ganz langsam herum und richtete sich nun auf Andrej. »Sagt Ihr es mir!«, verlangte er.

»Weil Ihr wisst, dass ich die Männer nicht getötet habe«, antwortete Andrej. »Wäre ich es gewesen, dann wäre ich nicht geflohen, sondern hätte auf Euch gewartet, um Euch auch noch umzubringen. Es war das Ungeheuer. Der Werwolf.«

Thobias fuhr unmerklich zusammen. Die Armbrust in seiner rechten und der Dolch in seiner linken Hand zitterten.

»Ich ... ich glaube Euch nicht ...«, stammelte er.

»Und warum sind wir dann noch hier?« Andrej machte eine wedelnde Handbewegung zu den beiden aufgebrochenen Särgen. »Warum tun wir das hier? Wir wären längst hundert Meilen weit weg, wenn Ihr Recht hättet.«

Thobias schwieg. Auf sein Gesicht hatte sich ein Ausdruck purer Qual gelegt, und dann ...

... öffnete der jüngere der beiden Toten die Augen und stieß ein leises Winseln aus!

Andrej sprang mit einem entsetzten Keuchen zur Seite, aber seine Bewegung kam zu spät. Der vermeintliche Tote richtete sich auf, mit einer sonderbar steifen, nicht wirklich lebendig wirkenden Bewegung. Seine Hand zuckte vor und umklammerte Andrejs Fußgelenk mit solcher Kraft, dass er das Gleichgewicht verlor und fiel, und noch während er stürzte, sah er, wie Thobias die Armbrust herumschwenkte und abdrückte. Die Sehne entspannte sich mit einem peitschenden Knall, und der gut handlange Bolzen traf den lebenden Toten präzise zwischen die Augen, durchbohrte seinen Schädel und trat am Hinterkopf wieder aus. Der Mann sank lautlos zurück in den Sarg, und der schreckliche Griff der Totenhand löste sich von Andrejs Knöchel.

Noch bevor sich Andrej wieder in die Höhe gestemmt

hatte, war Abu Dun über Thobias. Mit einer einzigen Bewegung entrang er ihm den Dolch und schlug ihm zugleich die Armbrust aus der Hand. Blitzschnell wirbelte er ihn herum, schlang den Arm von hinten um Thobias' Hals und riss ihn von den Füßen. Thobias bäumte sich auf, begann verzweifelt mit den Beinen zu strampeln und versuchte hinter sich zu greifen, um Abu Dun die Augen auszukratzen. Der Nubier lachte nur. Abu Dun mochte in einem bemitleidenswerten Zustand sein, aber er war immer noch stark genug, um Thobias mit einer beiläufigen Bewegung das Genick zu brechen.

»Abu Dun!«, rief Andrej. »Lass ihn los!«

Abu Dun drehte sich nur lachend zu ihm herum, wobei er Thobias wie eine gewichtslose Stoffpuppe herumschleuderte. Der Prediger hatte aufgehört, mit den Beinen zu strampeln, und aus seinen Schreien war ein halb ersticktes Keuchen geworden.

»Lass ihn los, Abu Dun!«, ermahnte Andrej ihn scharf. »Du bringst ihn ja um!«

»Genau das habe ich vor«, antwortete Abu Dun. »Allerdings nicht so schnell. So leicht werde ich es deinem Freund nicht machen.«

Er ließ Thobias fallen. Der junge Priester brach zusammen, schlug beide Hände gegen den Hals und rang würgend und hustend nach Luft. Abu Dun starrte ohne die geringste Spur von Mitleid auf ihn hinab, dann schob er den Dolch in den Hosenbund, bückte sich nach Thobias' Armbrust und brach sie ohne besondere Anstrengung in Stücke.

Mit schnellen Schritten war Andrej bei Thobias und kniete neben ihm nieder. »Ist alles in Ordnung?«, fragte er.

Thobias wollte antworten, brachte im ersten Moment aber nichts als ein weiteres qualvolles Husten heraus. Aber er nickte.

»Schon ... schon gut«, keuchte er. »Gebt mir ... nur einen Augenblick.«

Andrej sah wütend zu Abu Dun hoch. »Du hättest ihn beinah getötet!«

»Gut«, sagte Abu Dun. »Schade, dass es nur beinahe war.«

»Lasst ihn«, sagte Thobias. »Es geht schon wieder. Ich kann Euren Freund verstehen. Ich an seiner Stelle hätte wahrscheinlich auch nichts anderes getan.«

Er stand auf. Sein Atem ging noch immer schnell, aber er erholte sich rasch. Er schien viel zäher zu sein, als Andrej angenommen hatte. Nachdem er einen letzten ängstlichen Blick auf Abu Duns Gesicht geworfen hatte, setzte er sich in Bewegung und ging an Andrej vorbei auf das geöffnete Grab zu. Abu Dun und Andrej folgten ihm.

Der Mann im Sarg war nun endgültig tot. Die Qual war von seinem Gesicht verschwunden und hatte einem Ausdruck fassungslosen Staunens Platz gemacht. Er würde sicher kein zweites Mal von den Toten auferstehen. Der Armbrustbolzen hatte seinen Schädel fast zur Gänze durchschlagen; nur das dreifach gefiederte Ende ragte noch wie ein barbarischer Kopfschmuck aus dem Schädelknochen über der Nase.

»Ein wahrer Meisterschuss«, lobte Abu Dun.

»Früher konnte ich sehr gut mit der Armbrust umgehen«, antwortete Thobias mit belegter Stimme. »Aber ich dachte, ich hätte es verlernt. Ich hatte nur Glück.«

»Wie mir scheint, hatten wir das alle«, sagte Abu Dun.

»Aber wie kann das sein? Der Mann war doch tot. Das ... das ist Zauberei!«

Er verstellte sich außerordentlich gut, fand Andrej. Das Zittern in seiner Stimme hätte sogar ihn überzeugt.

»So etwas wie Zauberei gibt es nicht«, antwortete Thobias. Auch seine Stimme klang erschüttert. Er starrte den zum zweiten Mal Gestorbenen aus schreckgeweiteten Augen an, dann beugte er sich über das andere offene Grab. Sorgsam tastete er nach dem Puls des Toten, hob seine Augenlider und tat noch einige andere Dinge, die Andrej nicht genau begriff. Schließlich richtete er sich auf und sah zuerst Abu Dun und dann Andrej an.

»Es beginnt wieder«, murmelte er.

»*Was* beginnt wieder?«, fragte Abu Dun.

Statt zu antworten, bückte sich Thobias nach der Schaufel, die Andrej fallen gelassen hatte, und ging zu dem benachbarten frischen Grab.

»Helft mir!«

Andrej und Abu Dun tauschten einen verwunderten Blick, während Thobias bereits wie von Sinnen zu graben begann.

Auch zu dritt benötigten sie über eine Stunde, um die Gräber zu öffnen und die darin befindlichen Särge ans Tageslicht zu bringen. Die Sonne ging auf, lange bevor sie mit ihrer Arbeit fertig waren.

Die beiden ersten Särge enthielten die Leichen eines Mannes und einer Frau, die zweifellos tot waren und es auch bleiben würden. Der Mann, der in dem letzten Sarg lag, den

Andrej und Thobias aufbrachen, bot einen anderen Anblick. Einen schlimmeren Anblick.

Auch er war tot. Die Verwesung hatte bereits eingesetzt. Und er war offenbar keines friedlichen Todes gestorben. Sein Körper lag in einer derart verkrümmten Haltung im Sarg, als wäre in allen seinen Gliedmaßen mindestens ein Knochen gebrochen. Seine Haut hing in Fetzen. Er hatte sich selbst das Gesicht zerfleischt, und alle seine Fingernägel waren zersplittert.

»Großer Gott!«, flüsterte Thobias. Er bekreuzigte sich, und auch Andrej spürte, wie ihm alles Blut aus dem Gesicht wich. Selbst Abu Dun sog beim Anblick des Leichnams entsetzt die Luft zwischen den Zähnen ein.

Es musste ein entsetzlicher Todeskampf gewesen sein, dachte Andrej, der Stunden, wenn nicht Tage gedauert hatte. Der Mann musste am Schluss mit solcher Verzweiflung um sich geschlagen haben, dass es ihm tatsächlich gelungen war, eines der massiven Bretter zu zertrümmern, aus denen der Sarg bestand. Erdreich war eingedrungen und hatte seine Panik vermutlich noch gesteigert.

»Ein Toter, der im Grab wieder erwacht«, murmelte Abu Dun.

»Er war niemals tot«, antwortete Thobias. Langsam setzte er sich auf und fuhr sich mit dem Handrücken über das schweißnasse Gesicht. Er hinterließ eine schmierige, breite Schmutzspur, ohne es überhaupt zu bemerken.

»Niemals tot?«, fragte Abu Dun. »Warum haben sie ihn dann begraben?«

»Weil sie geglaubt haben, dass er tot ist«, antwortete Thobias. »Ich habe von solchen Fällen gehört, während meines

Anatomiestudiums – aber ich habe es noch nie mit eigenen Augen gesehen.« Er erschauderte sichtbar. »Mein Gott. Ich hätte nicht gedacht, dass es so grässlich ist!«

»Was soll das heißen – sie haben geglaubt, dass er tot ist?«, fragte Abu Dun. »Ein Mensch lebt, oder er ist tot. Sein Herz schlägt, oder es schlägt nicht, so einfach ist das.«

»So einfach ist es leider nicht«, antwortete Thobias. Er sah wieder in den geöffneten Sarg hinab. Sein Gesicht war grau vor Entsetzen. Doch so sehr ihn der Anblick auch erschreckte, schien es ihm gleichzeitig kaum möglich zu sein, den Blick davon abzuwenden.

»Es kommt vor«, fuhr er fort. »Sogar öfter, als man glauben mag. Die Kranken hören scheinbar auf zu atmen. Die Körpertemperatur fällt, und das Herz schlägt nur noch unregelmäßig. Manchmal bluten sie nicht einmal mehr, wenn man in ihre Haut schneidet.«

»Das hast du dir ausgedacht«, behauptete Abu Dun. Seine Stimme zitterte leise.

»Selbst ein erfahrener Arzt hätte große Mühe festzustellen, dass diese Menschen noch leben«, fuhr Thobias fort, ohne Abu Duns Einwurf auch nur zu beachten. Vermutlich hatte er seine Worte gar nicht gehört. Er starrte den Toten noch immer an. »Sie werden für tot befunden und beigesetzt.«

»Und wachen irgendwann wieder auf«, vermutete Andrej. »Nach Stunden oder vielleicht auch Tagen.« Ihn schauderte. »In einem Sarg. Tief unter der Erde. Lebendig begraben. Das ist ... eine entsetzliche Vorstellung.«

Thobias nickte. »Manche haben vielleicht Glück und ersticken im Schlaf. Aber die meisten ...« Er brach ab und starrte wieder in den Sarg. »Unvorstellbar.«

»Und danach werden sie zu lebenden Toten?«, fragte Andrej. »Von einer solchen Krankheit habe ich noch nie gehört.«

»Das hat niemand«, antwortete Thobias. »Wir wissen so wenig über den menschlichen Körper und seine Geheimnisse. Niemand weiß etwas. Auch ich nicht, Andrej. Vielleicht ist es eine Krankheit. Vielleicht auch etwas anderes. Großer Gott, vielleicht habe ich mich die ganze Zeit über geirrt, und es ist doch das Werk des Teufels.«

Andrej tauschte einen verstohlenen Blick mit Abu Dun, auf den der Nubier mit einem ebenso verstohlenen Nicken antwortete. Die Geschichte, die Thobias gerade erzählt hatte, ähnelte auf beunruhigende Weise dem, was sie von dem Zigeunermädchen gehört hatten.

»Gesetzt den Fall, es ist eine Art ... Krankheit«, begann Andrej vorsichtig, »und nicht das Werk des Teufels – wieso ist die Welt dann noch nicht von Werwölfen und Vampyren bevölkert?«

Er behielt Thobias scharf im Auge, als er das Wort *Vampyr* aussprach, aber der Priester zeigte keine Reaktion. Er hob nur die Schultern und starrte weiter in den geöffneten Sarg hinab. »Das weiß ich nicht«, antwortete er mit leiser, beinahe tonloser Stimme. »Vielleicht ist es nur das Endstadium einer Krankheit, Andrej. Vielleicht sterben neun von zehn, vielleicht alle von tausend, bis auf einen.« Er hob in einer Geste völliger Hilflosigkeit die Hände. »Ich weiß es einfach nicht, Andrej.«

Das glaubte Andrej, aber er war dennoch erstaunt über das Ausmaß des Schreckens, der sich auf Thobias' Gesicht abzeichnete.

»Aber ist es nicht genau das, was Ihr die ganze Zeit über vermutet habt?«, fragte er.

Endlich riss Thobias den Blick vom Gesicht des Toten los und sah Andrej direkt an. »Vermutet ... ja. Vielleicht. Aber es ist ein Unterschied, etwas zu vermuten und so etwas zu sehen.«

»Und das sagt ein Mann der Wissenschaft?«, wunderte sich Andrej.

»Wissenschaft?« Thobias lachte bitter. »Wir sind keine Männer der Wissenschaft, Andrej. Wir stümpern herum, das ist alles. Wir wissen nichts.« Er blickte wieder in den Sarg hinab. »Und vielleicht sollten wir manches auch nicht wissen.«

Der Unterton in Thobias' Stimme entging Andrej keineswegs. Der junge Prediger war nahe daran, endgültig die Kontrolle zu verlieren. Er musste irgendetwas tun, um Thobias wieder in die Wirklichkeit zurückzuholen. Jetzt.

»Wir müssen die Gräber wieder schließen«, sagte er. »Wenn Vater Benedikt und die Inquisition kommen und das hier sehen, wird es schwierig sein, ihre Fragen zu beantworten.«

»Es ist noch viel schlimmer«, sagte Thobias.

»Was soll das heißen?«

Thobias antwortete nicht sofort. »Es hat einen weiteren Toten im Dorf gegeben«, sagte er schließlich. »Gestern. Ein Bauer, der nicht von der Arbeit auf seinem Feld zurückkam. Sie haben ihn gefunden. Etwas hat ihn regelrecht in Stücke gerissen.«

Andrej sah zu den geöffneten Gräbern hin, aber Thobias schüttelte den Kopf. »Er wurde verbrannt.«

»War das Eure Idee?«

»Die meines Vaters.«

»Dann habt Ihr einen sehr klugen Vater«, sagte Andrej.

»Das habe ich«, sagte Thobias. »Aber es wird die Menschen in Trentklamm auch nicht retten. So wenig wie meinen Vater oder mich selbst.« Sein Blick flackerte noch immer, aber er fand langsam zu seiner gewohnten Fassung zurück. »Wir könnten versuchen, Birger und seine Brut zu finden und zu töten. Vielleicht verschont Benedikt die Menschen in Trentklamm aber auch, wenn wir ihm etwas anderes geben, das er verbrennen kann. Ihr wisst, wo es sich verbirgt, Andrej.«

»In den Bergen«, sagte Andrej. »Jenseits der Schattenklamm.«

»Halt!«, mischte sich Abu Dun ein. Auf seinem Gesicht begann sich eine Mischung aus Ungläubigkeit und Zorn breit zu machen, während er abwechselnd Andrej und Thobias musterte. »Nur damit ich das richtig verstehe. Ihr erwartet, dass ich dort hinaufgehe und mich diesem ... diesem *Ding* entgegenstelle, das ein Dutzend Soldaten getötet hat?«

»Sag mir nicht, du hättest Angst«, sagte Andrej.

»Sag du mir einen einzigen Grund, aus dem ich das tun sollte«, erwiderte Abu Dun. Er verzog die Lippen und wandte sich mit einem höhnischen Blick an Thobias. »O ja, jetzt erinnere ich mich. Immerhin habe ich lange genug Eure Gastfreundschaft genossen. Wie konnte ich das nur vergessen?«

»Es war nicht seine Schuld«, sagte Andrej.

Abu Dun hörte ihm gar nicht zu, und auch Thobias starrte eine geraume Weile aus blicklosen Augen an ihm vorbei ins Leere. Schließlich wandte er sich mit leiser, beinahe flehender Stimme direkt an den Nubier.

»Ich weiß, wie sehr Ihr mich hassen müsst, Abu Dun«, begann er. »Ich verlange nicht, dass Ihr mir verzeiht oder auch nur versteht, warum ich Euch das angetan habe.«

»Wie großzügig«, höhnte Abu Dun.

»Ich bitte nicht für mich«, fuhr Thobias fort. »Ich bin bereit, für das zu bezahlen, was Euch angetan wurde, Abu Dun.«

»Seid Ihr sicher?«, fragte Abu Dun. Seine Augen wurden schmal. »Die Rechnung könnte höher ausfallen, als Ihr ahnt.«

»Macht mit mir, was Ihr wollt«, sagte Thobias leise. »Ihr könnt mich töten, wenn es das ist, was Euren Rachdurst stillt. Es ist mir gleich. Ich bitte für die Menschen unten im Dorf. Wenn ich mit meinem Leben für das von hundert Unschuldigen bezahlen kann, dann soll es mir recht sein.«

»Niemand will Euren Tod«, sagte Andrej.

»Vielleicht nicht Euren Tod, Mönchlein, aber vielleicht einen Arm oder ein Bein. Oder beides«, grollte Abu Dun.

»Abu Dun!«, rief Andrej scharf.

»Ich bitte Euch, sucht dieses Ungeheuer«, flehte Thobias. »Vernichtet es! Es ist der einzige Weg, die Menschen in Trentklamm zu retten. Und noch viele andere mehr.«

Andrej schwieg. Er sah Thobias an, dann länger und schweigend Abu Dun. Der Nubier hielt seinem Blick lange Stand, aber schließlich schüttelte er den Kopf.

»Ich wusste ja schon immer, dass du verrückt bist, Hexenmeister.«

»Und?«, fragte Andrej. »Was meinst du damit?«

Abu Dun seufzte tief. »Ich gebe es ungern zu«, sagte er, »aber ich muss wohl ebenfalls verrückt geworden sein.«

12

Die Schnelligkeit, mit der sich Abu Dun erholte, war geradezu unheimlich. Sie hatten die Gräber wieder geschlossen, soweit es ihnen möglich gewesen war. Anschließend war Thobias verschwunden, um mit zwei gesattelten Pferden zurückzukommen. Zusätzlich hatte er saubere Kleider, Lebensmittel für mehrere Tage und zwei warme Kapuzenmäntel aus grober brauner Wolle mitgebracht.

»Die werdet Ihr brauchen«, erklärte er, als Abu Dun die Stirn runzelte. »Oben in den Bergen ist es kalt.«

»Woher habt Ihr diese Kleider?«, fragte Andrej misstrauisch. Die Zeit, die Thobias fort gewesen war, hätte vielleicht ausgereicht, nach Trentklamm und zurück zu gehen und die Pferde zu holen, aber kaum, um all diese umfangreichen Vorbereitungen zu treffen.

Statt zu antworten, holte Thobias ein in Lumpen eingeschlagenes Bündel aus dem Gepäck hervor, das er Abu Dun reichte. Als der Nubier es auswickelte, kam sein eigener Krummsäbel zum Vorschein.

»Was hattet Ihr eigentlich vor?«, fragte Andrej. Er schwankte zwischen Überraschung und Wut. »Uns umzubringen oder Euch wieder unserer Dienste zu versichern?«

Das Letzte, womit er gerechnet hatte, war eine Antwort, aber er bekam sie. Thobias zuckte mit den Achseln und wich seinem Blick aus. »Ich weiß es selbst nicht genau. Ich war ... ich weiß nicht, was ich wollte.«

»Woher wusstet Ihr überhaupt, dass wir hier sind?«, fragte Abu Dun.

»So groß ist die Auswahl an Verstecken nicht«, antwortete Thobias. »Seid froh, dass ich gekommen bin und nicht die Soldaten des Landgrafen.« Er machte eine Kopfbewegung zu den Pferden.

Andrej war nicht ganz sicher, aber er glaubte eines davon wiederzuerkennen. Wenn es nicht der Rappe war, mit dem er vor vier Tagen aus der Klosterfestung geflohen war, dann dessen Zwillingsbruder. »Ihr solltet aufbrechen. Mein Vater erwartet euch in der Almhütte. Ihr findet den Weg?«

Andrej tauschte einen überraschten Blick mit Abu Dun, nickte dann aber. »Wozu?«

»Wir warten auf Nachricht von Vater Benedikt«, antwortete Thobias. »Euch bleibt nur sehr wenig Zeit, um das Ungeheuer zu stellen. Vielleicht zwei Tage.«

»Wer sagt Euch, dass wir nicht einfach auf die Pferde steigen und unserer Wege gehen?«, fragte Abu Dun.

»Niemand«, antwortete Thobias. »Tut, was immer Ihr mit Eurem Gewissen vereinbaren könnt.«

»Ich bin Heide, Mönchlein«, sagte Abu Dun, während er den Mantel zurückschlug und den Krummsäbel umband. »Und ein Mohr dazu. Ich habe kein Gewissen.«

»Wir haben vor allem keine Zeit für diesen Unsinn.« Andrej drehte sich um und ging zu seinem Pferd. Er war jetzt sicher, dass es der Rappe war. Ohne ein weiteres Wort stieg er in den Sattel und wartete voller Ungeduld darauf, dass Abu Dun es ihm gleichtat. Auch der Nubier saß auf, allerdings mit bedächtiger Langsamkeit. Er warf Thobias einen herausfordernden Blick zu.

Sie ritten los. Andrej war davon ausgegangen, dass sie wegen Abu Duns Verletzungen nicht besonders schnell vorwärts kommen würden, aber das Gegenteil war der Fall. Vielleicht um seinem Ärger Ausdruck zu verleihen, legte Abu Dun ein Tempo vor, bei dem sich Andrej sputen musste, um überhaupt mithalten zu können. Erst als sie das Seitental verlassen hatten, an dessen Ende der Friedhof lag, hielt er an.

»Was sollte das?«, fragte Andrej, während er an ihm vorbeiritt und die nach rechts führende Gabelung des Weges nahm. Seine Versicherung Thobias gegenüber, den Weg zur Bergweide hinauf zu finden, war etwas zu vorschnell gewesen. Er kannte die Richtung, aber er war dennoch fremd hier, und letztendlich sah ein Baum aus wie der andere.

»Was?«, fragte Abu Dun arglos.

»Du weißt genau, was ich meine«, erwiderte Andrej. »Ich erwarte nicht, dass du Thobias in dein großes schwarzes Herz schließt …«

»Das ist gut«, sagte Abu Dun. »Ich hätte auch viel mehr Lust, ihn in meine große schwarze Faust zu schließen.«

»… aber er hat Recht, weißt du?«, fuhr Andrej fort. »Wir müssen Birger stellen. Und alle, die bei ihm sind. Und vorher müssen wir das Ungeheuer finden.«

»Du meinst, du musst ihn stellen, und du musst das Ungeheuer finden«, fasste Abu Dun Andrejs Äußerung genauer zusammen.

Andrej riss mit einem so heftigen Ruck am Zügel, dass das Pferd unwillig schnaubte und den Kopf zurückwarf. »Du musst nicht mitkommen«, sagte er scharf. »Es ist ganz allein meine Sache. Ich habe kein Recht, dich in Gefahr zu bringen. Geh deiner Wege. Oder warte hier auf mich. Vielleicht komme ich ja zurück.«

Auch Abu Dun zügelte sein Pferd. Sein Gesicht verfinsterte sich – aber nur für einen Moment. Dann konnte Andrej sehen, wie sein Zorn verrauchte und etwas ... anderem Platz machte.

»Es tut mir leid«, sagte er. »Ich wollte nicht ...« Er überlegte kurz und setzte dann neu an: »Vermutlich hast du Recht. Aber ich kann diesem Mönchlein einfach nicht vertrauen. Könntest du es an meiner Stelle?«

»Wahrscheinlich nicht«, gestand Andrej. Er ritt weiter, und er konnte fast körperlich spüren, wie sich die Spannung zwischen ihnen auflöste wie die letzten Wolken eines Hochsommergewitters.

Es war nicht das erste Mal, dass sie nahezu grundlos in Streit zu geraten drohten. Bisher hatte Andrej angenommen, dass es an Abu Duns Zustand lag. Ein Mann, der dem Tod so knapp entkommen war, war nicht sehr duldsam. Aber das war nur ein Teil der Wahrheit. Der andere – unangenehmere – war, dass auch er ungerechter geworden war. Er veränderte sich weiter.

Nachdem sie eine geraume Weile schweigend nebeneinander hergeritten waren, ergriff Abu Dun erneut das Wort.

»Was ich vor ein paar Tagen gesagt habe, Andrej … dass … dass du mir etwas schuldig bist …«

»Ich sagte dir doch bereits, das ist vergessen«, unterbrach ihn Andrej. »Du musst dich nicht entschuldigen. Du hast im Fieber geredet. Da reden die Leute oft wirres Zeug.«

»Aber es war die Wahrheit«, sagte Abu Dun leise.

Andrej wandte den Kopf und sah ihn an. Abu Dun wirkte nicht niedergeschlagen oder verlegen, und auch sein Tonfall war nicht der einer Rechtfertigung. Er wirkte sehr ernst.

»Was soll das heißen?«

»Jedenfalls war das am Anfang so«, sagte Abu Dun. »Das ist die Wahrheit, Hexenmeister. Ich bin damals bei dir geblieben, weil ich insgeheim die Hoffnung hatte, eines Tages so zu werden wie du.«

»Einsam?«, fragte Andrej. »Immer gehetzt? Ohne einen Ort, an den ich gehöre, oder einen Menschen, den ich lieben kann?«

»He!«, wandte Abu Dun ein. »Du hast doch mich. Ich sollte dir böse sein.«

»Zwecklos«, antwortete Andrej. »Stell dir nur vor, wie unsere Kinder aussehen würden.«

Abu Dun blieb ernst. »Wie alt bist du, Hexenmeister? Sechzig? Siebzig?«

»Ich weiß es nicht genau«, antwortete Andrej wahrheitsgemäß. »Ungefähr.«

»Und du siehst aus wie dreißig.«, sagte Abu Dun. »Eines Tages wirst du sechs- oder siebenhundert Jahre alt sein, und du wirst immer noch aussehen wie fünfunddreißig. Du wirst nie krank. Deine Wunden heilen wie durch Zauberei, und du bist so stark wie zehn Männer. Kannst du es einem Mann verdenken, dass er auch so werden will?«

Vermutlich hätte Andrej an Abu Duns Stelle nicht anders gedacht. Niemand, der ein solches Leben nicht selbst gelebt hatte, konnte ermessen, welchen Preis er dafür zahlte.

»Und jetzt?«, fragte er. »Jetzt willst du nicht mehr so werden wie ich?«

»Natürlich will ich das«, antwortete Abu Dun. »Und eines Tages werde ich dich dazu bringen, es zu tun, Hexenmeister. Aber nicht jetzt.«

»Dann ist es ja gut«, sagte Andrej abweisend. Er mochte diese Gespräche nicht, und Abu Dun wusste das. Eines Tages würde Abu Dun in seinen Armen sterben, hoffentlich erst in vielen Jahren, grau geworden und friedlich. Und auch er selbst würde nicht sechs- oder siebenhundert Jahre alt werden. Er würde auf dem Scheiterhaufen enden, wenn er nicht Glück hatte und zuvor einem Schwert begegnete, das besser geführt wurde als das seine. Die Welt war nun einmal so. Er war anders, und die Menschen und das Schicksal billigten auf Dauer nichts, was sie nicht verstehen konnten und was ihnen Angst machte.

Er verscheuchte den Gedanken. Im Moment gab es anderes zu tun. Vielleicht sollten sie versuchen, die nächsten drei Tage zu überleben, und sich danach Gedanken um die nächsten drei Jahrhunderte machen.

Allmählich ritten sie höher in die Berge hinauf. Es wurde kälter, obwohl die Sonne ihr Licht mit geradezu verschwenderischer Freigebigkeit über den Himmel verteilte. Andrej war schon bald froh, dass Thobias ihnen die warmen Mäntel gegeben hatte. Dabei war das Land rings um sie herum noch grün. Der Winter kam früher in diesem Teil der Welt, als er es gewohnt war.

»Was ist mit Ludowig?«, fragte Abu Dun. »Traust du ihm?«

»Thobias' Vater?« Andrej dachte über diese Frage nach, ohne zu einer wirklichen Antwort zu gelangen. Er hob die Schultern. »Ich denke schon.«

»Einem Pfaffen?« Abu Dun schüttelte ungläubig den Kopf. »Ausgerechnet du traust einem Kuttenträger? Wie kommt das?«

Sie hatten die Bergwiese erreicht. Statt einer Antwort machte Andrej eine Kopfbewegung zu der kleinen Hütte an ihrem jenseitigen Rand hin. »Er wartet dort drüben auf uns.«

Abu Dun sah ihn mit wachsender Verwunderung an, aber er beließ es bei einem Achselzucken. Sein Blick verharrte noch einen Moment auf Andrejs Gesicht und begann dann, misstrauisch das weite Grün der Alm abzutasten.

Sie ritten weiter. Nichts schien sich geändert zu haben, seit Andrej das letzte Mal hier gewesen war; selbst die Kühe waren noch da. Neben der Hütte war jedoch jetzt ein Maulesel angebunden, auf dessen Rücken eine zerschlissene Decke lag. Vermutlich das Tier, mit dem Vater Ludowig gekommen war, obgleich die Vorstellung Ludowigs auf dem Rücken eines störrischen Maulesels Andrej ein Lächeln abrang.

Als sie sich der Hütte auf zwanzig Schritte genähert hatten, hielt Andrej das Pferd an und hob die Hand.

»Was?«, fragte Abu Dun knapp. Seine Rechte senkte sich auf den Griff des Krummsäbels.

Andrej konzentrierte sich für einen Moment. »Hier stimmt etwas nicht«, sagte er. »Da ist Blut.«

»Blut?« Abu Dun sah ihn verständnislos an. »Was meinst du damit?«

»Blut«, wiederholte Andrej. Er machte eine Kopfbewegung zur Hütte hin. »Dort drinnen. Ich kann es riechen.«

»Riechen? Auf diese Entfernung?« Abu Duns Stimme ließ keinen Zweifel daran aufkommen, was er von dieser Behauptung hielt.

»Irgendetwas stimmt hier nicht«, wiederholte Andrej. »Bleib zurück.«

»Dein Vertrauen ehrt mich zutiefst«, sagte Abu Dun, erntete damit aber nur einen weiteren ärgerlichen Blick Andrejs.

»Ich brauche jemanden, der mir Rückendeckung gibt«, schnappte Andrej. »Hier stinkt es geradezu nach einer Falle!«

Der spöttische Ausdruck verschwand von Abu Duns Zügen. Stattdessen sah der Nubier plötzlich angespannt und aufs Höchste konzentriert aus. Gleichzeitig mit Andrej schwang er sich vom Pferd und zog seine Waffe. Er mußte einen Schmerzensschrei unterdrücken, drehte sich aber herum, um die Wiese und den mit Felsbrocken und -trümmern durchsetzten Waldrand auf der anderen Seite im Auge zu behalten.

Andrej näherte sich der Hütte mit äußerster Vorsicht. Der Blutgeruch wurde stärker, aber aus der offen stehenden Tür drang nicht der mindeste Laut. Er ging schneller, blieb dicht vor der Tür noch einmal stehen und trat dann ein, das Schwert halb erhoben und die linke Hand abwehrend vorgestreckt.

Da die Hütte keine Fenster hatte und er direkt aus dem grellen Licht der Mittagssonne kam, benötigten selbst seine überscharfen Augen einige Sekunden, bis er sich so weit an die Dunkelheit gewöhnt hatte, dass er wenigstens Schemen erkennen konnte.

Die Hütte war winzig, ein einziger drei mal fünf Schritte messender Raum, dessen spärliche Einrichtung vollkommen zertrümmert war. Hier musste ein gnadenloser Kampf getobt haben.

Aber er war vermutlich nicht von langer Dauer gewesen.

Vater Ludowig lag verkrümmt in einem Winkel der Hütte. Er lebte noch, wie seine röchelnden Atemzüge bewiesen, aber schon das war ein Wunder. Selbst ein viel jüngerer und kräftigerer Mann hätte die furchtbaren Verletzungen und den schrecklichen Blutverlust kaum überleben können.

Andrej schob das Schwert in die Scheide, ging zu ihm und kniete neben dem sterbenden Pfarrer nieder. Ludowigs Augen waren geschlossen. Aus den tiefen Schnitt- und Risswunden an seinem Hals und in seinem Gesicht lief noch immer das Blut. Er würde sterben.

Andrej streckte die Hand nach dem so zerbrechlich aussehenden Hals des alten Mannes aus, um ihm eine letzte Gnade zu erweisen und sein Leiden zu beenden, führte die Bewegung aber nicht zu Ende. Es war nicht notwendig. Er sah, dass Ludowig nicht noch einmal erwachen würde.

Erfüllt von Trauer und Zorn richtete Andrej sich auf und suchte den Boden mit Blicken ab. Er fand die Spur fast sofort. Ein verschmierter blutiger Abdruck, der zu einem Wesen gehörte, das nicht ganz Mensch, aber auch nicht vollständig Tier war, sondern eine widernatürliche Mischung aus beidem. Sie führte vom Leichnam des Priesters fort zur Tür und brach dann ab, aber Andrej wusste, wohin sie führen würde. Dennoch ließ er sich noch einmal in die Hocke sinken und streckte die Hand aus. Die Spur war noch frisch; das Blut noch nicht eingetrocknet.

Rasch stand er auf und trat wieder aus der Hütte. Abu Dun war mittlerweile näher gekommen und führte die beiden Pferde an Zügeln hinter sich her. Er stellte keine Frage. Ein Blick in Andrejs Gesicht reichte, um zu wissen, was geschehen war. Abu Dun saß auf, als Andrej noch zehn Schritte entfernt war und zu laufen begann. Er drehte die Pferde in die Richtung, in die sie nun reiten würden, und hielt Andrej den Zügel hin. Sie sprengten los, kaum dass Andrej in den Sattel gesprungen war.

»Wie lange ist es her?«, schrie Abu Dun über das Donnern der Pferdehufe hinweg.

»Nicht lange!«, rief Andrej zurück. »Nur ein paar Minuten. Vielleicht holen wir ihn noch ein, bevor er die Schattenklamm erreicht!«

Zum ersten Mal seit langer Zeit hatte er das Gefühl, zu Abu Dun zu gehören. Es waren nur Winzigkeiten; die Selbstverständlichkeit, mit der sie sich verständigten und mit der jeder zu wissen schien, was der andere dachte und von ihm erwartete.

Für die Strecke, die Günther und ihn fast einen halben Tag gekostet hatte, brauchten sie kaum eine Stunde. Zwei- oder dreimal glaubte Andrej, eine geduckt huschende Gestalt im hohen Gras zu sehen, aber jedes Mal erwies es sich nur als Täuschung oder als Schatten, der ihnen Bewegung vorgaukelte. Andrej ließ sein Pferd in einen raschen Trab und schließlich in Galopp fallen, nahm das Tempo aber schließlich wieder zurück, als deutlich wurde, dass Abu Dun nicht mithalten konnte, ohne sich über die Maßen zu verausgaben. In Gedanken gemahnte er sich zur Vorsicht. Auch wenn Abu Dun sich bemühte, es sich nicht anmerken zu lassen, befand er sich doch in einem Zustand, in dem jeder andere Mann schon längst vor Erschöpfung zusammengebrochen wäre. Er aber war viel zu stolz, um das zuzugeben. Andrej mußte auf ihn acht geben.

»Und jetzt?«, fragte Abu Dun, als sie endlich am Eingang der Schattenklamm angelangt waren. Vor ihnen hörte der Grasboden auf und ging in den steinigen Untergrund der Schlucht über. Andrej schwieg einen kurzen Moment, dann schwang er sich aus dem Sattel und ließ sich in die Hocke sinken.

Es war unheimlich. Der Geruch war ganz schwach; nur ein Hauch. Aber er war wahrnehmbar – als Mischung aus Fäulnis, altem Blut und Wildaroma.

»Es ist hier entlanggekommen«, sagte er. »Vor nicht allzu langer Zeit.« Er war fast sicher, dass die Fährte alt war, möglicherweise mehrere Tage. Es war der Geruch von etwas Gefährlichem und Wildem.

Abu Dun runzelte die Stirn. »An dir ist ein Bluthund verloren gegangen«, sagte er.

Andrej sah zornig zu ihm hoch. Abu Dun grinste noch einen Moment lang weiter, dann erlosch sein Grinsen und machte einem ernsten Ausdruck Platz. »Entschuldige.«

Andrej stand auf, drehte sich herum, um wieder in den Sattel zu steigen, und beließ es bei einem Kopfschütteln. Mit den Pferden würden sie noch zwanzig Schritte weit kommen.

Ohne dass es eines weiteren Wortes bedurft hätte, stieg auch Abu Dun ab und ließ sich vorsichtig zu Boden sinken. Sie nahmen ihr Gepäck, wandten sich um und drangen Seite an Seite tiefer in die Schattenklamm ein. Andrej beobachtete Abu Dun aus den Augenwinkeln. Der Nubier hielt scheinbar mühelos mit ihm Schritt, aber seine Bewegungen waren längst nicht so forsch und sicher, wie er es von früher kannte. Andrej konnte *riechen*, dass Abu Dun nicht gesund war.

Sie brauchten annähernd doppelt so lange, um das Ende der Klamm zu erreichen, als Andrej erwartet hatte. Abu Dun wollte sofort weitergehen, aber Andrej schüttelte den Kopf und ließ das Gepäck von der Schulter gleiten.

»Wir machen eine Pause«, sagte er. »Die Kletterei wird anstrengend genug.«

»Und du bist der Meinung, dass ich es nicht schaffe«, ergänzte Abu Dun ärgerlich.

»Ich bin nicht einmal sicher, dass *ich* es schaffe«, antwortete Andrej mit einer Geste auf den steil ansteigenden, mit Geröll und Felstrümmern übersäten Hang. »Wenn ich dieses Monstrum wäre, dann würde ich genau dort oben warten. Sollten wir vollkommen erschöpft dort oben ankommen, dann gäbe es keine Fluchtmöglichkeit, falls wir in einen Hinterhalt geraten.«

Abu Duns Gesichtsausdruck machte deutlich, was er von dieser Erklärung hielt. Er schwieg jedoch, ließ sich in den Schatten eines Felsens sinken und schloss die Augen. Im nächsten Augenblick war er eingeschlafen und begann lautstark zu schnarchen.

Andrej gönnte ihm zwei Stunden Ruhe, bevor er ihn wieder weckte und sie ihren Weg fortsetzten. Abu Duns Dankbarkeit drückte sich in einem Schwall bissiger Bemerkungen über die verlorene Zeit aus. Seine Bewegungen waren weder kraftvoller noch sicherer geworden. Aber wenigstens war er nicht noch schwächer geworden.

Erst am späten Nachmittag erreichten sie das obere Ende des Hanges; eine felsige Hochebene ohne Vegetation, über die der Wind pfiff und die so öde und feindlich wirkte, wie sich Andrej die Rückseite des Mondes vorstellte. Der Weg den Hang hinauf war kaum länger als eine halbe Meile gewesen, aber viel steiler, als Andrej befürchtet hatte. Nicht nur Abu Duns, sondern auch seine eigenen Kräfte hatten mehrmals versagt, und sie hatten in immer kürzeren Abständen anhalten und sich ausruhen müssen. Jetzt blieb ihnen nur noch wenig Tageslicht, und Andrej hatte das Gefühl, dass sie weiter von ihrem Ziel entfernt waren denn je.

Abu Dun sprach aus, was Andrej nur dachte. »Wenn deine Ungeheuer wirklich hier oben sind, dann müssen sie sehr genügsam sein«, sagte er, während sein sich Blick langsam und sehr misstrauisch über die kahle Weite vor ihnen tastete. Die Hochebene war nicht endlos, aber doch groß genug, um die verschwommenen Schatten an ihrem Ende wie ein neues Gebirge aussehen zu lassen, das in einem anderen Land lag.

Als er nicht antwortete, sah Abu Dun ihn stirnrunzelnd an und fragte: »Hast du die Fährte wieder aufgenommen?«

»Ich bin kein Hund«, sagte Andrej verärgert. Er wollte noch weit mehr sagen, aber er beherrschte sich. Sie waren beide müde, erschöpft und reizbar.

Außerdem kam Abu Duns Bemerkung der Wahrheit näher, als Andrej zugeben wollte. Die unheimliche Verbesserung seiner Sinneswahrnehmungen hatte ihn bisher allenfalls verwirrt, aber mittlerweile machte sie ihm Angst.

»Das ist schade«, sagte Abu Dun nach einer Weile. »Dann werden wir sie wohl kaum finden.« Er schüttelte müde den Kopf. »Nimm es mir nicht übel, Hexenmeister – aber das war keine von deinen besseren Ideen. Lass uns zurückgehen.«

Andrej blickte zweifelnd den Hang hinab. Der Abstieg würde noch schwieriger werden, als es der Aufstieg gewesen war, und damit noch länger dauern. Er schüttelte den Kopf.

»Morgen«, sagte er, »bei Sonnenaufgang.«

»Du scheinst ganz versessen darauf zu sein, hier oben zu übernachten, wie?«

»Ich bin überhaupt nicht versessen darauf, auf halber Strecke zu übernachten«, antwortete Andrej, »oder mir zwischen den Felsen den Hals zu brechen. Und ich ...« Er brach ab.

»Und was?«, fragte Abu Dun.

Andrej schwieg. Abu Dun wollte seine Frage wiederholen, aber Andrej machte eine rasche, mahnende Geste und legte mit geschlossenen Augen den Kopf zur Seite, um zu lauschen.

Er hörte nur das Geräusch des Windes, der fast ungehindert über die Ebene strich und sich heulend an Felsen und Findlingen brach. Und trotzdem.

»Sie sind hier«, sagte er.

Abu Dun blickte ihn zweifelnd an, aber Andrej wiederholte sein Nicken und deutete in die Leere hinaus. Nichts rührte sich, und er konnte auch nichts von ihnen hören, so angestrengt er auch lauschte. Aber er konnte sie spüren. Sie waren da, und es waren mehrere Werwölfe. Zwei, vielleicht sogar drei.

»Bist du sicher?«, fragte Abu Dun, und seine Stimme klang brüchig.

»Ja«, antwortete Andrej. »Sie kommen näher.

Mahnend hob er die Hand, damit Abu Dun zurückblieb – vielleicht zum ersten Mal, seit er Abu Dun kannte, musste er nicht fürchten, dass der Nubier ungestüm voran und vielleicht mit offenen Augen ins Verderben lief –, zog sein Schwert und machte einen vorsichtigen Schritt. Er strengte seine Augen so sehr an, dass es schmerzte, aber er sah dennoch nicht mehr als Schatten und eingebildete Bewegungen, die nur eine Ausgeburt seiner überreizten Nerven waren.

»Ich sehe nichts«, sagte Abu Dun nach einer Weile. »Bist du ganz sicher?«

»Sie können sich doch nicht unsichtbar machen, zum Teufel«, murmelte Andrej. Aber konnten sie das wirklich nicht? Er wusste so entsetzlich wenig über die Geschöpfe, mit denen sie es zu tun hatten. Nicht mehr als das, was sie von Bruder Thobias erfahren hatten.

»Da!«

Abu Duns Schrei war gellend. Die drei Schemen tauchten wie aus dem Nichts auf, struppig-geduckte Schatten mit glühenden Augen und messerscharfen, gekrümmten Reißzähnen, die sich mit absoluter Lautlosigkeit bewegten und mit einer Schnelligkeit, dass Andrejs Blicke ihnen kaum folgen konnten.

»Was immer passiert, sie dürfen dich nicht verletzen!«, rief er. Dann waren die Ungeheuer näher gekommen, und ihm blieb keine Zeit für weitere Erklärungen.

Andrej empfing den ersten Werwolf mit einem wuchtigen, beidhändig geführten Schwertstreich, von dem er fürchtete, dass er ins Leere gehen würde, noch bevor er die Waffe ganz gehoben hatte. Er wusste aus leidvoller Erfahrung, wie übermenschlich schnell und stark die unheimlichen Monster waren.

Dennoch erfüllte der Schwerthieb seinen Zweck. Der Angreifer duckte sich mit geradezu spielerisch anmutender Leichtigkeit unter Andrejs Klinge weg, aber er war für den Bruchteil einer Sekunde abgelenkt. Mehr brauchte Andrej nicht. Er vollführte eine blitzartige halbe Drehung, riss den Fuß in die Höhe und fegte dem Ungetüm die Beine unter dem Leib weg. Gleichzeitig warf er sich zur Seite und führte das Schwert in einer komplizierten, nach oben gerichteten Drehbewegung, um den zweiten Gegner in Empfang zu nehmen.

Andrej hatte weder damit gerechnet, den ersten Werwolf mit seinem Tritt tatsächlich zu Boden zu werfen, noch damit, dass sein Schwertstreich treffen würde.

Aber er warf den Angreifer zu Boden, und seine Klinge traf und bohrte sich knirschend in Fleisch und zerbrechende Knochen. Ein markerschütterndes, schrilles Heulen erklang. Blut spritzte, und die furchtbare Wucht, mit der die Klinge aufprallte und den Widerstand nicht nur traf, sondern zerschmetterte, hätte ihm die Waffe um ein Haar aus der Hand gerissen.

Andrej stolperte haltlos nach vorn und machte einen raschen Ausfallschritt, um sein Gleichgewicht wiederzufinden. Gleichzeitig fuhr er herum, um sich dem dritten Monster zuzuwenden.

Es war nicht mehr nötig.

Seine Abwehr hatte wenig Zeit in Anspruch genommen, doch diese kurze Spanne hatte auch Abu Dun gereicht, um mit seinem Gegner fertig zu werden. Er richtete sich gerade wieder auf. Sein Atem ging schwer, und die Klinge seines Krummsäbels schimmerte im Mondlicht schwarz vom Blut des getöteten Werwolfs. Der Ausdruck auf seinem Gesicht glich eher Verblüffung als Schrecken.

Der Werwolf, den Andrej zu Boden geschleudert hatte, kam umständlich wieder auf die Beine. Seine Bewegungen wirkten fahrig und fast kraftlos. Sie hatten nichts mehr von der schattenhaften Anmut und Schnelligkeit, die Andrej bei seiner ersten Begegnung mit einem dieser Ungeheuer so erschreckt hatten. Der Begegnung, die ihm fast zum Verhängnis geworden wäre.

Abu Dun hob sein Schwert, aber Andrej machte eine rasche Geste, und der Nubier erstarrte mitten in der Bewegung.

»Warte«, mahnte Andrej. »Irgendetwas stimmt nicht.«

Abu Dun murrte. Aber er blieb stehen und betrachtete das struppige Geschöpf stirnrunzelnd, statt es sofort anzugreifen.

Der Werwolf hatte sich taumelnd erhoben und bleckte drohend die Zähne – nur, dass die Geste nicht wirklich drohend wirkte, sondern …

… ängstlich.

Andrej war fassungslos. Das Geschöpf wirkte so abstoßend wie nichts anderes, das Andrej je zu Gesicht bekommen hatte – aber es hatte *Angst.*

Und es war krank.

Andrej konnte es riechen; einen sachten, aber wahrnehmbaren Geruch nach Krankheit und Tod, der sich unter den Raubtiergestank des Werwolfs gemischt hatte und ihn an das Fieber und die Schmerzen erinnerte, die er selbst für endlose Tage kennen gelernt hatte.

Er wiederholte seine mahnende Geste in Abu Duns Richtung, raffte all seinen Mut zusammen und trat der Bestie einen Schritt entgegen. Das Schwert hatte er gesenkt, hielt es aber immer noch zur Verteidigung bereit in der rechten Hand.

»Hör mir zu«, sagte er, langsam und fast übermäßig betont, damit die Kreatur ihn verstand. »Du kannst mich verstehen, habe ich Recht?«

Der Werwolf fauchte; ein Laut, der katzenhaft klang. Sein schreckliches Gebiss schnappte in Andrejs Richtung, aber auch diesmal wirkte die Bewegung eher mitleiderregend. Andrej senkte das Schwert weiter.

»Wir wollen dich nicht töten«, fuhr er fort. »Es ist nicht notwendig, dass wir gegeneinander kämpfen. Hast du das verstanden?«

Das Ungeheuer starrte ihn noch einen Moment lang aus brennenden Augen an – und fuhr mit einer rasend schnellen Bewegung herum, um in der Dunkelheit zu verschwinden.

Abu Dun riss mit einem Fluch das Schwert hoch und setzte ihm nach. Er schaffte jedoch nur zwei Schritte, ehe er mit einem gemurmelten Fluch die Verfolgung abbrach und zurückkam.

»Das war wirklich klug von dir, Hexenmeister«, grollte er. »Wir hätten das Biest erwischen können!«

Andrej antwortete nicht gleich, sondern sah einen Moment konzentriert in die Richtung, in die der Werwolf verschwunden war. Er konnte den schwächer werdenden Geruch des Geschöpfes noch immer wittern. Es war ein vertrauter Geruch. Und doch: Etwas hatte sich geändert. Zu all der unstillbaren Blutgier, dem Zorn und Hass auf alles Lebendige und Atmende war etwas Neues hinzugekommen, ein Empfinden, das alles andere überlagerte und mit jedem Atemzug stärker wurde: Verzweiflung. Eine dumpfe, bohrende Verzweiflung. Ein Gefühl jenseits aller Hoffnung und allen Selbstbetrugs, das aus dem unumstößlichen Wissen um den bevorstehenden Untergang gespeist wurde.

»Sie haben Angst«, sagte er leise.

»Angst.« Abu Dun sprach das Wort auf die gleiche Art aus, auf die er vielleicht einen Schluck kostbaren Wein auf der Zunge zergehen lassen würde. Dann nickte er. »Wenn die anderen nicht besser sind als diese drei, dann haben sie allen Grund, Angst zu haben.«

Andrej warf ihm einen verärgerten Blick zu, auf den Abu Dun mit einem breiten Grinsen antwortete. Andrej schürzte wütend die Lippen und drehte sich mit einem Ruck herum.

Mit zwei schnellen Schritten war er neben dem Werwolf, den er mit dem Schwert niedergeschlagen hatte, und ließ sich neben der verwundeten Kreatur auf ein Knie hinabsinken.

Das Geschöpf hatte das Bewusstsein verloren, und Andrej musste kein zweites Mal hinsehen, um zu wissen, dass es auch nicht wieder erwachen würde. Sein Schwerthieb hatte dem Ungeheuer eine tiefe Wunde zugefügt. Sie blutete so stark, dass der sterbende Werwolf in einer Blutlache lag; warmes, pulsierendes Rot, das nach Verfall und Tod zugleich roch, abstoßend und so unglaublich verlockend, dass er all seine Willenskraft aufbieten musste, um sich nicht vorzubeugen und die Lippen in den warmen Strom zu tauchen, die Lebenskraft des Geschöpfes in sich aufzunehmen und …

»Andrej?«

Irgendetwas war in Abu Duns Stimme, das ihn aufschrecken ließ. Andrej fuhr hoch und blinzelte verständnislos in Abu Duns Gesicht, das mit einer Mischung aus Sorge und mühsam unterdrücktem Entsetzen auf ihn hinabsah. Er wusste nicht mehr, was er gesagt hatte, was er gedacht hatte. Was er *getan* hatte.

»Ist alles in Ordnung?«

Allein das Zittern in Abu Duns Stimme verriet, dass ganz und gar *nichts* in Ordnung war. Trotzdem nickte Andrej, stemmte sich hoch und blickte einen Herzschlag lang verständnislos seine eigenen Hände an. Sie waren schmutzig und dunkelrot und schwarz von halb eingetrocknetem Blut. Nicht von seinem Blut.

Er fuhr sich mit einer fahrigen Geste über das Kinn und spürte eine klebrige Wärme, die an seinen Wangen und auf seinen Lippen haftete. In seinem Mund war süßlicher Kupfergeschmack, und er fühlte sich so lebendig und stark wie seit Ewigkeiten nicht mehr, aber zugleich auch von einem Entsetzen gepackt, das nicht zu beschreiben war.

Großer Gott – hatte er das Blut … *getrunken?*

Er starrte Abu Dun an, las die Antwort auf seine unausgesprochene Frage in dessen Augen und fuhr herum, um so schnell in die Dunkelheit zu stürmen, wie er nur konnte.

Selbst einem Menschen, der nicht über Andrejs besondere Fähigkeiten verfügte, wäre es vermutlich nicht besonders schwer gefallen, der Spur der Kreatur zu folgen. Die Hochebene war nicht so kahl, wie es im ersten Moment den Anschein gehabt hatte. Es gab dünnes Moos und niedrige, dornenbesetzte Büsche, durch die der flüchtende Werwolf rücksichtslos gebrochen war. Obwohl sich Andrej nicht erinnern konnte, auch dieses Geschöpf verwundet zu haben, gab es eine dünne, aber deutliche Blutspur.

Abu Dun hielt die ganze Zeit Abstand zu Andrej. Die wenigen Male, als sich ihre Blicke trafen, wich Abu Dun ihm aus, als hätte er Angst, dass Andrej etwas in seinen Augen lesen könnte, das er dort nicht lesen sollte.

Sie erreichten ihr Ziel schnell: eine große, unregelmäßig geformte Höhle, die im schrägen Winkel in den Berg hineingestanzt zu sein schien.

Steintrümmer und Geröll bildeten einen asymmetrisch geformten Fächer auf dem Boden direkt vor der Höhle. Ein leichter, aber sehr unangenehmer Geruch wehte ihnen entgegen und wies ihnen den Weg. Es war der Geruch von faulendem Fleisch, Blut, aber auch von etwas anderem, Schlimmeren.

Andrej blieb drei Schritte vor dem Eingang stehen und zog sein Schwert wieder aus dem Gürtel, bevor er sich zu Abu Dun umwandte. Der Nubier war vier Schritte hinter ihm stehen geblieben und musterte ihn auf eine Art, die Andrej einen Schauer über den Rücken laufen ließ. Auch er hatte seine Waffe wieder gezogen, aber Andrej war plötzlich nicht mehr sicher, warum.

»Sie sind dort drin«, sagte er.

Abu Dun nickte. Er sagte nichts.

»Vielleicht wäre es besser, wenn …« Andrej zögerte einen Moment und setzte dann mit festerer Stimme noch einmal an: »Vielleicht sollte ich besser allein gehen.«

Abu Dun grinste. »Hast du Angst, ich könnte etwas sehen, was mir schadet?«, fragte er.

»Vielleicht«, antwortete Andrej ernst.

»Nein«, erwiderte Abu Dun grimmig. »Wir gehen beide dort hinein oder keiner.« Sein Grinsen wurde breiter und erinnerte für einen winzigen Moment wieder an den alten Abu Dun, den Andrej kannte. »Glaubst du, ich habe Lust, mir die nächsten fünf Jahre die Geschichten deiner ausgedachten Heldentaten anhören zu müssen? Auch meine Geduld kennt Grenzen, Hexenmeister.«

»Wie du meinst«, antwortete Andrej, leise und sehr ernst. »Aber ich warne dich. Wenn eines dieser Ungeheuer dich verletzt, werde ich dich töten.«

»Wenn ich dadurch so werde wie du, dann würde ich nichts anderes von dir erwarten«, antwortete Abu Dun immer noch grinsend, aber im gleichen ernsten Tonfall wie Andrej. »Und ich verspreche dir dasselbe«, fügte er leise hinzu.

Dazu ist es zu spät, mein Freund, dachte Andrej bitter. *Aber vielleicht werde ich dieses Versprechen dennoch von dir einfordern.*

Er sah Abu Dun noch einen Moment lang durchdringend in die Augen, dann wandte er sich um und trat gebückt durch den niedrigen Höhleneingang. Er hätte es niemals laut ausgesprochen, aber er war unendlich froh, Abu Dun bei sich zu wissen.

Andrej lauschte mit angehaltenem Atem. Da waren Geräusche, die nicht natürlichen Ursprungs waren, aber sie waren zu leise und zu weit entfernt, um sie einordnen zu können.

Er hob die Hand, damit Abu Dun zurückblieb, bis sich seine Augen an das blasse Licht in der Höhle gewöhnt hatten. Es dauerte nur wenige Momente, bis sich ihr Inneres in ein unheimliches Labyrinth aus grauen und silberfarbenen Schatten verwandelte und er wenigstens einige Schritte weit sehen konnte.

»Dort hinten.« Seine Schwertspitze deutete auf einen unregelmäßig geformten Spalt am hinteren Ende der Höhle, der tiefer in den Berg hineinführte. Er war sehr schmal. Andrej war nicht sicher, ob er sich wünschen sollte, dass Abu Dun hindurchpasste.

Er lauschte einen Moment. Die Geräusche wurden deutlicher, und er ging mit klopfendem Herzen weiter.

Er hatte Angst. Nicht Angst vor dem Tod. Oder Angst davor, angegriffen oder verletzt zu werden, sondern Angst vor dem, was er vielleicht entdecken würde, wenn er durch diesen Spalt ging.

Das Erste, was er sah, war trübrotes, blasses Licht, das hinter der Biegung eines steil nach unten führenden Ganges flackerte, in den der Spalt mündete. An manchen Stellen war er so niedrig, dass Andrej sich auf Hände und Knie niederlassen musste, um seinen Weg fortzusetzen. Mindestens einmal hörte er Abu Dun hinter sich schmerzerfüllt grunzen, als er versuchte, seine breiten Schultern mit aller Gewalt durch den schmalen Spalt zu quetschen.

Andrej spürte die Nähe des Werwolfs, lange bevor er

ihn sah. Das Geschöpf lauerte hinter der Gangbiegung. Er konnte seinen Zorn spüren, seinen grenzenlosen Hass auf alles Lebendige und vor allem Schöne, der das Geschöpf zerfraß – aber vor allem spürte er seine Angst.

Es kostete Andrej nicht die geringste Mühe, dem Krallenhieb der Bestie auszuweichen, als er sich auf Händen und Knien um die Gangbiegung schob. Blitzschnell packte er den zuschlagenden Arm der Bestie, verdrehte ihn mit einem harten Ruck und warf sich gleichzeitig zur Seite. Der Angreifer stieß ein schrilles, hündisches Heulen aus, verlor den Boden unter den Füßen und prallte mit furchtbarer Wucht gegen den Felsen. Aus dem erschrockenen Heulen wurde ein fast menschliches Kreischen, das in ein Wimmern überging. Der Kampf wäre vorüber gewesen, noch bevor er wirklich begonnen hatte, wäre der Gang nur ein wenig höher gewesen.

Als Andrej auf die Füße sprang und sein Schwert hob, prallte sein Kopf so heftig gegen die Höhlendecke, dass ihm für einen Moment die Sinne schwanden. Er sank auf die Knie, biss die Zähne zusammen, um ein Stöhnen zu unterdrücken, und kämpfte mit aller Macht darum, nicht das Bewusstsein zu verlieren. Bittere Galle sammelte sich unter seiner Zunge. Das Schwert in seiner Hand wurde schwerer und schwerer. Er nahm nur noch Schatten und huschende Bewegungen wahr.

Als sich sein Blick klärte und der pochende Schmerz in seinem Hinterkopf nachzulassen begann, hatte sich der Werwolf wieder in eine halb hockende Stellung erhoben. Seine schrecklichen fingerlangen Reißzähne waren drohend gebleckt. Die Augen des Wesens glühten düster und unheimlich. Bruder Thobias hätte vielleicht eine natürliche Erklärung dafür gefunden, aber Andrej schien es, als blicke er direkt in die Hölle.

Die Kreatur versuchte sich aufzurichten, aber ihre Bewegungen waren fahrig und hatten keine Kraft mehr. Die furchtbaren Klauen, die Fleisch und Knochen so mühelos zerreißen konnten, kratzten hilflos über den Stein. Statt sich abzustoßen und auf seinen Gegner zu stürzen, fiel der Werwolf nach vorn. Sein missgestalteter Kiefer schlug mit solcher Wucht auf dem Stein auf, dass einer seiner Zähne abbrach und Blut aus seiner durchgebissenen Zunge über seine Lippen sprudelte. Aus dem drohenden Knurren wurde ein mitleiderregendes Winseln.

Andrejs Gedanken klärten sich allmählich. Er hörte, wie sich Abu Dun hinter ihm durch den Felsspalt schob, und der Lärm, den er dabei verursachte, verriet ihm, dass der Nubier versuchte, sein Schwert zu heben und sich aufzurichten.

»Nicht«, sagte er hastig.

Er wusste nicht, ob Abu Dun auf seine Warnung reagierte, aber der Werwolf hob ruckartig den Kopf und starrte ihn an. Ein Ausdruck unsagbarer Qual erschien in seinen Augen, und plötzlich war alles, was Andrej empfand, tiefes, schmerzerfülltes Mitleid. In der Qual dieses bedauernswerten Geschöpfes erkannte er seine eigene wieder.

»Nicht«, sagte er noch einmal. Diesmal galt das Wort dem Werwolf, und in den Schmerz des Geschöpfes mischte sich verzweifelte Hoffnung.

Andrej senkte langsam und zitternd das Schwert. Die Spitze der hundertfach gefalteten, scharfen Waffe aus Damaszenenstahl deutete nun nicht mehr auf das Gesicht der

Kreatur. Die dunkelrot glühenden Augen des Geschöpfes flackerten. Noch immer waren sie von Misstrauen und brodelndem Hass erfüllt.

»Nicht«, sagte Andrej zum dritten Mal. »Wir müssen nicht kämpfen. Es ist nicht nötig, dass wir uns gegenseitig töten.«

Es war nicht zu erkennen, ob das Geschöpf seine Worte tatsächlich verstand oder nur auf den beruhigenden Ton oder seine Gesten reagierte. Aber als der Werwolf sich das nächste Mal in die Höhe stemmte, waren seine Bewegungen nur noch abwehrend. Seine Fänge und Krallen blitzten drohend, aber er würde nicht mehr angreifen. Andrej konnte seine Angst *riechen.*

»Was bedeutet das?«, fragte Abu Dun hinter ihm. Seine Stimme zitterte vor Anspannung.

»Still!«, sagte Andrej erschrocken. »Er wird uns nichts tun. Aber mach jetzt keinen Fehler, ich flehe dich an!«

Langsam senkte er weiter das Schwert. Die Spitze der Klinge berührte den Felsboden mit einem klirrenden, nachhallenden Laut, und ein Zucken durchlief den Werwolf. Der Zorn in seinen Augen war nun endgültig erloschen. Andrej sah nur noch Angst und vollkommene Hoffnungslosigkeit.

Da fasste er einen Entschluss. Sehr viel vorsichtiger als beim ersten Mal richtete er sich auf, schob das Schwert in den Gürtel und streckte dem Werwolf die nackte Hand entgegen. Abu Dun sog entsetzt die Luft zwischen den Zähnen ein.

»Wir sind nicht deine Feinde«, sagte Andrej, langsam, laut und übermäßig betont, damit das Geschöpf seine Absicht verstand, wenn schon nicht die Worte.

Der Werwolf winselte. In einer verkrümmten Haltung,

zu der er weniger durch die niedrige Höhlendecke als vielmehr durch seinen missgestalteten Körper gezwungen wurde, stand er da.

»Bei Allah!«, keuchte Abu Dun. »Was tust du?«

»Nicht!«, sagte Andrej erschrocken. »Bitte, Abu Dun, schweig!« *Ich hoffe, ich weiß, was ich tue.*

Der Werwolf blickte Abu Dun und ihn abwechselnd und mit flackerndem Blick an. Seine schrecklichen Klauen öffneten und schlossen sich ununterbrochen, aber trotz der dolchlangen, mörderischen Krallen hatte diese Geste nichts Bedrohliches mehr.

Andrej konnte nicht sagen, wie viel Abu Dun sah, aber was *er* erblickte, zog sein Herz zu einem harten Stein zusammen.

Das Geschöpf sah entsetzlich aus. Andrej fragte sich, ob es der Werwolf war, der Abu Dun und ihn attackiert hatte, aber er bezweifelte es. Das Wesen sah nicht so aus, als sei es in der Lage, sich schnell zu bewegen. Seine Beine waren ungleich lang, und das linke Knie war so unförmig angeschwollen, dass es fast unmöglich schien, dass das Wesen mehr als einen oder zwei Schritte tun konnte, ohne zu stürzen. Dasselbe galt für die Arme: Wo Ellbogen-, Schulter- und Handgelenke sein sollten, waren grässlich angeschwollene, nässende Geschwüre und verhärtete Knorpel. Der Körper des bemitleidenswerten Geschöpfes war mit zahllosen eiternden Geschwüren und Wunden übersät, und auch das Blut, das über seine Lippen quoll, schien nicht allein aus seiner zerbissenen Zunge zu stammen.

»Bei Allah«, murmelte Abu Dun. Seine Stimme bebte. »Was ... was ist das?«

Statt zu antworten, trat Andrej mit ausgestreckter Hand einen halben Schritt weiter auf die Kreatur zu. Der Werwolf schnappte nach ihm. Seine Zähne schlugen mit einem alarmierenden Laut zehn Zentimeter vor Andrejs Fingern zusammen, aber selbst diese Bewegung war lediglich ein weiterer Ausdruck seiner Furcht.

»Verstehst du mich?«, fragte Andrej. *Gott im Himmel, wenn es dich gibt, dann mach, dass es mich versteht! Lass es nicht so enden!*

Das Geschöpf verstand ihn.

Es konnte nicht antworten. Wenn es jemals menschliche Stimmbänder gehabt hatte, dann waren sie längst nicht mehr in der Lage, verständliche Laute oder gar Worte zu bilden. Dennoch verstand Andrej es, vielleicht weil etwas in ihm schon zum Teil der Welt dieses entsetzlichen Geschöpfes geworden war.

»Ich gehe jetzt weiter«, sagte Andrej betont. »Ich will dir nichts tun. Und ich glaube, du willst mir auch nichts tun – habe ich Recht?«

»Du bist völlig wahnsinnig«, murmelte Abu Dun. »Es wird dich zerreißen, sobald du ihm auch nur eine Sekunde lang den Rücken zudrehst.«

Noch vor wenigen Augenblicken hätte Andrej diese Einschätzung geteilt. Aber seit er die grenzenlose Verzweiflung in den Augen des Geschöpfes erblickt hatte, war sein Misstrauen verschwunden. Er machte erneut eine besänftigende Geste in Abu Duns Richtung, dann nahm er die Hand vom Schwertgriff und schob sich langsam, mit angehaltenem Atem und ohne die Kreatur auch nur einen Sekundenbruchteil aus den Augen zu lassen an dem Werwolf vorbei. Der

Gang war so schmal, dass sie sich fast berührten, obwohl Andrej sich mit dem Rücken an der Wand entlangschob. Er konnte den sauren Schweiß des Ungeheuers riechen, seine Krankheit und die rasende Furcht, die in ihm wühlte.

Endlich hatte er das Ende des niedrigen Stollens erreicht. Vor ihm weitete sich der Fels zu einer gut zehn Meter hohen und mindestens fünfmal so langen steinernen Kathedrale, die von zwei fast erloschenen Feuern in düsteres, blutfarbenes Licht getaucht wurde, das so schwach war, dass selbst er Mühe hatte, mehr als Schatten zu erkennen.

Andrej richtete sich auf und trat zwei Schritte in die Höhle hinein.

Es waren fünf, und Andrej konnte nicht sagen, wie viele von ihnen noch am Leben waren oder wie lange sie es noch sein würden.

Die Hölle tat sich auf. Aber vielleicht war es auch nur ein Blick in seine eigene Zukunft, den er erhaschte.

»Bei Allah!«, keuchte Abu Dun hinter ihm. »Was ... was ist das? Ich ...« Er begann zu würgen. Offensichtlich konnte er mehr sehen, als Andrej angenommen hatte.

Langsam und mit zitternden Knien trat Andrej an die größere der beiden Feuerstellen heran. Die fünf Gestalten waren in einem unregelmäßigen Halbkreis darum verteilt. Es waren zwei ausgewachsene und drei kleinere Gestalten, aber es war Andrej unmöglich, mehr über sie zu sagen, nicht einmal ihr Geschlecht ließ sich bestimmen. Auch nicht, welcher Art sie angehörten.

Was Andrej erblickte, das war eine grässliche Mischung aus Mensch, Tier und ... noch etwas, für das ihm die Worte fehlten.

»Aber das ... das kann es nicht geben«, stammelte Abu Dun. »Das ... das kann nicht sein!«

Andrej wollte antworten, aber seine Kehle war wie zugeschnürt. Er hatte gedacht, dass das Geschöpf draußen im Gang das Entsetzlichste wäre, was er je gesehen hatte. Doch diese fünf Gestalten hier waren ... bemitleidenswerte Missgeburten, die einfach nicht leben *konnten*.

Andrej sank erschüttert auf die Knie und streckte die Hand nach einer zarten, kindergroßen Gestalt aus, wagte es aber nicht, die Bewegung zu Ende zu führen. Seine Finger zitterten, nur Zentimeter von einem Gesicht entfernt, das einmal menschlich gewesen sein mochte.

Andrej schloss stöhnend die Augen. »Großer Gott«, flüsterte er.

»Gott?«, murmelte Abu Dun mit mühsam beherrschter, aber trotzdem hörbar zitternder Stimme. »Wenn euer Gott so etwas zulässt, Hexenmeister, dann bin ich froh, nie zu ihm gebetet zu haben.«

Andrej riss sich mühsam von dem entsetzlichen Anblick los, und es kostete ihn noch einmal unendlich viel Kraft, sich dazu zu zwingen, auch die anderen Gestalten aufmerksamer zu betrachten. Eine war offensichtlich tot, die anderen lagen im Sterben. Andrej war sicher, dass keine von ihnen die Nacht überstehen würde. Er betete, dass es so sein würde.

13

Schlurfende Schritte näherten sich; Schritte wie von jemandem, der nur mühsam sich zu bewegen im Stande war und dem jede noch so kleine Regung unendliche Mühe und grenzenlose Pein bereitete.

Andrej wandte den Kopf und warf einen raschen Blick in Abu Duns aschfahles Gesicht, ehe er den Werwolf erkannte, der sich mühsam in ihre Richtung schleppte. Es war das Geschöpf aus dem Gang, aber etwas an seinem missgestalteten Gesicht kam Andrej plötzlich auf so grässliche Weise bekannt vor, dass er fast in Panik den Blick abwandte und den Gedanken tief in sich erstickte, noch bevor er wirklich Gestalt annehmen konnte.

»Andrej, was … was bedeutet das?«, stammelte Abu Dun.

Andrej konnte sich nicht erinnern, ihn jemals so erschüttert erlebt zu haben wie jetzt. Auch er hatte sich auf die Knie herabsinken lassen. Er hielt das Schwert noch immer in beiden Händen, aber er tat es auf eine Art, als wäre es keine

Waffe mehr für ihn, sondern etwas, woran er sich mit verzweifelter Kraft festklammerte, um nicht endgültig den Halt zu verlieren.

»Sie sterben«, antwortete Andrej leise. Er war nicht einmal sicher, ob er die Worte wirklich aussprach oder nur dachte.

»Hel … fen.«

Andrej und Abu Dun fuhren im selben Moment wie unter einem Schlag zusammen und herum, als sie die zu einem furchtbaren Krächzen verzerrte Stimme hörten. Der Werwolf war herangekommen und dicht neben Abu Dun zu einem zitternden Bündel zusammengesunken. Sein Gesicht lag im Schatten, sodass der furchtbare Anblick Andrej erspart blieb, aber die Stimme … Sie war kaum menschlich, ein gurgelndes Krächzen, Stimmbändern abgerungen, die nicht dazu geschaffen waren, Laute einer menschlichen Sprache hervorzubringen – aber er erkannte sie!

»Birger?«, murmelte er fassungslos. »Das kann doch nicht … nicht sein!«

Aber es war Birgers Stimme, so wie das schrecklich entstellte Gesicht immer noch Birgers Gesicht war. Hätte er sich nicht geweigert, es sich einzugestehen, hätte er ihn schon draußen auf der Ebene erkannt.

»Hilf … uns«, krächzte Birger. »Du kannst … uns … helfen.«

Abu Duns Augen quollen vor Entsetzen fast aus den Höhlen, aber er schwieg, und auch Andrej ließ eine geraume Weile verstreichen, bevor er antwortete.

»Helfen? Aber ich wüsste nicht wie. Was ist hier geschehen?«

Das Etwas, dessen Gestalt Birger angenommen hatte, hob

mühsam den Arm und streckte eine zitternde Klaue in Andrejs Richtung aus; eine Geste unendlicher Hilflosigkeit und so flehend, dass Andrej mehrmals schlucken musste, um den bitteren Kloß loszuwerden, der sich plötzlich in seiner Kehle gebildet hatte.

»Bruder«, krächzte Birger. »Du bist ... wie wir. Aber du lebst. Du kennst das Geheimnis.«

Bruder ... Andrej spürte, wie ihm ein eisiger Schauer über den Rücken lief. »Ich kann das nicht«, antwortete er leise. »Ich weiß nicht, was mit euch geschehen ist. Und ich weiß auch nicht, wie ich euch helfen könnte.«

»Du hasst mich«, krächzte Birger. Er sprach langsam, mühevoll, mit großen Pausen und einer Stimme, die immer schwächer wurde, weil ihm das Sprechen so große Anstrengung abverlangte. Er brauchte Minuten, um wenige Sätze hervorzubringen, aber Andrej zwang sich, ihm ruhig zuzuhören.

»Du ... hasst mich. Ich kann das ... verstehen. Ich habe versucht, dich umzubringen, und ... und deshalb kannst du mir ... nicht helfen. Ich ... ich wusste nicht, wer ... wer du bist.«

»Das hat damit nichts zu tun«, widersprach Andrej, aber Birger schien seine Worte gar nicht gehört zu haben.

»Ich bitte ... nicht für ... mich«, fuhr er stockend fort. »Töte mich, wenn es deinen Rachedurst ... befriedigt. Töte mich oder ... oder sieh zu, wie ... wie ich sterbe. Aber rette die anderen. Rette ... rette meine Tochter.«

Andrej starrte entsetzt auf das zitternde, kaum noch lebendig zu nennende Fellbündel, vor dem er kniete. »Das ist Imret?«, keuchte er.

»Sie … sie ist unschuldig«, fuhr Birger fort. »Ich habe den Tod … verdient, aber sie hat … dir nichts getan. Rette sie. Sie … sie ist von deinem Blut.«

»Was sagst du da?« murmelte Abu Dun.

»Wir alle sind von … von deinem Blut«, stammelte Birger. »Du bist wie wir. Aber du … du wirst leben. Du weißt, wie … wie man den zweiten Tod … überwindet. Rette meine Tochter, ich flehe dich an!«

Der Kloß in seinem Hals war wieder da, härter und bitterer als zuvor. Plötzlich fiel es auch Andrej schwer zu sprechen.

»Es tut mir leid«, flüsterte er. »Aber ich kann das nicht. Ich würde es tun, wenn ich es könnte, aber ich weiß nicht, was ich tun kann.«

Birger wimmerte. Andrej konnte sehen, wie auch noch das letzte bisschen Kraft aus seinem Körper wich und er ein zweites Mal und endgültig in sich zusammensackte.

»Dann erweise uns eine letzte Gnade und töte uns, Bruder«, krächzte er. »Lass uns … lass uns nicht qualvoll sterben.«

Andrej schloss die Augen, nickte und legte die Hand auf den Schwertgriff, aber die Waffe schien plötzlich in ihrer ledernen Umhüllung festgewachsen zu sein. Es gelang ihm nicht, sie zu ziehen.

»Ich kann es nicht«, sagte er. »Bitte verzeih mir, Birger. Aber ich kann nicht.« Er atmete tief und hörbar ein und aus. »Aber ich werde bei euch bleiben, bis es vorbei ist.«

Es wurde Morgen, bevor Andrej so weit war, sein Versprechen zur Gänze einzulösen. Birger war nach einer Stunde gestorben, und fast zur gleichen Zeit auch die anderen, aber der Todeskampf des bemitleidenswerten Geschöpfes, das noch vor wenigen Tagen seine zwölfjährige Tochter gewesen war, dauerte fast bis zum Sonnenaufgang. Vielleicht war es Zufall, vermutlich aber die Grausamkeit des Schicksals, das ihr nicht nur dieses unsagbare Leid angetan hatte, sondern ihr auch die Kraft und Zähigkeit der Jugend gab, mit der sie bis zum allerletzten Moment gegen das Unausweichliche kämpfte.

Die Feuer waren längst heruntergebrannt und erloschen, aber von irgendwoher kam Licht, ein flackernder grauer Schein, der alle Farben auslöschte und fast noch unheimlicher war als das rote Blutlicht der Feuer. Draußen musste bereits wieder heller Tag geworden sein, als sich Imret ein letztes Mal aufbäumte und einen gellenden Schrei ausstieß, um dann endgültig zu erschlaffen.

Andrej atmete hörbar auf, als der Kopf des Mädchens zum letzten Mal in seinen Schoß sank. Neben ihm regte sich auch Abu Dun; zum ersten Mal seit Stunden, wie es ihm vorkam.

»Es ist vorbei.«

»Allah sei Dank!«, sagte Abu Dun grimmig. »Ich wusste nicht, dass du so grausam sein kannst.«

»Grausam?«

»Ich hätte es nicht mehr lange mit angesehen«, antwortete Abu Dun. »Warum hast du den Wunsch ihres Vaters nicht erfüllt und ihre Leiden beendet?«

Andrej kannte die Antwort auf diese Frage. Tatsächlich

war seine Hand im Laufe der Nacht mehr als einmal wie von einem eigenen Willen beseelt zum Gürtel gekrochen und hatte sich um den Schwertgriff gelegt, aber jedes Mal hatte er den Arm wieder zurückgezogen, ohne die Waffe zu ziehen. Das Mädchen hatte sich mit dem Tod einen unglaublichen Kampf geliefert, und jedes Mal, wenn sich ihr Körper erneut aufbäumte, jedes Mal, wenn sie dem Tod erneut getrotzt und einen weiteren qualvollen Atemzug genommen hatte, war die wahnsinnige Hoffnung in Andrej stärker geworden. Die Hoffnung, dass sie es am Ende vielleicht doch schaffen könnte, dass etwas in ihr stärker war als das grausame Schicksal, das ihr ein zweites Leben geschenkt hatte, nur um es ihr nach kurzer Zeit erneut zu nehmen.

»Ich verstehe das nicht«, sagte Abu Dun kopfschüttelnd. »Das können nicht die Ungeheuer sein, vor denen Vater Ludowig und die gesamte Heilige Römische Inquisition zittern, oder?«

Andrej schwieg. Abu Dun hatte nur ausgesprochen, was er die ganze Zeit über gespürt hatte, auch wenn dieser Gedanke noch nicht so klar formuliert gewesen war. Trotz der nur schwachen Beleuchtung konnte er die Höhle weit genug übersehen, um zu erkennen, dass dies nicht einmal die schrecklichen Ungeheuer waren, vor denen Trentklamm zitterte. Er sah die kümmerlichen Überreste eines halb verhungerten Kaninchens, das wahrscheinlich schon zu Lebzeiten zu schwach gewesen war, um davonzulaufen, einen ausgerissenen Strauch, an dem noch ein paar kümmerliche Beeren hingen ... Diese bemitleidenswerten Kreaturen waren kaum in der Lage gewesen, sich auf den Beinen zu halten. Sie hätten es sicherlich nicht geschafft, einer ausgewachsenen Kuh ein Bein auszureißen oder Vater Ludowig so zuzurichten, wie sie ihn gefunden hatten.

Andrej stand auf. Auch Abu Dun erhob sich und sah ihn auffordernd an, aber Andrej machte keine Anstalten, sich herumzudrehen und zum Ausgang zu gehen, sondern starrte weiter aus blicklosen Augen ins Leere.

»Wir können sie nicht begraben«, sagte Abu Dun nach einer Weile.

»Ich weiß«, antwortete Andrej. Der Gedanke, die Toten einfach hier liegen zu lassen, war ihm zuwider, aber sie hatten keine andere Wahl; sie verfügten weder über die Zeit noch über die notwendigen Werkzeuge, um die Toten zu begraben.

»Und was machen wir jetzt?«, fragte Abu Dun, als Andrej wieder schwieg.

»Was wir jetzt machen?« Andrej wusste genau, was Abu Dun meinte. Aber er wollte nicht sprechen. Begriff der Nubier denn nicht, dass er im Moment überhaupt nichts tun wollte?

»Wir können unserer Wege gehen«, antwortete Abu Dun. Er machte eine ausholende Handbewegung. »Unsere Aufgabe ist erfüllt. Thobias wollte, dass die Ungeheuer vernichtet werden. Sie sind vernichtet.«

»Diese bemitleidenswerten Geschöpfe sind tot«, antwortete Andrej. »Das Ungeheuer ...« Er schüttelte den Kopf. »Nein.« Widerwillig drehte er sich um und sah Abu Dun an. »Ich fürchte, du irrst dich, mein Freund. Es ist noch nicht vorbei.«

Abu Dun runzelte die Stirn. »Du meinst ...?«

»Ich meine, dass hier irgendetwas nicht stimmt«, sagte

Andrej lauter. »Sieh dich doch um! Du glaubst doch auch nicht, dass das hier die blutgierigen Bestien sind, die seit Wochen die Menschen in Trentklamm in Angst versetzen und das Vieh auf der Weide reißen?«

»Sie waren krank«, gab Abu Dun zu bedenken. »Das muss nicht immer so gewesen sein. Und gestern haben sie uns angegriffen.«

»Aus Verzweiflung«, antwortete Andrej heftig. »Sie hatten Angst, das ist alles. Hier stimmt etwas nicht, Abu Dun. Bruder Thobias hat sich entweder geirrt ...«

»... oder er hat uns belogen«, führte Abu Dun den Satz zu Ende. Er grinste kalt. »Obwohl ich mir das eigentlich nicht vorstellen kann. Ich meine: Er ist ein Mann der Kirche. Die erwählten Verkünder des göttlichen Willens würden doch niemals absichtlich die Unwahrheit sagen, oder?«

Sein Zynismus – so vertraut er ihm auch war – brachte Andrej schier zur Raserei. Als er auch diesmal nicht antwortete, geschah es aus dem einzigen Grund, dass er Abu Dun sonst beschimpft hätte.

»Du willst also wirklich zurück nach Trentklamm?«, fragte Abu Dun kopfschüttelnd. »Warum? Rechnest du damit, dass sie uns dankbar sein werden?«

Vermutlich konnten sie froh sein, wenn man ihnen nicht auf der Stelle die Kehlen durchschnitt, dachte Andrej bitter. Laut sagte er: »Willst du die Menschen im Ort einfach ihrem Schicksal überlassen? Du weißt, was mit ihnen geschieht, wenn Vater Benedikt mit der Inquisition hier auftaucht.«

»Und?«, fragte Abu Dun hart. »Ich bin ihnen nichts schuldig.«

»Das ist deine Entscheidung«, erwiderte Andrej kühl. Er

hob die Schultern. »Draußen geht die Sonne auf. Wenn wir uns beeilen, können wir noch vor Sonnenaufgang wieder in Trentklamm sein. Du musst nicht mitkommen, wenn du nicht willst.«

»Und dich allein in dein Unglück laufen lassen?«, schnaubte Abu Dun. »Wenn ich dich länger als eine Stunde unbeobachtet lasse, machst du doch wieder nur irgendwelchen Unsinn.«

»Versuch es nicht, mein Freund«, sagte Andrej leise.

»Was soll ich nicht versuchen?«

»Mich aufzuheitern.«

»Wer sagt, dass ich das vorhabe?«

Gegen seinen Willen musste Andrej lächeln. Er führte das Geplänkel nicht weiter fort, sondern ging an Abu Dun vorbei zum Gang, blieb aber noch einmal stehen, bevor er die Höhle verließ. Selbst seine übermenschlich scharfen Augen sahen nicht mehr als ein Durcheinander aus Schatten und Umrissen, aber mehr musste er auch nicht erkennen. Er würde den Anblick nie wieder im Leben vergessen.

»Du hast dein Versprechen nicht vergessen?«, fragte Andrej leise.

»Unsinn«, sagte Abu Dun. »Dir wird nichts geschehen. Du bist unsterblich, hast du das schon vergessen?«

»Das dachten Birger und die anderen auch«, antwortete Andrej leise. »Ich will nicht enden wie sie, Abu Dun.«

»Das wirst du auch nicht«, erwiderte Abu Dun. »Du wirst nichts spüren, das verspreche ich dir.« Er gab sich einen sichtbaren Ruck. »Schon weil ich dir gar nichts antun werde. Und jetzt komm. Wir haben noch einen langen Weg vor uns.«

Ganz wie Andrej befürchtet hatte, gestaltete sich der Rückweg deutlich schwieriger als der Aufstieg. Sie brauchten länger als bis zur Mittagsstunde, um wieder zur Schattenklamm hinabzuklettern. Unten angekommen waren beide so erschöpft, dass sie eine ganze Weile rasten mussten, ehe sie wieder genug Kraft gesammelt hatten, um ihren Weg fortzusetzen.

Am Eingang der Schattenklamm erlebten sie eine unangenehme Überraschung: Die Pferde waren nicht mehr da.

»Genau das habe ich befürchtet«, nörgelte Abu Dun. »Und was machen wir jetzt?«

Andrej zuckte als Antwort nur mit den Schultern. Wieso war er eigentlich überrascht? Er hatte nicht ernsthaft erwarten können, dass die Pferde hier warten würden, bis sie irgendwann zurückkommen würden. Sie hatten sich nicht einmal die Mühe gemacht, die Tiere anzubinden.

Er hob noch einmal die Schultern. »Was sollen wir schon tun? Wir gehen zu Fuß.«

»Dann erreichen wir Trentklamm heute nicht mehr. Jedenfalls nicht vor Einbruch der Dunkelheit.«

»Und ganz bestimmt nicht, wenn wir hier herumstehen und reden.« Andrej ging mit schnellen Schritten voran, noch bevor Abu Dun auch nur die Möglichkeit hatte zu antworten. Er mahnte sich selbst zur Mäßigung. Abu Dun hatte seine Anordnungen bisher mit Gleichmut ertragen, aber auch seine Geduld musste Grenzen kennen. Er hatte nicht das Recht, den Nubier für etwas zu bestrafen, woran diesen keine Schuld traf.

Für die Strecke, die sie zu Pferde in weniger als einer Stunde zurückgelegt hatten, brauchten sie zu Fuß ein Mehrfaches dieser Zeit. Es begann zu dämmern, als sie die Alm erreichten. Selbst wenn sie stramm durchmarschierten, würden sie Trentklamm erst weit nach Mitternacht erreichen. Andrej entschied sich dafür, in der Almhütte zu übernachten. Abu Dun schwieg zu diesem Vorhaben, aber man musste keine Gedanken lesen können, um zu erkennen, wie wenig ihm die Vorstellung behagte. Aber sie waren beide erschöpft. Sie brauchten eine Rast und einen Ort, an dem sie wenigstens ein paar Stunden schlafen konnten.

Die Hütte war verlassen. Jemand hatte Ludowigs Leichnam fortgeschafft und die schlimmsten Kampfspuren beseitigt, aber Andrej kam es vor, als könne er den Gestank von Blut und Gewalt noch deutlich riechen. Seine Sinne offenbarten ihm noch mehr: Zwei, vielleicht sogar drei Männer waren hier gewesen, um Vater Ludowig zu holen. Es konnte noch nicht lange zurückliegen. Einer von ihnen hatte draußen hinter der Hütte gegen die Wand uriniert, und ein anderer hatte ganz leicht nach Weihrauch gerochen. Vielleicht war es Bruder Thobias gewesen. Es war unheimlich, aber Andrej konnte sogar sagen, wie lange sie sich in der Hütte aufgehalten hatten.

Wohlweislich erwähnte er Abu Dun gegenüber nichts davon. Stattdessen bedeutete er dem Nubier, das einzige, unbequeme Bett in der fensterlosen Hütte für sich zu nehmen, und erstickte seinen Widerspruch mit der Ankündigung, dass er ohnehin noch nicht müde sei und bis Mitternacht draußen Wache halten würde. Der Nubier wusste so gut wie Andrej, dass er nichts dergleichen vorhatte, aber er beließ es bei einem Kopfschütteln und war eingeschlafen, noch bevor er sich ganz auf der Pritsche ausgestreckt hatte.

Andrej verließ die Hütte, entfernte sich ein paar Schritte und ließ sich mit untergeschlagenen Beinen ins Gras sinken, um dem Sonnenuntergang zuzusehen. Im Gegensatz zu dem, was er Abu Dun gegenüber behauptet hatte, war er furchtbar müde – und zugleich von einer kribbelnden Unruhe erfüllt, die es ihm fast unmöglich machte, still zu sitzen.

Nach einer Weile legte er den Kopf in den Nacken und sah in den Himmel hinauf. Die Sonne war mittlerweile vollkommen untergegangen, aber es war nicht wirklich dunkel geworden. Der Mond war am wolkenlosen Himmel zu einer nahezu perfekten Scheibe geworden; morgen Nacht würde Vollmond sein. Ob die Unruhe und die fremdartige, erschreckende Gier, die er verspürte, damit zu tun hatten?

Andrej merkte nicht, dass sich seine Lippen zu einem bitteren Lächeln verzogen. Er hatte immer geglaubt, dass es nichts gäbe, was ihn erschrecken könnte, und nichts, was er wirklich fürchtete – und nun tat er alles in seiner Macht Stehende, um die Augen vor einer Wahrheit zu verschließen, die sich so überdeutlich offenbart hatte, dass auch Abu Dun sie längst erkannt hatte. Es hatte alles mit dem Mond zu tun.

Er hob die Hand, hielt sie ins Mondlicht und betrachtete die feinen Härchen auf seinem Handrücken, die im kalten Licht der Nacht schimmerten wie Spinnweben aus Silber. War die Behaarung dichter geworden?

Nein!, entschied Andrej. Ihm wuchsen auch keine spitzen Ohren, und er musste auch nicht die Hand heben und sein Kinn betasten, um sich davon zu überzeugen, dass sich sein Gesicht noch nicht in eine spitze Wolfsgrimasse verwandelt hatte. So einfach war es nicht. Er würde sich gewiss nicht in eine missgestaltete Wolfskreatur verwandeln, und er würde auch nicht den Mond anheulen und nachts Schafe auf den Weiden reißen. Was mit ihm geschah, war viel schrecklicher. Das Ungeheuer hatte ihn verändert, entweder als es ihn verletzt hatte, oder als er dessen Seele in sich aufgenommen und seine Lebenskraft verzehrt hatte, und diese Veränderung war noch immer nicht abgeschlossen. Andrej wusste jetzt weniger denn je, was am Ende dieser Verwandlung stehen würde, aber er hatte entsetzliche Angst davor.

Morgen, dachte er. Morgen Nacht war Vollmond. Spätestens dann würde er erfahren, was aus ihm geworden war – und wer den Kampf damals auf dem Weg zum Kloster wirklich gewonnen hatte.

Er hörte ein Geräusch und reagierte mit einer Schnelligkeit, die ihn selbst verblüffte. Blitzschnell und dennoch lautlos sprang er auf die Füße und huschte geduckt zur Hütte zurück. Er konnte das Geräusch noch nicht zuordnen, wusste aber sofort, dass es nicht in diese Umgebung gehörte. Es bedeutete Gefahr. Mit angehaltenem Atem presste er sich in den Schatten der Almhütte und blickte aus eng zusammengekniffenen Augen in die Richtung, aus der das verräterische Geräusch gekommen war. Es waren Hufschläge. Er hörte den Hufschlag von mindestens drei, wenn nicht vier Pferden, obwohl der jenseitige Waldrand mehr als hundert Schritte entfernt war. Metall klirrte, und er vernahm das Knarren von eingefettetem Sattelleder. Metallene Waffengurte und Schwertscheiden, die gegen gepanzerte Oberschenkel und die Flanken der Pferde schlugen, waren auszumachen, dazu das Brechen von Zweigen. Nur noch wenige

Augenblicke und die Reiter würden die Alm erreicht haben. Aber wenn er nur ein winziges Quäntchen Glück hatte, würde die Zeit reichen.

Andrej huschte durch die Tür und setzte dazu an, Abu Duns Namen zu rufen, doch es erwies sich als nicht notwendig. Obwohl der Nubier tief geschlafen hatte, waren seine Reflexe so gut wie eh und je. Noch bevor Andrej den zweiten Schritt in die Hütte hinein getan hatte, fuhr er mit einer gleitenden Bewegung in die Höhe. Metall schimmerte in seiner Hand. Andrej hatte nicht einmal gemerkt, dass er mit dem Schwert in der Hand eingeschlafen war.

»Was?«, fragte er knapp. Seine Stimme war klar, vollkommen wach und angespannt. Sie klang nicht wie die Stimme eines Mannes, der aus tiefstem Schlaf hochgeschreckt war.

»Soldaten«, antwortete Andrej ebenso knapp. Ohne ein weiteres Wort der Erklärung fuhr er wieder herum und blieb auf der Türschwelle stehen. Am Waldrand auf der anderen Seite der Alm waren zwei Pferde aufgetaucht. Die Reiter in ihren Sätteln waren ausnahmslos hochgewachsen und dunkel gekleidet. Auf ihren Körpern brach sich schimmerndes Mondlicht. Sie trugen Rüstungen oder zumindest Brustharnische und Helme. Noch während Andrej hinsah, gesellten sich ein weiterer und schließlich ein vierter Reiter zu den beiden ersten.

»Verdammt!«, fluchte Abu Dun hinter ihm. »Was um alles in der Welt suchen die hier?«

»Was glaubst du wohl?«, murmelte Andrej. Seine Gedanken überschlugen sich. Er zweifelte nicht daran, dass Abu Dun und er ohne größere Probleme mit diesen vier Männern fertig werden konnten, aber er wollte einen Kampf vermeiden. Sie waren nicht hier, um noch mehr Blut zu vergießen.

Die vier hatten am Waldrand haltgemacht und machten nicht nur keine Anstalten weiterzureiten, sondern stiegen jetzt einer nach dem anderen aus dem Sattel. Sie blickten in Richtung der Hütte – Andrej konnte zwar keine Einzelheiten erkennen, wohl aber die hellen Flächen ihrer Gesichter, denen das Mondlicht auch noch den letzten Rest von Farbe genommen hatte. Sie waren nicht zufällig hier.

Aber Andrej wusste auch, dass sie von ihrer Position aus so gut wie nichts erkennen konnten; selbst er hätte die Hütte nur als schwarzen Schatten vor noch schwärzerem Hintergrund erkannt.

»Los!«, befahl er. »Und keinen Laut!«

Hintereinander huschten sie aus der Hütte. Andrej verbarg das Schwert unter seinem Mandel, damit sich kein verirrter Lichtstrahl auf dem Metall der Klinge brechen und sie verraten konnte, behielt die Waffe aber in der Hand, während sie um das kleine Gebäude eilten und Schutz im tiefen Schatten auf seiner Rückseite suchten.

Hier konnten sie nicht bleiben. Noch bevor sich Andrej herumdrehte, spürte er, dass sich die Soldaten auf die Hütte zu in Bewegung gesetzt hatten. Sie gingen in gerader Linie, strebten dabei zugleich aber auch leicht auseinander und hatten ihre Waffen gezogen. Andrej gab nicht den geringsten Laut von sich, runzelte aber besorgt die Stirn. War er sah, gefiel ihm ganz und gar nicht. Wer immer diese Männer waren, sie schienen ganz genau zu wissen, wo und nach wem sie zu suchen hatten. Sie verstanden ihr Handwerk. Andrej hatte eine genaue Vorstellung davon, wie es weitergehen würde: Die Männer würden sich der Hütte in einer weit auseinandergezogenen Linie nähern und das Gebäude in einer Zangenbewegung umgehen, bevor zwei oder vielleicht auch drei von ihnen die Tür einschlugen und mit gezückten Schwertern eindrangen.

»Ich nehme die beiden auf der rechten Seite, du die auf der anderen«, flüsterte Abu Dun.

Andrej hob als Antwort nur die Schultern. Auch wenn er sich widerwillig eingestand, dass Abu Dun vermutlich Recht hatte, hätte er einen Kampf dennoch lieber vermieden. Nicht nur, weil er jedem Kampf lieber aus dem Weg ging, statt ihn zu suchen. Diese Männer waren ihm vollkommen unbekannt. Er hatte keinen Grund, sie zu töten – und er hatte fast panische Angst vor dem, was vielleicht geschehen würde, wenn er das nächste Mal Blut vergießen würde. Diese mörderische Gier war noch immer in ihm, vielleicht nicht mehr ganz so wütend wie bisher, vielleicht aber auch nur schlafend. Er hatte vor nichts mehr Angst als davor, sie mit dem Geruch von Blut zu wecken.

»Machen wir es so?«, flüsterte Abu Dun, als er keine Antwort von Andrej erhielt.

Abermals hob Andrej nur die Schultern. Mit seiner Frage erinnerte Abu Dun ihn an etwas, was ihm immer schmerzhafter deutlich wurde: Er begann Fehler zu machen; schwerwiegende Fehler. Es war, als müsse er für die zunehmende Schärfe seiner Sinne mit dem Verlust seiner Denkfähigkeit bezahlen. Zwar hatte er instinktiv richtig entschieden, die Hütte zu verlassen, in der Abu Dun und er in der Falle gesessen hätten, aber Schutz im Schatten auf ihrer Rückseite zu suchen, war ein großer Fehler gewesen. Es war dunkel, aber die Farbe der Felswand hinter ihnen war selbst in der Nacht hell genug, sodass sich ihre Gestalten deutlich davon abheben mussten.

Trotzdem kam es nicht zum Kampf. Die Soldaten hatten die Hälfte der Bergwiese überwunden, als eine fünfte Gestalt am Waldesrand auftauchte, auch sie nur ein beinahe substanzloser Schatten. Dieser Reiter saß auf einem gewaltigen, weißen Schlachtross. Unmittelbar vor dem dunkleren Hintergrund des Waldrandes hielt er sein Pferd einen Moment lang an, als lege er Wert darauf, gesehen zu werden. Dann ritt er los, im ersten Moment fast gemächlich, dann schneller und schließlich in rasendem Galopp. Aus dem Schatten wurde ein Umriss, der Tiefe gewann. Trotzdem blieb der Reiter ein Schemen in der Nacht, hinter dem die Schöße eines schwarzen Kapuzenmantels herflatterten. In seiner Hand blitzte ein Schwert, als er sich dem ersten der noch immer ahnungslosen Soldaten näherte.

Abu Duns Augen wurden groß. Er sog scharf die Luft ein. »Aber das ist doch …!« Er wollte aufspringen, aber es war viel zu spät. Die Männer waren noch mindestens dreißig oder vierzig Schritte entfernt, und der schwarz gekleidete Riese näherte sich ihnen unaufhaltsam und mit Furcht einflößendem Tempo.

»Ja, du hast Recht, Abu Dun«, murmelte Andrej. »Das bist du.«

Erst im allerletzten Moment bemerkten die Männer die Gefahr, die sich ihnen näherte, und fuhren herum. Zu spät. Der Krummsäbel des Reiters fuhr herab und tötete den ersten Soldaten so schnell, dass er nicht einmal mehr dazu kam, einen Schrei auszustoßen. Ohne auch nur einen Deut langsamer zu werden, riss der Angreifer sein Pferd herum, sprengte auf den nächsten Soldaten zu und schlug auch ihn zu Boden. Der Mann hatte nicht die geringste Möglichkeit, sich zu wehren. Trotzdem riss er sein Schwert in die Höhe, als der Krummsäbel des Angreifers niedersauste. Aber das verlängerte sein Leben nur um den Bruchteil eines Herzschlages. Die Klinge des Soldaten zerbrach, und der Krummsäbel setzte seine tödliche Bahn fort und enthauptete den Mann.

Die beiden überlebenden Soldaten taten das einzig Mögliche und suchten ihr Heil in der Flucht. Ihre Taktik, sich der Hütte in einer weit auseinandergezogenen Linie zu nähern, um nicht in einen Hinterhalt zu laufen, wurde ihnen jetzt zum Verhängnis. Zu viert und in geschlossener Formation hätten sie sich vielleicht gegen den unheimlichen Angreifer verteidigen können, so aber hatte er leichtes Spiel mit ihnen. Nicht einmal eine Minute nachdem der erste Krieger gefallen war, sank auch der dritte Mann unter einem furchtbaren Schwerthieb des schwarz gekleideten Reiters zu Boden. Dann riss der unheimliche Angreifer sein Pferd herum und sprengte auch hinter dem letzten überlebenden Soldaten her.

Erneut wollte Abu Dun aufspringen, und wieder legte Andrej ihm die Hand beschwichtigend auf den Unterarm.

»Warte.«

Abu Dun riss sich los. Aber er lief nur wenige Schritte weit, ehe er stehen blieb und das Schwert sinken ließ. Aus der grenzenlosen Wut, die sich auf seinem Gesicht abzeichnete, wurden Überraschung und Unglauben – und dann fassungsloses Staunen.

Der schwarz gekleidete Riese hatte ohne Mühe auch den letzten flüchtenden Soldaten eingeholt und schwang seinen Säbel. Aber der Hieb war schlecht gezielt. Die Klinge streifte den Flüchtenden nur und schleuderte ihn nicht zu Boden, ließ ihn aber taumeln. Für den Angreifer selbst war sein eigener Hieb ungleich verheerender. Von der schieren Kraft seines eigenen Schlages nach vorne gerissen, verlor er den Halt im Sattel und wäre um ein Haar vom Pferd gestürzt. Der Krummsäbel entglitt seinen Fingern und verschwand in der Dunkelheit. Sein Pferd bäumte sich erschrocken auf und stieg wiehernd auf die Hinterläufe. Der Reiter klammerte sich mit verzweifelter Kraft an die Zügel, fügte dem Tier damit aber nur noch mehr Schmerzen zu, sodass es in Panik mit den Vorderhufen ausschlug, den Kopf zurückwarf und seinen Peiniger abschüttelte. Der Reiter sprang sofort wieder auf die Füße, machte aber nur einen einzelnen, taumelnden Schritt, ehe er benommen stehen blieb, sich vorbeugte und die Handflächen auf die Oberschenkel stützte. Er brauchte nur einen Moment, um wieder zu Kräften zu kommen.

Die wenigen Augenblicke reichten dem Soldaten jedoch, um seinen Vorsprung auszubauen. Er war verletzt und taumelte, aber die Todesangst gab ihm die Kraft, sein Tempo zu steigern. Der unheimliche Angreifer bückte sich nach seinem Schwert. Er humpelte leicht, als hätte er sich bei seinem Sturz aus dem Sattel verletzt, und er verlor weitere, kostbare Zeit damit, sein Pferd wieder einzufangen und aufzusitzen; genug Zeit für den flüchtenden Soldaten, um den Waldrand zu erreichen und auf eines der dort angebundenen Pferde zu steigen.

»Keine Sorge«, sagte Andrej, als Abu Dun eine unschlüssige Bewegung machte, aber dann wieder stehen blieb. »Er wird entkommen. Das muss er sogar.«

»Ich weiß«, murmelte Abu Dun. »Sonst könnte ja niemand davon berichten, dass hier ein großer schwarz gekleideter Mohr sein Unwesen treibt und ahnungslose Soldanten abschlachtet.« Er knirschte so laut mit den Zähnen, dass Andrej damit rechnete, Blut auf seinen Lippen zu sehen, als er sich zu ihm umwandte.

»Ich nehme meinen Vorschlag zurück.«

»Welchen?«

»Unserer Wege zu gehen«, sagte Abu Dun grimmig. »Ich möchte jetzt doch deinem Freund Thobias die eine oder andere Frage stellen.«

»Seltsam«, antwortete Andrej. »Aber ich hatte gerade dieselbe Idee.« Er machte eine Kopfbewegung zum Waldrand und den dort angebundenen Pferden. »Wenigstens müssen wir nicht zu Fuß gehen.«

Sie hatten den Feuerschein schon von weitem gesehen, ein unheimliches rotes Lodern, als wäre der Himmel mit Blut getränkt, aber Andrej hatte sich bis zum Schluss geweigert, seine Bedeutung zu verstehen. Ein brennender Heuhaufen. Ein Lagerfeuer, um das sich die Dorfbewohner versammelt hatten, um ein Fest zu feiern oder Gäste willkommen zu heißen. Ein Holzstapel, der Feuer gefangen hatte ... Es war erstaunlich, auf wie viele überzeugende oder auch abwegige Erklärungen sein Hirn kam, um nicht sehen zu müssen, was offensichtlich war.

Es war Trentklamm, das brannte.

Nicht nur ein Haus. Nicht nur ein Heuschober oder ein Holzstapel. Der Ort brannte von einem Ende zum anderen. Obwohl sie am Waldrand haltgemacht hatten und auf die grausige Szene aus der gleichen Entfernung wie am Tag ihrer Ankunft hinabblickten, hatte Andrej das schreckliche Gefühl, die Hitze der brennenden Häuser auf dem Gesicht zu spüren und den Gestank von brennendem Holz und Stroh und vor allem Fleisch zu riechen. Er spürte weder die Hitze, noch roch er irgendetwas anderes als die kalte klare Luft, die von den Bergen herabströmte und Rauch und Brandgeruch von ihnen forttrug.

Lange Zeit saßen sie schweigend nebeneinander in den Sätteln und sahen auf den brennenden Ort hinab. Winzig erscheinende Gestalten bewegten sich zwischen den brennenden Gebäuden.

Andrej erkannte sehr wohl, dass sie viel zu weit entfernt waren, um Einzelheiten zu sehen, aber es war wie mit dem Gestank und der Hitze: Er wusste, was dort unten geschah.

»Da scheint jemand vorschnell gewesen zu sein«, sagte Abu Dun nach einer Weile, die vermutlich nur Augenblicke gewährt hatte, Andrej aber wie eine Ewigkeit vorkam. »Oder waren wir drei Tage länger in den Bergen, als ich dachte?«

»Auf jeden Fall zu lange«, antwortete Andrej, ohne den Blick von der brennenden Ortschaft zu nehmen. Seine überempfindlichen Augen schmerzten und begannen allmählich zu tränen, aber er war nicht in der Lage, den Blick von der schrecklichen Szenerie abzuwenden. Er konnte nicht sagen, wie viele der winzigen, um ihr Leben rennenden Gestalten wirklich dort unten zu sehen waren und wie viele seiner Einbildung entsprangen.

Oder gerade lange genug, wisperte eine dünne Stimme irgendwo in seinen Gedanken. Ein Schauder durchfuhr ihn. Er hatte das Gefühl, dass jetzt alles einen Sinn ergab. Alle Antworten lagen vor ihm. Aber er fand die richtigen Fragen nicht.

»Was sollen wir tun?«, fragte Abu Dun.

Andrej hob die Schultern. Er kannte auch diese Antwort.

»Wir könnten immer noch davonreiten«, schlug Abu Dun vor. Schon der Ton, in dem er diese Worte aussprach, trug die Antwort in sich. Andrej machte sich nicht einmal die Mühe, etwas zu entgegnen.

»Dort unten sind mindestens fünfzig Soldaten«, sagte Abu Dun – was nach Andrejs Einschätzung übertrieben war. Trentklamm hatte zwar an die hundert Einwohner, aber es brauchte keine fünfzig Soldaten, um ein Bauerndorf dieser Größenordnung auszulöschen. Wenn die Männer dort unten ihr Handwerk verstanden – woran Andrej keine Sekunde lang zweifelte –, dann reichten fünfzehn Männer.

»Mehr nicht?«, fragte er kalt. »Wenn es so ist, dann reicht es, wenn du mir Rückendeckung gibst.«

Abu Dun seufzte. »Du meinst das ernst, wie?«, fragte er. »Du willst tatsächlich dort hinuntergehen und sie alle erschlagen?«

Andrej versuchte, mehr Einzelheiten in dem Gewirr aus loderndem roten und gelben Licht und vollkommener Dunkelheit unter ihnen zu erkennen, aber es gelang ihm nicht. Immerhin sah er, dass es ein Gebäude in Trentklamm zu geben schien, das die Angreifer bisher verschont hatten: die

Kirche. Aber vielleicht brannte die Kirche nicht, weil sie das einzige Gebäude des ganzen Ortes war, das aus Stein gebaut war.

»Ich weiß nicht, was ich meine«, sagte er leise, mehr an sich selbst gewandt als an Abu Dun. Mit einer fast übermenschlichen Anstrengung riss er sich vom Anblick des brennenden Dorfes los und sah den Nubier an. »Ich weiß nicht, was ich will. Sag du es mir.«

Das ebenholzfarbene Gesicht des nubischen Riesen blieb vollkommen ausdruckslos. »Wir haben deine Heimat verlassen, weil du des Krieges müde warst, Hexenmeister«, erinnerte er Andrej leise, fast sanft. »Bist du sicher, dass wir hierher gekommen sind, nur um gleich einen neuen anzufangen?«

»Er ist doch längst im Gange«, antwortete Andrej leise. »Ob mit oder ohne uns.«

»Ohne uns wäre mir lieber«, sagte Abu Dun. Aber er klang nicht überzeugend.

»Der Soldat wird geredet haben«, gab Andrej zu bedenken. »Wer immer in deine Verkleidung geschlüpft ist, um die drei Soldaten zu erschlagen, wollte, dass er entkommt. Du fällst auf, mein Freund. Man wird dich überall suchen.«

Abu Dun machte eine abfällige Bewegung. »Wenn ich für jede Stadt, in der ich gesucht werde, ein Geldstück bekäme, wäre ich ein reicher Mann«, sagte er. Dann schürzte er die Lippen. »Andererseits hast du Recht, Hexenmeister. Weißt du, dieser Kerl hat meinen Mantel, und den hätte ich gerne zurück.« Er hob die Schultern. »Ich hänge daran.«

Nach Andrejs Meinung war dies kaum der richtige Moment für Scherze; nicht einmal, wenn man Abu Duns Humor kannte, der mindestens so schwarz war wie sein Gesicht.

Statt zu antworten, schloss Andrej für einen langen Moment die Augen und legte den Kopf in den Nacken, bevor er die Lider wieder hob. Der Himmel war noch immer wolkenlos, und der Mond schien größer geworden zu sein. Mitternacht war längst vorüber. Er schätzte, dass kaum mehr als drei oder vier Stunden bis Sonnenaufgang blieben. Vier Stunden, in denen Trentklamm bis auf die Grundmauern niederbrennen würde. Es gab nichts, was sie dagegen tun konnten.

Aber vielleicht gab es noch ein paar Leben, die sie retten konnten.

»Du reitest zum Kloster«, sagte er. »Bruder Thobias wird bestimmt erfreut sein, dich wiederzusehen. Aber lass ihn am Leben. Ich muss ihm ein paar sehr wichtige Fragen stellen.«

»Das werde ich nicht tun.« Abu Dun klang bestimmt.

»Thobias am Leben lassen?«

»Dich allein dort hinuntergehen lassen. Ich kenne das nun zur Genüge. Du schickst mich unter einem Vorwand fort, weil du den ganzen Spaß für dich allein haben willst. Aber diesmal falle ich nicht darauf herein.«

Andrej starrte ihn an. Abu Duns breites Grinsen hielt noch einen Moment lang an.

»Du wirst es nicht allein schaffen dort unten«, sagte er.

Andrej schwieg beharrlich weiter, und nach einem weiteren Moment begann sich Abu Duns Gesicht zu verdüstern. Wahrscheinlich lag es nun am schwachen Licht der Nacht, aber Andrej kam es plötzlich schwärzer vor als schwarz.

»Sie werden dich töten, wenn du dort hinuntergehst«, warnte Abu Dun.

»So schnell bin ich nicht umzubringen«, antwortete Andrej.

»Ich weiß, wie zäh du bist«, erwiderte Abu Dun. »Aber du bist weder wirklich unsterblich noch unbesiegbar.« Er hob die Schultern. »Muss ich dich daran erinnern, dass selbst ich dich schon einmal besiegt habe?«

Andrej schwieg.

»Ich verstehe«, seufzte Abu Dun. »Du willst sterben.«

»Du weißt doch, dass ich das gar nicht kann.«

»Du willst sterben, weil du Angst hast.« Abu Dun überhörte seine Antwort. »Du fühlst dich für das alles hier verantwortlich, und außerdem hast du Angst vor morgen Nacht.« Er machte eine Kopfbewegung zum Himmel. »Morgen ist Vollmond.«

»Du glaubst doch nicht etwa all diesen Unsinn, den man sich über Werwölfe erzählt?«

»So wenig, wie ich an Vampyre glaube«, sagte Abu Dun.

»Das ist ...«

»... ein Unterschied?«, unterbrach ihn Abu Dun. »Ich denke nicht. Und selbst wenn – für dich ist es keiner. Du willst sterben, aber das werde ich nicht zulassen, verstehst du? Sich einfach aus dem Staub zu machen, ist feige.«

»Selbst wenn es so wäre – glaubst du, dass es mir hilft, wenn du ebenfalls umgebracht wirst?«

»Was glaubst du, wie lange ich noch lebe, ohne dich?« Abu Dun schüttelte grimmig den Kopf. »Du hattest viele Gelegenheiten, Hexenmeister. Jetzt wirst du mich nicht mehr los.«

Rasende Wut kochte in Andrej hoch. Er musste sich mit aller Macht beherrschen, um nicht herumzufahren und Abu Dun niederzuschlagen. Statt ihn anzuschreien, sagte er jedoch nur mit leiser, vor Anspannung zitternder Stimme: »Ich habe dich für klüger gehalten, Pirat. Willst du sterben?«

»Früher oder später tun wir das doch alle, oder? Abgesehen von dir vielleicht.«

»Wenn du jetzt mit mir kommst, wird es eher früher der Fall sein als später. Sehr viel früher.« Um seine Wut zu beherrschen, zwang er sich, Abu Dun mit einer vernünftigen Begründung zu überzeugen. Als ob Begründungen noch von Bedeutung gewesen wären! »Sollte der Soldat wieder zurückgekehrt sein, überlebst du nicht einmal die erste Minute.«

Abu Dun schwieg. Andrej konnte sehen, wie es hinter seinen dunklen Augen arbeitete, aber er schluckte jede Erwiderung hinunter, die ihm auf der Zunge lag. Vielleicht sah er das, was Andrej gesagt hatte, tatsächlich ein; wahrscheinlicher aber war, dass er seine Wut spürte und genau wusste, dass jede denkbare Antwort zu einem Streit führen konnte.

»Es ist wichtig, Abu Dun«, fuhr Andrej fort. »Ich muss mit Thobias reden. Du kannst hinterher mit ihm machen, was du willst, aber …«

»Worauf du dich verlassen kannst, Hexenmeister«, fiel Abu Dun ihm ins Wort, aber Andrej fuhr fort:

»… aber ich muss ihn sprechen. Mein Leben könnte davon abhängen. Und das Leben anderer auch.«

»Dafür, dass du so sehr an deinem Leben hängst, gehst du ziemlich leichtfertig damit um«, grollte Abu Dun, zuckte zugleich aber mit den Schultern und machte sich daran, das Pferd auf dem schmalen Weg zu wenden. Es war nicht einfach. Ebenso fiel es Andrej schwer, dem Tier, das sie am Waldrand gefunden hatten, seinen Willen aufzuzwingen. Die Pferde waren erstaunlich widerspenstig.

»Ich warte bis zum nächsten Sonnenaufgang auf dich«, sagte Abu Dun, »keinen Augenblick länger.«

Andrej nickte ihm nur zum Abschied zu. Er wartete, bis der Nubier verschwunden war, dann drehte auch er sein Pferd herum und ritt langsam weiter, hinunter ins Tal, dem brennenden Ort entgegen.

14

Die Stadt loderte nicht von einem Ende zum anderen, wie es vom Berg hinab den Anschein gehabt hatte, aber die Zerstörung des Dorfes war dennoch weit fortgeschritten. Etwa ein Drittel der Gebäude stand in hellen Flammen oder war bereits niedergebrannt und zu rauchenden Ruinen geworden. Skelette aus schwarz gewordenen, mürben Balken, die noch immer mörderische Hitze und Gestank verströmten, oder auch mannshohe Aschehaufen, in denen es hier und da noch rot glühte, säumten seinen Weg. Trümmer lagen verstreut auf der schmalen Straße, die sich zwischen den Häusern hindurchschlängelte, aber Andrej fiel auf, dass es einzig Trümmer und Überreste der brennenden Gebäude waren: verkohlte Balken, hölzerne Dachschindeln und verbranntes Stroh – keine Möbelstücke, keine Kleider, keine weggeworfenen oder verlorenen Habseligkeiten, die von dem verzweifelten Versuch der Menschen kündeten, wenigstens einen Teil ihres Besitzes aus den Flammen zu retten. Was über Trentklamm gekommen war, war kein Unglücksfall gewesen.

Den ersten Toten fand Andrej, kaum dass er die Ortsgrenze überquert hatte. Der Mann lag mit ausgestreckten Gliedern mitten auf dem Weg. Er war kein Opfer der Flammen geworden, auch wenn sein Körper schlimme Verbrennungen aufwies. Was ihn getötet hatte, war jedoch zweifelsfrei der Armbrustbolzen gewesen, der zwischen seinen Schulterblättern herausragte.

Andrej machte sich nicht die Mühe, aus dem Sattel zu steigen, um den Toten zu untersuchen. Er kannte den Mann nicht, schloss jedoch aus seiner Kleidung, dass er zu den Dorfbewohnern gehört haben musste. Er konnte nichts mehr für ihn tun. Selbst ohne seine unheimlichen Instinkte hätte er auf Anhieb gesehen, dass er tot war. Nachdem ihn der Bolzen niedergeworfen hatte, waren brennendes Holz und Stroh auf ihn hinabgeregnet und hatten seine Kleider und sein Haar in Brand gesetzt und ihm weitere Wunden zugefügt, die kein Mensch hätte überleben können. Der Ausdruck auf seinem geschwärzten Gesicht verriet, dass er schnell gestorben war, ohne lange leiden zu müssen. Andrej mutmaßte, dass dies längst nicht für alle Bewohner des Dorfes galt. Spätestens jetzt wurde ihm klar, wie schrecklich sich Bruder Thobias geirrt hatte. Vater Benedikt hatte keine zehn Tage gebraucht, um zum Landgrafen und zurück zu reiten. Er war längst wieder heimgekehrt, und er war nicht allein gekommen. Andrej konnte die Spuren der Inquisition erkennen.

Wieder begann sich dumpfer Zorn in ihm breit zu machen, aber diesmal versuchte er nicht, ihn niederzukämpfen. Während er langsam weiter in den Ort hineinritt, wuchs in ihm eine kalte Entschlossenheit, Benedikt und die Männer, die mit ihm gekommen waren, zu töten. Sie hatten kein Recht, so etwas zu tun. Niemand hatte das Recht.

Plötzlich wurde ihm deutlich, was er gerade gedacht hatte, und ein eisiger Schauer lief ihm über den Rücken. Sein Zorn war verständlich, aber es war noch gar nicht so lange her, da hatte ein anderes Dorf gebrannt, auf der anderen Seite der Berge und in einem anderen Land, aber aus demselben Grund. Wer war er, dass er sich anmaßte, entscheiden zu können, was richtig war und was falsch?

Vielleicht war diese Frage falsch gestellt. Vielleicht musste sie lauten: Wer war er geworden?

Er verscheuchte den Gedanken und konzentrierte sich mit aller Macht auf die Straße, die er entlangritt. Seine Augen tränten von dem grellen Licht und von dem beißenden Rauch, den die brennenden Häuser verströmten. Das Prasseln der Flammen war so laut, dass es jedes andere Geräusch übertönte. Das Feuer machte das Pferd so unruhig, dass Andrej immer größere Mühe hatte, das Tier unter Kontrolle zu halten. Aber Lärm, Licht und Hitze, die ihm so große Schwierigkeiten bereiteten, waren zugleich auch seine Verbündeten. Er musste sich keine Gedanken darüber machen, frühzeitig gesehen zu werden, denn das Wüten der Zerstörung gab ihm zugleich auch Deckung. Weiter zur Dorfmitte hin nahm die Anzahl der brennenden Gebäude sogar noch zu; Lärm und Licht würden dort vermutlich unerträglich sein.

Das Pferd scheute, als ein brennender Strohhalm auf seine Mähne fiel und der Schmerz tief in seinen Hals biss; diesmal so überraschend und heftig, dass Andrej es nicht sofort wieder in seine Gewalt brachte. Das Tier versuchte auszubrechen, stieg auf die Hinterläufe und schlug wild mit den Vorderhufen aus, aber Andrej zwang es mit roher Gewalt wieder in seinen Willen. Erst danach schlug er mit dem Handrücken nach dem brennenden Stroh und fegte es davon. Das Pferd nutzte die winzige Unaufmerksamkeit, um erneut auszubrechen. Diesmal versuchte es nicht, seinen unwillkommenen Reiter abzuschütteln, sondern ging einfach mit ihm durch, und dieser zweite Ausbruchsversuch war selbst für Andrej nicht aufzuhalten. Er versuchte hastig, sich an Zaumzeug und Sattel festzuklammern, aber seine Reaktion kam zu spät. Er verlor den Halt, stürzte rücklings aus dem Sattel und landete so heftig auf dem Bauch, dass er einen Moment lang benommen war und mit geschlossenen Augen und stöhnend liegen blieb. Sein rechtes Knie fühlte sich an, als hätte jemand einen glühenden Nagel hindurchgetrieben, und er spürte, wie warmes Blut an seinem Bein hinunterlief.

Als seine Gedanken aufhörten, sich wie wild im Kreise zu drehen, hörte er ein gehässiges Lachen. Hinter ihm ertönte dumpfes Hufscharren.

»Ich sage doch immer, dass du ein miserabler Reiter bist, Hässler«, sagte eine Stimme. »Du hast dein Tier einfach nicht unter Kontrolle, und …«

Andrej stemmte sich mühsam und mit zusammengebissenen Zähnen hoch und drehte sich in der gleichen Bewegung herum. Die Worte brachen mitten im Satz ab und gingen in einen überraschten Laut über.

Hinter ihm war ein Reiter aufgetaucht. Der Mann war ein gutes Stück größer als er und fast so breitschultrig wie Abu Dun, wirkte aber viel plumper. Sein Pferd war auf die gleiche Art gezäumt wie das, von dem Andrej gerade heruntergefallen war, und auch seine Kleidung glich der, die Andrej trug. Sie hatten beide dunkle Hosen und helle Hemden an, aber wo Andrej ein schwarzes Wams über dem Hemd trug, hatte der andere eine mit ledernen Nieten besetzte Weste. Er trug schwere Lederbänder um das Handgelenk und eine ebenfalls lederne Kappe, die mit zahlreichen Nieten verstärkt war, sodass sie ihren Träger fast so zuverlässig schützte wie ein Helm, aber nicht dessen hinderliches Gewicht besaß. Das Ganze sah aus wie eine Uniform, und in dem schlechten Licht und bei all dem Rauch war die Ähnlichkeit wohl gerade groß genug gewesen, Andrej mit einem seiner Kameraden zu verwechseln.

Und vielleicht war das auch der einzige Grund, aus dem er nicht angegriffen worden war, dachte Andrej. Er hatte sich zu sehr darauf verlassen, dass ihn seine neu erworbenen wölfischen Instinkte vor jedem Hinterhalt warnen würden. Ein Fehler, der ihm bestimmt nicht noch einmal unterlaufen würde.

Auch der andere hatte seinen Irrtum schnell erkannt. Aus der Schadenfreude, die auf seinem Gesicht gelegen hatte, war Überraschung geworden, die jäh in Misstrauen und Wut umschlug, als er in Andrejs Gesicht blickte und begriff, dass er nicht seinem Kameraden gegenüberstand. Einen Herzschlag lang saß er reglos im Sattel und starrte auf ihn hinab, und Andrej konnte in seinen Augen lesen, wie er ihn einzuschätzen versuchte.

»Wer bist du?«, fragte er. Seine rechte Hand glitt zum Griff des plumpen Schwertes, das er im Gürtel trug, und Andrej musste sich beherrschen, um nicht dasselbe zu tun.

Der Mann unterschätzte ihn – was jedem passierte, der Andrej zum ersten Mal sah; er war weder besonders groß noch von außergewöhnlich kräftiger Statur. Außerdem war der Reiter Zeuge geworden, wie Andrej ungeschickt vom Pferd gestürzt war. Wenn er sein Pferd herumriss und davonsprengte, hatte Andrej keine Möglichkeit, ihn einzuholen. Er stand drei oder vier Meter entfernt, und Andrejs Knie pochte noch immer vor Schmerz. Es würde Minuten dauern, bis er wieder in der Lage war, zu laufen oder auch nur normal zu gehen.

»Wer du bist, habe ich gefragt!«, wiederholte der Soldat. Dann beging er einen Fehler, der ihn das Leben kosten sollte: Er schwang sich mit einer zornigen Bewegung aus dem Sattel, zog das Schwert halb aus dem Gürtel und ließ den Griff dann mit einem verächtlichen Laut wieder los, während er auf Andrej zutrat. Bei einem Gegner, der sich nur mühsam auf den Beinen halten konnte und kaum halb so viel wog wie er, glaubte er keine Waffe nötig zu haben.

»Hast du deine Zunge verschluckt, Bauerntölpel?«, fragte er. »Wie kommst du an Hässlers Pferd? Hast es ihm gestohlen, wie?«

»Nein, Herr«, antwortete Andrej leise. Er tat so, als ob er eingeschüchtert den Blick senken würde, und machte zugleich einen humpelnden Schritt zurück – der keinen anderen Sinn hatte als den, sein Knie auf die Probe zu stellen. Es tat noch immer weh, aber er konnte sich bewegen. »Ich habe es nicht gestohlen.«

»Wie kommst du dann an das Pferd?«, wollte der Soldat wissen. Das Misstrauen in seinem Gesicht war mittlerweile vollends erloschen und hatte einer boshaften Vorfreude

Platz gemacht. »Na, spielt keine Rolle. Ich werde ihn fragen. Oder besser noch – ich hebe dich für ihn auf, damit er dich fragen kann, wenn er zurück ist. Ich fürchte nur ...«, er lachte hart, »... dass er nicht besonders guter Laune sein wird, wenn er den ganze Weg von der Alm hinab zu Fuß laufen musste.«

»Das muss er nicht«, antwortete Andrej.

Der Soldat blieb stehen. »Wie meinst du das?«

»Weil er tot ist«, sagte Andrej. »Und du wirst es auch gleich sein.«

Diese Unverschämtheit verschlug dem Soldaten die Sprache. Einen Augenblick lang starrte er Andrej mit offenem Mund an, dann verzerrte sich sein Gesicht vor Wut, und er stürzte sich mit hochgerissenen Fäusten auf seinen viel kleineren Gegner.

Andrej empfing ihn mit einem Fußtritt, der zwar eine neue Woge heißer Schmerzen durch sein Knie jagte, den Burschen aber auch stolpern und mit einem hilflosen Krächzen auf die Knie fallen ließ, wo er sich würgend krümmte. Vermutlich wurde ihm bereits in diesem Moment klar, dass er seinen Gegner falsch eingeschätzt hatte. Andrej trat ruhig auf ihn zu, wartete, bis er wieder zu Atem gekommen war und nach dem Schwert zu greifen versuchte, und entrang ihm die Waffe ohne die geringste Anstrengung. Mit der linken Hand schleuderte er das Schwert über die Schulter davon, mit der anderen schlug er dem Soldaten gleichzeitig so hart ins Gesicht, dass dieser nach hinten geworfen wurde und endgültig auf den Rücken fiel.

»Um deine Frage zu beantworten, mein Freund«, sagte er. »Mein Name ist Andrej Delãny. Ich stamme nicht aus dem

Dorf. Ich bin hier nur zu Gast – genau wie du. Aber ich habe den Eindruck …« Er sah sich um. »… dass ihr euch nicht wie Gäste benehmt. Habt ihr das Dorf angezündet?«

Der Soldat stemmte sich stöhnend auf die Ellbogen hoch. Sein Gesicht war grau vor Schmerz und blutüberströmt, und er bekam immer noch nicht richtig Luft. Aber das Flackern in dem Blick, mit dem er Andrej maß, zeugte von viel mehr Wut als Schmerz oder gar Angst. Der Soldat hatte keineswegs aufgegeben, sondern betrachtete ihn mit neuem Respekt, während er vermutlich überlegte, auf welche Weise er ihn angreifen würde. Er beantwortete Andrejs Frage auch nicht, sondern stellte selbst eine. »Hast du Hässler getötet?«

»Nein«, antwortete Andrej wahrheitsgemäß. »Aber ich war dabei, als er starb.« Er wich einen halben Schritt zurück, um nicht in unmittelbarer Reichweite des Soldaten zu sein, falls dieser überraschend aufspringen sollte, und zog nun sein eigenes Schwert. Die Blicke des Mannes streiften kurz die Waffe, ehe sie sich wieder auf sein Gesicht richteten. Andrej sah, wie er vorsichtig die Muskeln anspannte und versuchte, die Beine auf eine Art anzuwinkeln, die nicht sofort auffiel.

»Wer bist du?«, fragte der Soldat noch einmal. »Was willst du hier?«

Andrej seufzte. »So geht das nicht, mein Freund«, sagte er. »Du stellst mir nur Fragen. Aber du gibst keine Antworten.« Vorsichtig ließ er sich in die Hocke sinken und streckte das Schwert vor. Er hatte nicht vor, ihn zu treffen, aber der Mann prallte erschrocken zurück. »Ich schlage vor, du fängst damit an, meine Fragen zu beantworten.«

»Du bist tot, Teufel«, zischte der Soldat. Seine Stimme zitterte vor Wut, immer noch nicht vor Furcht. Er hatte keine Angst, sondern wartete nur auf eine Gelegenheit, sich zur Wehr zu setzen. Andrej konnte all dies in seinen Blicken lesen, aber viel deutlicher noch konnte er es riechen. Er musste vorsichtig sein. Wenn er den Mann töten musste, dann schnell. Der Wolf in ihm begann immer stärker zu erwachen. Er durfte ihm kein Blut zu schmecken geben.

»Ich will dir nichts antun«, sagte er ruhig. Er zog das Schwert zurück, zögerte einen winzigen Moment und schob es dann in den Gürtel. Der Soldat hielt dies vermutlich für einen Fehler, aber für Andrej war es überlebenswichtig. Die Dunkelheit in ihm wurde machtvoller.

»Beantworte meine Fragen, und ich lasse dich am Leben.«

»Du bist von Sinnen«, antwortete der Soldat. Er lachte hässlich. »Du wirst sterben, ganz egal, mit welchem Teufel du im Bunde bist. Du bist schon tot. Wir werden dich vernichten. Dich und deine Teufelsbrut.«

»Weil ihr so viele seid?«

»Genug für dich«, entgegnete der Soldat. Jede Spur von Furcht war aus seiner Stimme gewichen, jetzt, da Andrej das Schwert eingesteckt hatte. »Wir haben dieses Teufelsnest ausgebrannt, und du wirst ebenfalls brennen.«

»Wir? Du gehörst zu den Leuten des Landgrafen?«

Der Soldat richtete sich erneut auf. Die Bewegung war langsam, aber sehr zielgerichtet. Andrej wollte nicht mit ihm kämpfen, aber er spürte, dass er es musste. Einer von ihnen würde diesen Ort nicht lebend verlassen. Langsam stand auch er auf und verschränkte die Arme vor der Brust.

»Geh«, sagte er ruhig. »Steig auf dein Pferd und reite davon, dann bleibst du am Leben.«

Statt zu antworten, stieß der Soldat ein wütendes Knurren aus und stürzte sich auf ihn. Andrej empfing ihn auf die gleiche Art wie das erste Mal: mit einem Fußtritt in die Weichteile. Aber damit hatte der Soldat gerechnet. Mit einer blitzschnellen Bewegung fing er Andrejs Fuß ab und drehte ihn mit einem Ruck herum, der seinen Knöchel gebrochen hätte, hätte Andrej nicht genau das erwartet und sich herumgeworfen.

Er beließ es nicht bei einer halben Drehung. Für einen Sekundenbruchteil lag sein Körper nahezu waagerecht in der Luft, dann stieß er mit dem linken Bein zu und rammte dem Soldaten den Fuß mit solcher Gewalt ins Gesicht, dass sein Kiefer brach. Der Soldat kippte mit einem gurgelnden Schrei um, schlug die Hände vor das Gesicht und begann zu wimmern, während Andrej mit einer fast anmutig erscheinenden Rolle wieder auf die Füße kam und über ihm war, noch bevor er wirklich begriff, wie ihm geschah.

»Ich sage es noch einmal«, sagte Andrej mit leiser, mühsam beherrschter Stimme. *Geh!*, dachte er verzweifelt. *Steig auf dein Pferd und geh! Ich will dich nicht töten. Ich darf es nicht.* »Steig auf dein Pferd und verschwinde, solange du es noch kannst!«

Der Soldat kämpfte sich taumelnd auf die Füße. Sein Gesicht war zu einer verzerrten, blutigen Fratze geworden, in seinen Augen loderte der Wahnsinn. Er hatte nicht gehört, was Andrej sagte. Blut lief in Strömen aus seinem zerschmetterten Mund, und Andrej sah, dass ihm mehrere Zähne fehlten. Er musste allein vor Schmerzen fast verrückt werden.

Aber er gehörte nicht zu den Männern, die aufgaben, wenn sie begriffen, dass ein Kampf verloren war.

Dennoch versuchte es Andrej. Als der Soldat heranstürmte, machte er einen Schritt zur Seite und ließ ihn über sein vorgestrecktes Bein stolpern. Während der Angreifer fiel, rammte er ihm den Ellbogen in den Nacken. Der Soldat stürzte mit weit vorgestreckten Armen zu Boden und schlitterte meterweit davon. *Bleib liegen!*, dachte Andrej fast verzweifelt. *Bleib in Gottes Namen liegen!*

Sein Gebet wurde nicht erhört. Der Soldat stemmte sich wimmernd in die Höhe, spuckte Blut und Zähne und versuchte sich zu ihm herumzudrehen. Andrej hämmerte ihm die Faust gegen die Schläfe, war mit einem Satz hinter ihm und schlang dem Mann den Arm um den Hals, bis dieser in seinem Griff zusammensackte. Eine schnelle Drehung, ein Ruck, und es wäre vorbei gewesen. Zweifellos hatte der Mann den Tod verdient. Aber er wollte ihn nicht töten; noch immer nicht. Er durfte es nicht. Wenn er jetzt Blut vergoss, dann hatte der Wolf in ihm gewonnen.

Der Mann regte sich nur noch schwach, aber er bewegte sich, und das Schicksal war grausam genug, ihn nicht das Bewusstsein verlieren zu lassen, was ihm möglicherweise das Leben gerettet hätte. Seine Sinne klärten sich rasch. Er bäumte sich in Andrejs Griff auf und schlug ziellos nach hinten. Andrejs Fingernägel schrammten über die Wange des Soldaten und hinterließen vier brennende Spuren aus blutigem Schmerz, und etwas in Andrej ... zerbrach.

Blut. Er roch das Blut des Mannes und spürte seinen Schmerz, und der Wolf in ihm stürzte sich mit einem gierigen Heulen auf die hilflose Beute, fegte den jämmerlichen

Rest von Andrejs freiem Willen davon und übernahm endgültig die Kontrolle.

Es war wie in jener Nacht vor dem Kloster, nur hundertmal schlimmer. Er wusste nicht, was er tat und wie lange es dauerte, aber die Schreie des Soldaten hallten lange, endlos lange und unmenschlich schrill über die Straße, und als es vorbei war, lebte der Mann immer noch, aber er konnte nicht mehr schreien. Alles, was er hervorbrachte, war ein gurgelndes Röcheln.

Entsetzt von seinem eigenen Tun sprang Andrej hoch und prallte zwei taumelnde Schritte zurück. Seine Hände waren voller Blut, sein Mund war voller Blut, aber die Gier in ihm war noch immer nicht gestillt, sondern schien mit jedem Herzschlag schlimmer zu werden. Der grausige Trank hatte seinen Durst nicht gestillt, sondern ihn noch geschürt. Was hatte er getan? Gott im Himmel, was war aus ihm geworden?

»Töte … mich«, stöhnte der Soldat. »Ich flehe dich … an. Hab Er … barmen! Töte … mich.«

Andrej starrte ihn an. Der winzige, menschlich gebliebene Teil in ihm krümmte sich vor Entsetzen, als er sah, was er dem Mann angetan hatte, aber der Wolf triumphierte. Er trank den Schmerz des Mannes, labte sich an seinem Leid und seinem Sterben, und er hinderte Andrej daran, seine Fassungslosigkeit abzuschütteln und dem Sterbenden die letzte Gnade zu erweisen und ihn von seiner Pein zu erlösen.

»Töte … mich«, gurgelte der Sterbende. »Hab … Erbarmen.«

»Das werde ich nicht tun«, antwortete Andrej kalt. »Aber

ich lasse dir deine Seele, wenn du mir sagst, wie viele ihr seid und wo ich die anderen finde.«

»Zwan ... zig«, stöhnte der Soldat. »Wir sind ... zwanzig. Dazu der ... der Inquisitor und Vater Benedikt.«

»Der Inquisitor?« Andrej trat wieder auf den Soldaten zu und streckte die Hände aus. »Wer ist er? Wo finde ich ihn? Sprich, oder ich fresse deine Seele!«

Das konnte er nicht. Andrej, der Vampyr, hätte es vielleicht gekonnt, aber das ... Ding, in das er sich verwandelt hatte, hatte keine Verwendung für eine Seele. Es wollte Blut, das war sein Lebenselixier. Der Sterbende bäumte sich auf und versuchte vor ihm davonzukriechen, aber sein zerschundener Körper hatte nicht mehr die Kraft dazu.

»In der Kirche!«, keuchte er. »Sie ... sie sind in der Kirche.«

»Und die anderen?« Andrej machte eine drohende Bewegung. »Die Leute aus dem Dorf? Wo sind sie? Habt ihr sie alle umgebracht?«

»Sie ... sie haben viele ... verbrannt«, gurgelte der Soldat. »Aber nicht alle. Noch nicht. Sie ... sie machen ihnen den Prozess. Jedem ...«

»Aber das Urteil steht schon fest, nicht wahr?« Andrej verzog die Lippen zu einem kalten Grinsen. »Alles muss eine Ordnung haben. Schließlich bekommt jeder seinen gerechten Prozess.«

»Sie ... sie sind mit dem Teufel im Bunde«, stöhnte der Mann. »Jeder weiß das. Alle hier sind ... sind Teufelsjünger.«

Andrej wollte widersprechen, aber in diesem Moment fiel sein Blick auf seine eigenen, zu Klauen gekrümmten Hände. Sie hatten sich nicht wirklich in Klauen verwandelt wie die Gliedmaßen der bedauernswerten Kreaturen, die Abu Dun und er in der Höhle gefunden hatten, aber der Anblick war fast schlimmer. Sie waren so rot vom Blut des Soldaten, dass es aussah, als trüge er dunkelrote, nasse Handschuhe, die bis an die Ellbogen hinaufreichten. Es hätte des bitteren Kupfergeschmacks auf seiner Zunge nicht mehr bedurft, um ihm zu beweisen, wer das schlimmste Ungeheuer war. Dieser Anblick war es, der ihm noch einmal die Kraft gab, der brennenden Gier zu widerstehen; vielleicht zum letzten Mal.

»Ich halte mein Wort«, sagte er, »Ich werde deine Seele nicht nehmen.«

»Töte ... mich«, flehte der Sterbende. »Hab doch ... Erbarmen.«

Das war ein Wort, das Andrej nichts mehr bedeutete. Er starrte noch einen Moment mitleidlos auf den Soldaten hinab, dann drehte er sich um und ging langsam weiter. Er musste nur wenige Schritte weit laufen, bevor das Prasseln der Flammen die Schreie des sterbenden Mannes verschlungen hatte.

15

Es war Andrej klar, dass er nicht auf direktem Weg zur Kirche gehen konnte. Wenn der sterbende Soldat die Wahrheit gesagt hatte – woran er nicht zweifelte –, dann hatte er es immer noch mit mindestens sechzehn Gegnern zu tun, den Inquisitor nicht mitgerechnet. Das waren selbst für einen Mann mit seinen außergewöhnlichen Fähigkeiten eindeutig zu viele Soldaten, um ohne Strategie gegen sie zu kämpfen. Er war nahezu unsterblich, aber *nahezu* bedeutete nicht *vollkommen.* Wenn er blindlings losstürmte, dann würde er in sein Verderben laufen.

Vielleicht wäre das das Beste, dachte Andrej finster. Für Abu Dun, für die Menschen hier und vor allem für ihn selbst. War das vielleicht der wirkliche Grund, aus dem er zurückgekommen war?, fragte er sich. Nicht um die Menschen hier zu retten oder das Geheimnis seiner Herkunft zu lüften, sondern weil er den Tod suchte? Beunruhigt schüttelte er den Gedanken ab. Er hätte zu einer Antwort kommen können, die ihm nicht gefiel.

Auf dem Weg zum Dorfplatz begegneten ihm keine weiteren Menschen mehr, weder Soldaten noch Trentklammer, und auch der Kirchplatz selbst bot einen anderen Anblick, als er erwartet hatte. Die Handvoll Häuser, die den runden Platz säumten, waren nicht niedergebrannt, zeigten aber deutliche Spuren der Gewalt, die auch hier gewütet hatte: Eine eingetretene Tür hier, ein zertrümmertes Fenster dort, ein paar geschwärzte Dachschindeln, wo die Flammen von einem der benachbarten Gebäude übergegriffen hatten und in aller Hast wieder gelöscht worden waren.

Dennoch ließ ihn der Anblick für einen Moment erstarren; vielleicht weil er zu sehr dem jenes anderen Dorfes ähnelte, in dem sie Alessa gefunden hatten, nur dass die Vorzeichen hier genau umgekehrt waren: In jenem Dorf auf der anderen Seite der Berge waren es die Fremden gewesen, die ahnungslos in ihr Verderben gelaufen waren; hier hatten die Fremden den Tod gebracht.

Und er hatte eine blutige Spur gezogen. Andrej sah keine Toten, aber unmittelbar vor der offen stehenden Kirchentür waren zwei gewaltige Scheiterhaufen errichtet worden. Einer davon schwelte noch, der zweite brannte lichterloh – was aber gewiss nicht mehr lange so bleiben würde –, und nur einige Schritte entfernt waren vier Soldaten damit beschäftigt, einen dritten Scheiterhaufen zu errichten. Sie machten sich allerdings nicht die Mühe, Reisig oder Feuerholz herbeizuschaffen, sondern verwendeten Materialien, die sie kurzerhand aus den benachbarten Häusern geholt hatten: zerbrochene Möbel, Teile von Fensterrahmen und Bodendielen …

Weit mehr als das Vorhandensein der Scheiterhaufen selbst machte dieses Vorgehen Andrej klar, dass die Soldaten nicht vorhatten, in diesem Ort noch irgendjemanden am Leben zu lassen. Er fragte sich, warum Vater Benedikt und der Inquisitor überhaupt über die Trentklammer zu Gericht saßen, anstatt sie gleich zusammen mit ihren Häusern zu verbrennen.

Zwei Soldaten lösten sich von ihren Kameraden und kamen auf ihn zu. Andrej fuhr erschrocken zusammen, wich geduckt ein paar Schritte zurück und senkte die Hand auf das Schwert. Schnell musste er aber erkennen, dass sie nicht einmal in seine Nähe kommen würden, sondern unterwegs zu einem der Gebäude auf der linken Seite des Platzes waren – vermutlich, um weiteres Brennmaterial zu holen.

Das Haus stand ein wenig abseits. Sämtliche Fenster und die Tür standen offen, aber dahinter brannte kein Licht. Es war leer und seine Bewohner vermutlich zusammen mit allen anderen in der Kirche; dem einzigen Gebäude im Dorf, das groß genug war, um so viele Gefangene aufzunehmen. Wahrscheinlich war das auch der einzige Grund, aus dem die Ungeheuer in den schwarzen Roben es nicht ebenfalls angezündet hatten.

Andrejs Hand schloss sich fester um das Schwert, während er die beiden Soldaten beobachtete, die nebeneinander und ohne sichtbare Eile auf das Haus zugingen. Sie unterhielten sich, aber Andrej sah nur die Gesten, mit denen sie ihre Worte begleiteten. Obwohl in seiner unmittelbaren Nähe kein Haus brannte, war das Tosen der Flammen selbst hier noch deutlich genug zu hören. Es übertönte nahezu jedes andere Geräusch. Für Andrej wäre es ein Leichtes gewesen, den beiden Männern zu folgen und sie zu töten, ohne dass ihre Kameraden es auch nur bemerkt hätten.

Seine Hand zuckte so erschrocken vom Schwertgriff weg, als hätte er glühendes Metall berührt. War das wirklich er, der diesen Gedanken gehegt hatte? Wie viel von ihm war noch er selbst?

Er schüttelte den Gedanken ab und konzentrierte sich stattdessen auf die Kirche. Das zweigeteilte Portal stand offen, aber dahinter waren nur flackerndes Licht und unruhige Bewegung zu erkennen. Für einen kurzen Moment blitzte ein Lichtstrahl auf, als jemand – wohl ein Soldat – an der Tür vorbeiging, aber Andrej konnte keine Einzelheiten erkennen, so sehr er seine Augen auch anstrengte. Ihm war klar, dass sich die meisten Soldaten im Inneren der Kirche aufhalten mussten. Er konnte nicht einfach zur Tür hineingehen, sondern musste einen unauffälligeren Weg wählen. Die einzige Möglichkeit bestand darin, die Kirche und damit den gesamten Platz in weitem Bogen zu umgehen und sich dem Gebäude von der Rückseite her zu nähern.

Andrej warf einen letzten, prüfenden Blick in den Himmel hinauf, bevor er losging. Bis Sonnenaufgang waren es noch gute zwei Stunden; sicherlich eineinhalb, ehe es auch nur zu dämmern begann. Dennoch war der Mond bereits untergegangen, der Himmel war leer bis auf das glitzernde Band aus Sternen; Diamantsplitter, die ein nachlässiger Gott auf seinem Weg über das Firmament verloren hatte. Konnte das der Grund sein, aus dem die grausame Gier in ihm nicht mehr ganz so quälend war wie bisher? Sein Blutdurst war noch lange nicht gestillt, aber noch vor einer halben Stunde wäre es ihm nicht möglich gewesen, die Mordlust zu zügeln, die ihn beim Anblick der beiden Soldaten überfallen hatte.

Vielleicht, überlegte er, wäre es klüger, bis zum Sonnenaufgang abzuwarten. Aber wie viele Leben würden diese zwei Stunden kosten?

Er entschied sich gegen das Warten, und sei es nur, weil diese Wartezeit bewiesen hätte, dass er endgültig begonnen hatte, die Nacht zu fürchten.

Um den Dorfplatz und die Kirche in sicherem Abstand zu umgehen, legte er weitere zwei oder drei Dutzend Schritte des Weges zurück, den er gekommen war, und schlug dann einen großen Bogen. Es dauerte eine ganze Weile, bis er auf die Rückseite des Gotteshauses gelangte, denn er bewegte sich sehr vorsichtig und hielt immer wieder an, um zu lauschen oder sich aufmerksam umzusehen. Einige Male unterbrach er seinen Weg, um eines der leerstehenden Gebäude zu durchsuchen. In keinem der Häuser fand er ein lebendes Wesen, aber er konnte die Gewalt und den Tod, die hier getobt hatten, *riechen.*

Als er endlich die Rückseite der Kirche erreichte, musste er feststellen, dass seine Mühe vollkommen umsonst gewesen war. Das Gotteshaus war zwar erstaunlich groß für einen Ort wie Trentklamm und so wuchtig und wehrhaft erbaut, dass es schon fast einer Festung glich, aber es besaß keinen zweiten Eingang. Die Fenster der Kirche waren schmal und zusätzlich vergittert, sodass es vollkommen unmöglich war, auf dieser Seite hineinzugelangen. Die Ähnlichkeit mit einer Festung war beabsichtigt: Wie in vielen Orten dieser Größe diente die aus massivem Stein erbaute Kirche den Dorfbewohnern nicht nur als Versammlungsort und Gebetshaus, sondern auch als Zuflucht bei einem Unwetter oder einem Angriff.

Im Augenblick hatte sie allerdings die Funktion eines Gefängnisses übernommen.

Andrej schlich geduckt an das Gebäude heran, presste sich mit klopfendem Herzen und angehaltenem Atem unter einem der schmalen Fenster gegen die Wand und lauschte. Die Geräusche, die durch das Fenster zu ihm drangen, ergaben in ihrer Gesamtheit ein Bild, so klar, als könnte er es sehen: Dort drin waren Menschen, viele Menschen. Niemand schien zu beten, aber er hörte ein dumpfes, an- und abschwellendes Raunen und Murmeln, dessen Tenor eher von Leid und Angst als von der geflüsterten Zwiesprache mit Gott kündete. Ein Kind weinte, und die halblaute, zitternde Stimme einer Frau versuchte, es zu trösten. Daneben vernahm er schwere Schritte, wie sie die genagelten Stiefel eines Soldaten hervorriefen. Der sterbende Soldat hatte die Wahrheit gesagt. Die Gefangenen und ihre Wächter befanden sich in der Kirche.

Andrej richtete sich vorsichtig auf, legte den Kopf in den Nacken und blickte an der rauen Wand des Kirchenschiffes empor. Die Verlockung, einen Blick durch das Fenster zu werfen, war groß, aber er widerstand ihr. Zu gefährlich war es, dass genau in diesem Moment einer der Soldaten zufällig in seine Richtung sah oder gar ans Fenster trat. Stattdessen suchte er sehr aufmerksam das gesamte Gebäude nach einer Möglichkeit ab, ungesehen hineinzugelangen. Und seine Mühe wurde belohnt.

Sämtliche Fenster auf dieser Seite waren vergittert, aber das galt nicht für den Turm. Der Einstieg lag gute acht oder neun Meter über ihm, und die Fugen im Mauerwerk des Turms waren so schmal, dass es schon großen Geschicks und einer Menge Kraft bedurfte, um an der Wand emporzuklettern. Aber Andrej war ein geschickter Kletterer, und nun kam ihm zugute, dass er nicht bis Sonnenaufgang gewartet hatte. Bei hellem Tageslicht hätte er es nicht gewagt, an der Wand hinaufzusteigen, aber in der noch immer vorherrschenden Dunkelheit und auf der Rückseite der Kirche würde ihn niemand sehen.

Er überzeugte sich sorgsam davon, dass er nichts bei sich trug, was ihm aus den Taschen fallen oder auch nur ein verräterisches Geräusch verursachen würde, zurrte den Schwertgurt fester um die Hüfte und griff nach oben. Seine Fingerspitzen tasteten über die raue Wand und suchten nach Halt. Die Mauer war nicht so glatt, wie es auf den ersten Blick den Anschein gehabt hatte, aber dennoch verging eine ganze Weile, bis er eine geeignete Stelle gefunden hatte und mit dem Aufstieg begann.

Er brauchte länger, um die wenigen Meter in die Höhe zu steigen, als er erwartet hatte, und oben angekommen stieß er sofort auf die nächste – und möglicherweise unüberwindliche – Schwierigkeit. Obwohl Trentklamm ein so winziger Ort war, dass man auf den meisten Karten vergebens danach gesucht hätte, wartete seine Kirche mit einem erstaunlichen Luxus auf: einer bronzenen Glocke, welche die Möglichkeit, im Turminneren hinabzuklettern, erschwerte.

Andrej fluchte in sich hinein. Die Geräusche aus dem Inneren der Kirche waren nun deutlicher wahrzunehmen. Es waren mindestens zwei Stimmen darunter, die er kannte: die von Thobias und die von Vater Benedikt. Beide schienen in einen heftigen Disput mit einer dritten Person verwickelt zu sein. Andrej konnte jedoch nicht verstehen, worum es dabei ging.

Vorsichtig, um nicht die Glocke zu berühren und damit sein eigenes Ende einzuläuten, schlängelte sich Andrej in den Turm hinein. Seine Finger tasteten vergeblich nach einer Fuge im Stein, einer Lücke, irgendetwas, woran er sich festhalten konnte. Das Innere des Turms war verputzt, als hätten seine Erbauer gewusst, dass jemand auf diesem Weg eindringen würde, und alles in ihrer Macht Stehende getan, um ihm den Weg zu erschweren.

Andrej schlängelte sich weiter, presste sich mit dem Rücken gegen die eine und mit durchgedrückten Knien gegen die andere Wand und fand mit dieser Methode unsicheren Halt. Einen Moment lang überlegte er, genau auf diese Weise bis ganz nach unten zu steigen; eine Technik, die eine Menge Kraft beanspruchen würde, aber durchaus Erfolg versprechend schien. Dann sah er nach unten und stellte fest, dass auch das unmöglich war: Der Turm war nur hier oben so schmal. Zwei Meter unter ihm wichen die Wände jäh auseinander.

Ganz kurz erwog er die Möglichkeit, nach oben zu greifen und den Klöppel aus der Glocke zu entfernen, um einfach am Glockenseil hinunterzuklettern, aber diesen Gedanken verwarf er sofort wieder. Er befand sich nicht in der Lage, handwerkliche Meisterstücke zu vollbringen, und er würde dafür Werkzeug benötigen, das er nicht hatte. Ihm blieb nur noch eine Wahl: Er stürzte sieben oder acht Meter weit in die Tiefe und versuchte erst gar nicht, seinen Sturz abzufangen.

Der Aufprall war so hart, dass er auf der Stelle das Bewusstsein verlor, allerdings nur für einen Augenblick. Von Schmerzen gepeinigt erwachte er. Das Blut rauschte in seinen Ohren, und seine Fantasie quälte ihn mit tausend Schreckensbildern. Möglicherweise war er Thobias und den anderen direkt vor die Füße gefallen, und wahrscheinlich war das Erste, was er sah, wenn er die Augen aufschlug, ein halbes Dutzend Speerspitzen, die auf sein Gesicht gerichtet waren. Stöhnend wälzte er sich auf den Rücken und hob die Lider.

Er war allein. Das Ende des Glockenseils baumelte einen halben Meter über seinem Gesicht, und der Boden, auf dem er lag, war nass und glitschig von seinem eigenen Blut. Weit entfernt und verzerrt vom dumpfen Hämmern seines eigenen Herzens, das noch immer überlaut in seinen Ohren dröhnte, konnte er die Stimmen von Thobias und den anderen hören. Niemand hatte etwas von seinem Eindringen bemerkt, so unglaublich es ihm auch selbst erschien.

Andrej blieb eine geraume Weile reglos auf dem Rücken liegen und wartete darauf, dass sich sein Körper erholte und die Verletzungen heilten, die er sich bei dem Sturz aus sieben oder acht Metern Höhe zugezogen hatte. Es dauerte wahrscheinlich nur Minuten, aber für ihn schienen Ewigkeiten zu vergehen. Irgendwann spürte er, dass die Regeneration abgeschlossen war. Aber er war schwach, unglaublich schwach. Schon die kleinste Bewegung kostete ihn fast mehr Kraft, als er hatte.

»... flehe Euch noch einmal an, Hochwürden«, hörte er Thobias' Stimme. Immerhin konnte er jetzt die Worte verstehen, wenn auch nicht sehr klar. »Im Namen Gottes, Ihr könnt das nicht wirklich wollen! Es sind mehr als sechzig Menschen, noch immer!«

Andrej stand auf. Er war so schwach, dass er taumelte. Um ein Haar hätte er das Glockenseil ergriffen, um sich daran festzuhalten.

»Bruder Thobias, ich kann Eure Gefühle verstehen«, antwortete eine andere, Andrej unbekannte Stimme. »Auch wenn ich sie nicht gutheißen kann, so mag doch zu Euren Gunsten sprechen, dass diese Menschen hier Eure Brüder und Schwestern sind. Ihr seid mit ihnen aufgewachsen und haltet sie für Eure Freunde, und früher einmal waren sie das sicher auch.«

Andrej wartete mit geschlossenen Augen, bis das Schwindelgefühl hinter seiner Stirn verebbte, dann blickte er sich um. Er befand sich in einer kleinen, vollkommen leeren Kammer, die nur eine einzige Tür hatte. Sie war grob aus kaum bearbeiteten Brettern zusammengenagelt, durch deren Ritzen nicht nur die Stimmen drangen, die er hörte, sondern auch flackerndes gelbes Licht. Andrej spähte durch eine der fingerbreiten Ritzen.

»Das ist nicht der Grund, Exzellenz«, hörte er Thobias sagen. Er lief aufgeregt in dem kleinen, bescheiden eingerichteten Raum auf und ab, der auf der anderen Seite der Tür lag, und er war nicht allein. Der Mann, den er mit Exzellenz angesprochen hatte, stand aufgerichtet neben einer anderen Tür, die vermutlich ins eigentliche Kirchenschiff führte, und trug ein schlichtes schwarzes Gewand. Er war allerhöchstens dreißig, schätzte Andrej, und hatte ein offenes Gesicht, aber mitleidlose, harte Augen. Sein Haar war so schwarz wie sein Gewand. Ein goldenes Kruzifix hing an einer Kette um seinen Hals. Es musste der Inquisitor sein, von dem Thobias gesprochen hatte. Sein bloßer Anblick versetzte Andrej in Zorn. Da bemerkte er eine weitere Person im Raum: Vater Benedikt. Er stand mit dem Rücken zu Andrej, aber er erkannte die gebeugte Gestalt und das schüttere graue Haar.

»Doch, Thobias, das ist der Grund«, antwortete der Inquisitor ruhig. Seine Hand tastete nach dem Kruzifix auf seiner Brust und schmiegte sich darum. »Ich will offen sein, Bruder Thobias. Ihr habt es nur Benedikts Fürsprache zu verdanken, dass Ihr nicht ebenfalls in Ketten auf der anderen Seite der Anklagebank steht. Vielen von uns ist das, was Ihr in den letzten Jahren dort oben in Eurem Kloster getan habt, ein Dorn im Auge.«

»Und Euch ganz besonders, nicht wahr?« Thobias' Stimme zitterte vor Aufregung. Er war unruhig, aber Andrej lauschte vergebens auf einen Unterton von Angst.

Vater Benedikt fuhr erschrocken zusammen und sog hörbar die Luft zwischen den Zähnen ein.

»Was ich denke, steht nicht zur Debatte«, antwortete der Inquisitor ungerührt. »Was zählt, ist, was ich sehe. Und ich sehe einen Ort, dessen Menschen sich offensichtlich von Gott abgewandt haben und an dem schwarze Magie und Teufelswerk die Stelle von Gottesfurcht und Demut einnehmen.«

»Nicht alle, Exzellenz«, sagte Thobias verzweifelt. »Ihr mögt Recht haben. Es sind ... schlimme Dinge geschehen, das will ich nicht bestreiten. Aber es war nicht die Schuld der guten Leute hier. Es ging von den Fremden aus. Alles begann, nachdem dieser Andrej und der Heide, der bei ihm war, hierhergekommen sind!«

Andrej runzelte die Stirn. Er hatte keine Dankbarkeit von Thobias erwartet, aber das ...?

»Wie bedauerlich, dass sie nicht mehr hier sind, um Stellung zu diesen Vorwürfen zu nehmen, nicht wahr?«, sagte der Inquisitor.

Thobias wollte antworten, aber Vater Benedikt kam ihm zuvor: »Verzeiht, Exzellenz«, mischte er sich ein. Seine Stimme war voller Angst, auch wenn sie kaum mehr als ein Flüstern war. »Aber Bruder Thobias hat Recht. Ich selbst habe mit diesem Andrej gesprochen, und ich habe das Böse gespürt, das ihn umgibt. Dieser Mann ist der Teufel. Thobias hätte sich nicht mit ihm abgeben dürfen, das ist wahr, aber er ist jung, und sein Glaube an die Wissenschaft hat ihn blind gemacht.«

Der Inquisitor seufzte. »Ich bitte Euch, Vater Benedikt! Wofür haltet Ihr mich – für ein Ungeheuer? Ich bin nicht hergekommen, um unschuldige Menschen umzubringen, sondern um sie zu retten!« Er wandte sich an Thobias. »Ich kann und will nicht darüber urteilen, ob Euer blinder Glaube an die Wissenschaft Ketzerei ist oder nicht, Thobias. Das sollen und werden andere entscheiden. Aber wenn das, was hier geschieht, nur eine Krankheit ist, müsstet ihr die Menschen dann nicht heilen? Und sagt: Wenn ich ein übles Geschwür hätte, würdet Ihr es nicht ausbrennen, damit es nicht meinen ganzen Körper vergiftet?«

»Natürlich«, antwortete Thobias, »aber ...«

»Und würdet Ihr nicht in Kauf nehmen, auch ein wenig gesundes Fleisch mit zu verbrennen, um die Ausbreitung der Krankheit zu verhindern?«

»Das habt Ihr doch bereits getan!«, antwortete Thobias heftig. »Birgers Familie ist ausgelöscht. Die, die nicht in die Berge geflohen sind, habt Ihr verbrannt! Wie viele wollt Ihr noch töten?«

»So viele, wie nötig sind«, antwortete der Inquisitor hart. »Glaubt nicht, dass es mir Freude bereitet. Aber wenn ich auch nur eine einzige unschuldige Seele rette, dann hat es sich gelohnt.«

»Indem Ihr hundert Unschuldige opfert?«

»Selbst wenn es so wäre, wäre ihnen Gottes Lohn gewiss«, wandte der Inquisitor ein. »Es geht um ihre Seelen.« Sein Lächeln wurde noch härter. »Und auch um Eure, Bruder Thobias, auch wenn Ihr das immer wieder zu vergessen scheint.«

»Warum sprecht Ihr nicht offen?«, fragte Thobias höhnisch. »Wir sind allein. Niemand hört uns zu. Niemand wird erfahren, was hier gesprochen wird. Wenn es mein Leben ist, das Ihr wollt, dann nehmt es! Stellt mich vor Gericht. Bezichtigt mich der Ketzerei. Ich werde alles zugeben. Tötet mich, wenn Ihr wollt, aber lasst die unschuldigen Menschen hier am Leben!«

Der Inquisitor musterte ihn kühl, dann schüttelte er den Kopf, seufzte hörbar und sagte: »Gebt acht, dass ich Euch nicht beim Wort nehme, mein Freund.«

»Es ist mir gleich, was mit mir geschieht. Mein Schicksal ist doch ohnehin schon entschieden …«, schnappte Thobias. Seine Stimme bebte vor Zorn.

Die Tür wurde aufgerissen und traf den jungen Inquisitor mit solcher Wucht im Rücken, dass er haltlos nach vorne stolperte und gestürzt wäre, hätte Thobias ihn nicht im letzten Moment aufgefangen. Ein junger Soldat stürmte herein und erstarrte vor Schreck, als er sah, was er angerichtet hatte. Er begann zu zittern und fiel mit gesenktem Haupt auf die Knie – ein Gebahren, das Andrej weit mehr über den Inquisitor verriet als alles, was er bisher gesehen und gehört hatte.

»Verzeiht, Herr«, stammelte er. »Ich wusste nicht, dass …«

Der Inquisitor brachte ihn mit einer herrischen Geste zum Verstummen. »Schon gut«, sagte er. »Was ist los? Warum stürmst du einfach so hier herein?«

»Der Heide, Herr!«, antwortete der Soldat. Andrejs Herz machte einen schmerzhaften Sprung. »Der Mohr! Wir haben ihn gefangen!«

Nicht nur Andrej erschrak bis ins Mark. Auch Vater Benedikt fuhr sichtbar zusammen, und Bruder Thobias wurde kreidebleich und tauschte einen raschen Blick mit Benedikt, der dem Inquisitor aber offensichtlich entging.

»Ihr habt ihn gefangen?«, vergewisserte der sich ungläubig. »Wo? Wo ist er?«

»Er war auf dem Weg zum Kloster«, antwortete der Soldat. »Er hat zwei von uns erschlagen und drei weitere verletzt, bevor wir ihn überwältigen konnten. Sie bringen ihn gerade her!«

»Lebt er?«, fragte Thobias.

»Ja«, bestätigte der Soldat. »Wir haben ihn gefesselt. Die anderen bringen ihn her. Ich bin vorausgeeilt, um Euch Bescheid zu geben. Er wird in einer halben Stunde hier sein.«

»Gut«, sagte der Inquisitor. »Dann werden wir jetzt vielleicht endlich erfahren, was hier wirklich vorgeht.«

Er stürmte so schnell aus dem Raum, dass er den völlig eingeschüchterten Soldaten um ein Haar von den Knien gerissen hätte, und war verschwunden. Der Soldat rappelte sich mühsam auf und folgte ihm, und auch Vater Benedikt wollte sich ihm anschließen, aber Thobias hielt ihn mit einer Handbewegung und einem angedeuteten Kopfschütteln zurück. Er wartete einige Momente ab, dann ging er zur Tür, warf einen Blick nach draußen und schloss sie schließlich wieder.

»Das hätte nicht passieren dürfen«, zischte Vater Benedikt aufgebracht. »Wieso lebt er noch? Du hast mir gesagt, er und dieser Andrej wären tot!«

»Ich war sicher«, sagte Thobias. Er hob die Schultern. »Anscheinend habe ich meine Brüder und Schwestern überschätzt.«

»Oder diesen Andrej unterschätzt«, fügte Vater Benedikt düster hinzu. »Was, wenn auch er noch am Leben ist? Wenn er gar zurückkommt?«

»Was sollte er schon ausrichten können?«, fragte Thobias. Er fand seine Beherrschung rasch wieder, und als er weitersprach, lächelte er sogar. »Und wer würde ihm glauben? Mach dir keine Sorgen. Morgen Nacht, wenn der Mond aufgeht, wird jeder begreifen, dass der Teufel in Trentklamm stärker ist denn je.« Er seufzte, drehte sich halb herum und sah für einen Moment so genau in Andrejs Richtung, dass dieser davon überzeugt war, dass er seine Anwesenheit entdeckt hatte. Aber dann irrte sein Blick weiter und blieb schließlich auf Benedikts Gesicht hängen. »Bis dahin haben wir noch viel zu tun. Und nur noch sehr wenig Zeit.«

Nichts von alledem, was Andrej gehört hatte, schien irgendeinen Sinn zu ergeben. Er war noch immer bestürzt über die Erkenntnis, dass Thobias ganz offensichtlich vorhatte, Abu Dun und ihn für die unheimlichen Vorfälle der letzten Tage verantwortlich zu machen – aber er konnte ihn sogar verstehen. Abu Dun und er waren Fremde für ihn, und wenn er die Wahl hatte, sie zu opfern, um das Leben der Menschen hier zu retten, dann konnte er gar nicht anders entscheiden.

Andrej wartete, bis Thobias und Vater Benedikt den Raum verlassen hatten, dann versuchte er, die Tür zu öffnen.

Es ging nicht.

Die Tür war verschlossen. Andrej zwängte die Finger in den schmalen Spalt zwischen den Brettern und zog mit aller Kraft. Das Holz knirschte, hielt dem Druck aber Stand, und als er sich in die Hocke sinken ließ und die Tür genauer untersuchte, sah er den Schatten eines wuchtigen Riegels, der von der anderen Seite vorgelegt war. Es gab keine Hoffnung, sie gewaltsam aufzubrechen – jedenfalls nicht, ohne dass der Lärm jeden alarmiert hätte, der draußen in der Kirche war.

Andrej richtete sich auf, trat einen Schritt zurück und zwang sich, seine Möglichkeiten in aller Ruhe abzuwägen. Es waren nicht besonders viele.

Er verstand noch nicht das ganze Ausmaß dessen, was er gerade gehört hatte, doch ihm wurde klar, dass nichts so war, wie er bisher geglaubt hatte. Thobias hatte ihn anscheinend von Anfang an belogen – aber warum?

Hätte Andrej es nicht besser gewusst, dann wäre er spätestens, nachdem er das Gespräch von Thobias und Benedikt gehört hatte, überzeugt gewesen, dass dieser alles in seiner Macht Stehende tat, damit der Inquisitor Trentklamm auslöschte.

Er verscheuchte den Gedanken. Vielleicht hatte Abu Dun von Anfang an Recht gehabt, und das alles hier ging sie nichts an. Aber dazu war es jetzt zu spät.

Es überraschte ihn nicht, dass Abu Dun erneut in Gefangenschaft geraten war. Er hatte nicht damit gerechnet, dass der Nubier sein Wort halten und oben am Kloster auf ihn warten würde. Vermutlich hatte er einfach abgewartet und war dann umgekehrt, um ihm zu folgen. Wenn Andrej überrascht war, dann darüber, dass die Soldaten nur zwei Männer bei dem Versuch verloren hatten, Abu Dun zu überwältigen. Offensichtlich war der Nubier noch lange nicht wieder im Vollbesitz seiner Kräfte.

Abu Dun würde in einer halben Stunde hier sein, und Thobias schien daran interessiert zu sein, den Inquisitor in Trentklamm ein Blutbad anrichten zu lassen. Und er war in diesem Glockenturm gefangen, so zuverlässig und sicher, wie es Abu Dun in Thobias' Kerker gewesen war. Andrej sah nach oben, musterte die glatt verputzen Wände des Glockenturms mit wachsender Ungeduld und griff schließlich nach dem Glockenseil. Ein kurzer Zug reichte, um den Klöppel in Bewegung zu setzen.

Das Ergebnis war ein dumpfes, lang anhaltendes und überraschend lautes Dröhnen, das in dem eng gemauerten Schacht fast schmerzhafte Lautstärke erreichte. Andrej ließ das Seil los, überlegte es sich dann anders und zog noch einmal daran. Während er weiterläutete, wurden draußen aufgeregte Stimmen laut, polternde Schritte näherten sich. Andrej löste die Hand vom Seil, drehte sich um und verschränkte die Arme vor der Brust. Er hörte Schritte von mindestens zwei, vielleicht drei Männern, dann wurde die Tür aufgestoßen, und derselbe aufgeregte Soldat stürmte herein, der gerade mit dem Inquisitor gesprochen hatte.

»Ich bitte um Verzeihung, wenn das frühe Glockenläuten

stören sollte«, sagte Andrej lächelnd, »aber ich bin auf der Suche nach einem Freund. Sein Name ist Abu Dun, und er ist ziemlich groß und ziemlich schwarz. Habt ihr ihn gesehen?«

Er erwachte in vollkommener Dunkelheit. Wie immer, wenn er wirklich schwer verletzt worden war, hatte er im ersten Moment Mühe, sich zurechtzufinden. Es fühlte sich an wie das Auftauchen aus einem tiefen, klaren und unendlich kalten See, auf dessen Grund etwas Unsichtbares lauerte, das ihn wieder in die Tiefe zu ziehen versuchte – nicht mit Gewalt, sondern mit der flüsternden Stimme des Versuchers. Manchmal war es schwer, ihr zu widerstehen, und manchmal fast unmöglich. Während er allmählich dem heller werdenden Licht hoch über sich entgegenglitt, verspürte er eine Müdigkeit, wie er sie nie zuvor empfunden hatte. Keine körperliche Schwäche, sondern etwas, das schlimmer war; die Frage: Warum das alles? Es wäre so leicht, einfach aufzugeben und sich der Verlockung zu ergeben, die am Grunde der großen Dunkelheit lauerte, die er so oft ertastet, aber noch nie vollends erforscht hatte.

Der Grund, aus dem er sich auch jetzt entschloss, den ewigen Kampf wieder aufzunehmen und dem Tod erneut zu trotzen, war die Schwärze, die ihn umgab. Sie erinnerte ihn an etwas.

Abu Dun.

Etwas war mit Abu Dun passiert. Er musste etwas für ihn tun, für ihn und die Menschen hier. Er wusste nicht mehr, was oder gar warum, aber der Gedanke war stark genug, sich wieder dem Licht zuzuwenden und den langen, qualvollen Weg zur Oberfläche fortzusetzen.

Und da war noch etwas: Die Dunkelheit, durch die er glitt ... enthielt etwas. Es war ein unheimliches Gefühl, völlig neu und erschreckend, und seine ganze Tiefe sollte ihm erst später zu Bewusstsein kommen, lange nachdem er wirklich aufgewacht war.

Er war nicht mehr allein.

Der große Abgrund enthielt plötzlich mehr als das letzte Geheimnis, das er noch lange nicht zu erkunden bereit war. Etwas war bei ihm, etwas Düsteres, Lauerndes und unglaublich Starkes. Es machte ihm Angst. Er –

– schlug die Augen auf und sah im ersten Moment nichts. Völlige Dunkelheit umgab ihn, aber er hörte Geräusche und Stimmen, und der zweite, fast unerträglich starke Eindruck, den er hatte, war der süßliche Geruch von Blut, der aber seltsamerweise die unheimliche Gier in ihm nicht weckte. Er war nicht allein. Dennoch war nichts Lebendiges an seiner Seite.

Andrej lauschte noch einen Moment, dann setzte er sich auf und betastete seinen Körper. Er spürte den breiten Riss in seinem Gewand und klebriges, erst halb eingetrocknetes Blut, was ihm bewies, dass er noch nicht lange hier liegen konnte – wo immer dieses *Hier* war. Und Erleichterung; eine tiefere und weit größere Erleichterung, als er sich eingestehen wollte. Was er getan hatte, war riskant gewesen.

Die drei Soldaten hatten ihren Schrecken erstaunlich schnell überwunden, und sie hatten nicht anders reagiert, als Andrej erwartet hatte: Mit gezogenen Schwertern hatten sie sich auf ihn gestürzt. Manchmal, dachte er spöttisch, während er sich vorsichtig weiter in die Höhe stemmte, war es beinahe schwerer, einen Kampf zu *verlieren,* als ihn zu gewinnen. Zumindest, wenn man nicht wollte, dass der andere merkte, dass man absichtlich unterlag …

Er war zwei- oder dreimal getroffen worden, bevor es ihm gelang, sich derart in die Klinge eines der Angreifer zu werfen, dass an der Tödlichkeit der Verletzung kein Zweifel mehr bestehen konnte. Als Andrejs Hände weitertasteten, spürte er auch an seinem Hals halb eingetrocknetes, klebriges Blut. Obwohl er ganz eindeutig tödlich getroffen worden war, hatten die Soldaten es für nötig gehalten, ihm noch die Kehle durchzuschneiden – ein Umstand, der viel darüber verriet, wie sehr sie ihn fürchteten.

Andrej spürte einen eisigen Schauer, als ihm klar wurde, *wie* riskant sein Plan gewesen war. Sie hatten es dabei belassen, dem vermeintlich Toten die Kehle durchzuschneiden. Ebenso gut hätten sie auf den Gedanken kommen können, ihm den Kopf abzuschneiden oder seinen Leichnam auf einen der Scheiterhaufen zu werfen, die draußen vor der Kirche aufgebaut waren.

Er stemmte sich weiter in die Höhe, erstarrte aber mitten in der Bewegung, als seine tastenden Finger auf etwas Weiches stießen. Angeekelt zog er die Hand zurück, schüttelte den Kopf über seine eigene, ungewohnte Schreckhaftigkeit und tastete erneut in die Dunkelheit hinein. Seine Finger fuhren über ein kaltes, erstarrtes Gesicht, rauen Stoff und etwas, das sich wie bröseliger Stein anfühlte … Blut, das zu Schorf eingetrocknet war. Neben ihm lag ein Toter. Er war schon geraume Zeit tot, Stunden, wenn nicht Tage.

War das der Grund, aus dem sich der Wolf in ihm nicht

gemeldet hatte, dachte er schaudernd? Weil die Bestie nach *frischer* Beute gierte?

Andrej schüttelte den Gedanken mühsam ab, richtete sich weiter auf und drehte sich mit weit vorgestreckten Armen einmal im Kreis, um sich zu orientieren. Er war vollkommen blind, was bedeutete, dass er entweder *wirklich* nichts mehr sehen konnte – eine Möglichkeit, über die er lieber nicht nachdachte – oder in einem fensterlosen Raum war. Vielleicht tief unter der Erde. Hatte man ihn in die Krypta gebracht? Das hätte die Anwesenheit des zweiten Toten erklärt.

Aber diese Kirche war nicht groß genug, um eine Krypta zu haben, überlegte Andrej. Und hätte man sich die Mühe gemacht, ihn bis zum Friedhof am anderen Ende des Tals zu schaffen, wäre er unterwegs aufgewacht. Er glaubte nicht, dass er lange bewusstlos gewesen war, trotz der Schwere seiner Verletzungen, denn das Blut auf seiner Kleidung war noch nicht ganz getrocknet. Draußen war es noch immer dunkel, und der Raum, in dem er sich befand, hatte keine Fenster, so musste es sein.

Aber wo war er?

Er hörte ein Geräusch. Ein schwerer Riegel wurde scharrend zurückgeschoben, und Andrej reagierte sofort. Blitzschnell ließ er sich zurücksinken, rollte halb auf die Seite und schloss die Augen.

Der Riegel wurde vollends zurückgeschoben. Die Tür sprang mit einem Knarren auf, und Fackellicht und das Murmeln gedämpfter Stimmen drangen zu ihm herein. Andrej blieb vollkommen reglos liegen, aber er wusste trotzdem, wer zu ihm kam: Bruder Thobias, der Inquisitor und Benedikt. Vielleicht hatte er die Schritte der Männer erkannt, aber er hatte das Gefühl, dass er sie eher *witterte.*

Die Schritte kamen näher, und eine brennende Fackel warf rötliches Licht und unangenehm trockene Wärme auf sein Gesicht. Andrej spürte, wie sich jemand über ihn beugte und ihn musterte, und er versuchte, so flach wie möglich zu atmen. Wären der Inquisitor oder einer seiner Begleiter auf die Idee gekommen, ihn mehr als nur *flüchtig* zu untersuchen, so wäre seine Verstellung aufgefallen.

»Ist er das?«, fragte der Inquisitor.

»Ja.« Das war Thobias' Stimme. Sie klang ... sonderbar, fand Andrej. Verändert. Ängstlich.

»Das also ist Andrej«, murmelte der Inquisitor. Die Fackel kam näher, und die Hitze des brennenden Holzes wurde unangenehm. Funken fielen auf Andrejs Gesicht und fraßen sich zischend in seine Haut.

»Nach allem, was Ihr mir erzählt habt, Thobias, habe ich ihn mir ... *anders* vorgestellt. Gefährlicher.« Die Fackel wurde zurückgezogen, und der Inquisitor fuhr nach einer Pause und mit leicht veränderter Stimme fort: »Aber der Teufel verbirgt sich oft in der Maske des Harmlosen, nicht wahr?«

»So ist es, Exzellenz«, bestätigte Thobias.

Der Inquisitor seufzte. Die Wärme und das Licht der Fackel entfernten sich weiter von Andrejs Gesicht, und er wagte es, einen vorsichtigen Atemzug zu tun. Gebannt lauschte er weiter, während er gleichzeitig versuchte, die Geräusche zuzuordnen, die durch die offen stehende Tür hereindrangen.

»Es ist bedauerlich, dass die Soldaten ihn erschlagen haben«, sagte der Inquisitor nach einer Weile. »Ich hätte ihn gerne verhört.«

»Sie hatten vermutlich keine andere Wahl«, gab Benedikt zu bedenken. »Wie sie sagten, hat er sie angegriffen.«

»Es ist ein Wunder, dass er sie nicht alle getötet hat«, pflichtete ihm Thobias bei. »Glaubt mir, Exzellenz, ich habe diesen Mann kämpfen sehen. Ich wäre nicht erstaunt gewesen, hätte er Eure Krieger überwältigt.«

»Ich auch nicht«, sagte der Inquisitor. Etwas nachdenklicher fügte er hinzu: »Ich frage mich nur, warum er zurückgekommen ist?«

»Zweifellos, um seinen Kameraden zu befreien«, erwiderte Benedikt. »Warum sonst?«

»Und zu diesem Zweck lässt er sich im Glockenturm einsperren und läutet Alarm, damit ihn die Soldaten finden und niederstrecken?« Andrej konnte das Kopfschütteln des jungen Geistlichen beinahe sehen. »Wohl kaum.«

»Vielleicht hat er sich überschätzt«, wandte Thobias ein.

»Überschätzt?«

»Die Männer, die er im Kloster getötet hat, waren keine wirklichen Soldaten. Es waren Bauern und Tagelöhner, die der Landgraf mit Uniformen ausgestattet und zu mir geschickt hat, um mir Schutz zu geben. Keine gut ausgebildeten Krieger wie die, die in Eurer Begleitung gekommen sind, Herr. Wenn Andrej geglaubt hat, er hätte es hier mit der gleichen Art von Männern zu tun, dann hat er eine tödliche Überraschung erlebt.«

Der Inquisitor schwieg zu diesen Worten. Schließlich entfernte er sich raschelnd einige Schritte und blieb vor der Tür noch einmal stehen. Es war Andrej unheimlich, wie genau er nur anhand von Geräuschen und Gerüchen erkennen konnte, was rings um ihn herum vorging.

»Das mag so gewesen sein«, sagte der Inquisitor seufzend. »Dennoch ist es bedauerlich, dass wir nicht mit ihm sprechen konnten. Obwohl er vermutlich ohnehin nicht geantwortet hätte, wenn er wirklich der ist, für den Ihr ihn haltet, Thobias.«

Seine Kleidung raschelte erneut, als er mit den Schultern zuckte. »Wir haben noch immer den Mohren. Ich werde hinausgehen und ihn verhören – auch wenn ich nicht glaube, dass er reden wird.« Er machte einen einzelnen Schritt und blieb wieder stehen. »Begleitet Ihr mich nicht?«

»Sofort, Exzellenz«, antwortete Thobias. »Es ist nur ...«

»Ja, ich verstehe«, sagte der Inquisitor. Seine Stimme wurde leiser, und ein Unterton von Mitgefühl lag plötzlich darin, den Andrej bei diesem Mann niemals erwartet hätte. »Ihr wollt Abschied nehmen. Das gestehe ich Euch gerne zu. Aber bedenkt, es gibt noch viele Fragen, die auf eine Antwort warten.«

Er verließ den Raum. Die Tür wurde nicht hinter ihm geschlossen, und es wurde auch nicht dunkel. Als Andrej unendlich behutsam die Augen einen schmalen Spalt öffnete, sah er, dass der Inquisitor die Fackel an Benedikt weitergegeben hatte. Sowohl er als auch Thobias blickten in seine Richtung, aber nicht direkt auf ihn, sondern auf das, was neben ihm lag. Der Leichnam, den er gespürt hatte.

»Das war riskant«, sagte Benedikt nach einer Weile und erst, als er anscheinend sicher war, dass sich niemand mehr in unmittelbarer Nähe befand, der seine Worte hätte hören können.

»Was?«, fragte Thobias. Andrej hatte die Augen wieder geschlossen, aber er konnte den verächtlichen Gesichtsausdruck des jungen Geistlichen ahnen. »Ihn darum zu bitten, dass ich noch einen Moment hier verweilen darf? Ein Inquisitor würde selbst einem verurteilten Verbrecher nicht die Gnade verweigern, ihn Abschied von seinem toten Vater nehmen zu lassen.«

Diesmal konnte Andrej ein fast unmerkliches Zusammenzucken nicht mehr verhindern. Es wurde nicht so sehr von der Erkenntnis, dass der Tote neben ihm Thobias' Vater war, verursacht. Es war die vollkommene Kälte und Gefühllosigkeit in Thobias' Stimme. Egal, ob er sich gut mit Ludowig gestanden hatte oder nicht, dieser Mann war sein *Vater* gewesen. Gott im Himmel, was für ein Ungeheuer war *Thobias*?

»Glaub mir, ich kenne Martius. *Ich* war es, der ihn zur Inquisition gebracht hat, vergiss das nicht. Er ist ein harter Mann, aber er verschließt sich nicht der Logik – wie viele seiner Brüder«, sagte Benedikt.

»Und?«, fragte Thobias.

»Was ist, wenn er dir am Ende glaubt und von hier fortgeht, ohne seine Arbeit zu Ende zu bringen?«, fragte Benedikt.

»Darum sorge dich nicht«, antwortete Thobias abfällig. »Dieser Narr denkt genau das, was er denken soll. Wenn die Sonne das nächste Mal aufgeht, wird hier niemand mehr am Leben sein. Martius ist zufrieden, und wir können endlich in Frieden und Sicherheit leben.«

Er kam wieder näher. Andrej konnte spüren, wie er erst seinen toten Vater, dann ihn musterte. »Ich verstehe nicht, warum er zurückgekommen ist«, sagte er. »Ich hätte ihn für klüger gehalten.« Er seufzte, bewegte sich einen Moment unruhig auf der Stelle und wandte sich dann um.

»Ich möchte, dass du bei ihm bleibst, Benedikt. Falls er aufwacht, muss jemand da sein, der es ihm erklärt.«

Benedikt sog hörbar die Luft ein. »Du glaubst ...?«

»Nein«, sagte Thobias, noch ehe sein Onkel die Frage ganz aussprechen konnte. »Aber ich will kein Risiko eingehen. Nicht jetzt, wo wir dem Ziel so nahe sind.«

»Und was soll ich ihm sagen, wenn er erwacht?«, fragte Benedikt unsicher.

»Dir wird schon etwas einfallen«, antwortete Thobias leichthin. »Immerhin bist du sein Bruder. Ich muss jetzt gehen. Martius wird diesen Heiden verhören, und ich fürchte, dass selbst er sich den Fragen eines Inquisitors nicht lange widersetzen kann. Wir wollen doch nicht, dass am Ende noch alles herauskommt, oder?«

»Aber ...«, begann Benedikt, brach dann aber mitten im Wort ab. Thobias' Schritte entfernten sich, und nur einen Moment später fiel eine Tür zu, nicht die des Raumes, in dem sie sich befanden, sondern weiter entfernt.

Andrej wagte es, erneut die Augen zu öffnen. Er konnte Benedikt nicht genau erkennen, sondern sah nur einen Schatten. Aber früher oder später musste er seine Maskerade aufgeben. Unendlich langsam drehte er den Kopf.

Benedikt stand unmittelbar neben ihm, hatte ihm aber den Rücken zugedreht und sich halb über die harte Pritsche gebeugt, auf der Ludowigs Leichnam aufgebahrt war. Die brennende Fackel in seiner Hand zitterte so stark, dass der gesamte Raum von unheimlich huschenden Schatten erfüllt war. Die rasselnden Atemzüge Benedikts waren deutlich zu hören.

Andrej richtete sich langsam auf. Er brauchte mehr als

eine Minute für die Bewegung und noch einmal die gleiche Zeit, um die Beine von der Liege zu schwingen und ganz aufzustehen. Benedikt regte sich nicht, sondern starrte weiter reglos und wie gebannt auf den nackten Leichnam des alten Mannes vor sich hinab. Andrej trat vollkommen lautlos einen Schritt von der Liege weg und drehte sich herum. Dann war er mit einer einzigen Bewegung bei der Tür und warf sie zu.

Benedikt fuhr herum. Seine Augen wurden groß, und ein Ausdruck vollkommener Fassungslosigkeit erschien in seinem Blick. Dann schlug dieses Erstaunen jäh in Schrecken um.

»Aber ...«, krächzte er. »Aber das ... wie ...?«

»Nur damit ich das richtig verstehe, Vater«, sagte Andrej spöttisch, während er die Arme vor der Brust verschränkte und sich gegen die Tür lehnte. »Ihr seid zurückgeblieben, um die Totenwache an Ludowigs Bett zu halten – und nicht etwa an meinem? Jetzt müsste ich eigentlich erzürnt sein.«

Er bezweifelte, dass Benedikt seine Worte überhaupt hörte. Die Augen des grauhaarigen Geistlichen quollen vor Entsetzen schier aus den Höhlen, und sein Gesicht hatte alle Farbe verloren und war nun tatsächlich grau. Sein Blick war der eines Mannes, der allmählich begreift, dass er dem Leibhaftigen selbst gegenübersteht.

»Nein«, stammelte er. Speichel lief aus seinem Mundwinkel und hinterließ eine glitzernde Spur auf seinem Kinn, ohne dass er es bemerkte, und in seinen Augen loderte der beginnende Wahnsinn auf. Andrej war alarmiert. Er hatte kein Mitleid mit diesem Ungeheuer in Menschengestalt und würde ihn töten, bevor er diesen Raum verließ – aber zuvor musste er ihm noch einige Fragen beantworten. Zumindest *eine.*

»Teufel!«, stammelte Benedikt. »Du ... du bist der Teufel!«

»Nicht mehr als Ihr«, antwortete Andrej. »Vermutlich noch nicht einmal annähernd so sehr wir Ihr.« Er trat einen halben Schritt auf Benedikt zu, mit dem Ergebnis, dass dieser einen spitzen, halb erstickten Schrei ausstieß und so heftig zurück und gegen die Liege mit Ludowigs Leichnam prallte, dass diese bedrohlich zu wanken begann.

»Komm mir nicht zu nahe!«, wimmerte er. »Du bist tot! Du kannst nicht mehr leben!«

»Wie Ihr seht, kann ich das sehr wohl«, antwortete Andrej ruhig. »Und ich nehme an, ich bin nicht der Einzige in diesem Raum, der dieses Kunststück beherrscht. Was meint Ihr, *Vater Benedikt* – wollen wir herausfinden, ob Ihr ebenso schwer umzubringen seid wie ich?«

Er war mit einem einzigen Schritt bei Benedikt, riss ihm die Fackel aus der Hand und schleuderte ihn zu Boden. Der alte Mann fiel, krümmte sich und begann zu wimmern. Auf seinem Gewand erschien ein dunkler Fleck, und Gestank erfüllte den Raum.

»Ich lasse dich am Leben, wenn du mir eine einzige Frage beantwortest«, sagte Andrej. »Warum?«

Benedikt wimmerte noch lauter, und Andrej versetzte ihm einen harten Tritt in die Seite. Ein Teil von ihm empfand eine Mischung aus grenzenloser Verachtung und Mitleid mit dieser jämmerlichen Gestalt, die sich da in ihrem eigenen Schmutz vor ihm auf dem Boden krümmte, aber ein anderer, immer stärker werdender Teil *genoss* den Schmerz, den er dem Mann zufügte.

»Warum?«, fragte er noch einmal. »Warum das alles, Benedikt? Nur aus Grausamkeit? Waren Abu Dun und ich nur Spielbälle für euch, so wie all die Menschen hier?«

Er kannte die Antwort auf seine Fragen längst, aber er wollte sie aus Benedikts Mund hören; vielleicht weil die Erklärung, auf die er selbst gekommen war, zu ungeheuerlich klang.

»Geh!«, wimmerte Benedikt. »Geh weg! Lass mich! Du ... du kannst nicht mehr leben! Ich habe gesehen, wie du gestorben bist! Du gehörst nicht zu uns!«

Andrej senkte die Fackel. Gierige Flammen leckten nach Benedikts Hand und fraßen sich zischend in seine Haut, und plötzlich roch es durchdringend nach verbranntem Fleisch. Der Geistliche kreischte, warf sich herum und presste die verbrannte Hand gegen die Brust. Seine Schreie waren laut genug, um auch draußen gehört zu werden, aber das war Andrej gleich. Das Mitleid, das er für einen Moment empfunden hatte, war erloschen. Er spürte den Schmerz – und viel mehr noch die *Angst* – des Mannes, und er sog beides mit großen, gierigen Zügen auf wie einen kostbaren Wein. Es war nicht der Vampyr in ihm, der sich am Entsetzen des Mannes labte, sondern etwas anderes, Schlimmeres. Was hatte Thobias gesagt? *Wenn der Mond das nächste Mal aufgeht ...* Großer Gott, in was würde er sich verwandeln, wenn es so weit war?!

»Warum?«

»Wir wollen doch nur leben!«, schluchzte Benedikt. »Ist das denn ein Verbrechen?«

»Wir? Wer ist wir? Birger und die anderen, meinst du?« Andrej stocherte mit der Fackel in Benedikts Richtung, um seiner Frage Nachdruck zu verleihen, achtete aber darauf, ihn nicht noch einmal zu treffen. »Sprich!«

»Thobias«, keuchte Benedikt. »Thobias und ich. Thobias war der … der Erste, der die Verwandlung überlebt hat. Alle anderen vor ihm sind gestorben, so wie Birger und seine Familie. Sie wären ohnehin gestorben, Andrej! Sie sterben alle. Nur Thobias hat es überlebt.«

»Und du«, sagte Andrej hart.

Benedikt schüttelte den Kopf. Er richtete sich halb auf und kroch mit kleinen, zitternden Bewegungen von Andrej fort. In seinen Augen flackerte die Todesangst. »Doch nur, weil er mir geholfen hat«, stammelte er. »Er besitzt die Macht, versteh doch! Er … er ist etwas Besonderes.«

Ja, dachte Andrej finster. *Das ist er. Ganz zweifellos.* Er schwieg.

»Er hat mich gerettet«, fuhr Benedikt fort. »Ich war tot. Wie alle anderen. Ich bekam das Fieber und starb daran, aber Thobias hat mich zurückgeholt. So wie er auch seinen Vater zurückholen wird.« Er fuhr sich mit der Zunge über die Lippen. Sein Blick irrte unstet zwischen Andrejs Gesicht und der Fackel in seiner Hand hin und her. »Versteh doch!«, stammelte er. »Thobias ist nicht wie … wie Birger und all die anderen. Er besitzt Macht über den Tod! Er kann ihm trotzen! Er … er könnte auch dir zur Unsterblichkeit verhelfen. Ich bin sicher, er würde es tun! Denke darüber nach! Ihr könntet Unsterblichkeit erlangen, du und dein Freund! Ihr würdet …«

Andrej versetzte ihm einen Faustschlag, der ihm auf der

Stelle das Bewusstsein raubte. Benedikt erschlaffte und sank reglos zurück, und Andrej richtete sich schwer atmend auf und maß ihn mit einem verächtlichen Blick.

»Danke«, murmelte er. »All das habe ich schon, weißt du? Aber nicht um den Preis, den du dafür bezahlt hast.« Der Wolf in ihm wurde stärker. Es kostete ihn all seine Kraft, sich nicht auf die reglos daliegende Gestalt des Geistlichen zu stürzen und die Zähne in seinen Hals zu schlagen, um sein warmes, süßes Blut zu trinken. Beute. Mehr war der Mann in diesem Moment nicht mehr für ihn, und vielleicht würden Menschen nie wieder irgendetwas anderes für ihn sein, wenn der Mond das nächste Mal aufgegangen war.

Er wollte den Raum verlassen, wollte weg von hier, fort aus der Nähe dieses ... *Dings*, das unmenschlicher war als all die vermeintlichen Ungeheuer, die Abu Dun und er oben in der Höhle gefunden hatten, trotz seiner menschlichen Gestalt.

Stattdessen machte er einen Schritt weiter in den Raum hinein und trat an die schmale Pritsche mit Ludowigs Leichnam.

Der Anblick versetzte ihm einen tiefen Stich. Der alte Mann, seiner Kleidung beraubt, war fast zum Skelett abgemagert, und sein ausgezehrter Körper war von zahlreichen Narben übersät; Spuren überstandener Verletzungen und schlecht verheilter Geschwüre. Er hätte so oder so nicht mehr lange gelebt, begriff Andrej, auch wenn ihm der Werwolf nicht den halben Arm abgerissen hätte – ein Werwolf, der niemand anderer als *sein eigener Sohn* gewesen war.

Er fragte sich, ob Ludowig gewusst hatte, wer ihn umbrachte, oder ob Thobias wenigstens das letzte bisschen

Barmherzigkeit aufgebracht haben mochte, es schnell und so zu tun, dass der alte Mann nicht sehen konnte, wer ihn angriff.

Barmherzigkeit gehörte nicht zu den Tugenden des Wesens, in das sich Thobias verwandelt hatte.

Er hörte, wie Benedikt hinter ihm wieder zu Bewusstsein kam – überraschend schnell, wenn er bedachte, wie hart er zugeschlagen hatte –, verzichtete aber darauf, sich umzudrehen und ihn ein zweites Mal zu schlagen. In wenigen Augenblicken würde er die Kirche verlassen haben, und dann war es vollkommen gleich, ob Benedikt ihm Verfolger hinterherhetzen konnte oder nicht. Er war mittlerweile sogar froh, den Geistlichen *nicht* getötet zu haben. Andrej empfand Genugtuung darüber, ihn – und vor allem Thobias – nicht selbst zu töten, sondern ihn der Gerechtigkeit der Inquisition zu überlassen. Er war sicher, dass Martius – vielleicht zum ersten und einzigen Mal, seit es die Heilige Römische Inquisition gab – tatsächlich *Gerechtigkeit* walten lassen würde. Und er ...

Der Angriff kam selbst für ihn zu schnell.

Benedikt stöhnte, und zugleich erscholl ein grässlicher, reißender Laut, und Andrej spürte, wie etwas gegen ihn prallte und ihn mit grausamer Wucht von den Beinen riss. Die Fackel entglitt seinen Händen und rollte davon. Funken sprühten, und irgendetwas begann zu brennen.

Andrej stürzte über den toten Vater Ludowig, stieß ihn mitsamt der Pritsche zu Boden und ächzte vor Schmerz, als ein harter Schlag an seinem Hals explodierte und ihm den Atem nahm. Blindlings riss er die Arme in die Höhe, stieß mit der Fackel zu und wurde mit einem schmerzerfüllten

Jaulen belohnt, das nun endgültig nichts Menschliches mehr hatte. Der Schatten, der ihn angesprungen und zu Boden geschleudert hatte, verschwand für einen Moment. Nicht lange, aber gerade lange genug, um Andrej erkennen zu lassen, dass es Benedikt war.

Nur dass Benedikt nicht mehr Benedikt war.

Er war überhaupt kein Mensch mehr.

Sein Gewand war zerrissen, und darunter war ein missgestalteter, fellbedeckter Körper zum Vorschein gekommen, verkrüppelter und erbärmlicher, als es Birger und seine Familienangehörigen jemals gewesen waren, ein grauenerregendes ... *Ding* voller nässender Geschwüre und Wucherungen, das nicht so aussah, als könne es sich überhaupt bewegen – was es aber dennoch tat, und das mit entsetzlicher Geschwindigkeit. Andrej warf sich zur Seite, konnte aber trotzdem nicht verhindern, dass ihn ein fürchterlicher Fußtritt traf, der ihm nicht nur den Atem nahm, sondern ihm mehrere Rippen brach und ihn an den Rand der Bewusstlosigkeit schleuderte. Er krümmte sich, riss schützend die Arme über das Gesicht und versuchte auf die Beine zu kommen, aber es blieb bei dem Versuch. Unmenschlich starke Hände packten ihn, rissen ihn in die Höhe und schmetterten ihn mit so grausamer Wucht gegen die Wand, dass er haltlos daran zu Boden sank und nun tatsächlich das Bewusstsein verlor; wenn auch nur für zwei oder drei Sekunden.

Als sich die Dunkelheit wieder von seinen Sinnen hob, stand das grauenhafte Wesen, in das sich Benedikt verwandelt hatte, breitbeinig über ihm. Sein Gesicht war ein Albtraum aus Zähnen und schaumigem Geifer, und in seinen Augen loderte die gleiche, furchtbare Gier, die Andrej auch in sich spürte, aber ungezügelter, *böser.* Dieses Wesen hatte längst aufgehört, gegen den Wolf in sich zu kämpfen.

Andrej fragte sich, warum er noch am Leben war. Sein ganzer Körper schien ein einziger pulsierender Schmerz zu sein, und die bloße *Nähe* des unheimlichen Geschöpfes allein schien ihn zu lähmen.

Es war vorbei. Er hatte schon einmal am eigenen Leib gespürt, wie unvorstellbar *stark* diese Geschöpfe waren, viel stärker als er selbst. Die einzige andere Waffe, die ihm zur Verfügung stand – der Vampyr in ihm, der Leben nehmen konnte, ohne sein Opfer auch nur zu berühren –, war in diesem Moment zu seinem größten Feind geworden. Er zweifelte nicht daran, dass er auch diesen Werwolf auf die gleiche Weise wie den ersten hätte vernichten können – aber um den Preis, selbst zu einem dieser Ungeheuer zu werden. Er hatte bereits Kämpfe gegen diese unheimlichen Wesen ausgefochten, und einen weiteren würde er ganz bestimmt nicht gewinnen.

Wieso also tötete ihn das Wesen nicht?

Dann begriff er.

Der Werwolf war nicht gekommen, um ihn zu töten. Er war gekommen, um ihn zu einem Wesen zu machen, wie er selbst eines war.

Andrej keuchte vor Entsetzen, als sich die schreckliche, mit fingerlangen und messerscharfen Klauen bewehrte Hand des Ungetüms nach seinem Gesicht ausstreckte. Verzweifelt presste er sich gegen die Wand und versuchte, vor der näher kommenden Bestie zurückzuweichen, aber das Ungeheuer folgte ihm mit Leichtigkeit. Es spielte mit ihm, genoss seine Angst und wurde mit jedem Augenblick stärker, den es sein

Entsetzen spürte. Seine mörderische Klaue strich über Andrejs Stirn und Wange, sanft, fast liebkosend und ohne seine Haut auch nur zu ritzen.

Andrej trat nach ihm. Er traf, aber das Monstrum wankte nicht einmal, sondern stieß nur einen schrecklichen bellenden Laut aus, der wie die grässliche Verhöhnung eines menschlichen Lachens klang.

Andrej wich weiter vor ihm zurück, bis er das Ende des Raums erreicht hatte und es nichts mehr gab, wohin er fliehen konnte. Verzweifelt unternahm er einen erneuten Verteidigungsversuch und schrie vor Entsetzen auf, als sich die mörderische Klaue zum entscheidenden Hieb hob.

Ein peitschender, heller Laut erklang; einen Sekundenbruchteil, bevor die Stirn des Werwolfs in einer sprudelnden Wolke aus Knochensplittern und Blut auseinanderflog. Das Ungeheuer brach wie vom Blitz getroffen zusammen und begrub Andrej unter sich. Die Krallen der sterbenden Bestie fuhren mit einem scharrenden Geräusch über die Wand und bohrten sich unmittelbar neben seinem Gesicht in den festgestampften Lehm des Bodens. Andrej bäumte sich auf, stieß den sterbenden Werwolf von sich und sprang auf die Füße.

Noch bevor er die Bewegung halb zu Ende gebracht hatte, erklang das peitschende Geräusch ein zweites Mal. Ein dumpfer Schlag traf seine Schulter, und der Armbrustbolzen riss ihn mitten in der Bewegung herum und nagelte ihn an die Wand. Seltsamerweise spürte Andrej in diesem Moment nicht den geringsten Schmerz, aber jegliche Kraft wich aus seinen Gliedern. Durch sein Gewicht wurde die eiserne Spitze des Geschosses knirschend aus dem Stein gelöst. Er kippte nach vorn, schlug auf das Gesicht und kämpfte zum wiederholten Male innerhalb kürzester Zeit gegen einen Sog aus wirbelnder Schwärze, der sich in seinem Inneren auftat und ihn verschlingen wollte. Plötzlich setzte der Schmerz ein. Stöhnend tastete Andrej nach seiner Schulter, schloss die Hand um den gefiederten Schaft des Geschosses und versuchte es herauszuziehen. Es gelang ihm nicht.

Schritte näherten sich, und ein harter Tritt traf seine Hand und schleuderte sie zur Seite.

»Hör auf!«

Martius hatte nicht einmal die Stimme gehoben, aber die Worte klangen so scharf, dass der Mann, der über Andrej gebeugt stand, einen halben Schritt zurückwich, statt ihn erneut zu treten. Dann fühlte sich Andrej gepackt und in die Höhe gerissen. Der Soldat warf ihn mit solcher Wucht gegen die Wand, dass ihm erneut die Luft wegzubleiben drohte. Kraftlos sank er wieder in die Knie, hatte aber dieses Mal genug Kraft, um die Augen offen zu halten. Vor ihm stand ein Soldat des Inquisitors. Es war einer der drei Männer, die ihn im Glockenturm überwältigt hatten. Er wirkte ebenso fassungslos wie zuvor Benedikt.

»Geh zur Seite! Lass ihn!«

Der Soldat *trat* nicht zur Seite, er *floh* vor Andrej, und an seiner Stelle trat Martius in Andrejs Blickfeld. Sein Gesicht wirkte ungerührt, aber sein Blick flackerte. Er hatte die linke Hand so fest um das goldene Kruzifix vor seiner Brust geschlossen, dass die Knöchel wie weiße Narben durch die Haut stachen. In der anderen Hand trug er Andrejs Schwert. Hinter ihm standen weitere Soldaten. Einer von ihnen hatte bereits einen neuen Bolzen auf seine Armbrust gelegt und trat unruhig von einem Bein auf das andere, um in eine Position zu gelangen, aus der heraus er auf Andrej anlegen konnte, ohne den Inquisitor zu gefährden. Auch Thobias war unter den Anwesenden. In sein Gesicht stand das blanke Entsetzen geschrieben. Aufgeregte Stimmen und polternde Schritte drangen durch die Tür hinein.

Mühsam versuchte Andrej sich aufzurichten. Die Bewegung ließ einen grässlichen Schmerz in seiner Schulter explodieren. Stöhnend hob er die Hand, presste sie auf die noch immer blutende Wunde und versuchte erneut, den Pfeil herauszuziehen.

»Unglaublich«, murmelte Martius. Er sah kopfschüttelnd auf Andrej herab, und allmählich erschien ein Ausdruck von Verwirrung auf seinen Zügen. »Das ist …«

Hinter ihm erscholl ein überraschter Schrei, als Thobias die umgestürzte Pritsche sah, auf der zuvor sein Vater gelegen hatte. Er stürzte an Martius vorbei, fiel neben dem misshandelten Körper des alten Mannes auf die Knie und streckte die Hände nach ihm aus, schien es aber doch nicht zu wagen, ihn zu berühren.

Martius sah kurz in seine Richtung, wandte sich aber sofort wieder zu Andrej um und betrachtete ihn argwöhnisch. Wortlos trat er zurück und gab dem Soldaten einen Wink. Der Mann, der gerade damit beschäftigt war, ein neues Geschoss auf die Armburst zu legen, spannte die Waffe zu Ende und wechselte sie von der rechten in die linke Hand, bevor er Martius' Befehl nachkam und Andrej derb in die Höhe zerrte. Der stöhnte vor – diesmal vorgetäuschtem – Schmerz und presste wieder die Hand gegen die Schulter.

»Unglaublich«, murmelte Martius noch einmal. »Das ist wirklich unglaublich.«

»Ich ... ich verstehe das nicht, Herr«, stammelte der Soldat, der unmittelbar neben ihm stand. Sein Blick flackerte unstet zwischen Andrej und dem Inquisitor hin und her. Seine Hände zitterten so stark, dass er sichtbare Mühe hatte, die Waffe, die er wieder auf Andrej gerichtet hatte, zu halten. »Ich schwöre Euch, dass wir ihn für tot gehalten haben, Herr. Wir ...«

Martius unterbrach ihn mit einer Geste, ohne den Blick von Andrejs Gesicht zu wenden. »Schon gut«, sagte er. »Du hast dir nichts vorzuwerfen. Ich *weiß*, dass er tot war.« Er schwieg einen Moment. Ein nachdenklicher Ausdruck machte sich auf seinen Zügen breit. »Ich frage mich allerdings, ob er *jetzt* lebt ... oder ob er überhaupt jemals gelebt hat.«

Offensichtlich erwartete er eine Antwort von Andrej. Als er keine bekam, scheuchte er den Soldaten zur Seite und trat dichter an Andrej heran. Er war entweder ein sehr mutiger Mann, dachte Andrej, oder ein sehr dummer, denn in seinen Augen war keinerlei Furcht zu erkennen. Langsam hob er die Hand, schloss die Finger um den Schaft des Armbrustbolzens, der aus Andrejs Schulter ragte, und riss ihn mit einem Ruck heraus.

Andrej brüllte vor Schmerz und fiel wieder auf die Knie. Für einen Moment trübten sich seine Sinne, und der Wolf in ihm wurde übermächtig. Wut, blanke, rote Wut verschleierte sein Denken. Er verspürte ein einziges Verlangen: sich auf Martius zu stürzen und ihm das Herz aus dem Leib zu reißen.

Stattdessen presste er die Hand auf die Schulter und schob sich schwankend an der Wand in die Höhe. Es kostete ihn unendliche Überwindung, die lodernde Gier niederzukämpfen, aber es gelang ihm – noch.

Martius betrachtete ihn aus mitleidlosen, kalten Augen, trat einen Schritt zurück und prüfte die Spitze des Armbrustbolzens mit dem Zeigefinger. »In der Tat«, höhnte er, »ein echter Pfeil. Jetzt verratet mir doch, warum Ihr *keine echte Wunde habt!«*

Die letzten Worte hatte er geschrien, während er gleichzeitig die Hand ausstreckte und Andrejs ohnehin zerstörtes Gewand über der Schulter weiter aufriss. Das Fleisch darunter war voller Blut, aber die Wunde begann bereits, sich zu schließen; so schnell, dass Martius es sehen *musste.*

»Er ist der Teufel!«, keuchte Thobias. »Tötet ihn! Ihr müsst ihn verbrennen, Martius, ich beschwöre Euch! Verbrennt ihn, ehe er uns alle ins Verderben reißt!« Er lag neben Martius auf den Knien und hatte den Kopf und Oberkörper seines Vaters in seinen Schoß gebettet. »Verbrennt ihn!«

»Später«, antwortete Martius kühl, während er sich bereits wieder zu Andrej umdrehte. »Der Teufel? Wenn das stimmen sollte ... gäbe es eine größere Herausforderung für einen Mann Gottes, als mit dem alten Widersacher selbst zu sprechen? Sagt, Andrej – seid Ihr der Teufel?« Er schüttelte den Kopf, trat einen weiteren halben Schritt zurück und maß Andrej mit einem neuerlichen, langen Blick von Kopf bis Fuß. »Nein. Ehrlich gesagt, glaube ich nicht, dass Ihr der Teufel seid. Aber wer seid Ihr dann, Andrej Delãny? Ein Mensch doch wohl kaum.«

Statt zu antworten, sah Andrej ihn nur an, während er zugleich versuchte, sich einen Überblick über den Raum zu verschaffen. Abgesehen von Martius und Thobias befanden sich zwei Soldaten mit ihnen hier drin, aber draußen vor der Tür liefen immer mehr Männer zusammen, die wahrscheinlich durch den Lärm und Benedikts Schreie angelockt worden waren. Er war wieder weit genug bei Kräften, um sich einen Kampf mit Martius und den beiden Männern durchaus zuzutrauen – aber mit einem Dutzend Krieger?

»Vielleicht gibt es hier tatsächlich einen Teufel«, sagte er nach einer Weile. »Aber ich bin es nicht.«

»Wie meint Ihr das?«, fragte der Inquisitor.

»Sprecht nicht mit ihm, Martius, ich beschwöre Euch!«, keuchte Thobias. Er stand auf, wobei er den reglosen Körper seines Vaters ohne die geringste Mühe in den Armen hielt. Er brachte es sogar noch fertig, in der gleichen Bewegung die Pritsche aufzurichten, die Andrej umgeworfen hatte. Martius betrachtete sein Tun stirnrunzelnd, aber schweigend, und Thobias fuhr aufgeregt fort: »Hört ihm nicht zu! Er verwirrt Eure Sinne, ich beschwöre Euch. Er hat auch Benedikt und mich getäuscht. Er redet mit der Zunge des Teufels! Verbrennt ihn!«

»Das ist seltsam«, erwiderte Martius nachdenklich, während sein Blick unablässig von Thobias zu Andrej glitt. »Es ist noch nicht lange her, da wart Ihr der Meinung, dass das alles hier nichts mit dem Teufel zu tun hat – oder irre ich mich?«

»Ich habe mich getäuscht!«, stammelte Thobias. »Dieser Teufel hat meine Sinne verwirrt, so wie er es jetzt mit Euren versucht! Glaubt mir! Ich ... ich sehe es jetzt ganz klar. Teufelsbrut. Sie alle sind des Teufels! Dieser ganze Ort ist ein Höllenpfuhl. Ihr müsst ihn ausbrennen! Tötet sie alle, solange Ihr es noch könnt!«

Martius wollte gerade zu einer Antwort ansetzen, aber in diesem Augenblick geschah etwas Schreckliches.

Der Leichnam des alten Mannes in Thobias' Armen *bewegte sich*!

Martius' Augen wurden groß. Er sog scharf die Luft ein, und der Mann neben ihm hob instinktiv seine Armbrust und zielte auf Thobias. Auch der zweite Soldat fuhr herum und riss seine Waffe in die Höhe.

»Nicht!«, keuchte Thobias. »Es ist nicht so, wie Ihr glaubt! Ich kann das erklären!«

Für einen unendlich kurzen Moment schien die Zeit stillzustehen. Angst lag wie etwas körperlich Greifbares in der Luft, und Andrej wusste, dass die Männer schießen würden. Sie hatten einen Mann gesehen, der offensichtlich von den Toten auferstanden war, und nun erwachte ein weiterer vermeintlich Toter unmittelbar vor ihren Augen; sie konnten gar nicht anders, als mit Entsetzen zu reagieren und ihre Waffen abzufeuern.

Und Andrej begriff auch, dass dies seine vielleicht einzige und allerletzte Möglichkeit war, hier herauszukommen. Aber er regte sich nicht, und auch die Männer feuerten ihre Armbrüste nicht ab. Etwas ... geschah. Die Zeit floss weiter, aber Andrej war plötzlich nicht mehr in der Lage, sich zu bewegen; als wäre die Verbindung zwischen seinen Gedanken und seinem Körper auf geheimnisvolle Weise unterbrochen. Den beiden Soldaten und auch Martius erging es sichtlich nicht anders.

»Ich flehe Euch an, Exzellenz!« Thobias sah den Inquisitor beschwörend an und bettete den Körper seines Vaters zugleich behutsam auf die Pritsche. Der alte Mann stöhnte.

Er begann am ganzen Leib zu zittern, und selbst die schreckliche Wunde in seiner Schulter blutete nun wieder.

»Was … bedeutet … das?«, stieß Martius mühsam hervor. »Das ist Zauberei!«

Seine Stimme schwankte, und sein Gesicht war weiß vor Entsetzen. Er umklammerte das Kruzifix vor seiner Brust mittlerweile so fest, dass Blut unter seinen Fingernägeln hervorquoll. Trotzdem lockerte er seinen Griff nicht, als wäre der Schmerz, den er sich selbst zufügte, das Einzige, was ihn noch davon trennte, endgültig den Verstand zu verlieren.

»Nein, das ist es nicht«, antwortete Thobias. »Ich kann es erklären, wenn Ihr mir die Gelegenheit dazu gebt, Martius … Bitte!«

Der Inquisitor begann stärker zu zittern. Seine Hand hatte plötzlich nicht mehr die Kraft, Andrejs Schwert zu halten. Es polterte zu Boden. Niemand reagierte darauf.

»Was … was geschieht hier?«, stöhnte Martius. »Sprecht!«

Thobias beugte sich über seinen Vater und legte ihm die Hand auf die Stirn. Der alte Mann keuchte, bäumte sich wie unter Krämpfen auf und sank mit einem gurgelnden Laut wieder zurück. Die Wunde in seiner Schulter begann zu schäumen, und plötzlich roch es nach verbranntem Fleisch. Martius stöhnte erneut auf, und einer der Soldaten begann zu würgen.

»Allein …«, stammelte Thobias. »Ich erkläre es Euch, aber allein. Nur Ihr und ich.«

»Seid Ihr von Sinnen?«, murmelte Martius. Aber seine Stimme klang falsch. Die Worte sollten Empörung zum Ausdruck bringen, aber seine Stimme verriet ihn – als koste es ihn all seine Kraft, die Worte auch nur auszusprechen.

»Glaubt mir, Martius, was ich Euch sagen werde, ist nur für Eure Ohren bestimmt. Ihr wollt bestimmt nicht, dass jedermann es hört.«

Martius starrte Thobias an. Sekundenlang spiegelte sich der innere Kampf, den er ausfocht, deutlich auf seinem Gesicht, dann nickte er; langsam und widerwillig.

»Also gut«, presste er mühsam hervor. Ebenso mühsam drehte er sich zur Tür und hob die Hand. »Schließt die Tür. Niemand kommt herein, bevor ich ihn rufe. Ihr beide bleibt hier.«

Der letzte Satz galt den beiden Soldaten, die mit ihm hereingekommen waren. Beide Männer waren bereits auf dem Weg zur Tür gewesen und hielten jetzt mit leeren, schreckensbleichen Gesichtern inne.

»Ganz wie Ihr wünscht, Herr«, sagte Thobias mit seltsamer Betonung. Er legte den Riegel vor, drehte sich ohne die mindeste Hast herum und trat auf einen der beiden Soldaten zu. Ein sonderbarer Ausdruck, fast ein Lächeln, erschien auf seinem Gesicht, als er die Hand hob und auf den zweiten Soldaten deutete.

»Töte ihn«, befahl er.

Andrej wollte sich auf ihn stürzen, aber er hatte die Herrschaft über seinen Körper noch nicht wiedererlangt.

Ebenso wenig wie der bedauernswerte Soldat. Der Mann starrte Thobias aus aufgerissenen Augen an. Er begann zu zittern. Ein gequälter Ausdruck erschien auf seinen Zügen, als er die Armbrust hob und sich halb herumdrehte. Unendlich langsam, wie gegen einen furchtbaren, unsichtbaren Widerstand ankämpfend, richtete er die Waffe auf seinen Kameraden.

»Nein«, wimmerte er. »Ich … ich kann … das … nicht.«
»Tu es!«, sagte Thobias lächelnd.

Der Soldat wimmerte wie unter unerträglichen Schmerzen, hob die Armbrust weiter und betätigte den Abzug. Sein Kamerad wurde nach hinten geschleudert und brach lautlos zusammen, und der Soldat ließ keuchend die Waffe fallen. Er krümmte sich.

»Gut gemacht«, lobte Thobias. »Jetzt du. Dein Dolch!«

»Herr!«, stammelte der Mann. »Ich …«

Thobias stieß einen unwilligen Laut aus, riss den Dolch aus dem Gürtel des Mannes und stieß ihm die Klinge bis ans Heft in die Brust. Er seufzte.

Lächelnd drehte er sich zu Andrej und Martius um, schüttelte bedauernd den Kopf und warf den Dolch zu Boden.

Das helle Klirren brach den Bann. Von einem Herzschlag auf den anderen reagierte Andrej. Mit einer blitzschnellen Bewegung bückte er sich nach dem Schwert, das Martius fallen gelassen hatte, riss es hoch und stürzte weiter.

»Nicht doch«, sagte Thobias.

Andrej erstarrte. Mit einem ungläubigen Keuchen taumelte er zurück, blieb stehen und blickte seine rechte Hand an, die einen eigenen Willen entwickelt zu haben schien und sich langsam senkte. Die Finger öffneten sich, und das Schwert klirrte ein zweites Mal zu Boden.

»Das ist schon besser«, lobte Thobias. »Ihr seid stark, Andrej. Erstaunlich stark. Ich muss Euch besser im Auge behalten, scheint mir. Aber Ihr werdet einen umso wertvolleren Verbündeten abgeben, wenn Euch das ein Trost ist.«

Verzweifelt stemmte sich Andrej gegen die unsichtbaren Fesseln, die seinen Willen gefangen hielten, aber es gelang ihm nicht, sie auch nur zu lockern. Der fremde Wille, der den Befehl über seinen Körper übernommen hatte, war nicht Thobias' Wille. Es war etwas anderes, Stärkeres. Etwas, das tief in ihm geschlummert und auf seine Gelegenheit gewartet hatte. Der Wolf war endgültig erwacht.

»Kämpfe nicht dagegen an, Andrej«, sagte Thobias sanft. »Es ist sinnlos. Du gehörst schon mir. Hör auf, dich zu wehren. Du bereitest dir nur selbst Qual. Und es gibt nichts, was du fürchten müsstest, glaub mir.«

»Was ... bist ... du?«, stammelte Martius. Er umklammerte immer noch das Kruzifix. Blut lief über seinen Handrücken und zeichnete eine gezackte rote Spur bis in seinen Ärmel hinein. »Du bist der Teufel!«

»Nicht doch«, sagte Thobias kopfschüttelnd. Er warf einen raschen, prüfenden Blick auf seinen Vater – der alte Mann zitterte immer noch wie unter Krämpfen, aber die schreckliche Schulterwunde hatte sich mittlerweile fast ganz geschlossen. Darunter war etwas Dunkles zum Vorschein gekommen, das sich allmählich über seine Haut auszubreiten schien. Kein Schorf. *Fell*, dachte Andrej entsetzt.

Thobias ging auf Martius zu, hob den Arm und löste die Hand des Inquisitors gewaltsam von dem goldenen Kruzifix. Mit einem Ruck riss er die Kette entzwei und schleuderte das Kruzifix davon. Dann hob er Martius' Hand langsam vor sein Gesicht und betrachtete aus glitzernden Augen das Blut, das darauf schimmerte. Er schnüffelte wie ein Hund, der Witterung aufgenommen hatte – und begann langsam, das Blut von Martius' Handrücken zu lecken.

Der Inquisitor stöhnte. »Teufel!«, keuchte er. »Du ... du Teufel!«

Thobias ließ seine Hand los und trat einen Schritt zurück. Sein Lächeln erlosch. »Warum musstet Ihr hierherkommen? Was haben wir Euch getan, Euch und Eurer allwissenden Kirche, Exzellenz?« Seine Augen blitzten, und für einen Moment schien etwas Dunkles, Tierisches durch seine Züge zu schimmern. »Wir wollten nichts weiter als das, was alle wollen – in Frieden unser Leben leben. Warum konntet Ihr uns nicht einfach in Ruhe lassen?«

»Teufelsbrut!«, keuchte Martius. »Ihr werdet brennen! Ihr werdet für alle Ewigkeiten in der Hölle brennen!«

»Ja, das mag sein«, sagte Thobias. Er schüttelte den Kopf, als hätte er eingesehen, wie sinnlos es war, das Gespräch fortzuführen. Einen Moment lang musterte er Martius noch nachdenklich, dann trat er wieder an die Liege seines Vaters heran.

Ludowig hatte die Augen geöffnet. Sein Blick flackerte. Es waren die Augen eines Mannes, der die Hölle gesehen hatte, dachte Andrej schaudernd. Mit verzweifelter Kraft bäumte er sich gegen den fremden Willen auf, der seinen Körper beherrschte, aber es war sinnlos.

»Gebt Euch keine Mühe, Andrej«, sagte Thobias, ohne ihn auch nur anzusehen. Er hob die Schultern. »Oder versucht es meinetwegen weiter. Vermutlich seid Ihr es Eurem Stolz schuldig. Es macht keinen Unterschied.« Er beugte sich tiefer über seinen Vater und legte ihm die flache Hand auf die Stirn. Ein beruhigendes Lächeln erschien auf seinen Zügen, und als er weitersprach, war seine Stimme sanft, als rede er mit einem kranken Kind. »Es wird alles gut. Beweg dich nicht. Die Schmerzen werden gleich vergehen.«

»Was … was hast du … getan?«, keuchte Ludowig. Seine

Stimme klang verzerrt, gequält und kaum noch wie die eines Menschen.

»Es wird alles gut, Vater«, sagte Thobias. Er seufzte, richtete sich wieder auf und sah erst Andrej, dann Martius an. »Bist du zufrieden, Pfaffe?«, fragte er böse. »Freut es dich zu sehen, was du diesem alten Mann angetan hast – einem Mann, der sein Leben in den Dienst desselben Gottes gestellt hat, in dessen Namen du seine Brüder und Schwestern umbringst?«

»Hör auf, Gott zu lästern!« schrie Martius. »Mach ein Ende, du Monstrum! Töte mich, aber ich werde am Ende doch triumphieren, denn meine Seele wird an Gottes Seite sein, während deine für alle Ewigkeiten in der Hölle brennt.«

»Töten?«, sagte Thobias stirnrunzelnd. »Nein. Hab keine Angst, Martius. Ich habe nicht vor, dich zu töten.«

»Thobias«, stöhnte Ludowig. »In Gottes Namen! Was ... was tust ... du?«

Thobias wandte seine Aufmerksamkeit für einen kurzen Moment wieder seinem Vater zu. Der alte Mann war mittlerweile wieder so weit zu Kräften gekommen, dass er sich aufsetzen konnte. Aber er hatte sich auch weiter verändert. Seine Schulter war unförmig angeschwollen. Schwarzes, borstiges Fell begann aus seiner Haut zu sprießen, und etwas stimmte mit seinem Gesicht nicht mehr: Es schien auf einer Seite auseinanderzufließen wie eine Maske aus weichem Wachs, die zu lange in der Sonne gelegen hatte.

»Gleich, Vater«, sagte Thobias. »Ich erkläre es dir gleich. Du wirst alles verstehen, glaub mir. Aber im Moment ist keine Zeit dafür.« Er schüttelte den Kopf und sah Andrej vorwurfsvoll an. »Irgendwann werdet Ihr begreifen, was für Schwierigkeiten Ihr mir bereitet habt, mein Freund. Alles wäre so einfach gewesen, hättet Ihr Euch nicht eingemischt.« Er seufzte erneut. »Nun zu Euch, Exzellenz. Ihr werdet hinausgehen und genau das tun, weshalb Ihr hergekommen seid. Sagt Euren Männern, dass dieser ganze Ort vom Teufel besessen ist. Ihr müsst diesen Höllenpfuhl auslöschen – das waren doch Eure eigenen Worte, oder?« Er lachte hässlich. »Wie ich die Männer einschätze, die Ihr mitgebracht habt, wird es Euch keine besondere Überredungskunst kosten. Tötet sie alle. Vernichtet Trentklamm. Niemand darf überleben.«

»Thobias!«, keuchte Ludowig. »Was … was tust du?!«

»Was notwendig ist«, antwortete Thobias hart.

»Nein!«, rief Ludowig. »Das … das kannst du nicht tun! Nicht alle diese Menschen! Sie … sie sind deine Schwestern und Brüder! *Du kannst nicht alle diese Menschen umbringen wollen!«*

»Es muss sein«, befand Thobias. »Nur so können wir Ruhe finden, Vater.«

»Aber du …«

»Sie werden nicht aufhören«, fuhr Thobias in verächtlichem Ton und mit einer Kopfbewegung auf den Inquisitor fort. »Glaubst du, wenn er geht, kommt an seiner Stelle nicht ein anderer? Trentklamm muss vernichtet werden. Nur wenn sie glauben, dass wir alle tot sind, werden sie uns in Frieden lassen.«

»Nein«, keuchte Ludowig. Er zitterte am ganzen Leib, aber nun nicht mehr vor Schmerz, sondern vor blankem Entsezten über das, was er hörte. »Das kann nicht sein! Tu das nicht, Thobias, im Namen Gottes! Wir ... wir können weggehen. Wir können fliehen, irgendwohin, wo sie nicht nach uns suchen!«

»Sie würden uns überall finden«, erwiderte Thobias. »Wir hätten nirgendwo Ruhe.«

»Aber ...«

»Gebt Euch keine Mühe, Vater Ludowig«, sagte Andrej. Selbst das Reden fiel ihm schwer. Alles würde so kommen, wie Thobias es geplant hatte, und vielleicht war das sogar gut so. Andrej schauderte. Das war nicht er, der diesen Gedanken hegte. Der Wolf begann nicht nur von seinem Körper Besitz zu ergreifen, sondern schlich sich bereits in seine Gedanken ein. »Ihr werdet Euren Sohn nicht umstimmen, Vater. Er hat das von Anfang an so geplant, nicht wahr?«

Die letzte Frage war an Thobias gerichtet, der sie mit einem Nicken und einem kalten, nur angedeuteten Lächeln beantwortete. »Ihr und Euer schwarzer Freund wart ein Geschenk Gottes. Ich habe lange auf jemanden wie Euch gewartet, Andrej.«

»Jemanden, dem Ihr die Schuld an allem geben könnt«, vermutete Andrej. »Euer Plan ist aufgegangen. Jetzt müsst Ihr nur noch abwarten, bis Martius' Männer den Rest der Stadt niedergebrannt und alle Männer, Frauen und Kinder erschlagen haben.«

Thobias lächelte, und sein Vater richtete sich weiter auf. Er hatte sich erneut verändert. Sein gesamter rechter Arm war mittlerweile von schwarzem Fell überzogen, und die Hand begann sich zur Kralle zu biegen. Sein Gesicht war zur Grimasse geworden, nur noch zur Hälfte menschlich.

»Nein«, wimmerte er. »Nein! Nein!«

Und damit warf er sich auf Thobias.

Der Angriff kam völlig überraschend. Thobias taumelte haltlos einen Schritt nach vorn und versuchte sich aus dem Griff Ludowigs zu befreien. Für einen Moment lockerte sich der Würgegriff des fremden Willens, der Andrej gefangen hielt.

Er versuchte nicht, sich nach dem Schwert zu bücken. Andrej blieb nur Zeit für eine einzige Bewegung: Er ergriff die brennende Fackel, die noch immer zwischen ihm und der Pritsche lag, und stieß sie Thobias mit aller Macht ins Gesicht.

Thobias brüllte vor Schmerz und Wut. Seine Faust schmetterte Andrej die Fackel aus der Hand, und ein zweiter, ungleich härterer Schlag mit dem Handrücken schleuderte ihn vollends zu Boden. Benommen blieb Andrej liegen und versuchte dann, in die Höhe zu kommen.

Als er die Augen öffnete, bot sich ihm ein schrecklicher Anblick. Thobias rang noch immer mit seinem Vater, der sich weiter veränderte. Das Ungeheuer in ihm hatte Überhand genommen – aber auch Thobias war verwandelt.

Auch er war zum Werwolf geworden, aber was Andrej erblickte, war nicht die schrecklich missgestaltete Kreatur, die er erwartet hatte, sondern ein auf eine wilde Art beinahe schönes Geschöpf; eine unglaubliche Mischung aus Mensch und Tier. An diesem Werwolf – dem ersten wirklichen Werwolf, den er sah, wie Andrej jenseits aller Zweifel begriff – war nichts Dämonisches oder Abstoßendes. Es war ein Geschöpf von so unvorstellbarer Fremdheit, dass Andrej bei seinem bloßen Anblick von etwas wie *Rührung* ergriffen wurde.

Die Kleider des Geschöpfes brannten. Andrejs Fackel hatte sein Gesicht verfehlt, aber sie hatte den Stoff seiner schwarzen Priesterrobe in Brand gesetzt, und die Flammen breiteten sich rasend schnell aus. Der Werwolf schrie vor Schmerz und Wut, versuchte Ludowig abzuschütteln und gleichzeitig mit der anderen Hand die Flammen zu ersticken, die aus seinem Gewand schlugen, aber es gelang ihm nicht. Ludowig klammerte sich mit der Kraft der Verzweiflung an das unheimliche Wesen, das einst sein Sohn gewesen war, und es gelang ihm, Thobias aus dem Gleichgewicht zu bringen, sodass sie aneinandergeklammert gegen die Pritsche stolperten und zu Boden fielen.

Thobias schrie lauter. Die Flammen leckten über sein Gesicht, versengten sein Fell und mussten ihm heftige Schmerzen zufügen, aber all das steigerte seine Wut noch. Messerscharfe Krallen fuhren aus seinen Fingern, schlugen auf Ludowig ein und rissen Fleischfetzen und Blut aus seinem Rücken und der Schulter. Auch Ludowig schrie vor Schmerz. Aber er ließ nicht von seinem Opfer ab, sondern klammerte sich mit immer größerer Kraft an Thobias.

Andrej ergriff sein Schwert. Blitzschnell rollte er sich herum und rammte es dem Werwolf bis ans Heft in den Rücken.

Das Ungeheuer schrie. Es war ein unmenschlich hoher, spitzer Laut voller Schmerz und noch größerer Wut. In Todesangst löste er Ludowigs Griff, fuhr herum und streckte die schrecklichen Klauen nach Andrej aus.

Plötzlich erstarrte er. Aus seinem Schrei wurde ein Krächzen, dann ein Wimmern. Er machte einen letzten, taumelnden Schritt, griff mit beiden Händen nach der Schwertklinge, die aus seiner Brust ragte und fiel auf die Knie. Sein Wimmern erstarb.

Andrej schoss in die Höhe, zog das Schwert aus dem Rücken des Werwolfs und wich hastig einen halben Schritt zurück, die Waffe mit beiden Händen zum Zuschlagen bereit erhoben. Aber er wusste, dass er sie nicht mehr nötig hatte. Der Werwolf war tot. Die Dunkelheit in ihm war im gleichen Moment erloschen, in dem das Leben Thobias verlassen hatte.

»Gott im Himmel«, murmelte Martius. »Was …?« Er erwachte urplötzlich aus der Lähmung, in der er die ganze Zeit verharrt und dem schrecklichen Geschehen zugesehen hatte, war mit einem Satz neben Ludowig und schlug mit bloßen Händen die Flammen aus, die aus dem schwarzen Fell auf seinem Arm und seiner Schulter züngelten. »Vater Ludowig! Was ist mit Euch? Was hat Euch dieses Ungeheuer angetan?!«

Ludowig wälzte sich stöhnend auf den Rücken und schob Martius' Hände fort. Sein Gesicht war zu einer Grimasse verzerrt, aber Andrej ahnte, dass es nicht der körperliche Schmerz war, der ihn wimmern ließ.

»Wir müssen raus hier«, entschied Andrej. Er steckte das Schwert ein und hob den Fuß, um die Flammen auszutreten, die aus Thobias' Gewand leckten. Das Feuer hatte bereits auf die Tür und den Rahmen übergegriffen, und in dem alten, trockenen Holz breiteten sich die Flammen mit unheimlicher Schnelligkeit aus. Die Luft war schon jetzt heiß und so voller Qualm, dass man kaum noch atmen konnte.

»Martius! Ludowig! Schnell!«

Tatsächlich wollte Martius nach dem alten Mann greifen, aber Ludowig schlug seine Hand beiseite und richtete sich in eine halb sitzende Position auf.

»Geht«, flüsterte er. »Bringt Euch in Sicherheit.«

»Ihr versteht anscheinend nicht«, rief Andrej verzweifelt. »Die Kirche wird niederbrennen!«

»Lasst mich«, beharrte Ludowig. Sein Blick suchte den verkrümmt daliegenden Körper dessen, der einst sein Sohn gewesen war, und plötzlich erschien ein Ausdruck in seinen Augen, der Andrej einen Schauer über den Rücken laufen ließ. Ludowig würde sie nicht begleiten, das begriff er.

»Ich bleibe hier.«

»Dann werdet Ihr sterben«, sagte Martius leise. Er bekreuzigte sich.

Ludowig sah ihn an. »Ihr wisst, dass ich bleiben muss«, sagte er. »Geht. Aber ... verschont die anderen, ich beschöre Euch.«

»Die anderen?«

»Die Menschen hier im Ort sind unschuldig«, flüsterte Ludowig. Seine Stimme wurde schwächer, und mit seinem Körper begann eine unheimliche Veränderung vonstattenzugehen. Andrej konnte spüren, wie sich Ludowigs Seele auflöste.

Martius musste es wohl auch spüren, denn obwohl die Hitze immer größer wurde und die Flammen immer rascher um sich griffen, machte er keinen Versuch, sich in Sicherheit zu bringen, sondern starrte nur aus dunklen Augen auf den sterbenden alten Mann herab.

»Ihr verlangt viel von mir, Vater Ludowig«, sagte er heiser. »Vielleicht mehr, als ich Euch versprechen kann.«

»Es ... es ist vorbei, Martius«, murmelte Ludowig. Seine Stimme wurde leiser, fast mit jedem Wort, das er sprach. »Thobias und ich waren ... die Letzten. Gefährdet nicht Euer Seelenheil, indem ihr Unschuldige tötet. Und jetzt geht. Schnell!«

Martius schien noch etwas erwidern zu wollen, aber Andrej ließ ihm keine Zeit dazu. Ludowig hatte Recht. Alles brannte lichterloh. Noch während der Inquisitor versuchte, sich zu bekreuzigen, packte Andrej ihn am Arm und riss ihn mit sich.

Als sie die Tür erreichten, fing die Decke Feuer. Eingehüllt in Flammen und dicken, erstickenden Qual stolperten sie aus dem Raum und noch einige Schritte weiter, bis Martius endgültig das Gleichgewicht verlor und auf die Knie fiel. Auch seine Robe hatte Feuer gefangen. Andrej beförderte ihn mit einem Stoß endgültig zu Boden, warf sich über ihn und versuchte, die Flammen mit seinem eigenen Körper und bloßen Händen zu ersticken. Drei Soldaten eilten herbei, packten ihn und zerrten ihn mit grober Gewalt von Martius weg. Er wurde zu Boden geworfen, und eine Speerspitze richtete sich drohend auf sein Gesicht.

»Aufhören!«

Andrej atmete erleichtert auf. Als er sich hochzustemmen versuchte, stieß die Speerspitze erneut nach seinem Gesicht, schrammte über seine Wange und hinterließ einen tiefen, blutigen Kratzer darauf. Andrej hob hastig die Hand an die Wange, um die Wunde zu verbergen, ließ sich aber zugleich wieder zurücksinken, um dem übereifrigen Soldaten keinen Vorwand zu liefen, ihn endgültig niederzustechen. Aus den Augenwinkeln sah er, wie zwei, drei Männer zugleich auf die Flammen in Martius' Gewand einschlugen und sie endgütig erstickten.

Mühsam, aber sehr schnell stemmte sich der Inquisitor in die Höhe und scheuchte die Männer davon. »Verschwindet! Mir fehlt nichts! Raus hier – und bringt die Menschen in Sicherheit. Sofort!«

Nicht alle Soldaten gehorchten. Die meisten eilten hastig davon, aber zwei oder drei bleiben stehen und starrten abwechselnd Andrej und den Inquisitor an. Einer versuchte sogar, sich der Tür zu nähern und die Flammen zu ersticken, die mittlerweile auch die Außenseite des Rahmens in Brand gesetzt hatten und gierig nach den Stützbalken leckten. Nur noch wenige Minuten, dachte Andrej, und die gesamte Kirche würde in Flammen aufgehen. Keine Macht der Welt konnte das noch verhindern.

»Habt ihr mich nicht verstanden?«, schnappte Martius. »Raus hier! Draußen im Kirchenschiff sind Menschen, die eure Hilfe brauchen! Bringt sie in Sicherheit!«

Auch die letzten Soldaten suchten nun das Weite, und endlich wagte es Andrej, vorsichtig aufzustehen. Seine Finger fuhren über das Blut auf seiner Wange. Die Schnittwunde darunter war verschwunden. Auch Martius war diese weitere schnelle Heilung nicht entgangen, wie sein Blick deutlich machte. Andrej begann zu einer Erklärung anzusetzen, beließ es dann aber bei einem angedeuteten Achselzucken.

Aus der offen stehenden Tür hinter ihnen schlugen weitere Flammen, und dahinter tobte ein Sturm aus weißer und gelber Glut. Für einen entsetzlichen Moment glaubte Andrej, eine Bewegung inmitten der tobenden Höllengluten zu sehen. Aber vermutlich hatte er sich getäuscht, und es war nichts anderes als ein Trugbild, entstanden aus dem Tanz der Flammen und seiner eigenen Furcht.

»Werdet Ihr Euer Wort halten?«, fragte er leise. Er war nicht sicher, ob Martius seine Stimme überhaupt hörte, aber er bekam eine Antwort.

»Ich habe ihm mein Wort nicht gegeben, Andrej.«

Andrej fuhr herum. Seine Hand schloss sich um das Schwert. »Ihr wisst, was ich meine, Inquisitor«, sagte er wütend. »Soll dieser alte Mann wirklich umsonst gestorben sein?«

Martius starrte an ihm vorbei. Das gleißende Licht der Flammen spiegelte sich in seinen Augen, und wahrscheinlich war es nur die unerträgliche Helligkeit, die die Tränen verursacht hatte, die jetzt über seine Wangen liefen.

»Also?«, fragte Andrej, als Martius nicht antwortete. »Was werdet Ihr tun?«

Der Inquisitor schwieg noch immer. Sein Blick war starr in die Flammen gerichtet, und seine linke Hand tastete nach der Stelle auf seiner Brust, an der bisher das goldene Kruzifix gehangen hatte. Aber sie stieß ins Leere.

»Geht«, flüsterte er.

Andrej war nicht sicher, was Martius meinte.

»Geht, Andrej Delãny«, wiederholte Martius. »Euer Begleiter ist unversehrt. Nehmt ihn mit und verschwindet. Und sorgt dafür, dass sich unsere Wege nie wieder kreuzen.«

»Ihr lasst uns gehen?«, vergewisserte sich Andrej.

Martius riss seinen Blick von den Flammen los. Sein Gesicht wirkte versteinert. »Wer seid Ihr, Andrej?«, fragte er. »Was seid Ihr?«

»Wollt Ihr das wirklich wissen?«, fragte Andrej.

Martius schüttelte den Kopf. »Nein«, sagte er. »Ich will es

nicht wissen. Ich könnte Euch nicht gehen lassen, wenn ich es wüsste.«

»Aber Ihr lasst uns gehen.«

»Eine Stunde«, sagte Martius. »Ihr und dieser Mohr, Ihr habt eine Stunde Vorsprung. Nicht mehr. Das ist alles, was ich für Euch tun kann.«

Und mehr, als sie brauchten. Andrej drehte sich um, machte zwei Schritte und blieb dann noch einmal stehen. »Und die Menschen hier?«, fragte er. »Werdet Ihr sie in Frieden lassen?«

»Wofür haltet Ihr mich, Andrej?«, fragte Martius kalt. »Für ein Ungeheuer?«

»Nein«, antwortete Andrej. »Für einen Inquisitor.«

Martius schwieg. Er starrte ihn nur an, und Andrej erwiderte seinen Blick und wartete darauf, Triumph oder wenigstens Zufriedenheit zu verspüren, aber er empfand weder das eine noch das andere. Die fremde Macht in ihm war erloschen. Er war wieder er selbst. Sie lebten, und Abu Dun und er hatten eine Stunde Vorsprung, mehr als genug, um sich in Sicherheit zu bringen, selbst wenn Martius' Männer danach Jagd auf sie machen würden – was Andrej nicht einmal glaubte. Er hatte allen Grund, zufrieden zu sein, aber dieser Sieg schmeckte schal. Es war nicht die Art von Sieg, auf die er Wert legte.

Er drehte sich um und ging mit schnellen Schritten nach draußen, wo Abu Dun auf ihn wartete.

ENDE DES DRITTEN BUCHES